이미 거기에 존재하므로 작가의 임무란 리얼리티를 창조해 내는 것이라고 이야기하면서 모순으로 가득한 20세기 후반의 인간 존재 방식을 표현하려 했다.

그는 현대 문명의 병리학적인 잔혹상—다국적 기업이 주도하는 소비사회, 미디어 과잉으로 인한 생활의 통제, 음모론이 판치는 정부 간 이데올로기 담론, 과학기술의 비인간화 등을 동일한 폭력의 다른 형태로 간주하고, 이러한 세계에서 살아가는 주인공이 불안과 강박에 시달리다 '에로스'와 '타나토스' 같은 강렬한 이미지에 매료되어 극단으로 치닫는 모습을 냉정하며 분석적인 시선으로 묘사했다. 또한 외부 환경과 인간의 내면에 펼쳐지는 의식/무의식의 상호작용에 초점을 맞추어 SF의 우주 개념을 '내우주'로 전환시킴으로써 문학성을 꾀했다. 이와 같은 밸러드만의 문학적 특수성은 형용사 '밸러드풍Ballardian'이라는 신조어를 탄생시켰고, 사전에 등재되었다.

'나는 나의 작품을 경고로 본다. 나는 길옆에 서서 "속도를 줄여!"라고 외치는 바로 그 남자다.'

헬로 아메리카

HELLO AMERICA

HELLO AMERICA

이 책의 한국어판 저작권은

The Wylie Agency (UK) LTD와 독점 계약한 (주)현대문학에 있습니다.
저작권법에 의해 한국 내에서 보호를 받는 저작물이므로
무단 전재와 복제를 금합니다.

헬로 아메리카

HELLO AMERICA

J. G. 밸러드 소설 | 조호근 옮김

H
현대문학

차례

일러두기

1. 이 책은 포스에스테이트에서 발행된 2014년판 *HELLO AMERICA*를 번역한 것이다.
2. 본문의 고딕체는 작가의 의도를 존중하여 원문의 이탤릭체를 가급적 그대로 옮긴 것임을
   밝혀 둔다.
3. 본문의 주는 모두 옮긴이 주이다.

1 / 황금 해안

"저기 좀 봐, 웨인. 금이라고. 사방이 금가루란 말이야! 얼른 일어나! 미국의 거리에는 금이 **깔려** 있다니까!"

나중에 증기선 아폴로호가 맨해튼 끄트머리의 버려진 큐나드 부두에 정박했을 때, 웨인은 자기 나름의 즐거운 기분으로 이때 범포 보관실로 쳐들어왔던 흥분한 맥네어의 모습을 회상했다. 기관장인 맥네어는 타오르는 등불처럼 빛나는 수염을 휘날리며 정신없이 팔을 휘둘렀다.

"웨인, 꿈이 이루어지는 순간이란 말이야! 눈이 멀더라도 이건 꼭 봐야 돼!"

그는 해먹에 누운 웨인을 흔들다 거의 떨어트릴 뻔했다. 금속 천장에 손을 대고 간신히 균형을 잡은 웨인은 맥네어의 타오를 듯 빛나는 수염을 흘끔 바라보았다. 은은한 구릿빛 광채가 범포 보관실 내부를 가득 메우고, 사방에 늘어진 천은 금빛 양탄자 뭉치처럼 보였다. 마치 방사능 폭풍 한가운데로 배를 몰아 들어온 것만 같은 모습이었다.

"맥네어, 기다려요! 리치 박사님을 찾아가라고요! 그거 혹시—!"

하지만 맥네어는 증기선 곳곳을 들쑤실 생각으로 만만한 채 이미 모습을 감추었다. 이내 석탄 창고에서 깜짝 놀란 화부 두 명에게 고함치는 소리가 들려왔다. 웨인은 긴 야간 불침번을 끝내고 아침 8시가 되어서야 들어와서 오후 내내 곯아떨어져 있었다. 그리고 그사이 아폴로호는 브루클린 해변에서 1.5킬로미터 떨어진 곳에 닻을 내린 모양이었다. 아마도 서머스 교수를 비롯한 원정대의 과학 분야 전문가들에게 대기 상태를 측정할 시간을 주기 위해서였을 것이다. 이제 그들은 뉴욕 항구로 진입할 채비를 시작했다. 플리머스에서 출항한 이후 첫 상륙이었다.

윈치가 돌아가며 신음 소리를 흘렸고, 곧이어 녹슨 이물 위로 닻줄이 끌려 올라왔다. 웨인은 해먹에서 내려와 재빨리 옷을 입으면서 문에 걸려 있는 금 간 거울을 흘끔거렸다. 금발 까치집 아래에서, 시골뜨기 천사처럼 보이는 금빛 얼굴이 놀란 눈으로 그를 마주 봤다. 웨인이 갑판으로 나선 순간 굴뚝에서 자욱이 뿜어져 나온 검댕이 수백 마리의 반딧

황금 해안

불처럼 번쩍이며 날아들어 앞 돛을 뒤덮었다. 선원과 승객들은 난간 앞으로 가득 몰려나와 초조하게 기다리는 중이었다. 아폴로호의 낡아 빠진 엔진은 대서양을 횡단하는 7주 동안의 노역에 이미 지칠 대로 지쳐 있으면서도, 아직 남은 힘을 그러모아 얕은 근해의 바닷물을 헤쳐 나가고 있었다.

벌써부터 아이처럼 흥분해 온몸을 떠는 스스로의 모습에 내심 짜증이 난 상태로, 웨인은 강렬하게 자신을 끌어당기는 해변 쪽을 바라보았다. 금빛 광택으로 뒤덮인 브루클린의 해안선 위로 고요하게 잠든 선창과 창고들이 반사되어 반짝였다. 텅 빈 맨해튼 거리에 드리운 오후의 태양이 아래 펼쳐진 금색 풍경에 빛을 더했다. 웨인은 아주 잠시 동안, 침묵에 잠긴 길거리와 고속도로가 자신을 영접하기 위해 가장 귀한 보물로 이루어진 양탄자로 스스로를 뒤덮은 것이라고 믿을 뻔했다.

아폴로호 뒤편으로 베라자노내로스 현수교의 육중한 형체가 드리웠다. 더블린의 지리학회 도서관에서 본 먼 옛날의 슬라이드 덕분에 웨인에게는 익숙한 모습이었다. 지금까지 살펴본 다른 수많은 미국 사진들과 마찬가지로, 그 슬라이드 속의 사진들 역시 몇 시간은 족히 관찰했을 것이다. 하지만 직접 본 다리의 형상이 이토록 거대하고 신비로우리라고는 상상조차 하지 못했다. 이 다리가 다른 모든 사람들의 기억에서 사라져 있던 기나긴 세월 동안, 자신의 모습을 과장해 표현하는 법을 익힌 것만 같았다. 수직 케이블이 상당수 끊어진 채 녹청으로 뒤덮여 은은한 구릿빛을 머금은 거대한 건조물은, 마치 무심한 바다를 향해 마지막 연주를 마치고 그대로 자리에 몸을 누인 하프처럼 보였다.

다가오는 도시를 바라보면서도, 웨인은 도서관 영사실의 어둠 속에서 꿈꾸던 맨해튼의 스카이라인과 눈앞에 펼쳐진 풍경을 도저히 연결시킬 수 없었다. 오후의 햇살 사이로 수십 개의 타워가 솟아 있었다. 5킬로미터 떨어진 거리에서도 이 거대한 건물들의 유리 벽면은 구리거울처럼, 그 아래 거리가 금괴로 포장되어 있는 것처럼 반짝였다. 웨인의 눈길은 도시의 나이 든 가부장이라 할 수 있는 옛 엠파이어스테이트 빌딩에 머물렀다. 세계무역센터의 쌍둥이 기둥도, 월가에 군림하며 네온사인으로 메카 방향을 가리킨다는 200층짜리 OPEC 타워도 보였다. 이런 건물 모두가 어우러져 웨인에게 너무도 익숙한 봉우리와 골짜기를, 눈에 익은 스카이라인을 형성했지만, 이제는 그 모든 풍경이 황금의 꿈에 잠겨 변질된 것만 같았다.

그는 발밑의 기관실 환풍구를 통해 흘러나오는, 화부들에게 소리치는 맥네어의 목소리에 귀를 기울였다.

"원 세상에, 삽으로는 부족할 거라고! 애팔래치아산맥에서 바람을 타고 날아와 15센티미터 두께로 쌓였을 거란 말이야!"

맥네어의 흥분을 고스란히 받아들인 웨인은 금빛 해안을 보며 웃음을 터트렸다. 웨인보다 네 살 연상인 스물다섯밖에 되지 않았는데도, 맥네어는 세상에 지쳐 달관한 태도를 보이곤 했다. 특히 그 자신이 혐오하는, 19세기에서 그대로 가져온 듯한 석탄 보일러와 기괴한 피스톤과 연접봉으로 가득한 기관실을 안내할 때면 더욱 그랬다. 그래도 맥네어는 뭐든 움직이게 만들 수 있는 뛰어난 기술자였다. 지렛대만 주면 아폴로호는 물론이고 지구도 움직여 보일 수 있을 것이다. 에디슨과 헨리 포드가 자랑스럽게 여길 만한 사람이었다.

그리고 괴상한 유머 감각에도 불구하고 맥네어는 웨인과 처음으로 우정을 나눈 사람이기도 했다. 플리머스를 출항한 지 이틀째 되는 날 리치 박사가 상륙정을 덮은 캔버스 차일 아래에서 추위에 떠는 젊은 밀항자를 발견했을 때, 스타이너 선장 앞에서 웨인 편을 들어 호소해 준 이가 바로 맥네어였다. 게다가 웨인의 해먹을 조리실 뒤 눅눅한 식기 세척실에서 어둡고 따스한 범포 보관실로 옮겨 주기까지 했다. 어쩌면 반드시 미국에 가야만 한다는 웨인의 결단에서, 끝없는 배급을 통해 간신히 연명하는, 열정도 기회도 사그라지고 촛불만 가득한 노쇠한 유럽에서 벗어나야 한다는 자신의 열망과 비슷한 느낌을 받았기 때문일지도 모르겠다.

그런 기분에 사로잡힌 사람이 비단 맥네어만은 아니었다.

11

아폴로호는 꿈과 내밀한 열망이라는 보이지 않는 화물을 가득 나르고 있었다. 검댕을 머리 위로 쏟아 내는 굴뚝 아래에서, 웨인의 양쪽으로 늘어선 승객들은 아무 말 없이 맨해튼과 브루클린과 저지시티의 금빛 해변을 가리키며, 오랫동안 버려졌던 대륙이 휘황한 섬광으로 자신들을 환영하는 모습에 넋을 잃었다.

문득 원정대 지휘관인 땅딸막한 오를롭스키가 스타이너 선장을 조급하게 재촉하는 소리가 웨인의 귀에 들어왔다. 속도를 올리라 명령하는 듯싶었다. 지금 이 순간에는, 항해 내내 오를롭스키의 키예프식 모음 사이로 조금씩 스며들어 똬리를 튼 미국식 억양도 잠시나마 사라져 있었다. 그는 주머니에 들어갈 정도로 작은 확성기를 꺼내 들고 소리쳤다.

"전속력으로 전진하게, 선장! 모두 당신만 보고 있지 않나! 이제 와서 마음을 바꾸지 말고……"

그러나 스타이너는 언제나 그랬듯이 자기 생각대로 배를 몰아갈 모양이었다. 선장은 조타수 뒤쪽의 함교 위에 다리를 떡 벌리고 서서, 신기루가 사라지기를 기다리는 경험 많은 여행자처럼 눈앞의 황금빛 해변을 바라보면서 생각에 잠겨 있었다. 스타이너는 다부지고 탄탄한 몸에 흥미로울 정도로 섬세한 손을 가진 40대 중반의 남자로, 이스라엘 해군에서 20년 가까이 복무했다. 수를 읽을 수 없는 훌륭한 체스 선수이자 아마추어 수학자이며 숙련된 항해사인 이 남자는 처음 만났을 때, 그러니까 상륙용 주정 아래에서 냉담한 눈빛을 마주했을 때부터 웨인을 깊이 자극했다.

웨인은 스타이너도 아폴로호에 승선한 다른 사람들처럼 자신만의 욕망을 감추고 있으리라 확신하고 있었다. 선장은 주정 아래에서 기어 나온 웨인을 자기 선실로 불러들였다. 그가 리치 박사가 압수한 권총을 금고에 넣고 잠그는 동안, 웨인은 금고의 아래쪽 선반에 고대의 《타임》과 《룩》 잡지 꾸러미가 깔끔하게 묶인 채 수납되어 있는 것을 발견했다. 갈색으로 변한 책장은 마치 동박 위에 보존된, 100년 전에 사라져 버린 미국의 마지막 남은 화석처럼 보였다. 그리고 플리머스를 떠난 지 2주째 되는 어느 날, 평온한 날씨가 이어지던 와중에 스타이너는 조리실에서 식사를 날라다 놓고 돌아간 웨인을 자기 선실로 다시 불러들였다.

"별일은 아니다, 웨인……" 스타이너는 자기 앞에 서 있는 바다의 톰 소여를 향해 미소를 머금었다. 덥수룩한 금발 머리, 깡마른 길쭉한 다리, 온갖 기괴한 꿈을 머금고 빛나는 눈을 보면서. 선장을 마주한 웨인은 흥분에 몸을 떨고 있었다. 리치 박사와 서머스 교수는 아폴로호의 항로를 재설정하더라도 밀항자 젊은이를 아조레스 군도에 내려 주고 가자고 오를롭스키에게 건의하고 있었던 것이다.

"진정해라, 웨인. 당장이라도 선상 반란을 일으킬 듯이 굴지 말고." 웨인의 듬직한 어깨에, 여물어 가는 두개골과 턱뼈

속에 숨은 공격성을 벌써 알아본 것일까? "아조레스 군도에 들를 예정은 없다고 말해 주면 기분이 나아질지도 모르겠군. 하지만 지금은 다른 걸 보여 주고 싶어서 부른 거다."

저녁 식사에는 손도 대지 않은 스타이너는 금고를 열어 《타임》과 《룩》을 꺼냈다. 그는 흐릿해져 가는 인쇄물을 넘기며 케이프케네디 우주센터를, 시험비행을 마치고 에드워즈 공군기지에 착륙하는 스페이스 셔틀을, 그리고 태평양에서 아폴로호의 탑승 구획을 회수하는 사진을 웨인에게 보여 주었다. 까마득한 옛날이 된 1970년대의 미국식 삶이 가졌던 모든 측면을 찬양하는 건국 200주년 기념 증보판도 있었다. 카터 대통령의 취임식 날에 워싱턴의 길거리를 가득 메운 인파며, 케네디 공항의 활주로에 들어찬 휴가철의 제트기들이며, 마이애미의 수영장에 누워 있거나, 콜로라도주 애스펀의 스키장을 헤집고 내려오거나, 샌디에이고의 거대한 정박지에서 요트를 정비하는 휴양객들의 모습까지. 한때 이 특출한 나라에 가득했던 강렬한 활력이 빛바랜 사진들 속에 고스란히 보존되어 있었다.

"자, 웨인. 미국에 가고 싶다고 했지. 미국에 대해 얼마나 아는지 한번 확인해 볼까." 스타이너는 딱히 기대하지 않는 목소리였지만, 웨인이 사진을 계속 넘기며 설명하자 연신 고개를 끄덕였다.

"이건 쉽네요. 금문교죠. 이건 라스베이거스의 시저스팰리스 호텔이고요. 이건 LA에 있는 맨스차이니스 극장이에요. 이건 샌프란시스코의 피셔맨스워프고. 이건 디트로이트의 에드설포드 고속도로네요. 더 없나요, 선장님?"

"일단은 여기까지다, 웨인. 하지만 아주 훌륭하군. 밀항자치고는 비범해. 함께 일할 수 있을 것 같은데……"

웨인이 속한 나이대의 유럽 젊은이 중에서, 눈앞에 펼쳐진 고대의 풍경이 무엇을 뜻하는지 아는 사람은 천에 하나도 찾기 힘들 것이다. 슬프게도 유럽과 아시아와 나머지 세계의 사람들은 오래전에 미국에 대한 흥미를 잃었으니까. 그러나 스타이너는 웨인이 이 사진들을 알아보리라 생각한 것이 분명했다. 그는 다시 잡지를 금고에 넣으며 이렇게 말했다.

"운이 좋으면 머지않아 직접 보게 될 거다. 그럼 웨인, 너희 가족이 미국의 어느 지방에서 왔는지 말해 봐." 그는 웨인의 홀쭉한 몸매와 소년 같은 더벅머리를 흘깃거렸다. "캔자스나 중서부 지방인가? 텍사스 사람으로도 보이는데……"

"뉴잉글랜드예요!" 웨인은 저도 모르게 거짓말을 내뱉었다. "제임스타운요. 증조할아버지가 거기서 철물점을 하셨대요."

"제임스타운이라?" 스타이너는 알겠다는 듯 고개를 끄덕이며, 웃음을 참으려 애쓰는 얼굴로 웨인에게 나가라고 손짓했다. "그럼 미국의 근원으로 돌아가는 셈이로군. 좋다. 어쩌면 모든 것을 다시 시작할 수 있을지도 모르지. 네가 대통령이 될 수도 있을 테고. 백악관에 입성하는 밀항자라. 하긴 더 괴상한 일들도 벌어진 땅이긴 하지." 그는 웨인을 뚫어져라 바라보았다. 날카로운 항해자의 얼굴에는 몹시 진지한 표정이, 호기심을 담은 표정이, 훗날 웨인이 절대 잊을 수 없게 된 표정이 떠올라 있었다.

"생각해 봐라, 웨인―제45대 미합중국 대통령이다……"

2 / 충돌침로

어째서 스타이너에게 거짓말을 한 걸까?

바로 앞에 펼쳐진 금빛 해안에서 눈을 뗀 웨인은 함교 쪽으로, 조타수 옆에 서서 쌍안경으로 해협의 고요한 수면을 살피고 있는 스타이너에게로 시선을 돌렸다. 웨인은 분을 이기지 못하고 오른손 손가락으로 난간을 두드렸다. 진실을 털어놓았더라면 선장은 공감해 주었을 것이다. 그 또한 낙오한 이단자라 할 수 있는 사람이었으니까. 자신의 진정한 조국을 등지고 바다를 떠도는 유대인이었으니까. 어째서 솔직히 털어놓지 못한 것일까. 조상의 고향이나 할아버지는 고사하고 아버지가 누군지조차 모른다고. 어머니는 인생의 절반은 정신과 외래 환자로, 나머지 절반은 더블린의 아메리칸 대학교에서 제대로 일도 못 하는 사무원으로 보내다가 5년 전에 돌아가셨다고. 어머니가 남긴 거라곤 환상에 가까운 헛소리와 내 출생증명서의 빈칸뿐이었다고. 어째서 선장을 붙들고 애걸하지 못한 것일까. 자신이 누군지 가르쳐 달라고.

아폴로호의 뱃머리가 물을 가르며 솟구친 포말이 웨인의 뺨을 거칠게 쓸고 지나갔다. 스타이너는 종을 울려 기관실에 증기량을 올리라는 신호를 보냈고, 배는 조금씩 속도를 올리면서 만을 가로질렀다. 마치 눈앞에 펼쳐진 꿈의 대륙이, 금빛 해안의 중력이 배를 끌어당기는 것처럼. 스타이너의 말을, 제45대 미합중국 대통령이라는 말을 떠올리자, 웨인은 다시 어머니에게 생각이 미쳤다. 병동에서 보낸 마지막 몇 년 동안 어머니는 웨인의 진짜 아버지를 놓고 마구 헛소리를 지껄여 댔다. 그중에는 헨리 포드 5세, 미국 망명정부의 마지막 대통령인 브라운(웨인이 태어나기 60년쯤 전에 오사카의 한 선원禪院에서 세상을 떴으며, 독실한 불교도였다), 그리고 이미 사람들 기억에서 사라진 먼 옛날의 포크송 가수인 밥 딜런이라는 사람도 있었다. 어머니는 손으로 돌리는 축음기로 그의 음반을 쉬지 않고 틀어 댔다.

그러나 세코날 과다 복용에서 풀려나 아주 잠깐씩 제정신이 들 때마다, 어머니는 차분한 눈으로 웨인을 바라보며 그의 아버지가 윌리엄 플레밍 박사라고 말하곤 했다. 아메리

충돌침로

칸 대학교의 컴퓨터공학과 교수이자, 20년 전 불운하게도 행방불명된 미국 원정대에 소속되어 있던 사람이라고.

웨인은 이 기묘한 고백에 딱히 큰 의미를 부여하지 않았다. 하지만 어머니가 사망한 후 불행처럼 가득 고여 있는, 모조 보석 장신구와 신문 스크랩과 약병으로 구성된 광기에 빠진 골동품 상점 같은 유품 꾸러미를 정리하다 보니, 리본으로 묶인 엽서 뭉치가 모습을 드러냈다. 플레밍 박사라는 서명이 들어 있고, 원정대의 출발점인 잉글랜드 사우샘프턴의 소인이 찍힌 엽서들이었다. 짤막하지만 친밀한 어조, '그 행복한 날'까지는 반드시 돌아오겠다는 반복되는 약속, 그리고 젊은 사무원의 임신에 대해 보이는 세심한 배려는 한데 모여 웨인의 마음속에 작은 씨앗을 뿌렸다.

정체 모를 조상이 한 세기 전에 버린 미국에 대한 집착과 갈망도, 잃어버린 대륙으로 돌아가겠다는 굳은 결의도 그저 친부를 찾으려는 시도의 다른 형태에 지나지 않았던 것일까? 아니면 자신의 집착에 일종의 낭만적인 의미를 부여하고 싶어서, 아버지를 찾아야 한다는 임무를 스스로 부과해 버린 것은 아닐까?

이제 와서 어느 쪽이든 무슨 상관이겠는가? 웨인은 애써 몽상에서 빠져나와 물결 건너편에서 점차 빠르게 솟아오르는 맨해튼의 스카이라인을 바라보았다. 몇 세기 전의 정체 모를 조상들처럼 그 또한 과거를 잊기 위해, 지쳐 빠진 유럽을 등지기 위해 아메리카로 찾아왔다. 아폴로호에 숨어든 이후 처음으로, 웨인은 기나긴 여정을 함께한 선원들에게 갑작스러운 동료 의식을, 거의 책임감과 비슷한 감정을 느꼈다.

그의 양옆으로는 선원들과 과학 탐사대의 사람들이, 녹슨 이물에 부딪쳐 솟구치는 포말은 안중에도 없이 난간에 빼곡하게 붙어 서 있었다. 심지어 지금 이 순간에는 파울 리치 박사조차 그의 신경에 거슬리지 않았다. 말쑥한 외모에 자아도취 성향이 강한 이 핵물리학자는 원정대에서 유일하게 웨인의 마음에 들지 않는 사람이었다. 항해를 하는 동안 그는 열 번이 넘게, 기록실에서 맨해튼이며 워싱턴의 시가지 지도를 펼쳐 놓고 작업하는 웨인의 뒤편으로 어슬렁거리면서 다가와서는, 히죽히죽 웃으며 미국 전역이 이미 자신의 영토인 양 행세하곤 했다. 지금 그는 서머스 교수 옆에 서서 건물 이름을 하나씩 설명해 주고 있었다.

"저게 포드 빌딩입니다, 앤. 그리고 저쪽이 아랍인 구역이고요. 가까이 가면 링컨 기념관도 보일 텐데……"

조부모가 맨해튼에 살았다는 말이 사실이기는 한 걸까? 웨인이 그의 실수를 바로잡아 주려 마음먹은 순간, 정적이 배를 휘감았다. 웨인의 옆에 있던 원정대의 정치장교 오를롭스키는 주 돛대의 밧줄을 꽉 붙들었다. 아폴로호가 이대로 계속 속도를 올리면 발이 갑판에서 떨어져 돛대 너머로

충돌침로

날아가게 될 거라고 생각하는 듯이. 리치는 한심한 설명을 중단하고 서머스 교수의 허리에 팔을 두른 채로, 금빛 해안으로부터 자신을 보호하려는 것처럼 그녀 뒤에 숨었다.

지금 이 순간에는 앤 서머스도 그를 밀치려 시도하지 않았다. 두터운 화장은 밀려드는 파도에도 지워지지 않았지만, 단단히 틀어 올린 금발 머리는 바람을 맞아 조금씩 흐트러지기 시작하고 있었다. 그녀의 온갖 노력에도 불구하고, 웨인은 기나긴 항해가 색슨족의 피부색에 활기를 돌려주고 무심하고 창백한 얼굴과 널찍한 이마에 거의 여학생의 것이나 다름없는 광채를 되찾아 주었다는 사실을 인지하고 있었다. 웨인은 그녀를 숭배하다시피 했다. 한번은 노크도 하지 않고 방사능 실험실로 들어갔다가, 그녀가 허리께까지 닿는 숨 막힐 정도로 아름다운 금발을 늘어트리고, 옛날 영화 속의 여배우처럼 화장한 모습을 발견한 적이 있었다. 반응로와 방사능 계수기 사이에서 꿈에 빠진 은막의 여신 같았다. 그러나 그녀는 즉시 백일몽에서 벗어나서, 놀랍도록 거친 인후음이 섞인 미국식 욕설을 웨인에게 내뱉어 댔다. 웨인은 맥네어가 귀뜸해 준, 그녀가 플리머스에서 아폴로호를 타고 떠나기 30분 전에 성을 조머에서 서머스로 바꿨다는 이야기를 떠올렸다.

그런데 지금 그녀의 얼굴에는 그 고요하고 망연한 표정이 다시 떠올라 있었다. 그녀는 리치의 팔에 기대면서도, 짬을 내어 웨인에게 괜찮다는 미소를 지어 보이기까지 했다.

"서머스 교수님, 저 금가루를 마시면 위험한 거 아닌가요? 방사능이 있을 수도 있잖아요."

"금이라고, 웨인?" 그녀는 모든 것을 안다는 듯 반짝이는 해안으로 시선을 돌리며 웃음을 터트렸다. "걱정하지 마. 금속원소가 변성되려면 강렬한 햇빛 정도로는 어림도 없으니까……"

하지만 무언가 잘못된 것 같았다. 명확한 이유를 모르면서도 웨인은 난간에서 물러났다. 광채를 피하려 눈을 가리면서, 그는 갑판을 건너 금속 사다리를 타고 마구간의 지붕으로 올라섰다. 발밑에서는 스무 마리의 노새와 짐말이 계속 몸을 뒤틀면서, 과도하게 밝은 햇살 속에서 서로를 향해 조용히 힝힝거리며 울어 대고 있었다. 웨인은 통풍구에 몸을 기대고 균형을 잡으며, 온몸을 휘감는 위험의 예감이 어디서 오는지를 알아내려 했다. 대서양을 건너는 오랜 항해 끝에 아메리카 땅에 발을 디딜 순간이 찾아와서 초조감이 밀려온 것뿐일까? 웨인은 삭구와 주변 바다를 둘러보고, 굴뚝 연기 너머의 브루클린과 저지시티의 해안선을 찬찬히 살폈다.

아폴로호에서 침착한 사람이 스타이너 선장뿐이라는 사실이 눈에 띄었다. 다른 사람들은 전부 난간으로 몰려가 다가오는 뭍을 향해 환호성을 올리고 있었지만, 스타이너는 조타수 옆에 서서, 배 앞으로 100미터쯤 떨어진 수면을 쌍안경으로 뚫어져라 주시하고 있었다. 그는 속도를 확인한 다음 거의 공범자를 대하는 표정으로 웨인을 슬쩍 바라보았다. 아폴로호는 이제 파도가 몰아치는 물 위를 경주용 요트처럼 내달리고 있었다. 낡은 증기 엔진이 기관을 부숴 버릴 것처럼 울부짖었다. 마구간의 말들은 배의 움직임에 넘어질 듯 휘청거렸다. 스타이너는 배에 있는 모든 돛을 내걸었다. 이 조심성 많은 항해사가 결승선을 통과하는 요트 조종사처럼 화려하게 여정을 마무리하려는 것만 같았다.

이미 그들은 항만에 좌초한 피난선을 한 척 지나치고 있었다. 맨해튼 아래쪽 끄트머리 주변의 만에는 열 척이 넘는 거대한 녹슨 선박들이 돛대와 상부 구조물을 수면 위로 드러낸 채 가라앉아 있었다. 한 세기 전, 마침내 미국이 스스로 파국을 선언했을 때 찾아온 공황의 유물이었다. 파도에 시달린 굴뚝에 새겨져 있는, 갈라져 떨어져 나간 페인트가 만드는 모자이크 속에서 웨인은 오래전 기억에서 사라진 해운 회사들의 상징을 읽어 냈다. '큐나드' '홀란드-아메리카' 'P&O 크루즈'. 심지어 배터리 공원 아래에는 증기선 유나이티드 스테이츠호도 옆으로 누워 있었다. 동쪽으로 대륙을 가로질러 다가오는 사막에서 벗어나기 위해, 도시를 빠져나온 수만 명의 미국인들을 수송하기 위해 코니아일랜드에서의 퇴역 생활을 끝내고 소집된 배였다. 이스트강의 하구는 침몰한 화물선으로 막혀 버렸다. 전 세계의 항구에서 찾아 왔지만 대서양을 횡단할 연료조차 남지 않자 그대로 이곳에 버려진 배들이었다. 이후 뉴욕 항구는 공포와 탈진과 절망만이 존재하는 곳이 되어 버렸다. 웨인은 이물의 우현에서 솟구쳐 무지개를 만드는 물보라 너머를 응시했다. 아폴로 호는 항공모함 니미츠호의 반쯤 기울어진 비행갑판을 피하기 위해 항로를 틀었다. 이 거대한 원자력 항공모함은 항구의 출구를 막고 있던 수천 척의 소형 함선과 어설픈 뗏목들에 발포하라는 명령을 거부하고 반란을 일으킨 선원들에 의해 이곳까지 끌려왔다. 웨인은 미국 소개 작전의 최후 순간을 담은 사진과 조악한 품질의 영상을 떠올렸다. 중서부나 오대호 주변의 주에서 출발한 수백만 명의 사람들은 마지막 순간이 되어서야 이곳에 도착했고, 이내 뉴욕 항구는 광란의 도가니가 되었다. 며칠 거리까지 쫓아온 태양과 사막을 피해서 맨해튼의 거리를 가로질러 부둣가에 도착한 이들은, 마지막 수송선이 이미 항구를 떠났다는 사실을 깨닫게 되던 것이다.

"스타이너 선장! 이제 도착한 것 아닌가, 선장. 우리 목을 부러트릴 필요까진 없을 텐데……" 이물의 파도가 갑판 위를 휩쓸자, 오를롭스키는 소맷자락으로 투실투실한 얼굴을 훔치며 이렇게 말했다. 그는 다시 선장을 소리쳐 불렀지만, 그 목소리는 정신없이 내달리는 엔진 소리와 굴뚝의 굉음

에, 그리고 물보라에 흠뻑 젖은 검댕투성이 돛이 삐걱대는
소리에 파묻혀 버렸다.

스타이너는 정치장교의 말을 무시했다. 그는 굳센 다리를
가볍게 까딱거리며, 그들 앞의 잔해로 가득한 수면을 거의
최면에 걸린 눈빛으로 바라보고 있었다. 오페라에 등장하는
정신 나간 선장의 모습 그대로였다. 아폴로호가 검댕이 섞
인 파도 위로 물보라를 뚫고 돌고래처럼 솟구치며 날아가는
속에서, 웨인은 겁에 질린 말들의 머리 위에서 통풍관을 붙
잡고 매달려 있었다. 오후의 햇살이 도심의 사무 지구를 가
득 메우며 침묵에 빠진 수천 개의 창문에 반사되어, 그리고
거리마다 액체처럼 깔려 반짝이는 금가루에 반사되어 배 위
를 뒤덮었다. 문득 웨인은 포트 녹스에 보관되었던 연방준
비은행의 금괴가 이곳 부둣가에 널려 있을지도 모른다는 생
각을 했다. 유럽으로 수송되기 전 마지막 남은 군부대가 이
곳에 버리고 갔을지도 모르니까.

"스타이너 선장님, 수심 3패덤입니다!"

마지막 남은 물길을 쏜살같이 달려가는 아폴로호의 뱃머
리에서, 추가 달린 줄을 내리려 애쓰고 있던 두 명의 선원이
소리쳤다.

"선장님, 좌현 전방에 암초입니다!"

"뒤로 물러나야 합니다! 용골이 부서질 겁니다!"

"선장님?"

3 / 익사한 인어

    선원들이 다급하게 갑판 위를 오가고 있었다. 움찔하며 갑판에서 물러서던 리치 박사와 하사관 한 명이 정면으로 충돌했다. 서머스 교수는 경고를 보내는 것처럼 스타이너에게 손을 흔들었고, 장교 후보생 두 명은 주 돛대의 밧줄을 타고 올라가 하늘에서 안전을 찾으려 했다.

    추진력을 잃은 아폴로호의 속도는 절반까지 줄어 있었다. 바람이 빠진 돛은 늘어졌고, 정적 속에서 웨인의 귀에 들리는 소리라고는 뒤편의 뜨거운 굴뚝이 연기를 뿜으며 내는 소음뿐이었다. 뒤이어 철검으로 선체를 긁는 듯한 낮고 귀에 거슬리는 소리가 들려왔다. 배는 상처 입은 고래처럼 부르르 떨면서 우현으로 몸을 기울였다. 그리고 거의 움직임

           익사한 인어

을 멈춘 채로, 고물 쪽의 프로펠러가 내뿜는 거품 속에서 바람을 맞으며 천천히 몸을 틀었다.

다시 사람들이 난간으로 몰려나왔다. 마구간의 말들은 비틀거리며 발을 굴렀고, 콧김 내뿜는 소리가 엔진의 소음보다 크게 울렸다. 웨인은 갑판으로 뛰어내려 리치와 앤 서머스 사이로 파고들었다. 선원들은 서로 소리치면서 물 쪽을 가리키고 있었지만 웨인은 선장 쪽을 올려다보았다. 선장은 다친 무릎을 가누며 자리에서 일어나는 조타수는 그대로 버려두고 태연한 얼굴로 타륜을 잡고 있었다. 아폴로호는 수면 위에서 시계 방향으로 회전하는 중이었는데, 잦아들어가는 바람 속에서 돛은 축 처져 버렸다. 스타이너의 시선은 이제 10킬로미터도 떨어지지 않은 맨해튼의 거대한 건물들을 향하고 있었다. 웨인의 눈에는 지금까지의 그 어느 순간보다 행복에 겨운 얼굴로 보였다. 대서양을 가로지르는 위태로운 항해 내내, 목표에서 수백 미터밖에 떨어지지 않은 지점에서 배를 좌초시킬 마음을 품고 있던 것은 아니었을까? 다른 사람들이 모두 목숨을 잃으면 눈앞에 기다리는 땅의 보물을 혼자 약탈하기 위해서?

"웨인, 저기 누워 있는 것 보이니?" 웨인은 앤 서머스가 자기 팔을 붙드는 것을 느꼈다. "인어가 잠들어 있어!"

웨인은 물속을 들여다보았다. 아폴로호의 프로펠러는 멈췄고, 끓어오르던 거품도 선체에 부딪치는 해수에 거의 다

녹아들어 버렸다. 배 옆의 물속에 익사한 신부처럼 비스듬히 누워 있는 여성의 동상이 보였다. 거의 아폴로호의 선체만큼 긴 몸을, 좌대의 잔해로 보이는 물에 잠긴 콘크리트 덩어리에 기댄 채 잠들어 있었다. 고전적인 이목구비가 수면 아래 수 미터 깊이에 잠겨 있었다. 파도에 쓸린 회색 얼굴을 바라보던 웨인은, 불현듯 정신병원 영안실에서 뚜껑 열린 관 속에 누워 있던 어머니의 얼굴을 떠올렸다.

"웨인, 저 여자는 누구야?" 앤 서머스는 그 무심한 얼굴에서 시선을 떼지 못하고 있었다. 콧구멍 안에는 바닷가재 한 무리가 둥지를 튼 모양이었다. 은신처에서 기어 나와 거품을 흘리는 아폴로호의 선체를 내다보는 바닷가재들을 바라보며, 앤은 자신의 잘생긴 코를 감싸 쥐었다. "웨인, 분명 여신이나 그런 존재일 것 같은데……"

파울 리치가 그들 사이로 끼어들었다. "이 지역의 해신이겠지요." 그는 매끄러운 말투로 설명했다. "동해안의 미국인들은 온갖 심해 생물들을 신으로 섬겼으니까요. 모비 딕도 있고, 헤밍웨이의 『노인과 바다』도 있고, 심지어 '죠스'란 귀여운 애칭이 붙은 거대한 백상아리도 있었지요."

앤 서머스는 미심쩍은 눈으로 동상을 바라보며, 리치의 손에서 자기 손을 빼냈다. "상당히 격렬한 부류의 신앙인 것 같은데요, 파울. 선박에 위협이 된다는 점은 두말할 나위도 없고." 그녀는 문득 생각났다는 듯 이렇게 덧붙였다. "아무래

익사한 인어

도 배가 침몰하려는 것 같네요."

사람들의 고함치는 소리를 들으니 틀림없었다.

"선장님, 선체에 구멍이 뚫렸습니다! 물이 들어옵니다!"
하사관이 선원들을 불러 모으고 있었다. "전방 펌프를 최대
출력으로 돌리도록! 그대로 여기서 가라앉기 싫으면 말이
다!"

웨인은 양손으로 주먹을 쥐고 난간을 때렸다. 그리고 선
원들이 옆으로 지나가는 동안 큰 소리로 웃음을 터트렸다.
대서양을 건너오는 내내 머릿속에 품고 있던 뉴욕 항구의
모습에서 무엇이 빠져 있는지를 그제야 깨달았기 때문이었
다.

"웨인, 제발 정신 좀 차려……" 앤 서머스는 그를 진정시
키려 들었다. "항구까지 헤엄쳐 가야 할지도 모른다고."

"리버티섬이에요! 서머스 교수님, 기억 안 나세요?" 웨인
은 저지시티 쪽 해안을, 해협 가운데 서 있는 바위섬 하나를
가리켰다. 아직도 고전형식의 좌대가 약간이나마 남아 있는
모습이 보였다. "자유의 여신상이라고요!"

그들은 함께 아폴로호 측면의 물속을 들여다보았다. 수
세대에 걸쳐 구세계에서 넘어오는 이민자들을 위해 높이 들
었던 횃불은 사라져 버렸지만, 머리에는 여전히 왕관을 쓰
고 있었다. 비죽 솟은 왕관의 징 하나가 아폴로의 선체에 10
미터 길이의 상처를 낸 것이다.

"네 말이 맞아, 웨인. 세상에. 문제는 우리가 침몰하고 있다는 거지만!" 앤 서머스는 한쪽 손으로 틀어 올린 금발 머리를 쥐고 다급하게 주변을 둘러보았다. "우리 장비를 챙겨야 해요, 파울! 스타이너는 대체 뭘 하는 거야?"

이물 쪽 갑판의 펌프에서 녹물이 뿜어져 나왔다. 오를롭스키는 비난하는 것처럼 통통한 집게손가락을 쳐들고 선장을 향해 소리치고 있었다. 그러나 스타이너는 만족한 눈빛으로 가뿐하게 발을 움직여 키 주변을 어정거릴 뿐이었다. 정치장교나 갑판 위의 아수라장은 완전히 무시한 채로 느긋하게 황동 전성관에 대고 기관실에 지시를 내리고 있었다.

고물 뒤편에서 날이 두 개 달린 프로펠러가 물을 휘젓기 시작했다. 굴뚝에서는 짙은 검은 연기가 피어올랐다. 아폴로호는 첨병대듯 힘겹게 파도를 헤치고 나아갔다. 펌프에서 뿜어져 나온 차가운 물이 갑판을 타고 배수구로 흘러 내려가며 웨인의 발목을 휘감고 지나갔다. 리치와 앤 서머스는 뒤로 물러섰지만, 웨인은 멀어져 가는 거대한 동상에서 시선을 떼지 못한 채 그대로 내려다보며 서 있었다. 미국 소개 작전이 절정에 달했던 시기, 브라운 대통령은 자유의 여신상을 좌대에서 내려 유럽에 새로 조성될 미국인 거주지로 운반하는 작업을 직접 감독했다. 하지만 갑자기 밀어닥친 폭풍 때문에 동상을 운반하던 목조 바지선의 견인줄이 끊어졌고, 배는 그대로 만 안을 자유로이 돌아다니다가 자침

시킨 화물선의 튀어나온 용골에 걸려 침몰하고 말았다. 소개 작전의 막바지에 찾아온 혼돈 속에서 여신상이 가라앉은 정확한 위치를 파악하는 것은 불가능했으며, 자유의 여신은 이후 한 세기 동안 차가운 물속에서 천천히 삭아 가고 있었다.

따라서 이번 원정대는 벌써 첫 발견이라는 쾌거를 올린 셈이었다!

아폴로호가 뱃전을 흠뻑 적신 채 절름거리며 뉴욕 항구로 다가가던 바로 이 순간, 웨인은 이후 보게 될 독특한 환상을 일기장에 기록해야겠다고 마음먹었다. 그 첫 항목은 파도 아래 잠들어 있는 돌아가신 어머니의 모습이 될 것이다. 세월이 흐른 다음 그는 자신의 기록을 플레밍 박사에게 전달할 것이다. 아메리카 어딘가에서 찾아내게 될, 과거에 아버지였고 미래에도 아버지일 사람에게. 서부의 금빛 낙원에서 자신을 기다리고 있을 그 사람에게.

**4 / 비밀
화물**

상륙이다! 아폴로호는 마침내 허드슨강의 하구를 메운
난파선 사이를 뚫고 들어가 옛 큐나드 부두 근처의 토사 둑
위로 올라앉았다. 끊임없이 쿨럭대는 펌프 소리와 아폴로호
가 최후를 맞이해도 헤엄쳐 갈 수 있는 곳까지 왔다는 데 자
기들 나름대로 위안을 받았는지, 선원과 원정대원들은 잠잠
해진 상태였다. 아폴로호가 부서진 이물을 젖은 토사 위에
올리자, 사람들은 모두 난간으로 몰려와서 그들 앞에 또렷
하게 펼쳐진 부두의 풍경을, 거대한 타워와 버려진 길거리
가 눈에 띄는 적막한 도시를, 오후의 햇살에 반짝이는 100만
개의 텅 빈 유리창을 바라보았다.

벌써부터 건물 사이 골짜기를 메운 모래언덕이 보이기 시

작했다. 모래가 3미터 두께로 쌓여 이리저리 구르는, 거의 한 세기 동안 발자국이 찍힌 적 없는 땅이, 내륙의 바람이 매끄럽게 매만진 금가루의 광채에 뒤덮여 그곳에서 기다리고 있었다. 웨인의 눈에는 흡사 마법의 양탄자처럼, 어릴 적 동화에 깃든 꿈이 금속의 모습을 취해 결정을 이룬 것처럼 보였다. 배가 썰물을 타고 진흙 속으로 내려앉는 동안 웨인은 숨조차 제대로 쉬지 못한 채, 아폴로호에 승선한 평온한 고요가 욕망에 휩싸여 달려가는 이들의 발소리에 파묻혀서 사라지지 않기만을 빌고 있었다.

모두가 풍족하게 가지고도 남을 것이다. 콜럼버스와 코르테스와 스페인 정복자들의 꿈을 뛰어넘고도 남을 만큼의 금이 있었다. 웨인은 번쩍이는 약탈자의 갑옷을 차려입은 선원과 승객들의 모습을 머릿속으로 그려 보았다. 금으로 수놓은 더블릿과 판탈롱을 차려입은 자신의 모습을, 번쩍이는 흉갑과 금박으로 덮인 스커트를 입은 앤 서머스의 모습을, 불길한 느낌이 감도는 검은색과 금색의 갑옷을 입은 파울 리치를, 새로 금판을 덮은 아폴로호의 타륜 앞에 서서 승리자의 위광을 자랑하듯 금빛 망토를 휘날리며 구세계의 플리머스 항구로 귀환할 여정을 준비하는 스타이너의 모습을……

배의 경적이 세 번 길게, 웨인의 고막을 찢을 듯 울렸다. 소리는 적막이 감도는 고층 건물 사이로, 센트럴 파크를 가

로질러 공명하다가 마침내 맨해튼 업타운으로 한참을 올라
간 끝에 사라져 버렸다. 웨인은 흐릿하게 사라지는 메아리
를 놓치지 않으려는 듯 귀를 기울였다. 어떻게 보면 방금 울
린 가혹한 쇳소리야말로 그들이 도착했다는 진짜 신호나 다
름없었다. 대서양을 횡단하는 기나긴 여행에서 해방시키는
동시에, 과거의 문을 닫고 상륙의 순간을 예비하는 소리인
것이다. 먼 옛날의 이민자들처럼 그들 또한 소중한 작은 꾸
러미를 하나씩 그러안고 있었다. 눈앞에 펼쳐진 신세계의
가능성에 걸고 흥정하려고 가져온, 희망과 야심을 한데 뭉
친 꾸러미를.

　맥네어는 금을 생각하고 있었다. 그는 석탄 저장고 승강
구에 가까운 고물 쪽 선교에 서서 수염에 묻은 검은 무연탄
가루를 훔쳐 냈다. 큐나드 부두를, 그리고 햇살에 반짝이는
모래언덕에 가득한 완전히 다른 종류의 가루를 올려다보면
서. 이제 늦은 오후의 햇살을 받은 모래는 흡사 녹아내린 청
동처럼 보였다. 맨해튼을 타고 흘러넘친 사막의 바다가 거
대한 고층 건물 사이에 끈적하게 엉겨 붙어 있었다. 한 세기
동안 몰아친 가혹한 기후가 애팔래치아산맥을 열어젖혀 그
안에 사로잡혀 있던 광맥을 흘러넘치게 만든 모양이었다.
　맥네어는 벌써부터 이 금빛 수확물을 어떻게 하면 효율적
으로 모아들일 수 있을지를 고민하는 중이었다. 삽이나 증

비밀 화물

기로 작동하는 굴착기로 표면만 건드리는 정도로는 별 의미도 없으리라. 콤바인을 개조하는 편이 나을 것이다. 그러면 모래언덕 위로 개조한 탈곡기를 몰면서 귀중한 표토를 가뿐하게 퍼 올릴 수 있겠지.

맥네어는 거대한 건물들을, 콘크리트 고속도로와 고가도로의 거대한 교각들을 바라보았다. 그래, 물론 수로에 걸린 현수교의 말도 안 되는 크기에, 그리고 먼 옛날의 유나이티드 스테이츠 증기선과 니미츠 항공모함의 엄청난 덩치에 놀라기는 했다. 하지만 맥네어는 이미 호전성을 되찾고 이 거대한 대륙에 자기 방식으로 도전할 채비를 갖추고 있었다. 글래스고 조선소의 해양공학 교습소에서 보낸 세월을 허투루 낭비하지는 않을 것이다. 잠든 거인을 되살릴 기술은, 철도와 댐과 다리와 광산과 산업을 일깨울 기술은 바로 그의 손에 깃들어 있었다. 컴퓨터 전문가와 통신이란 마법을 부리는 기술자들은 먼 훗날에, 기초산업의 톱니바퀴가 무탈하게 돌아가게 된 다음에야 찾아올 것이다.

지난 한 세기 동안 스코틀랜드에 있는 작은 미국인 거주지는 기존 공동체에 융합되어 버렸다. 그러나 맥네어는 자신이 언젠가 미합중국으로 돌아가리라 확신하고 있었다. 자신의 진정한 재능을, 배의 기관장 수준을 훌쩍 뛰어넘는다고 자부하는 기술력을 살리려면 미국 정도의 크기와 규모가 필요했다. 그는 옛 미국의 위대한 기술문명에 뿌리를 둔 일족 출신이었다. 그의 조상 중 한 명이 닐 암스트롱을 달에 보낸 NASA 팀의 일원이었던 것이다.

아폴로호에 공석이 있다는 공고를 봤을 즈음, 맥네어는 무르만스크-뉴캐슬 항로를 오가는 석탄 수송 벌크선의 부기관장으로 근무하고 있었다. 다른 사람들은 조금도 관심을 보이지 않았지만, 맥네어는 조금도 망설이지 않고 지원했다. 내륙 탐사대에 포함되지 못할 수도 있다는 사실은 아무 상관도 없었다. 아폴로호를 이끌고 대서양을 건너온 그는 이제 해안에 상륙해서 온갖 것들을 움직이게 만들 만반의 준비를 하고 있었다.

금은 운 좋은 보너스에 지나지 않았다. 자신의 집착을 마지막까지 밀고 가도 된다는 징조일 뿐이었다. 석탄이나 석유 같은 화석연료는 모두 고갈되어 버렸다지만, 아메리카란 땅은 항상 기대하지 않은 보너스를 숨기고 있는 법이다. 맥네어는 금이 가지는 장식적 또는 재정적 가치에는 일말의 관심도 없었다. 중요한 점은 다른 이들의 눈에 가치가 있다는 것이다. 이 금이 있으면 남아프리카와 남아메리카의 어중이떠중이 국가들로부터 석탄을, 보크사이트를, 목재와 철광을 사들일 수 있을 것이다.

맥네어는 자신감 넘치는 눈으로 텅 빈 도시를 바라보면서, 아폴로호 원정대의 주목적이 최근 아메리카 대륙에서 검출된, 작지만 명확한 대기 중 방사능 수치 증가의 이유를 파악하는 것임을 되새겼다. 어쩌면 낡은 원자력발전소의 노심 내부 물질이 위험한 수준까지 누출되었거나, 아무도 기억하지 못하는 비밀 무기고에 보관된 탄두가 부식되어 임계점에 도달한 것일지도 모른다. 이유가 뭐든 그런 가능성은 그를 흥분하게 만들었다. 가이거 계수기에 머리를 틀어박고 있는 두 명의 물리학자, 리치와 앤 서머스가 떠올랐다. 만약 그들이 잠들어 있는 핵에너지를 제어할 수만 있다면, 다 함께 힘을 합쳐 잠든 거인을 깨울 수 있으리라. 3차 산업혁명이라 불러 마땅할 위업을 시작할 수 있을 것이다……

　고물 난간 앞에 서서 초조한 눈으로 스타이너 선장을 흘깃거리는 중인 오를롭스키는 맨해튼의 텅 빈 고층 건물들에서 보다 훨씬 애매한 느낌을 받았다. 애초에 그는 이 원정대의 일원이 되고 싶지 않았다. 3년 동안 힘들게 일해 노바야제믈랴 제도에서 새로운 극지 노천 탄광을 개척하는 데 성공한 직후였기 때문에, 이제 모스크바의 에너지자원관리국에서 편안한 행정 업무에 안착하리라 기대하고 있던 터였다. 원정대 대장을 구하는 통지문이 관리국 소식지를 통해 떠돌던 기억은 있지만, 오를롭스키는 그대로 통지문을 무시했다. 제정신이 박힌 인간이라면 6개월 동안 황량한 북미 대륙을, 파타고니아만큼 먼 곳에 존재하는 모두의 기억에서 사라진 황무지를 떠도는 임무를 원할 리가 있겠는가.

방사능 물질 누출에 대한 우려는 여전히 상존했다. 최근 들어 낙진이 작은 구름을 이루어 북대서양을 건너온 적이 있었다. 그러나 지난 50년 동안 건너간 척후 원정대는 가치 있는 보고는 조금도 올리지 못했다. 그곳에 존재하던 탐욕스러운 국가는 석탄이며 석유 따위는 오래전에 말끔히 소진해 버렸던 것이다. 사실 20년 전에 출발한 플레밍 원정대는 재난에 가까운 종말을 맞았다. 탐사대원들이 이해할 수 없는 이유로 예정에서 벗어난 행동을 벌이더니, 결국 테네시주의 소금 사막에서 식수가 떨어져 비명횡사했다. 넉 달 후에 떠난 구조대는 멤피스 근교의 버려진 야영지와, 도마뱀과 땅다람쥐 따위에 뜯어 먹히고 남은 백골의 행렬을 발견했을 뿐이었다.

몇 가지 명백한 이유 때문에, 이후의 원정대에서는 반드시 정치장교를 대장으로 삼아야 한다는 칙령이 발표되었다. 정치장교의 주된 임무는 충동에 빠지기 쉬운 과학자들을 통제하는 일이 될 것이었다. 그리고리 오를롭스키가 보기에는 본인만 아니면 누가 되든 상관없었다. 그러나 관리국 내부의 정체 모를 숨은 라이벌이 그가 미국인의 혈통을 가지고 있다는 사실을 발견해 버렸다. 그의 증조부는 첫 이민선을 타고 필라델피아를 떠나 원래 가족의 고향인 우크라이나로 돌아와서, 이름을 오웰에서 오를롭스키로 되돌리고 재빨리 러시아식 삶으로 돌아간 사람이었다.

미처 항변할 기회도 잡기 전에, 오를롭스키는 영국 플리머스의 부둣가에 서서 겉보기로는 전문가 같지만 실상은 아주 괴상한 원정대를 이끄는 신세가 되고 말았다. 대서양을 횡단하는 동안 그는 종종 원정대가 아니라 한 무리의 몽유병자들을 이끌게 된 것은 아닐까 하는 생각을 했다. 그와 마찬가지로 원정대원들은 모두 미국인의 혈통을 이어받았으나, 그와는 달리 새로운 고향에 적응하려는 시도조차 하지 않은 듯싶었다. 돛을 올린 첫날부터 그는 사람들이 몰래 개인 화물을 들여왔다고 확신하고 있었다. 탐사대 대장으로 보낸 오랜 세월 덕분에 그는 밀반입한 알코올이나 암시장에서 들여온 전기 배터리, 조개탄을 가득 채워 무거워진 서류 가방 따위의 냄새를 맡는 일에 일가견이 있었다.

　그러나 머지않아 그들이 원정대에 합류한 이유가 과학 임무 때문이 아니었던 것처럼, 그들이 밀반입한 물건이 아메리카에 대한 총체적인 환상일 뿐이라는 사실도 명백해졌다. 웨인이란 이름의 밀항자 젊은이를 발견한 일이 촉매가 되었다. 온갖 개인적인 도피자들이 당당하게 모습을 드러내고 '자유'(20세기 최후의 위대한 환상 말이다)라는 꿈을 기치로 한데 모여서, 먼 옛날 그들의 조상이 엘리스섬의 이민자 구역으로 내몰리며 느꼈음 직한 확신을, 꿈을 이루고 새로운 삶을 얻을 수 있으리라는 확신을 내비치기 시작한 것이다.

　하지만 잿더미와 용광로 찌꺼기로 이루어진 풍경 속에서,

전 세계가 한 달 동안 사용하는 에너지를 전부 쏟아도 채 하루도 돌릴 수 없는 텅 빈 대도시에서 대체 무엇을 찾을 수 있단 말인가? 아마 저들 중에도 아는 사람이 없을 것이다. 선량한 척하는 미소를 조용히 띠고 침몰해 가는 배의 선교에 당당히 서 있는 스타이너를 제외하면. 제대로 된 선장이라면 자기 배를 일부러 가라앉힐 리가 없다. 오를롭스키는 그가 일부러 아폴로호를 가라앉은 동상 위로 몰아 이물에 구멍을 냈다고 확신하고 있었다. 서유럽 여기저기 흩어진 미국인 공동체는 아직도 동상의 행방에 소정의 현상금을 걸어 놓고 있었지만, 스타이너는 그보다 훨씬 복잡한 꿍꿍이를 품고 있을 것이 분명했다.

오를롭스키는 선장과 그 밀항자 젊은이가 함께 낡은 《타임》과 《룩》을 뒤적이며 보내던 때를, 호화로운 광고에 거의 취하다시피 하던 모습을 떠올렸다. 공식 명칭이 '299호 탐사선'인 증기선에 이름을 붙이는 문제를 놓고 당황스러운 사건이 벌어졌던 때도 생각났다. 오를롭스키는 E. F. 슈마허*라는 이름을 제안했지만, 모든 사람이 그를 지지하는 대신 야유를 보내 침묵하게 만들었다. 스타이너의 유도에 따라, 그들은 만장일치로 웨인의 제안인 아폴로를 받아들이기로 했다. 다분히 감정적인 결정이었다. 작은 쪽이 아니라 큰 쪽으로 생각을 하자는, 달을 목표로 삼자는 제안이었다. 오를롭스키는 이 사실을 참고 견뎠다. 솔직히 이 배가 암스트롱의

비밀 화물

여행 궤적을 따라갈 것이라는 암시에 그 나름대로 끌리기는 했다. 하지만 아메리카의 땅은 월면만큼이나 광막할 것이다. 모든 것을 세세히 살피면서 그곳에서 벌어질 수 있는 온갖 심리학 방면의 문제에 주의를 기울여야 할 터였다.

그는 자기 나름의 결정을 내렸다. 신속하게 방사능 누출의 근원을 파악한 다음, 발견한 모든 내용을 전파를 통해 스톡홀름의 방사능 감시소에 보고하고, 최대한 빨리 유럽으로 돌아가는 것이다. 위험을 무력화하는 임무는 보다 나은 장비를 갖춘 대규모 원정대의 몫으로 남겨 두고.

그리고 여기 붙들려 있는 동안에는 발렌티나와 딸들을 위한 기념품(브루클린을 뒤덮은 기묘한 금빛 광채 너머로 낡은 엑슨 주유소 간판이 보였다. 몇 루블은 충분히 나갈 만한 물건이었다)을 조금 모을 생각이었다. 또한 관리국의 칵테일파티에서 주위를 휘어잡을 여행담도 꾸밀 수 있을 것이다. 죽은 도시들로 가득한 이 음울한 고대의 풍경 속에서 아주 잠깐이지만, 오를롭스키는 뉴욕 식민지의 행정 장관이 된 자신의 모습을 떠올렸다. 수천 킬로미터의 황막한 땅을 다스리는 지방 총독이 된 모습을. 그 생각에 붙들린 채 그는 상륙할 채

- 에른스트 프리드리히 슈마허(1911~1977). 독일 태생의 영국 경제학자. 거대 기술과 물질주의에 맞서 인간 중심의 생태적인 경제 개념을 제창했으며, '작은 것이 아름답다'라는 단 한 문장으로 인류의 '생각의 대전환'을 이루어 냈다.

비를 했다. 이 거대한 땅을 다스리려면 그에 버금가는 위대한 인간이 필요할 것이다⋯⋯

배 중앙부의 난간에 대고 섬세한 손에 묻은 검댕을 문질러 닦으면서, 파울 리치 박사는 생각에 잠겨 있었다. 그래서 이게 뉴욕, 혹은 뉴욕이었던 장소란 말이지. 20세기의 가장 위대한 도시. 국제 금융과 산업과 엔터테인먼트의 심장박동을 들을 수 있는 도시. 이제는 폼페이나 페르세폴리스만큼이나 진짜 세계와는 거리가 먼 곳이 되어 버리셨지만. 원 세상에, 화석이 아닌가. 사막 가장자리에서 서부극 속의 유령 도시처럼 보존되어 있는 꼴이잖나. 내 조상이 정말로 저 거대한 골짜기에 살았단 말인가? 우리 조상님들은 1890년대에 나폴리에서 가축 수송선을 타고 이곳으로 건너왔다가, 한 세기 후에 도로 가축 수송선을 타고 나폴리로 돌아갔지. 이번에는 내가 이 나라를 다시 한번 건드려 보는 셈이로군.

하지만 그래도 이 장소에는 가능성이 있어. 온갖 것들이 자신을 끄집어내 줄 사람만 기다리며 이곳에 잠들어 있을 거란 말이지. 저 아름다운 서머스 교수처럼. 지금은 기분이 나쁜지 서먹하게 굴고 있지만, 일단 원정대가 본궤도에 올라서 햇볕에 그을린 몸이 먼지투성이가 되고, 가랑이 사이에서 말 냄새가 나고, 누출된 방사능 물질(분명 원자로가 파열된 거겠지. 너무 서둘러 떠나느라 콘크리트를 충분히 두르지 않은

게 분명해)을 찾아 위험한 여정에 오르게 되면 태도가 살짝 달라질 거란 말씀이야……

한데 여긴 정말 무덥구먼. 모래언덕에서 열기가 아지랑이처럼 피어오르는 게 보여. 그래도 토리노에 남아 있는 것보다는 여기가 낫겠지. 도서관기금협회와 관련된 작은 스캔들이 터지기 직전이니까. 청문회에서 진술하는 상황까지 가버리면 내가 맡은 역할을 숨기기 힘들 테고…… 전문가의 이름에 먹칠을 하게 되겠지. 앞으로 10년을 트리에스테의 어분 가공 공장에서 공장 화학자로 지내면서, 말린 오징어 냄새가 진동하는 공동 기숙사에서 살아야 한다는 생각을 하면…… 그래, 차라리 이 텅 빈 도시 쪽이 낫다니까. 여기 살았던 사람들은 적어도 규모와 스타일 면에서는 남달랐으니까. 어쩌면 우리 할아버지가 실제로 여기 살았을지도 몰라. 커다란 차를 타고 브로드웨이를 질주했을지도 모르지. 그 거대한 금속 괴물을 뭐라고 불렀더라? 그래, 맞아, 캐딜락.

서머스 교수가 맨해튼을 마주한 첫인상은, 아폴로호가 난파선 잔해로 가득한 만을 질주한 끝에 물에 잠긴 동상과 충돌한 사건과 뒤섞여 혼돈 속에 빠져 버렸다. 강렬하지만 불안정한 눈으로 계속 그녀를 주시하는 저 스타이너 선장이란 흥미로운 남자가 대체 무슨 장난질을 친 것일까? 이제 돌을 던져도 닿을 만큼 가깝게 다가온 텅 빈 도심지 또한 비슷하게 당황스러운 효과를 불러일으켰는데 벌써부터 그녀를 도발하는 듯했다. 뉴욕에는 아직도 부인할 수 없는, 마음에 거슬리는 매력이 남아 있었다. 저 고층 건물을 세운 실무자들의 활력과 진취성이 아직까지 느껴졌다. 그녀는 베를린의 미국인 게토에서 어린 시절을 보냈지만(독일식 이름은 아나 조머였지만, 플리머스에서 첫날 밤을 보낸 후 그녀는 앤 서머스라는 영어 이름으로 되돌아가기로 했다) 뉴욕은 평생 이방인이었던 그녀의 기억 속에서 항상 특별한 지위를 차지하고 있었다. 심지어 위스키와 베르무트를 섞은 맨해튼이라는 이름의 달콤한 칵테일조차 그랬다. 유럽 원주민들은 미국 혈통을 이어받은 사촌들이 조상의 천박한 취향까지 물려받았다고 책망하기 일쑤였지만, 앤은 짚어 말하기 힘든 맨해튼의 향기를 사랑했다. 화려한 호텔과 리무진과 갱단의 어두운 기억을 담은……

하지만 일로 돌아와 보자면, 그녀를 기다리는 '칵테일'에 숨은 수수께끼의 구성 원료는 위험한 방사능 동위원소일 것이다. 다행스럽게도 그녀는 여행 내내 만족스럽게 연구를 수행해 왔다. 연구실에 하루 다섯 시간씩 틀어박혀, 리치의 항변이나 뱃멀미 따위는 깡그리 무시하면서. 아폴로호를 긴급 항해가 가능할 정도까지 수리하려면 시간이 필요할 것이다. 스톡홀름에서 받은 마지막 보고 내용에 따르면 북미 기류에 포함된 낙진은 오대호 남부 지역, 즉 신시내티와 클리블랜드에서 날아든 것이라고 했다. 리치에게는 털어놓지 않았지만, 흥미롭게도 이 낙진에는 바륨과 란타늄의 동위원소가 포함되어 있었다. 즉 구식 핵무기, 예를 들자면 전술핵무기의 탄두가 폭발할 때 방출되는 물질인 것이다. 어쩌면 한 세기 동안 지속된 부식으로 인해 마침내 옛 핵무기 저장고에 구멍이 뚫린 것일지도 모른다.

항해 내내 그녀는 하루에 세 번씩 지진파와 방사능 측정을 수행하고, 리치(모든 일을 날림으로 처리하며 동시에 모든 공을 자기 앞으로 돌리려는 작자가 분명했다)를 감시하고, 자신의 티 없이 하얀 피부를 야만적인 태양으로부터 보호하기 위해 노력했다. 애초에 왜 이런 원정대에 지원했을까? 슈판다우의 좁지만 포근한 원룸과 성실하고 사랑스러운 애인을 떠나는 일을 감수하면서까지. 그녀의 애인은 국영 집단 가축병원에서 약리학자로 일하는 중년 남자로, 한 달에 한 번씩 추가로 육류 배급을 받을 수도 있었다. 그러나 그녀는 모든 것을 버려서라도 숨 쉬고 발을 뻗을 공간을, 꿈을 꿀 공간을 필요로 했다. 그녀는 스타이너의 시선을 피하면서 야만적인 힘을 고스란히 드러내고 선 거대한 건물들을 바라보았다. 지구상에서 꿈의 날개를 펼 수 있는 장소가 이곳밖에 남지 않았다는 사실은 그녀 자신도 잘 알고 있었다.

한편 스타이너 선장은 홀로 함교 위에서 타륜의 바큇살

에 뻐근한 등짝을 대고 서 있었다. 호기심 때문에 그는 한동안 선원이며 승객들의 행동을 살펴보면서 다음 몇 분간 어떤 반응을 보일지를 추측했다. 기나긴 항해는 일종의 기발한 신용 사기나 다름없었고, 성공으로 이끌기 위해 위태로운 결정을 몇 번이나 내려야 했다. 그러나 침수되는 아폴로호를 결국 계획대로 큐나드 부두 옆의 토사 위로 올리는 데성공했다. 한때 여왕들의 이름을 딴 거대한 여객선들이 정박했던 바로 그곳이었다. 이제 아폴로호는 그가 내밀한 임무의 나머지를 수행하는 동안 이곳에서 얌전히 기다리고 있을 것이다.

스타이너는 살짝 떨리는 손을 진정시키고, 항만을 가로지르는 최후의 질주를 벌이던 순간을 떠올렸다. 다행스럽게도 가라앉은 동상이 해류에 의해 위치를 바꾸거나 하지는 않다. 동상은 니미츠호의 고물이 가리키는 방향에 그대로 누워 있었다. 상륙할 때마다 들러 꾸준히 그라파를 권했던, 제노바의 나이 든 탐사선 선장에게서 얻어 낸 정보대로였다. 이스라엘 해군에서의 오랜 복무 기간이, 동네 연못이나 다름없는 지중해에서 OPEC의 사략선을 찾아 순찰하며 다닌 세월이 떠올랐다. 거친 대서양을 마주하는 순간에도 그는 광활한 대양이 아니라 광활한 대륙을 항해할 채비에 매진했다. 아메리카 대륙의 고요한 사막을, 고층 도시로 가득한 이스라엘과 요르단과 시나이반도의 모습과는 너무도 다른 땅을 마주할 채비를.

　그는 도시 밖의 광활한 풍경을 제외한 다른 모든 것을 마음속에서 몰아내기 시작했다. 기나긴 거리가 끝나는 곳에 있는, 사막이 된 대륙으로 나가는 문을 통과하면 그 어떤 대양만큼이나 광활한 육지가 펼쳐질 것이다. 머지않아 자신의 힘으로 그곳을 항해하리라. 언제나 평원의 주민이나 우주 비행사의 혈통이 아니라는 사실에 남몰래 좌절하며 살아온, 피닉스와 패서디나의 내과 의사들의 후손인 자신의 힘으로. 이제 자신의 나라로 돌아왔으니 다시 말을 몰 때가 되었다. 한쪽 발은 대지의 등자를 딛고, 다른 한쪽 발은 우주를 향한 운에 맡긴 채로.

**5 / 내해를
향하여**

　그를 남겨 둔 채로 전부 상륙해 버렸다! 상륙하려 서둘러
몰려가는 사람들에 놀란 웨인은 난간에서 손을 떼지 못하고
있었다. 마치 오를롭스키가 뒤에서 다가와 그의 손에 그대
로 수갑을 채워 난간에 묶어 놓기라도 한 것처럼. 갑작스러
운 흥분이, 미국 땅으로 몸을 던지려는 억눌린 욕망이 선원
과 원정대원 양쪽 모두를 뒤흔든 듯싶었다. 다 함께 잿빛 고
층 건물과 텅 빈 거리를 멍하니 바라보고만 있었는데, 다음
순간 정신 나간 듯이 현문을 향해 우르르 몰려가기 시작한
것이다. 선원들은 펌프를 방치한 채로 선실로 달려가더니,
도시의 모든 상점을 약탈할 기세로 더플백이며 빈 서류 가
방 따위를 들고 뛰쳐나왔다.

해안을 등지고 있는 사람은 오를롭스키뿐이었다. 그는 갑판 위에서 발을 구르며 소형 확성기에 대고 선장을 향해 소리쳤다. "스타이너! 자네 부하들을 당장 불러들이게! 자기 선원도 통제 못 하는 건가? 선장!"

그러나 스타이너는 타륜에 기대선 채로 온화하게 지켜볼 뿐이었다. 쉽사리 흥분하는 한 무리의 관광객이 배를 떠나는 모습을 바라보는 곤돌라 뱃사공처럼.

제일 먼저 상륙한 사람은 맥네어였다. 그는 앞 돛대 밧줄을 타고 올라가 스코틀랜드계 미국인의 야만스러운 전쟁 함성을 내지르고는, 그대로 아래쪽의 토사가 쌓인 강둑으로 뛰어내렸다. 그리고 젖은 진흙 속에 허벅지까지 잠겼다가 허우적거리며 벗어나 계속 미끄러지면서 사면을 올라갔다. 현문에 선 사람들은 모두 무슨 일이 일어나지는 않을지 조바심치며 그를 지켜보고 있었다. 맥네어는 큐나드 부두의 녹슨 상판 위로 올라서더니, 강변 거리로 흘러넘친 거대한 금빛 모래언덕들 가운데 가장 가까운 쪽으로 달려가기 시작했다. 웨인은 그가 몸을 숙여 반짝이는 모래를 쥐고 진흙투성이 팔을 휘둘러 도금된 가루를 허공으로 휘날리는 모습을 지켜보았다. 이내 금가루로 뒤덮인 형체는 언덕마루 너머로 사라져 버렸고, 웅웅거리는 목소리가 사무 지구의 건물들 사이로 메아리쳤다.

이후 몇 분도 지나지 않아 선원들이 구명 뗏목과 갑판의 널빤지를 이용해 토사 강둑을 넘을 수 있는 보도를 완성했고, 서로를 향해 서류 가방을 흔들면서 도시 쪽으로 사라져 버렸다. 원정대원들이 그 뒤를 따랐고, 스타이너는 버려진 아폴로호의 함교 위에서 그 모습을 지켜보며 서 있었다. 탐험용 둥근 모자로 대머리를 가린 오를롭스키가 선두를 맡았다. 배를 떠나니 그 또한 다시 유쾌한 모습으로 돌아왔지만, 눈으로는 파울 리치가 든 가이거 계수기를 계속 힐긋거리고 있었다. 마치 고요한 거리가 방사능으로 가득 차서 절걱거리기를 반쯤 기대하는 듯이.

"정말 끝내주는군." 그는 이렇게 고백했다. "콜럼버스가 된 기분이야. 이제 원주민들이 나타날 때가 되지 않았나. 햄버거나 만화책 같은 전통적인 선물거리를 들고 말이지. 우리 안전하긴 한 건가?"

앤 서머스는 정치장교를 안심시키기 위해 최선을 다했다. "오를롭스키 씨, 긴장 좀 푸세요. 여긴 원주민도 없고, 근처 150킬로미터 이내에는 방사능의 흔적조차 없어요. 이곳의 주된 위험 요소는 주차된 차와 충돌하는 정도일 테니까요."

리치는 가는 모래 위로 무릎을 꿇었다. 그는 모래 알갱이를 한 움큼 퍼 올리면서 맥네어가 모래언덕을 넘어가며 남긴 발자국을 재빨리 눈으로 좇았다.

"참 대단하지 않습니까, 앤. 이렇게 가까이서 봐도 금처럼 보이다니. 분석해 볼 가치가 있잖습니까. 오늘 밤에 한 시간 정도 스펙트로미터를 예약해 놓지요."

웨인은 서둘러 벗어나고 싶은 마음에 그들의 꽁무니에 붙어 따라갔다. 스타이너를 돌아봤지만 그는 얼른 가라고 손짓하며 도시 쪽을 가리킬 뿐이었다. 웨인은 선장의 복잡한 꿍꿍이가 불안하기만 했다. 앤 서머스가 신발에서 모래를 털어 내려고 잠시 멈춘 순간, 그는 재빨리 그녀와 리치 사이로 끼어들었다.

"웨인!" 오를롭스키가 그의 팔을 붙들었다. "아무것도 만지지 마라! 네 녀석은 밀항자란 점을 잊지 말도록. 지구의 이쪽 절반에서 너는 아무런 공적 지위도 없는 존재야."

웨인은 웃음을 터트리며 팔을 뺐다. 처음으로 그와 동등하게 대화를 나누는 기분이 들었다. "너무 그러지 마요, 그리고리! 미국은 모두 함께 즐길 수 있을 만큼 충분히 넓잖아요."

그는 강변 거리에서 항구 쪽으로 흘러넘쳐 쌓인 거대한 모래언덕으로 앞서 달려갔다. 반짝이는 모래가, 따스한 모래 사면이 햇살에 반짝이며 그에게 몰려들었다. 웨인은 그 금빛 품 안으로 행복하게 몸을 던졌다.

이어진 자극적이고 혼란스러운 몇 시간 동안 그들은 텅 빈 도시에 대한 첫 약탈을 시도했다. 웨인은 한때 7번가란 이름으로 불리던 모래언덕이 가득한 무더운 협곡을 터덜터덜 걸어가면서, 미국 어딘가에 금으로 포장된 도로가 있을지는 몰라도 적어도 맨해튼은 그런 곳이 아니라는 사실을 알아차렸다. 도시를 덮은 금빛 양탄자, 스페인 정복자들의 꿈조차 넘어서는 막대한 보물은 전부 완벽한 허상이었던 것이다. 멀리서 들려오는 선원들의 고함 소리와 술집이나 상점의 전면 유리창을 깨는 소리에 귀를 기울이며, 웨인은 주변에서 반짝이는 알갱이들이 끝없이 내리쬐는 태양의 열기에 달구어진 거칠거칠한 청동 가루라는 것을 깨달았다.

그는 커다란 태양열 용광로의 재 받이 구덩이에 서 있는 셈이었다. 맥네어에게는 안된 일이지만 웨인은 이 환상이 그 나름의 역할을 수행했다고 느꼈다. 그들 모두의 기억 속에 미국의 첫인상을 강렬하게 각인해 놓은 것이다. 동시에 사방에 가득한 금빛 광채는 자신이 품고 있던 오해의 허망함을 새삼 일깨워 주는 역할도 했다. 웨인은 뉴욕 거리에 번쩍이는 자동차들, 오래된 잡지에서 발견했던 과도하게 화려한 포드와 뷰익과 크라이슬러들이 가득 늘어서 있을 것이라 상상하고 있었다. 미합중국의 속도와 스타일의 상징이자 에너지 위기 시대의 전형적인 악역이기도 한 괴물들이 도사리고 있을 것이라고.

그러나 모래언덕은 최소한 3미터는 쌓여서, 사무 건물의 2층까지 도달해 있었다. 이 정도로 돌과 흙을 쏟아 내려면 태양이 애팔래치아산맥을 절반쯤 무너트려야 했을 것이다.

표지판과 신호등이 모래밭 여기저기서 녹슨 금속 식물처럼 고개를 내밀고 있었다. 허리께에 걸린 오래된 전화선이 미궁에서 길을 안내하는 실꾸리처럼 보도가 있던 위치를 표시해 주었다. 여기저기 모래언덕 사이에 존재하는 공터에는 술집이나 보석상의 유리문이 지하로 내려가는 어두운 동굴 입구처럼 도사리고 있었다.

웨인은 브로드웨이를 따라 걸어가며 침묵에 덮인 호텔과 극장의 외관을 살폈다. 타임스 스퀘어 한가운데에는 거대한 변경주 선인장이 뜨겁게 달아오른 공기 속으로 10미터에 달하는 팔을 뻗고 서 있었다. 사막 자연보호구역의 입구를 지키는 위풍당당한 수문장 같은 모습이었다. 녹슬어 가는 네온사인에 세이지 덤불 뭉치가 걸려 있는 모습이, 마치 맨해튼 전체를 완벽한 서부극을 촬영하기 위한 거대한 세트장으로 만들어 버린 것만 같았다. 은행이며 증권사 건물의 2층 창문을 따라 열매가 영근 부채선인장이 늘어섰고, 항공사 사무실과 여행사의 현관에는 유카와 메스키트의 거대한 잎사귀가 그늘을 만들고 있었다.

5번가와 57번가의 교차로에 도착한 웨인은 모래언덕을 넘느라 차오른 숨을 가다듬으려 잠시 걸음을 멈추었다. 먼지에 흐릿해진 신호등의 눈에 기대어 쉬고 있는데, 뒤로 5미터쯤 떨어진 건물의 반쯤 파묻힌 네온 진열장 쪽에서 두툼한 피부를 가진 무언가가 움직이는 모습이 보였다. 그림자 속에서 작지만 독을 가진 것이 분명한 도마뱀 한 마리가 튀어나왔다. 힘겹게 움직이는 젊은이를 먹잇감으로 여긴 독도마뱀이었다.

웨인은 독도마뱀의 얼굴로 모래를 차 날리고 달리기 시작했다. 사방에 풍요로운 사막의 생물상이 숨어 있었다. 옛 광고사 창문에서는 전갈들이 초조한 회사 중역들처럼 몸을 뒤틀고 있었다. 출판사 문간에서 일광욕을 즐기던 사이드와인더가 다가오는 웨인을 주시하며 잠시 움직임을 멈추었다가, 이윽고 그림자 속으로 들어가 똬리를 틀고는 때를 기다리는 잔인한 편집자처럼 책상 사이에 도사리고 앉았다. 영화 홍보 대행사의 창가에 자란 버로위드 속에서 쉬고 있던 방울뱀은 고통스러운 오디션의 종료를 알리고 참가자를 내쫓는 것처럼 웨인을 향해 꼬리의 딸랑이를 흔들어 댔다.

웨인은 계속 센트럴 파크를 향해 달렸다. 공원을 따라 줄지어 자라고 있는 수백 그루의 거대한 선인장이 벌써부터 시야에 들어왔다. 한때 직사각형의 녹지였던 이 장소는 사막의 복제품으로 변해서, 애리조나에서 그대로 수송해 와 하늘에서 사뿐히 투하한 것처럼 보이는 붉은색 황야가 되어 있었다. 땀범벅이 된 웨인은 애석한 얼굴로 여름철 뉴욕의 민담에서 전승되어 온 소화전이라는 물건을 찾아 주변을 두리번거렸다. 그러나 지하철 노선을 따라 흘러 들어와, 일정한 간격을 두고 하수구에서 스며 나오는 바닷물이 그 자리

내해를 향하여

를 대신하고 있을 뿐이었다. 대형 호텔의 지하 주차장에서 솟아오른 작은 위성류와 크레오소트 관목 너머로, 염도가 높은 땅에 자라는 염생초와 팔로베르데 나무가 모래로 뒤덮인 록펠러 광장을 빼곡하게 메우고 있었다.

웨인은 마실 것을 찾아 5번가를 되돌아오기 시작했다. 그는 얕은 모래언덕을 타고 올라 열린 창문을 통해 커다란 백화점의 2층으로 들어갔다. 가구 세트와 바비큐 장비 사이로 모래가 밀려든 모습이 보였다. 점잖게 차려입은 마네킹 가족이 저녁 식탁에 둘러앉아서, 그들 앞에 놓인 밀랍으로 만든 음식을 예의 바르게 주시하고 있었다. 자신들의 얼굴이며 어깨를 뒤덮은, 흡사 세월의 먼지처럼 쌓인 고운 모래는 조금도 알아차리지 못한 채로.

아폴로호로 돌아가기로 결심한 웨인은 거리를 따라서, 조금이라도 서늘한 공터나 언덕 아랫부분을 타고 움직였다. 이미 그는 살짝 실망하고 있었다. 누군가 자기보다 아주 조금 일찍 뉴욕에 도착해서 그의 꿈을 훔쳐 간 것만 같은 느낌이었다. 게다가 모래에 뒤덮인 이 텅 빈 메트로폴리스에는 어딘가 섬뜩한 구석이 있었다. 이집트와 바빌로니아의 고대 사막 도시들은 수천 년이라는 세월에 의해 안전하게 분리되어 있었다. 그러나 녹슬어 가는 네온사인에도 불구하고 그를 둘러싼 뉴욕은 마치 림보에 떨어져 그대로 보존된 듯이 보였다. 거대한 건물들은 바로 어제 버려진 것처럼 느껴졌다.

웨인은 다시 휴식을 취하려 걸음을 멈추고 커다란 사무 건물의 2층으로 들어섰다. 길게 이어지는 그늘진 복도를 따라 수백 개의 책상이 늘어서 있었다. 저마다 전화와 타자기가 늘어놓아진 모습이, 밤이 되면 유령 사무원들이 줄지어 이곳에 자리를 잡을 것만 같았다. 그는 플레밍 원정대를 떠올리며 수화기 하나를 들었다. 오래전 사라진 아버지의 목소리가 그 안에 도사리고 있다가, 얼른 안전한 유럽으로 돌아가라고 경고를 할 것이라고 대단히 기대하면서.

바깥 거리에서 빛이 타올랐다. 웨인이 창문틀 기둥 뒤에 몸을 숨기자마자 가장 가까운 모래언덕에서 금빛 형체가 모습을 드러냈다. 도금한 팔과 타오르는 수염을 가진 괴물이었다. 정신 나간 짐승처럼 사방을 둘러보며 모래를 발로 차올리고 있었다.

"맥네어!" 웨인은 창문으로 뛰어나가 그에게 달려갔다. "맥네어, 진정해요!"

기관장은 광채를 발하는 모래로 뒤덮여 있었는데, 수염과 셔츠와 바지에 묻은 진흙 위로 금속을 입힌 것같이 잔뜩 들러붙어 있었다. 그는 지친 듯 손을 흔들며 웨인을 맞이했다.

"안녕, 웨인. 미국의 첫인상이 어때? 그리고 혹시나 해서 물어보는 건데, 금은 좀 찾았어? 아폴로호에 엘도라도의 화물을 잔뜩 싣고 가서, 이 빌어먹을 물건들을 공구와 약간의 페인트로 교환해 부자가 될 예정이었는데. 이건 **녹 덩어리야,** 웨인. 100년 동안 쌓인 녹이라고……"

웨인은 서쪽 지평선을 가리켰다. "맥네어, 아직 금은 찾을 수 있어요. 은도요. 저쪽으로 아메리카 대륙이 계속 펼쳐져 있잖아요."

"너한테는 잘된 일이네." 맥네어의 금빛 입술이 금이 가듯 열리며 미소를 머금었다. "뒤에 남은 우리는 아폴로호에 바퀴를 달고 돛을 펴서 로키산맥까지 항해하면 되겠어."

그들 옆의 교차로에 솟은 선인장 뒤편에서 말을 탄 사람이 나타나자, 맥네어는 그에게 과장된 자세로 경례를 붙였다. 선글라스 위로 술을 단 선장 모자를 쓰고 있는 스타이너였다. "방금 그 말 들으셨습니까, 스타이너 선장님? 출항 준비가 되셨나요? 첫 밀물이 들어오면 돛을 올리고 서쪽으로, 금빛 해안을 향해 떠날 겁니다……"

그는 다리를 크게 휘둘러 모래를 차 날린 다음, 무심한 푸른 하늘과 고요한 거리를 향해 고개를 주억거렸다. 움직이는 거라면 뭐든 공격할 것만 같은 자세로.

스타이너는 느긋하게 언덕 사면으로 검은 암말을 몰아 그들에게 접근해 왔다. 선글라스 뒤편의 검게 그을린 얼굴에는 아무 표정도 떠올라 있지 않았다. 그를 바라보던 웨인은 문득, 몸에 두른 온갖 항해 장비에도 불구하고 아폴로호의 함교에 서 있을 때보다 말에 올라탄 지금의 스타이너의 모습이 더 자연스럽게 느껴졌다. 열기와 사막의 광채, 불안하게 뜨거운 모래 위에서 발을 놀리고 있는 흑마, 어깨 너머로 보이는 거대한 선인장, 그 모든 것이 스타이너를 서부극 속 대평원의 주민처럼 보이게 만들었다.

"이번 물때는 끝나지 않을 걸세, 맥네어. 적어도 앞으로 100만 년은. 배로 돌아가지. 저 친구 좀 도와줘라, 웨인."

안장에 걸린 올가미가 눈에 띄었다. 모래로 가득한 도로를 따라 맥네어를 추적해 온 것일까? 제 그림자에 흥분해 날뛰는 송아지를 다룰 때처럼, 기관장에게 올가미를 던져 포획하려던 생각은 아니었을까? 아폴로호로 돌아가면서 웨인은 새로 솟아오르는 존경심을 품은 눈으로 선장을 살폈다. 선원들도 무리 지어 배로 돌아오고 있었다. 일부는 약탈한 위스키에 잔뜩 취한 채로 빵빵하게 채운 서류 가방을 발로 밀면서 걸음을 옮기고 있었다. 벌거벗은 여자 모습의 마네킹을 유리섬유로 만든 인공 머리채를 붙들고 질질 끌고 오는 남자도 보였다. 피복류도 배급하는 유럽에서는 오래전에 찾아볼 수 없게 되어 버린 백화점 전시용 인형이었다. 오를 롭스키는 온화한 얼굴로 큐나드 부두에 서서, 새로 얻은 카우보이모자로 얼굴에 부채질을 해 대고 있었다. 리치는 고약한 말투로 앤 서머스에게 불평을 늘어놓는 중이었다. 반면 그녀는 단호하게 모래를 헤치고 나가면서도, 틀어 올린 머리가 흐트러지지 않도록 한쪽 손으로 애써 붙들고 있었다. 머리 타래가 흘러넘치면 그 안에 숨겨 놓은 미국인의 모습이 드러나기라도 할 것처럼.

스타이너는 조금도 흐트러지지 않은 자세로 말을 몰고 맨 뒤에서 따라왔다. 그러고는 그들을 배 위에 그대로 남겨 두고 텅 빈 대륙의 내해를 향해 홀로 말을 타고 떠나기라도 할 듯이, 모두가 안전하게 승선할 때까지 기다렸다.

6 / 미국 대사막

저녁 7시가 되어 마침내 공기가 서늘해지자, 작은 정찰대가 그늘진 거리를 따라 사막 도시의 북서쪽 경계를 향해 출발했다. 스타이너가 홀로 말을 몰아 앞서고, 오를롭스키와 앤 서머스가 그 뒤를 따랐다. 웨인은 작은 황갈색 말을 타고 후미를 맡았다. 리치는 총포상에서 약탈한 묵직한 자동 권총 한 자루를 선상으로 반입하려다 선장에게 들키고는, 언쟁을 벌인 끝에 분을 삭이지 못하고 자기 선실에 틀어박혀 있었다.

태양이 서부로 모습을 감추자, 거대한 건물들은 자신들의 횡한 내면으로 후퇴하면서 맨해튼에 정적을 내렸다. 정찰대는 조지워싱턴 브리지를 건넜고 폭이 1.5킬로미터를 넘는 허드슨강 하구를 바라보며 잠시 걸음을 멈추었다.

그들의 눈앞에는 세이지 덤불이 굴러다니고 기둥과 부채 모양의 선인장이 흙먼지 속에 솟은 모래 평원이 끝없이 펼쳐져 있었다. 한 세기 전에 말라붙은 허드슨강은 이제 뉴저지에서 흘러온, 사막식물로 가득한 널찍한 와디가 되어 있었다. 이른 오후의 뜨겁고 눈부신 햇빛이 사라진 자리를 흙처럼 붉은 저녁의 색조가 메웠다. 그들은 반쯤 파묻힌 고속도로 가장자리에서 말에서 내린 채 아무 말 없이 서 있었다. 웨인은 저지시티 쪽 건너편으로 직사각형의 고립된 건물 무리를 볼 수 있었다. 노을을 받은 전면이 모뉴먼트 계곡의 바위산 같았다. 벌써부터 유타나 애리조나의 제대로 된 복제품을 마주하게 된 셈이었다.

근처에는 오래전에 폭도들이 유리창을 박살 내 버린 6층짜리 작은 사무 건물이 한 채 서 있었다. 그들은 말을 매어 놓은 다음 계단을 타고 승강기 기둥을 돌아 올라가 옥상으로 나왔다. 그리고 함께 텅 빈 풍경을, 마치 매물로 나온 황야를 살펴보는 부동산 구매자처럼 둘러보았다.

"**사막**이군……" 오를롭스키는 경의를 표하듯 카우보이모자를 벗어 자신의 투실투실한 가슴팍에 가져다 댔다. "사막밖에 없어. 아무래도 태평양까지 전부 이럴 것만 같군."

앤 서머스는 이제 지평선에 의해 둘로 나뉜 태양의 빛을 손으로 가리고 있었다. 주홍색 광택이 그녀의 얼굴에 달뜬

생기를 덧칠해서, 사막 리조트에 도착한 첫날부터 기운을 차린 회복기 환자처럼 보이게 했다. 그녀는 무심코 웨인을 걱정하며 젊은 밀항자의 어깨를 건드렸다.

"기묘하지만 어딘가 친숙한 풍경이군요. 여기 와 본 것만 같은 느낌이 들어요. 그래도 그리고리, 기후가 바뀌었다는 사실은 알고 있었잖아요."

"이 정도일 줄은 몰랐지. 이건 20세기 사하라 사막 수준이지 않은가. 임무에 영향이 있겠어. 이런 유형의 지형에 대비하지는 않았으니까. 자네 생각은 어떤가, 선장?"

스타이너는 선글라스를 벗고 말라붙은 강을 바라보고 있었다. 그을린 얼굴은 매처럼 날카로워져 있었다. 풍화된 이마 아래 눈두덩 속으로 눈알이 깊숙이 들어가 박힌 것만 같았다.

"내 생각은 다릅니다, 정치장교 각하." 그는 차분하게 대답했다. "덕분에 도전할 거리가 늘어난 셈이지 않습니까. 넌 이해하겠지, 웨인?"

웨인은 너무 확실히 이해하고 있었다. 다음 날 아침, 오를룹스키와 앤 서머스가 탐사대의 비축품을 뭍으로 옮기는 작업을 감독하는 동안, 웨인은 무장한 선원 일행에 합류해 뉴욕 인근 지역을 탐사했다. 그들은 스타이너의 지휘에 따라 15킬로미터 정도 말을 타고 들어가 캐츠킬산맥까지, 그리고 확실히 그 너머까지 뻗어 있는 사막을 확인했다. 용커스와 브롱크스를 지나는 동안에는 여기저기서 고속도로 배수로를 따라 흐르는 시냇물이나 모텔 수영장의 금 간 바닥을 뚫고 자라난 쭉정이에 가까운 대추야자 몇 그루를 발견하기도 했다. 하지만 기나긴 내륙 탐사를 수행할 때 의지하기엔 이런 작은 오아시스의 수는 너무 적었다.

파산한 대륙의 풍경은 스타이너를 더욱 자극하기만 하는 듯싶었다. 그의 내면에 오랫동안 잠들어 있던, 건조한 세계에서 살아남는 데 필요한 능력이 다시 깨어나는 것같이 보였다. 그러나 그들 모두는 과거의 강대국이 흐릿한 햇살 속에 폐허가 된 채로 누워 있는 모습에 강한 인상을 받았다. 그들은 뉴욕 업타운의 고요한 교외 지대를 말을 타고 가로질러서, 아직도 위태롭게 걸려 있는 브루클린 브리지의 동체를 타고 롱아일랜드로 건너가, 창백한 허드슨강의 유령 너머로 저지시티를 건너다보았다. 끝없이 이어지는 지붕 없는 집들, 버려진 쇼핑몰과 모래로 뒤덮인 주차장만으로도 불편한 기분은 충분했다. 정오의 열기를 피하기 위해 웨인과 선원들은 버려진 슈퍼마켓으로 들어가 서성였다. 아직도 선반에는 요리할 사람이 사라져 그대로 남은 통조림이 가득했다. 그들은 화려하게 치장한 아파트의 꼭대기 층으로 올라갔다. 북미 겨울의 한파 속에서 냉기에 휩싸인 공동주택으로 전락해 버린 곳들이었다. 그러나 이제 사방으로 사막이 밀려들어서, 요새화된 주유소 입구 공터의 그늘에는 선인장이 무성했고, 교외의 정원은 크레오소트 관목이 점령하고 있었다. 케네디 공항에는 수백 대의 버려진 항공기가 바람 빠진 타이어 위에 주저앉았고, 콩코드와 747 사이로는 기둥이나 부채 모양의 선인장들이 비죽이 고개를 내밀고 있었다.

그들 주변 사방에는 에너지 위기에 맞서던 미국인들의 온갖 절망적인 시도의 증거가 널려 있었다. 한때 거대한 고속도로와 공장과 고층 건물이 자리 잡고 있던 영웅적인 풍경 속에는 나무 때는 풍로를 붙인 함석판 오두막이나, 어설픈 사제 태양열 발전기를 지붕에 가득 올려 과격한 구상 조각품 같은 몰골이 된 주택이나, 이제 모래가 가득 들어찬 개울에 파묻혀 영영 움직일 수 없게 된 물레방아 따위로 만들어진 또 다른 세계가 존재했다. 뒤뜰과 진입로에는 냉장고나 세탁기의 금속 껍데기를 잘라 만든 조악한 풍차가 수천 개나 서 있었다. 그리고 그보다 불길한 풍경은 퀸스와 브루클린의 고요한 거리를 가득 메운 요새화된 주유소들이나 토치카처럼 생긴 국영 저수고였다. 무너져 가는 모래주머니 사이로 아직도 총안의 모습이 보였다.

또한 웨인에게는 다행스럽게도, 곳곳에 자동차가 있었다. 앞뒤 범퍼가 모두 모래에 파묻히고, 깨진 앞 유리로 고개를 내민 야생화를 감싸는 커다란 금속 새장이 된, 녹슨 껍질만

남은 차들이. 엔진 기관은 캥거루쥐와 땅다람쥐의 소굴이
되어 있었다.

웨인을 가장 놀라게 한 것은 바로 그런 차들이었다. 더블
린에서 보낸 어린 시절에 그는 그리스 신전의 입구처럼 생
긴 그릴을 단, 자동차라는 이름의 거대한 번쩍이는 금속 마
스토돈이 가득 메우고 있는 미국의 모습을 상상하곤 했다.
그러나 뉴욕의 거리와 교외에서 찾아낸 자동차들은 너무 작
고 비좁아서, 마치 난쟁이 종족을 위해 특수 제작된 것처럼
보였다. 많은 차량에 가스 실린더와 숯을 태우는 풍로가 달
려 있었고, 기괴한 파이프와 압축실이 달린 골동품 증기기
관을 장착한 차들도 있었다.

스타이너와 선원들이 아폴로호로 걸음을 돌릴 즈음, 웨인
은 파크가에 있는 모래가 가득 들어찬 자동차 쇼룸 앞에서
말을 내렸다. 그는 무더운 오후 내내 전시 차량을 뒤덮은 거
대한 모래언덕을 파 들어갔다. 모래 덕분에 여전히 반짝이
는 크롬 도금과 페인트칠이 보존되어 있었다. 웨인은 작은
자동차 한 대의 문을 당겨 열었다. 길이가 180센티미터밖에
안 되는 캐딜락 스빌이었다. 그는 비좁은 운전석에 앉아서
제너럴모터스 메달 아래의 경고문을 읽었다. 급가속이나 시
속 30킬로미터를 넘는 과속이나 불필요한 급정거를 삼가라
는 권고가 적혀 있었다.

웨인은 소리 내어 자신을 비웃었다. 예전 시대의 캐딜락

과 컨티넨탈은 모두 어디로 갔단 말인가? 진정한 이 땅의 황제, 임페리얼의 장려한 모습은 어느 땅으로 유배되어 버렸단 말인가?

7 / 고난의 시대

그날 밤은 선원과 승객 모두 잠들기에는 너무 불안했는지, 다들 아폴로호의 갑판에 나와 밤을 지새웠다. 삭구에 달린 조명의 즐거운 불빛 아래서, 웨인은 오를롭스키와 스타이너와 앤 서머스가 원정대의 일정을 재조정하는 소리에 귀를 기울이고 있었다. 뉴욕에서 이틀을 지냈음에도 그들은 한때 강력하고 비옥했던 땅을 벌거벗긴 방대한 규모의 기후변화에 익숙해지려 여전히 애쓰고 있었다.

오를롭스키가 지적했듯이, 미국의 쇠망을 알리는 최초의 불길한 징조는 20세기 중반에 모습을 드러냈다. 일부 선견지명이 있는 과학자와 정치가들이 세계의 에너지 자원, 특히 석유와 석탄과 천연가스의 소비 속도가 급증하고 있으므로, 그때까지 확인된 매장량 전체가 그들의 손자 세대에 들어 고갈되어 버릴 것이라 경고했던 것이다. 환경과 소프트 테크놀러지 운동이 목소리를 높이기 시작했지만, 행성 전체의, 특히 개발도상국들의 산업화는 갈수록 빠르게 진행되었다. 세계의 제조업 원가에서 작은 고정 단가만을 차지하고 있던 유가는 갑자기 세 배, 네 배씩 뛰어올라 1980년대 중반에는 스무 배에 달했다. 국제 공조를 통한 새로운 매장지 탐사 덕분에 잠시 한숨을 돌리기는 했지만, 미국, 일본, 서유럽과 소비에트 경제권의 산업 활동에 제동을 걸지 않은 채로 1990년대에 들어서자 해결 방법이 없는 전 지구적 규모의 에너지 위기가 처음으로 나타났다.

엄청나게 증가한 수입 원유의 대금을 지불하지 못하게 되자, 한때 번영을 누리던 국가들의 경제가 주저앉아 버렸다. 이집트, 가나, 브라질, 아르헨티나는 대규모 산업화 계획을 취소할 수밖에 없었다. 야심찬 서사하라 관개 계획도 포기할 수밖에 없었고, 아마존 상류의 댐은 완성되지 못한 채 남았다. 중앙아프리카의 로테르담이 되겠다는 야심찬 포부를 안고 시작한 잔지바르의 거대한 신항만 공사는 하룻밤 사이 중단되어 버렸다. 다른 여러 곳에서도 비슷하게 불길한 사태가 발생했다. 프랑스와 영국 정부는 해협을 가로지르는 교각 건설을 중단했다. 양쪽에서 뻗어 온 거대한 현수교의 구조물 사이에는 고작 1.5킬로미터 정도의 바닷물이 남아 있을 뿐이었지만, 1980년대 말엽 북해에서 석유와 가스를 뽑아내던 유정들이 전부 고갈됨으로써 양쪽에서 고대하던 많은 양의 육상 교통의 행렬이 현실에서 이루어질 리가 없다는 사실이 분명해지고 말았기 때문이다.

전 세계의 공업 생산량이 일제히 감소했다. 주식시장이 주저앉으면서 월가에서는 수많은 숫자들이 눈사태처럼 떨어져 내리고, 파리 증권거래소와 런던의 시티에서는 1929년의 파국보다 더욱 심한 몰락이 찾아올 것이라는 전조가 보이기 시작했다. 1990년대 중반에 이르자 미국, 유럽, 일본의 거대 자동차 회사들은 생산량을 3분의 2로 줄였다. 수많은 실직자가 발생하고 수백 개의 부속 제작사가 파산하고 공장은 문을 닫고 한때 번영하던 교외에는 실업수당 수령자들이 긴 행렬을 이루었다. 인구통계학자들은 한 세기 만에 처음으로 도시를 떠나 시골로 이주하는 작지만 명확한 흐름이 발생했다는 사실을 확인했다.

미국의 유정에서 마지막 원유가 채굴된 것은 1997년이었다. 20세기 내내 미국 경제의 연료 역할을 수행하여 미국을 전무후무한 세계 최고의 공업국으로 만들어 주었던 막대한 매장 원유가 마침내 말라붙어 버린 것이다. 이후 미국은 갈수록 줄기만 하는 수입 원유 공급에 의존할 수밖에 없었다. 그러나 중동과 소련에 있는 이 행성 최대의 매장지도 이미 거의 고갈된 상태였다.

세계의 모든 산업국은 엄격한 연료 배급을 실시했고, 정부는 새로운 에너지 자원을 찾는 일에 온 힘을 기울였다. 열 개가 넘는 UN 기관들이 사용 가능한 대체에너지 자원을 찾는 긴급 계획을 발족했다. 방파제를 쌓아 조력으로 발전을 하고, 상상할 수 있는 모든 종류의 풍차와 태양열 발전기를 세우는 작전이 꾸려졌다. 1980년대에 반핵 로비 활동에 의해 성공적으로 억제된 원자력산업을 소생시키려는 뒤늦은 시도도 이어졌다.

하지만 이런 대체에너지 자원은 미국과 일본과 유럽에 필요한 에너지의 10분의 1 정도를 공급할 수 있을 뿐이었다. 1978년에 1갤런당 70센트였던 미국 주유소의 휘발유 가격은 1980년에는 5달러로, 1990년에는 25달러로 상승했다. 1993년 배급제를 시행한 후로는 암시장에서 파는 불법 휘발유 가격이 미국의 대서양 쪽에서는 1갤런에 100달러, 캘리포니아에서는 250달러를 넘을 정도로 치솟았다.

파국은 순식간에 찾아왔다. 1999년 제너럴모터스는 파산을 선언하고 채무 정리를 시작했다. 몇 달 후에는 포드와 크라이슬러, 엑슨, 모빌, 텍사코가 그 뒤를 이었다. 100년 만에 처음으로 미국에서 자동차 생산이 중단되었다. 2000년의 새로운 밀레니엄을 여는 국회 연설에서, 브라운 대통령은 시의적절하게 불교 경전을 읊조린 다음 휘발유 운송 수단의 개인적 사용을 금지하겠다는 중대한 선언을 했다. 이런 비상 칙령에도 불구하고, 이번에도 미합중국 정부가 사태를 따라잡지 못하고 휩쓸려 버렸다는 인식이 공공연히 퍼져 나갔다. 미국의 거대한 유료 및 국영 고속도로에서 차량을 찾아볼 수 없게 된 지 이미 오래였던 것이다. 캘리포니아 고속도로의 갈라진 콘크리트 사이로는 잡초가 허리 높이까지 자랐고, 전국 곳곳의 차고와 주차장에는 수많은 자동차들이 바퀴에 바람이 빠진 채 서서 그대로 녹슬어 가고 있었다.

그럼에도 강대한 산업국이 이렇게 빠르게 몰락할 것이라고 예측한 사람은 아무도 없었다. 휘발유 부족 사태를 겪은 미국 대중은 머지않아 찾아온 전기 배급에는 대비할 수 있었다. 모든 지역의 사람들이 주기적인 정전을, 갑자기 흐릿해지는 텔레비전 화면을, 자기 지역의 물과 식량 배급 중단 사태를, 학교나 사무실이나 슈퍼마켓으로 갈 때 한참을 걷거나 자전거를 타야 하는 상황을 받아들였다.

그러나 마침내 2000년 초반 교통이 완전히 정지해 버리고, 거리에 깔린 정적을 깰 자동차라곤 얼마 안 되는 지방정부의 버스와 긴급 배급품을 나르는 장갑차량밖에 남지 않게 되자, 나라 전체가 생명력을 잃어버린 것처럼 보였다. 미국에 대한, 미국의 미래에 대한 신념을 잃은 것처럼 보였다. 수백만 대의 버려진 차량이 늘어선 광경은 국민의 의지를 실현하는 데 실패한 국가가 최후의 심판을 받은 것 같았다.

이후 10년 동안 미합중국 시민의 삶은 꾸준히 내리막길을 걸었다. 끝없는 정전이 이어지다, 결국 전기 배급이 하루 한 시간으로 줄었다. 도처에서 제조업 회사들이 문을 닫고, 생산 설비는 느려지다 종내는 완전히 멈추었다. 사람들은 숨통이 끊어져 가는 거대 도시에 만연한 폭력과 약탈을 피해 멀리 떨어진 소도시로, 안전한 농촌으로 이주하기 시작했다. 도시는 차츰 텅 비었다.

하지만 에너지원이 조금도 남지 않은 이상, 결국 원시적인 농업에 의존하는 외에는 삶을 영위하는 일이 아예 불가능해지는 때가 찾아올 수밖에 없었다. 미국 중서부의 혹독한 겨울과 숨 막히는 여름은 발버둥 치는 농업 공동체의 기력을 소진시켜 버렸다. 얼마 안 되는 수확물은 도시에서 찾아오는 난민들을 먹여 살리기에도 이미 버거울 지경이었다.

그사이 미국인들은 마지못해 짐을 싸 들고 대서양을 건너 유럽으로 이주하기 시작했다. 유럽에서는 오랜 중앙집권의 경험을 가진 환경 친화적 사회주의 정부가 낮은 수준의 산업사회를 계속 꾸려 나가고 있었다. 전구의 불빛이 흐릿하기는 해도, 적어도 협동농장이나 국영 탄광이나 국유화된 제조업 또는 식품 처리 공장에서 일자리는 찾을 수 있었다. 그리고 다른 무엇보다 포르투갈에서 한국에 이르기까지 지구의 절반을 아우르는 방대한 관료 조직이 존재했다.

이주의 물결이 계속되면서 미국에는 빈 땅이 갈수록 늘어났다. 뉴욕과 보스턴과 볼티모어와 샌디에이고와 샌프란시

고난의 시대

스코의 항구에는 수많은 배들이 정박했다. 이어진 20년 동안 미합중국 전 인구에 가까운 수의 사람이 유럽과 아프리카와 아시아와 남미의, 조상들이 떠나온 땅으로 돌아갔다. 200년 전에 있었던 서쪽을 향한 이주의 물결을 방향만 바꿔 고스란히 되풀이하는 꼴이었다. 백인 미국인들은 이탈리아와 독일과 동유럽과 영국과 아일랜드로, 흑인 미국인들은 아프리카와 서인도 제도로 돌아갔고, 치카노는 리오그란데 강을 건너 남쪽으로 밀려들었다.

2030년에 이르자 미국은 완전히 버려진 땅이 되었다. 한때 붐비던 도시들은 고요한 폐허로 전락했다. 유럽 우방국들의 동의를 얻은 대통령과 연방대법원과 연방의회는 서베를린에 미국 망명정부를 세웠다. 그러나 결국 그 기관은 아무런 역할도 수행할 수 없는 형식상의 정부일 수밖에 없었다. 브라운 대통령이 일본의 선원으로 도피해 버리자 대통령 자리는 유보 상태로 남았고, 의회는 해산을 선언했으며, 이후 모든 연방정부의 공직 선출은 무기한 연기되었다. 미합중국 정부와 국체가 소멸되어 버린 것이다.

세월이 흐르며 유럽과 아시아의 증가한 인구를 먹여 살리기 위해서 세계 정부에서는 대규모 기후 제어를 시도했다. 놀랍고 감탄스러운 기후공학 기술에 의해 아메리카 대륙의 지형은 조금씩 변해 갔다. 그중 가장 큰 변화는 시베리아와 알래스카 사이, 베링 해협의 얕은 부분에 댐을 건설한 것이었다. 차가운 북극해의 물을 태평양으로 뿜어내서, 따뜻한 대서양의 해류가 그린란드 해역을 통해 북극으로 흘러들게 만들고, 이로써 북유럽과 시베리아 전체의 기후를 회생시키려는 목적이었다. 처음으로 겨울 기온이 영상으로 돌아왔고, 만년빙이 녹아내렸으며, 수백만 에이커의 황무지에서 농사를 짓고 석탄을 채굴할 수 있게 되었다. 북극해 연안 지방에서도 여름밀을 수확하는 것이 가능해졌다.

불운하게도 그 때문에 미합중국은 대재앙에 직면했다. 따뜻한 대서양 적도 지방의 해류가 그린란드 해역을 향해 북쪽으로 흐르기 시작하자, 동부 해안 지역의 기후가 급변한 것이다. 마지막 남은 이주자들이 보스턴과 뉴욕 항구에서 개조한 병력 수송선에 오르려고 애쓰는 동안, 맹렬한 햇살이 말라붙은 해안선을 강타하고 모래 구름이 버림받은 도시를 휩쓸었다. 유럽으로 향하는 수송선의 고물에 들러붙어 미국 땅을 돌아보던 미국인들은, 자신들이 살던 도시와 교외가 이미 사막에 잡아먹힌 모습을 볼 수 있었다.

그러는 동안 미국의 태평양 연안 지역 또한 마찬가지로 극단적인 기후변화의 제물이 되었다. 베링 댐에서 남쪽으로 뿜어낸 차가운 북극해의 해수는 일렬로 늘어선 얼음 단두대처럼 따뜻한 태평양의 심해를 가르며 내리꽂혔다. 21세기 중반이 되자 일본은 얼어붙은 황무지로 변했고, 한때 비옥했던 구릉지는 계단식 스케이트장으로 바뀐 빙하 속 군도가 되었다. 수백 세제곱킬로미터 부피의 차가운 해수가 적도 쪽으로 쏟아져 들어가서, 태양 빛 아래 끓어오르던 마셜 제도의 환초와 석호를 이글루와 눈 덮인 움막에 거주하는 강건한 고래잡이들의 빙판 낚시터로 바꾸어 놓고 말았다.

이런 차가운 물결에 밀려난 적도의 해수는 미국 해안으로 밀려들었다. 남쪽에서 밀려온 뜨거운 폴리네시아 해류가 차가운 훔볼트 해류를 대체하며 캘리포니아 해안을 강타했다. 따뜻하고 습기를 머금은 공기가 해안의 산맥을 지나면서 폭우와 갑작스러운 홍수를 유발했다. 한때 햇살이 가득했던 땅을 등지고 태평양을 건너 오스트레일리아와 뉴질랜드로 떠나던 미국인들은, 내륙으로 로키산맥까지 이어지는 대규모 폭풍우에 휩쓸린 롱비치와 샌디에이고의 항구를 돌아보았다. 라스베이거스에서 들어온 마지막 보고에 따르면 세계 도박의 수도였던 도시는 폭풍우가 만든 호수에 반쯤 잠겨 버렸으며, 룰렛은 모두 멎었고, 호텔의 꺼져 가는 불빛이 물에 잠긴 사막의 초록빛 수면에 반사되어 빛나고 있었다고 한다. 마치 미국의 실패와 수치를 모두 담아내는 가혹한 거울처럼.

8 / 갈증의 땅

아폴로호가 뉴욕 항구에 정박하고 열흘이 지난 후, 소규모 탐사대가 말을 타고 미 동부 사막의 해안을 따라 남쪽으로 내려가는 여정에 올랐다. 탐사대는 스타이너 선장의 지휘하에 모래가 들어찬 허드슨강을 건너서 한때 뉴저지 유료 고속도로였던 널찍하고 텅 빈 발판을 따라 남쪽으로 향하기 시작했다.

노새 무리의 고삐를 단단히 쥐고 보급품 수레에 올라앉은 웨인은 여정의 초반 몇 킬로미터가 지나가는 동안 아폴로호가 뉴욕 항구에 들어가던 순간의 흥분을 즉시 되찾았다. 고속도로 양쪽의 눈부시게 빛나는 모래밭을 피해 눈을 가리며, 웨인은 오를롭스키가 모는 튼튼한 점박이 말의 여유로운 걸음조차 따라가지 못하는 노새들의 먼지투성이 엉덩이에 능숙한 솜씨로 채찍질을 했다. 맨해튼의 고층 건물과 뉴어크와 저지시티의 사무 지구도 마침내 뒤편으로 멀어졌고, 그들은 뉴욕에서 보낸 혼란스러운 며칠을 뒤로한 채 미국 대사막에 들어서고 있었다.

지난번 탐사대였던 플레밍 원정대의 흔적은 조금도 발견할 수 없었지만, 웨인은 그 나름대로 자부심이 끓어오르는 것을 느꼈다. 그토록 오랫동안 꿈꾸어 온 엘도라도를 마침내 발견하게 되리라. 맥네어가 찾는 말 그대로의 금으로 된 도시가 아니라, 《타임》과 《룩》의 지면에 영원히 보존되어 있으며 지금도 분명 어딘가에는 존재할 미합중국의 환영을 찾을 수 있을 것이다. 웨인은 보급품 수레의 고무바퀴가 부드러운 모래를 가로지르는 소리에 귀를 기울였다. 움직임이야말로 미국의 본질, 그 활력의 상징, 국가의 신념 자체다. 그는 뉴저지를 뒤덮은 건조 지대를 바라보면서, 언젠가 이 황무지를 정복하고 길들이게 될 것이라고, 자신의 손으로 다시 꽃을 피울 때가 찾아올 것이라고 확신했다.

검은 암말을 타고 탐사대의 선두를 맡은 스타이너는 이제 좋이 300미터는 앞서가고 있었다. 검게 그을린 얼굴이 자갈 깔린 길에서 피어오르는 아지랑이 속에서 일렁였다. 때론 선장의 모습이 사라져 버리는 것만 같았다. 그 홀로 다른 평행 세계로 넘어가는 듯이, 떨리는 허공에 물음표 하나만을 남기고 그대로 없어지는 듯이 보였다. 그의 뒤로 보급품과 야영 장비와 과학 기자재를 잔뜩 실은 스무 마리의 말이 따라가고 있었다. 아폴로호 실험실의 절반 정도를 수십 개의 안장 자루에 담아 챙겨 온 참이었다.

"오를롭스키, 스타이너를 불러들일 수 없습니까? 또 혼자 탐험을 떠날 모양인데……" 리치 박사는 말에서 내려 삼각 대 위에 지진계와 방사능 계수기를 세우고 있었다. 10킬로 미터마다 하는 측정 작업을 다시 수행할 모양이었다. 그러 는 동안 앤 서머스는 맨해튼의 팬암 빌딩 옥상에 설치해 놓 은 감마선 탐지 장치에 수신기 주파수를 맞췄다. 맨해튼에 서 보낸 마지막 날에, 웨인과 젊은 선원 한 명이 끝없이 계단 을 올라 헬리콥터 착륙장까지 나가서 장비를 설치하는 영웅 적인 업적을 이루어 냈다. 그리고 애팔래치아산맥까지 이어 지는 미국 대사막의 숨 막히는 경치란 보상을 얻었다.

리치는 평소처럼 지쳐서 짜증 가득한 태도로 자신의 우아 한 가죽 재킷에서 모래를 털어 내고 있었다. 아무래도 미국 의 황야는 그에게는 별로 매력 넘치는 곳이 아닌 듯싶었다. 그러나 항상 깔끔하고 차분한 모습의 앤 서머스가 침착하게 라디오를 다루는 모습은 웨인에게 제법 즐겁게 느껴졌다. 뉴욕에 도착한 사흘날, 그녀는 갑자기 머리 뒤에서 핀을 뽑 아 틀어 올린 머리카락을 내리더니, 지금 햇빛으로부터 얼 굴을 가려 주고 있는 긴 금발을 신호탄에서 뿜어져 나오는

갈증의 땅

섬광처럼 휘날리기 시작했다. 하얗게 빛나며 휘날리는 머리카락 때문에, 웨인의 눈에 그녀는 이미 끝없는 사막을 가로지르면서 젊은 남편감을 찾아다니는 유목민족의 아름다운 과부처럼 보였다.

짐말들은 햇빛 속에서 고개를 떨군 채 꾸준히 걸음을 옮겼다. 고속도로 동쪽으로 펼쳐진, 군데군데 선인장이 서 있는 황량한 풍경에 겁을 먹은 듯했다. 웨인은 이내 이 짐승들에게서 눈을 떼면 안 된다는 사실을 알게 되었는데, 탐사대에는 그럴 만한 인원이 없었다. 오를롭스키는 주저하는 선원 두 명을 탐사대에 합류시켰지만, 뉴욕을 떠나고 한 시간도 지나지 않아 두 사람 모두 달아나서 말라붙은 허드슨강에 들어찬 자동차와 트럭 사이로 모습을 감춰 버렸다. 아무래도 남은 아폴로호의 선원들과 함께 맨해튼에 머물면서, 낮에는 배를 수리하고 밤에는 텅 빈 술집에서 취해 흥청대는 쪽이 마음에 드는 모양이었다. 덤으로 버려진 아파트를 뒤져 이국적인 옷이나 음반 따위의 보물을 모으면, 돌아가서 한 재산 마련할 수도 있을 테니까.

웨인은 자신도 배에 남게 될 것이라고 생각하며 체념하고 있었다. 특히 스타이너가 본인도 탐사대에 합류하겠다고 선언하고 지휘권을 맥네어에게 넘겨 모두를 깜짝 놀라게 만든 다음에는. 그러나 선원들이 도주하자, 화가 잔뜩 난 리치가 말을 몰아 돌아와서 웨인을 데려갔고, 결국 보급품 수레 담당이라는 책무가 웨인의 몫이 되었다. 다행히도 노새 무리는 웨인의 말을 들어 주었다. 느려 터진 엉덩이에 채찍질을 하면서 계속 다른 사람들을 따라잡을 방법을 고민해야 하기는 했지만. 6차선 고속도로의 표면은 썩어 가는 서류 가방의 잔해와 네모난 플라스틱 물통으로 뒤덮여 있었다. 그래도 일단 그들이 따라가고 있는 남쪽 방향 차선은 비교적 비어 있는 편이었다. 뉴욕과 뉴저지의 항구로 가는 북쪽 방향 차선은 부식되어 가는 자동차와 버스의 동체, 지붕에 가스 실린더가 달려서 숯을 태워 움직이는 기묘한 탈것들이 빼곡히 들어차 있었다. 연료가 떨어진 승객들이 그대로 내려서 소개 지점까지 남은 거리를 도보로 이동한 모양이었다.

웨인은 뒤쪽 수레의 금속 용기 속에서 출렁거리는 물소리를 들으면서 마음을 다잡았다. 모두 보급품 수레에 의존하고 있으니 적어도 그를 버리고 가는 일은 없으리라. 강철 통에 담긴 천 갤런의 물 때문이든, 아니면 소금물 웅덩이나 민물 샘을 물 보급에 보태 주는 증류 장비 때문이든. 비상사태가 발생하면 바로 해안으로 나가서, 유목流木과 말라붙은 해초로 불을 피우고 아폴로호가 도착할 때까지 진을 치고 기다리게 될 것이다. 어찌 됐든 웨인이 필요할 것이다. 그가 버려진 버스의 뒤편으로 보급품 수레를 몰아 시야에서 사라져 버리기라도 하면 다들 상당히 심각한 문제를 겪게 될 테니.

"서머스 교수! 잠깐 와 줄 수 있습니까? 리치 박사!"

웨인은 죄책감이 깃든 얼굴을 찌푸리며 몸을 세웠다. 스타이너가 자신의 생각을 읽은 것일까? 선장은 바로 옆의 거대한 선인장보다도 더 높이 솟은 교통 표지판 그늘에서 말을 멈추고, 장비를 챙겨 다시 말에 오른 두 명의 과학자를 불렀다. 그는 여전히 해군모를 쓰고 있었지만, 좁은 챙 아래로 보이는 얼굴에는 이미 고독한 보안관이나 총잡이에 어울리는 무심하지만 긴장을 늦추지 않는 표정이 떠올라 있었다. 하지만 웨인은 그 모습을 보면서 다른 생각을 했다. 와이엇 어프라면 절대 선글라스를 쓰지 않을 거라고……

"얼른 와라, 웨인. 재미로 뒤처지지 말고. 오를롭스키!"

"선장, 나를 갤리선의 노예 취급할 생각인가." 오를롭스키는 땀을 삘삘 흘리며 점박이 말의 옆구리를 걷어차서 남은 몇 미터를 다가갔다. 짧은 다리와 투실한 가슴팍에다, 회색 브룩스 브라더스 정장을 입은 채 땀에 젖은 모습이 돈키호테 역의 스타이너를 따라가는 산초 판사에 딱 어울려 보였다.

"트렌턴…… 윌밍턴…… 애틀랜틱시티……" 오를롭스키는 교통 표지판을 올려다보며 비단 손수건으로 얼굴을 훔쳤다. 5번가의 상점에서 태연하게 챙겨 온 수십 장의 손수건 중 하나일 것이다. "건국의 아버지들이 이런 표지판을 봤다면 정말로 도움이 되었을 텐데. 그대로 유턴해서 돌아가 버렸으면 우리도 편했을 테고…… 한 가지 다짐해 두겠네, 선장. 이 원정대의 대장은 나야. 자네는 길 찾는 일을 돕기 위해 동행한 것뿐이라고."

"그리고 말도 보살피고." 리치는 안장 위에서 몸을 움찔거리며 덧붙였다. "스타이너, 당신이 골라 준 말은 벌써부터 영신통치가 않다고."

스타이너는 자신의 튼튼한 흑마를 몰아 리치 주변을 한 바퀴 돌더니, 알겠다는 듯 눈앞의 물리학자를 향해 고개를 끄덕였다. "내가 보기에는 신통치 않은 쪽은 당신 허리인 것 같소만, 박사. 두 다리를 한쪽으로 모아서 타 보는 건 어떻겠소?"

오를롭스키가 그들 사이로 비집고 들어오자, 스타이너는 따가운 흙바람을 일으키며 몸을 돌렸다. 말을 몰아 달려가는 그를 보면서, 웨인은 순간 예감했다. 스타이너가 다른 사람들을 죽도록 놔두고 그대로 말을 몰고 떠나는 날이 찾아올 것이라고. 사실 그게 그의 계획일 것이다. 아직까지는 그 본인조차 우리가 여기까지 온 이유가 그저 기기들을 운반하기 위해서라는 사실을 깨닫지 못하고 있지만. 웨인은 노새들에 채찍질을 하며 앤 서머스를 따라잡으려 애썼다. 그러나 그녀는 말다툼을 벌이는 남자들에 짜증이 났는지 한참 앞서 말을 달리고 있었다.

뉴욕에서 보낸 열흘은 사소한 말다툼과 짜증으로 가득 차 있었다. 미국 땅에 도착한 순간의 첫 흥분이 가시고 나자, 초

갈증의 땅

조감이 뚜렷이 모습을 드러냈다. 더 고약한 것은 길을 잃은 느낌이었다. 바우어리 공원까지 이어지는 엄청난 모래언덕, 무더운 바람과 거대한 선인장, 그리고 눈이 닿는 한도까지 내륙으로 이어지는 사막의 사정없는 번쩍임까지, 그 모든 것이 이 여행이 얼마나 허황된 것인지를 역설하고 있었다.

오를롭스키와 스타이너가 아폴로호의 미래를 놓고 언쟁을 벌이는 동안, 원정대는 산산조각 날 위기에 처했다. 모든 사람이 제각기 자신의 꿈속으로 도피하고 있었다—도시의 사체에서 약탈을 하고 있는 선원들만이 아니었다. 심지어 앤 서머스마저 자신만을 위한 작은 전리품을 챙겼다. 5번가의 메이시스 백화점에서 가져온 바닥에 끌리는 검은색 이브닝 드레스였다. 그녀는 혼자 실험실 거울에 자신을 비추어 보다가, 지겨움에 사로잡힌 웨인을 불러들여 증류기와 가이거 계수기 사이에서 퍼레이드를 벌이고 찬사를 받아 냈다.

황혼이 내려앉으면 리치는 실험복을 벗고 화려한 양복을 걸쳤다. 뉴욕에서 보낸 마지막 날 밤에 웨인은 42번가를 거닐고 있었는데, 바람에 의해 모래언덕 골짜기에서 모습을 드러낸 골동품 리무진 뒷좌석에 앉아 있는 그와 마주쳤다. 날개처럼 옷깃이 솟은 화려한 핀스트라이프 정장을 입고, 녹슨 톰프슨 기관단총을 다리 사이에 끼고 있었다. 조수석에는 근처 은행 금고에서 가져온 녹색 지폐 다발이 쌓여 있었다. 웨인이 말을 걸자 그는 멍하니 맨해튼의 황혼을 바라보기만 했다. 갱단의 꿈이 서린 검은색 눈동자로.

상륙에 영향을 받지 않은 사람은 선원과 원정대 전체를 통틀어서 오를롭스키와 웨인뿐이었다. 전자는 그 어떤 환상도 품지 않았기 때문에, 후자는 그 어떤 사건으로도 흠집을 낼 수 없는 강렬한 환상에 이끌리고 있었기 때문에. 모습이 가장 많이 변한 사람은 거의 홀로 행동하는 스타이너였다. 아폴로호에 국한해서 말하자면, 선장은 모든 면에서 배를 버리기로 결정한 것처럼 보였다. 상륙 닷샛날, 동체에 깊은 상처를 입은 채 녹슬어 가는 자신의 배에 대한 무심한 태도, 그리고 가볍게 어깨를 으쓱하는 동작에 담긴 대서양을 다시 건널 수 없으리라는 암시에 오를롭스키는 격노했고, 땅딸막한 정치장교는 리치에게 스타이너를 구속해서 자기 선실에 가두라는 명령을 내렸다.

웨인은 그 물리학자가 순식간에 소맷동에서 권총을 뽑아 들던 모습을, 그리고 제대로 된 악당의 자세로 선실을 빙 돌던 모습을 떠올렸다. 스타이너는 놀란 척 손을 들어 올리고 즐거운 눈빛으로 그를 지켜보면서, 마치 이렇게 말하는 듯이 웨인에게 고개를 끄덕여 보였다. 잘 봐라, 훗날을 위해서 이 상황을 기억해 둬. 다행히도 맥네어가 기관실에서 기어 나왔다. 그는 오를롭스키를 진정시키고 스타이너에게 경례를 붙인 다음 자기가 아폴로호에 남아서 선장이 탐사대와 함께 워싱턴까지 동행하는 동안 수리 작업을 지휘하겠다고

갈증의 땅

제안했다. 두 달만 있으면 아폴로호는 그들을 태우고 마이 애미로 항해할 수 있게 될 것이다.

그러나 뉴저지 유료 고속도로를 따라 짐승과 사람이 일렬로 남쪽으로 이동하고 있는 지금은 더 이상 방종이 용납되는 때가 아니었다. 웨인은 애써 주변 풍경에 주의를 기울였다. 군데군데 염호가 펼쳐진 모래투성이 도시와, 세이지 덤불과 버로위드만 가득한 풍경을. 그는 녹슬어 가는 차들을 피해 노새를 몰면서도, 날카로운 눈으로 몸을 떨고 있는 전갈을, 버스 아래에서 불안하게 숨죽이고 있는 방울뱀을, 말발굽 소리에 놀라 도망가는 독도마뱀을 확인했다. 500미터 앞에서 솔개 한 마리가 허공을 선회하며 위험이라고는 조금도 느끼지 못한 땅다람쥐를 노리고 있었다. 달아오른 금속 같은 하늘 아래에서 미국 전체가 먼지로 방부 처리되어, 백색 모래란 좀약에 전 채로, 다시 생명을 피워 올릴 그 장대한 순간을 기다리고 있는 것만 같았다.

웨인은 벌써부터 도전 정신이 차오르는 것을 느끼고 있었다. 여기 있는 다섯 사람은 이 대륙에 홀로 떨어진 것이나 다름없었다. 원하는 대로 행동할 수 있는 것이다. 제각기 자신의 꿈에만, 자신의 말초신경에만 충실하면 된다. 이 새로운 영역에 자신을 동조시키듯, 웨인은 그들의 머리 위를 선회하는 맹금의 눈초리로 리치를 뚫어져라 쏘아보며 그의 목을 분질러 버릴 방법을 궁리했다.

그러나 그날 오후 트렌턴이라는 인적 없는 도시에 도착하자, 웨인은 이 버려진 땅에 일행 외에도 다른 사람들이 존재한다는 사실을 깨닫게 되었다.

9 / 인디언

야음이 깔리기 한 시간 전, 탐사대는 미국 황야에서 처음
으로 야영 준비를 했다. 고속도로를 따라 천천히 걸어오는
지친 짐승들과 기수들을 바라보던 스타이너는 그들을 한쪽
경사면 아래로 1킬로미터 떨어진 고립된 건물로 이끌었다.
한때는 작은 호수와 골프 코스가 딸린 쾌적한 교외 호텔이
었을 법한 곳이었다. 물이 멎은 분수 옆의 돌투성이 진입로
로 들어온 탐사대는 사막의 카라반세라이에 들른 여행객들
처럼 말에서 내렸다.

하지만 이 여인숙에서는 아무도 손님을 맞이하러 나오지
않았다. 회전문으로 이어지는 입구 계단은 모래가 얇게 깔
려 있었다. 말라붙어 갈라진 호수 바닥을 내다보는 유리창

은 흙먼지가 엉겨 붙어 거의 불투명할 정도로 뿌옇게 변했다. 세월의 먼지가 마치 유령 무리의 회합을 수호하는 레이스 커튼처럼 건물을 둘러싸고 있었다.

스타이너는 아무 말도 하지 않고 성큼성큼 걸어가서 문이며 창문을 확인하기 시작했다. 웨인은 말의 짐을 내릴 생각조차 하지 않는 다른 사람들의 모습을 짜증 섞인 눈으로 지켜보았다. 다들 장례식장에 고용된 조문객처럼 뿌옇게 먼지가 앉은 옷을 두른 채, 지친 짐승 곁에서 무기력하게 서 있을 뿐이었다. 웨인은 오를롭스키가 지시를 내려 주기를 기대했지만, 지금은 그 정치장교도 얌전히 서서 먼지 앉은 카우보이모자 아래로 주변 풍경을 살필 뿐이었다. 모스크바를 향한 향수를 품은 눈으로.

모두 그 자리에 쓰러지기 전에 웨인은 경쾌한 목소리로 소리쳤다. "좋아요, 다들. 짐이나 내리죠. 리치 박사님, 말들을 분수 옆으로 데려가 주세요. 거기서 물을 먹이면 될 것 같네요. 마차를 후진시켜야 할 것 같으니 좀 도와주세요."

"웨인—?" 오를롭스키는 모자를 벗으며 언젠가 밀항자였으나 지금은 명확하게 자신보다 머리 하나는 더 커 보이는 젊은이를 바라보았다. 다음 순간 그는 수긍하듯 고개를 끄덕였다. "그렇게 하지…… 서머스 교수, 지진계는 일단 놔두시오. 앞으로 한 시간 정도는 지진이 날 일은 없을 테니까. 뉴욕에 라디오 주파수를 맞추고, 맥네어에게 연락해서 스톡

인디언

홀름에서 들어온 소식이 없는지 확인해 봐야겠소. 구조대 소식이 있을지도 모르지. 리치, 당신은 웨인의 지시를 따르시오. 뭘 해야 하는지 알고 있는 모양이니."

말을 먹이고 취사용 천막을 세우고 나서, 웨인은 사람들이 저녁 식사를 준비하도록 놔둔 채 자리를 떴다. 스타이너는 창문을 깨고 호텔로 들어가서 위층을 돌아다니며 침실을 살피고 있었다. 웨인은 호텔로 기어 들어가, 말이나 온갖 장비들 사이에서 일하고 있는 사람들을 바라보았다. 그는 방금 자신이 탐사대의 일원으로 인정받기 위한 작지만 중요한 한 걸음을 내디뎠다는 사실을 깨달았다. 동시에 흐릿하게 어스름이 깔린 술집의 먼지 쌓인 테이블 사이를, 피로라곤 조금도 느껴지지 않는 확고한 발걸음으로 돌아다니고 있는 스타이너를 감시할 필요도 있었다. 그와 스타이너 모두 자신만의 계획을 품고 아메리카 땅에 온 것이기 때문이었다.

10분 뒤 호텔의 중앙난방장치에서 5갤런 분량의 금속 맛 섞인 물을 찾아낸 다음, 웨인은 그 나름의 흥미를 품고 선장의 반응을 기다렸다.

"웨인, 여기만이 아니라 미국 전역에 있는 수천 개의 버려진 모텔에 물이 존재할 거다. 몇 갤런 정도겠지만 그거면 충분하지."

"혼자서라면 충분하겠죠, 선장님."

"두 명도 가능하지. 마침 딱 좋군……" 스타이너는 나직하게 애달픈 휘파람을 불었다. "너를 데려가야겠다. 마지막에는 맬러부 해안에 나란히 앉아 있게 될 거다."

웨인은 귀중한 액체를 증류 수레의 저수 용기로 옮기기 위해 사이펀으로 물통에 담기 시작했다. 스타이너를 믿어도 될까? 아마 아닐 것이다. 웨인은 불현듯 선장이 그들을 버리고 떠나면 자신이 탐사대의 지휘권을 쥐게 될 것임을 직감했다.

"선장님은 왜 아메리카에 온 건가요? 여긴 아무것도 없는데요."

"바로 그 때문에 온 거지. 게다가 너 자신도 그 말을 믿지 않을 텐데. 여긴 뭐든 있는 땅이다."

"저한테나 그렇겠죠, 선장님."

황혼이 내려앉자 사람들은 트렌턴 사무 지구의 선홍색 건물들 사이로 노을이 사라지는 모습을 바라보며 호텔 테라스의 캔버스 의자에서 휴식을 취했다. 웨인은 미국 동해안의 사막 도시들이 바라나시나 사마르칸트보다도 아름답다고 생각했다. 그러나 보석과 상아와 향신료를 나르던 대상들은, 공작 깃털로 무역로를 일구던 장인들은 대체 어디로 떠났단 말인가?

저녁 식사를 마치자 스타이너는 소총을 낀 채로 갈라진 호수 바닥으로 말을 몰아 내려갔다. 겉보기로는 사냥감을 찾는 것 같았다.

인디언

"호저 고기 파이라도 먹게 되는 건지…… 저 작자는 쉬지도 않나?" 파울 리치가 턱시도 옷깃의 먼지를 떨며 말했다. "웨인, 저 작자를 따라가서 무슨 꿍꿍이를 꾸미는지 확인하고 와."

"웨인도 그쪽만큼 지쳤을 텐데요, 파울." 앤 서머스가 웨인의 팔을 붙들었다. "스타이너도 혼자 시간을 가질 필요가 있을 거예요. 넌 여기 있으렴, 웨인."

웨인이 탐사대의 물 배급을 맡은 후로 그녀는 훨씬 친절해졌고, 벌써 자신의 매력을 이용해 몇 파인트의 물을 추가로 얻어 냈다. 그런 모든 일 덕분에, 웨인은 그녀가 자신을 젊은 밀항자가 아니라 거의 비슷한 나이대의 성인 남성으로 보기 시작했다고 느꼈다. 웨인은 그녀에게 이용당하는 일이 즐거웠고, 심지어 스스로 부추기기도 했다. 그녀는 저녁에 배급받은, 웨인이 그녀가 선택한 호텔 3층의 스위트룸까지 운반해 준 물로 놀라운 기적을 일으켰다. 웨인은 화장대 서랍을 뒤지다 유럽에서는 좋이 50년은 찾아볼 수 없던 금색으로 도금한 용기와 그 안의 선명하고 윤기 흐르는 립스틱을 찾아내고 그녀에게 선물했다. 그녀의 입가를 가로지르는, 희열을 일깨우는 암적색의 원호는 금빛으로 반짝이는 석양보다도 밝게 빛났다. 그는 이런 희귀한 화장품을 더 찾아보기로 마음먹었다.

"괜찮아요, 앤. 어차피 노새를 돌보고 싶기도 했고요." 처음으로 그녀를 이름으로 부르고 당황한 웨인은 그대로 달려 테라스를 가로질렀다. 그날 저녁은 일기를 쓰며 보낼 생각 이었지만, 스타이너가 사라졌다는 사실에 내심 초조한 기분이 들었다. 임시 구유로 쓰는 장식용 분수 옆의 노새 두 마리를 대충 살핀 후, 웨인은 말라붙은 호숫가를 따라 걷기 시작했다. 주변으로 해 질 녘의 햇빛을 뚫고 사막의 우아한 윤곽이 펼쳐져 있었다. 한때 녹색이었을 옛 골프 코스에는 이제 거대한 선인장들이 가지 달린 촛대처럼 늘어서 있었다.

스타이너의 모습은 찾을 수 없었다. 호텔에서 1킬로미터 정도 나와서, 웨인은 9번 홀의 모래언덕에 파묻혀 있는 낡은 골프 카트에 걸터앉아 휴식을 취했다.

바로 이곳에서 그는 처음으로 괴상한 허깨비를, 미국 대 사막의 첫 번째 신기루를 목격하게 되었다.

300미터 떨어진 유카 숲 사이에서 여섯 마리의 단봉낙타가 줄지어 나왔다. 네 마리는 두툼한 혹 위에 기수를 올리고 있었다. 길고 하얀 아랍식 겉옷을 입은 검은 얼굴의 사람들이었다. 이렇게 먼 거리에서도 웨인은 사막 유목민들의 날카로운 눈초리를, 볕에 그을린 검은 손이 낡은 소총이 든 안장 총집에서 떠나지 않는다는 사실을 알아챌 수 있었다. 그들은 웨인의 존재를 깨닫지 못한 채 느릿느릿 움직여 무너진 모텔 입구로 다가갔다. 낙타들은 모텔 진입로에 버려져 녹슬어 가는 자동차들을 피해 걸음을 옮기더니, 이윽고 저녁놀의 빛으로 아직 읽을 수 있는 네온사인에 기대선 먼지 투성이 대추야자들 사이로 모습을 감췄다.

웨인은 들키지 않으려 조심하면서 꼼짝도 않고 골프 카트에 앉아 있었다. 낯선 짐승을 타고 주위를 경계하며 움직이는 저 기수들은 대체 누구란 말인가? 히말라야와 고비 사막을 통해 아시아로 넘어와서, 아무도 모를 방법으로 베링 해협을 육로로 건넌 아랍인들일까? 어쩌면 이 새로운 사막의 냄새를, 오직 그들만이 집으로 여기는 황야의 냄새를 맡고 지구를 절반이나 가로질러 온 것일지도 모른다. 베두인의 풍모와 무기와 이국적인 눈을 본 웨인은 이 황량한 대륙에 자신과 같은 사람이 또 있다는 생각을 하며 자신감을 얻었다.

웨인 뒤쪽에서 소리 죽인 발소리가 들려왔다. 돌아보니 스타이너가 골프 카트 옆에 서서, 당장이라도 어둠 속으로 총을 쏠 듯이 멀리 떨어진 녹색 나무들을 바라보고 있었다. 마지막 남은 황혼에 비치는 스타이너의 얼굴은 그 아랍인들 만큼이나 풍파에 시달린 것처럼 보였다. 그 주름살 사이사이에 이 대륙의 숨은 여로가 새겨져 있는 것만 같았다.

"아무래도 네가 첫 번째 미국인은 아닌 모양이다, 웨인. 걱정할 필요는 없다. 앞서간 이들이 있다고 해서 뒤를 따라가면 안 되는 건 아니니. 슬슬 인사를 나누어 볼까."

10 / 우주선

다이빙대 옆에서 작은 모닥불이 타올랐다. 어둠 속에 타오르는 불길이, 나란히 앉아 방울뱀구이를 먹는 세 남자와 한 여자의 모습이 수영장에 얕게 찰랑이는 물 위로 반사되어 반짝였다. 10분 동안 아무도 입을 열지 않았다. 그리고 불이 천천히 사그라지는 것에 맞춰 오를롭스키와 리치가 외치는 소리가 밤공기를 뚫고 들려왔다.

웨인은 모텔의 네온사인 아래에서 움찔거리는 낙타들에 귀를 기울였다. 스타이너는 다이빙대에 기대 세워 놓은 자기 소총에는 신경도 쓰지 않은 채 불가로 나와 앉아 손에 묻은 기름을 닦아 냈다. 세 명의 유목민과 그들 뒤편에 웅크리고 앉은 여인은 새들처럼 불안해했다. 사막 주민의 날카로운 눈으로 계속 어둠 속을 훑으며 아주 작은 움직임이라도 눈에 띄면 바로 동요하는 모습을 보였다.

"아주 훌륭하군. 통통한 사냥감만큼 좋은 건 없지." 스타이너는 뱀 가죽 한 조각을 불 속으로 던져 넣으며 말했다. 가죽이 타들어 가며 쏟아 내는 불똥에 유목민들이 움찔했다. "우리 친구들 걱정은 하지 말게. 저쪽에서 발견하기 전에 우리가 여길 떠날 테니. 그럼 하인스, 그 하늘의 환영에 대해 말해 보게. 자네들 모두 봤다는 거지. 보스턴 중심부의 하늘에 떠 있는 모습을?"

"환영이 아니었소." 유목민 가족의 우두머리가 아들과 며느리를 향해 고개를 끄덕이며 말했다. 작은 개미핥기 같은 남자로, 부드러운 혀로 손에 든 마지막 남은 뼛조각에서 방울뱀 고기를 긁어 먹는 중이었다. "GM하고 제록스한테 물어보시오. 그건 환영이 아니었소, 선장."

"아빠 말이 맞아요. 확실히 커다란 우주선이었어요." 아들인 GM은 얼굴에 흉터가 가득하고 잠시도 차분하게 있지 못하는 젊은이였다. 그는 낡은 M16으로 어두운 하늘을 가리키며 말을 이었다. "OPEC 타워와 엠파이어스테이트를 한데 합친 것보다도 더 높이 떠 있었다고요."

"그냥 떠 있기만 했죠." 그의 아내인 제록스가 덧붙였다. 남편과 나란히 앉은 그녀는 아이 티를 갓 벗은 반짝이는 눈을 가진 임신부였다. "우리를 천국으로 데려가려고 왔다고 생각했어요."

"그거지. 천국……" 네 번째 유랑자, 강인한 육체와 근엄한 태도를 지닌 펩소던트란 이름의 젊은 니그로는 깊이 한숨을 쉬며 말했다. "남쪽으로 가 버렸습니다. 큰 지진이 올 테니 얼른 떠나라고 이야기하는 것 같았지요."

스타이너는 돌멩이 하나를 집어 수영장의 얕은 물로 던졌다. 수영장의 갈라진 벽을 통해 지하의 수원에서 새어 나온 소금기 섞인 물이 이곳에 야자나무가 둘러선 오아시스를 만들어 놓았다. "그래, 지진에 대해서는 어느 정도 알고 있다네. 지진계에 계속 기록이 잡혔으니까. 지진이 도시를 덮치는 모습을 본 적이 있나, 하인스?"

일행 중 제일 나이 많은 남자는 고개를 저으며 내키지 않는 얼굴로 주변을 둘러보았다. 그런 재앙을 언급하는 것만으로도 어둠에 잠긴 땅이 쪼개질 것이라 믿는 듯이. "우리 중에서 본 사람은 아무도 없소. 하지만 보스턴의 '교수' 부족 사람 중 한 명은 신시내티가 사라지는 모습을 보았다더군. 우주선이 하늘에서 내려오고 이틀이 지나서 도시 전체가 통째로 빛을 발하며 사라져 버렸다는 거요. 먼지구름을 피우며 날아가 버렸다는 거지."

"거 지진치고는 기묘하군." 스타이너가 덧붙였다. "그쪽은 어떤가, GM. 지진이 덮친 도시에 갔던 적이 있나?"

"그곳에 가면 몸이 아파져요, 선장. 끔찍하게 아파지죠."

GM은 쓴웃음을 지으며 아내의 부푼 배를 어루만졌다. 마치이 오염된 땅에서 아이가 머물 땅을 찾을 수 있을지 생각하는 것처럼. "물을 마셔도 아파지고, 먼지를 만져도 아파지고. 심지어 숨만 쉬어도 아파져요."

"모든 부족들이 계속해서 이동하고 있지만, 이제 더 이상 갈 곳도 없습니다." 펩소던트가 커다란 눈을 굴리며 말했다. "지진이 신시내티와 클리블랜드를 덮쳤으니 서쪽으로 갈 수도 없지요. 이제 보스턴 위에 우주선까지 뜨지 않았습니까. 세상의 종말이지요!"

"확실히 그런 느낌이군." 스타이너도 동의했다. 그는 유목민들을 안심시키려는 듯, 이 단순한 사람들이 들려준 모든 이야기를 신뢰한다는 듯 웃어 보였다. "네 생각은 어떻지, 웨인?"

웨인은 대답하지 않았다. 무슨 생각을 해야 할지도 몰랐기 때문에. 물 빠진 수영장 옆에 앉아서 낙타 냄새와 방울뱀 굽는 냄새가 뒤섞인 향기를 들이마시며 보낸 지난 한 시간은, 미합중국에 대한 모든 가정을 엉망으로 만들어 버렸다. 그는 1.5킬로미터 크기의 우주선이나 수상쩍은 지진에 대한 이야기는 처음부터 무시했다. 반면 스타이너 쪽은 과도하게 진지하게 받아들이는 것처럼 보였다. 낙타와 낡은 소총과 하늘의 환영을 품고 있는 정직한 사막의 주민들이 확실히 선장의 마음에 든 모양이었다.

그러나 햇볕에 그을린 이들이야말로 **진정한** 미국인이었다. 다른 미국인들이 유럽으로 이주해 가는 동안 이 대륙에 남은 수천 명의 주민들의 직계 자손이었다. 하인스, 펩소던트, GM, 제록스는 이 대륙을 방랑하는 열두 부족 중 하나의 마지막 생존자들이었다. 한 시간 전에 그와 스타이너가 이 모텔로 걸어왔을 때, 네 명의 유목민은 낙타에서 내리는 중이었다. 적개심을 드러내지 않고 웨인과 선장을 맞이하는 것을 보니 탐사대의 존재를 뻔히 알고 있었던 듯했다. 스타이너에 대해서는 쉽사리 판단을 내리지 못하는 듯싶었는데, 볕에 그을린 피부와 사막의 주민처럼 시선을 멀리 두는 모습 때문에 어느 쪽에 속하는지 확신할 수 없는 것 같았다. 하지만 웨인의 금발과 주름 없는 피부에 머무는 호기심 어린 시선으로 미루어, 젊은 쪽 방문객은 모든 면에서 진짜 미국인이 아니라고 생각하는 게 분명했다.

웨인은 자신만의 내밀한 꿈의 여정에 끼어든 그들에게 짜증을 느끼면서 눈빛을 마주했다. 세 남자는 사막을 건널 때의 최적의 복장인 긴 흰색 겉옷 아래에, 트렌턴과 뉴어크의 백화점에서 가져온 낡은 회색 핀스트라이프 소모사 정장을 걸치고 있었다. 그들이 속한 '경영진' 부족의 전통 복장이었다. 경영진 부족은 뉴저지, 롱아일랜드, 기타 뉴욕의 통근 지역 근방에서 채집과 수렵을 했다. 맨해튼에 존재하던 거대 기업에서 따온 이름을 가진 하인스와 그의 아들 GM, 그리고 가족의 젊은 친구인 펩소던트는 저마다 주머니에 말라붙은 만년필과 깨진 계산기를, 그들의 모사 대상인 사무직 종사자들이 남긴 유물을 지니고 다녔다. 시간이 날 때마다 하인스는 먼 옛날에 텅 비어 버린 흡입기를 꺼내 콧구멍에 넣고 즐거운 듯 콧바람 소리를 냈고, 펩소던트는 찌그러진 담뱃갑을 꺼내 그게 소우주로 통하는 문이라도 되는 양 허공을 향해 흔들었으며, GM은 계산기를 꺼내 움켜쥐고는 오래전에 죽은 버튼을 눌러 대며 제록스에게 모든 것을 아는 듯한 미소를 지어 보였다. 마치 그 기계로 정확한 출산일을 계산해 낼 수 있는 듯이.

그들은 함께 북쪽에 사는 보스턴의 교수 부족을 방문하고 돌아오는 길이었다. 제록스가 그 부족 출신이었다. ("왜 제록스인가?"라고 스타이너가 물어보자, GM은 자부심 넘치는 손길로 임신한 아내의 허리를 토닥이며 명쾌하게 대답했다. "여자는 전부 제록스라고 불러요. 복사본을 아주 잘 만드니까.") 그러던 와중 보스턴 항구 상공에 예언의 환영이 떠올랐고, 그들은 당황해서 남쪽으로 출발한 것이었다. 죽음을 부르는 지진을 만날까 두려워 뉴욕을 그대로 지나칠 정도였다.

꼬치에 꿴 방울뱀을 구우면서, 하인스와 GM은 아메리카 땅의 '나라'들에 대해 설명해 주었다. 원래 이곳에 있던 붉은 피부의 사람들을 대체한, 새로운 원주민 인디언 부족들에 대해서. 한때는 각 부족의 구성원이 많으면 천 명에 달했지만, 이제는 지진과 하늘의 환영 때문에 뿔뿔이 흩어져 모두 100명 이하로 줄었다고 한다. 모두 몇 세기 동안 문맹이었고, 그들이 읽을 수 있는 것이라고는 네온사인으로 새겨진 상표명뿐이었다. 그들의 친구와 친지들은 죄다 빅맥, 유드라이브, 텍사코, 세븐업 따위의 이름을 가지고 있었다. 그러나 보스턴 지역의 위대한 대학들에서 이름을 따오는 교수 부족은 부족들 중에서도 가장 재주가 뛰어나서, 화학 실험실 장비를 이용해 조잡한 독주를 증류해 내기도 했다. 그럼 밤하늘의 환영은 과도하게 술을 들이켠 결과물인 것일까? 교수 부족은 이제 보다 적대적인 부족의 사냥터로 내몰리고 있었다. 하인스는 다른 이들이 하는 말을 모두 믿으면 안 된다고 설명했다.

"워싱턴 부근에는 '관료' 부족이 있소. 모든 부족의 힘을 하나로 모으자고 말하고 다녔는데, 결국 우리한테 세금을 물리고 싶을 뿐이라는 사실을 깨닫게 되었지. 그리고 플로리다에는 '우주 비행사' 부족이 있는데—"

"정말 미친 작자들이지요!" 펩소던트는 친근한 감탄을 담은 콧소리를 울렸다. "우주 시대 종교 같은 걸 가지고 있고, 거기 필요한 장비도 전부 가지고 있거든요!"

"그걸 장비라고 부를 수나 있겠어." GM이 큰 소리로 웃음을 터트렸다. "주석 외투를 입은 낙타 본 적 있나요?"

스타이너도 동의한다는 듯 웃었다. "혹시 하늘에 뜬 우주선의 배후에 그 작자들이 있는 건 아닌가?"

하지만 하인스를 비롯한 원주민들은 우주 비행사 부족이 그런 일을 벌이지는 못할 거라고 입을 모았다. 햇살에 쭈글 쭈글해진 원주민들이 멀어져 가는 모습을 지켜보면서, 웨인 은 그들이 지저분한 낙타 무리를 이끌고 오아시스에서 오아 시스로 이동하는 외에는 아무것도 하지 못할 거라고 확신했 다. 따라서 녹슨 원자로로 인해 오염된 지역에서 누더기를 걸친 원주민들을 몰아낼 만한 발전한 기술력을 가진 이들이 따로 존재할 수도 있는 것이다. 이 원주민들은 비행기를 본 적이 없을 테니, 작은 헬리콥터가 머리 위에서 선회하는 정 도로도 세계의 종말이 찾아왔다고 여길지도 모른다……

"그리고 시카고와 디트로이트 주변에 살던 '갱단' 부족이 있소." 하인스는 계속 설명하고 있었다. "샌프란시스코에서 온 '게이' 부족도 있고. 한참 전에 서부를 떠나왔다고 하더 군."

"게이 부족은 어딘가 이상해요." GM이 아내를 보호하려 는 듯 어깨를 껴안으며 덧붙였다. "정확하게 뭐가 문제인지 는 모르지만 마음에 들지 않더군요."

"'이혼자' 부족보다는 낫지요." 펩소던트가 끼어들었다. "리노에서 온 여성으로만 이루어진 부족인데, 사방으로 돌 아다닙니다. 그자들은 조심하십시오, 선장. 결혼해 주겠다 고 약속한 다음에 밤이 끝나기도 전에 낙타를 훔치고 목을 그어 버리니까. GM은 한 번 걸린 적이 있지 않던가……?"

스타이너와 노인이 그 사건에 대해 이야기하며 웃음 짓기 시작하자, 웨인은 그들이 추억에 빠져들지 못하게 하려고 처음으로 입을 열었다.

"부족 말고— 다른 원정대를 본 적은 없나요?"

"원정대?" 웨인의 날카로운 어조에 놀란 노인은 무슨 뜻인지 이해하지 못한 채로 스타이너를 바라보았다.

"탐험을 하는 사람들 말이에요." 웨인은 설명하려 시도했다. "바다를 건너온 자들요. 20년 전에 백발의 남자가 이끄는 대규모 원정대가 오지 않았나요?"

GM은 아내의 배에서 눈을 떼고 고개를 들었다. "그건 '도박꾼' 부족 이야기처럼 들리는데. 베이거스 근처에서 사냥을 하던 자들인데, 그 부족에 바다를 건너온 백발 남자가 있다고 들었어—"

GM이 말을 끝내기도 전에 어둠을 뚫고 총소리가 벼락처럼 사막의 밤하늘을 갈랐다. 고함 소리가 들리더니, 두 번째 총성과 함께 모텔 위 네온사인에서 유리 파편이 쏟아져 내렸다. 웨인은 어둠 속에서 더듬거리며 말다툼을 벌이는 오를롭스키와 리치의 목소리를 알아들을 수 있었다.

"괜찮아. 아는 자들일세." 스타이너는 자리에서 일어나며 안심시키려는 듯 손을 들어 보였다. 그러나 유목민들은 이미 자리에서 일어나고 있었다. 구석에 몰리기 직전의 겁먹은 동물들처럼 흐릿한 야음 속에서 부산스럽게 움직였다.

웨인과 선장이 5분 후에 오를롭스키와 리치를 데리고 수영장가로 돌아왔을 때, 네 명의 원주민 남녀는 낙타를 데리고 밤 속으로 사라지고 없었다. 길게 늘어진 사막의 그림자를 살피던 웨인은 녹슨 자동차와 대추야자 사이로 성큼성큼 걸어가는 짐승을 간신히 알아볼 수 있었다.

오를롭스키는 말라 버린 수영장과 모닥불과 방울뱀구이의 흔적을 내려다보고는, 이어 낙타 냄새를 맡으면서 작은 콧잔등에 주름을 잡았다. 그리고 네온사인 위로 흩날리는 불똥이 반사된 모습에 얼떨결에 총을 쏴 버린 리치 박사에게 손가락을 흔들어 주의를 주었다. 마지막으로 그는 스타이너를 돌아보며, 모래 위에 찍힌 맨발 자국을 가리켰다.

"이건 뭐지, 선장? 프라이데이들로 가득한 해변인가⋯⋯ 자네가 우리를 식인종들로부터 구해 준 건가?"

모텔로 걸어 돌아가는 내내 스타이너는 애석한 눈으로 어둠 속을 돌아보았다.

"식인종? 웨인, 저들이야말로 미국인이다. 진짜 미국인이었지."

"원주민이죠." 웨인이 대꾸했다. "우리가 도울 수 있었다면 좋았을 텐데요. 그래도 저도 선장님처럼 그들이 마음에 들어요."

"그거 다행이군. 혼자 힘으로 살아가는 이들이다. 머리 위

하늘을 두려워할 줄 알고, 땅 위의 세리들을 수상쩍게 여길 줄도 알지. 웨인, 제임스타운에 살던 네 선조들조차 자랑스럽게 여길 만한 덕목 아니겠나. 어쩌면 나중에 저들이 우리에게 도움을 줄지도 모르지."

"그럴 것 같지는 않네요." 웨인은 주변의 사막을, 멀리 보이는 텅 빈 도시의 마천루를 향해 손짓했다. "선장님, 이 땅은 거대한 원주민 보호구역이 아니에요. 제가 믿는 아메리카는 다른 종류의 장소라고요. 이 땅에 저들이 살아갈 공간이 있으면 좋겠네요."

"내가 살 공간도 있으면 좋겠군, 웨인. 있을 것 같나?"

"그럴 것 같군요, 스타이너 선장님……" 웨인은 농담을 가볍게 받았지만, 그러면서도 오를롭스키가 사용한 단어들을, 그리고 유목민들이 자신의 근육질 육체를 바라보던 허기 어린 눈빛을 잊을 수가 없었다. 그는 스타이너가 똑같은 억센 눈빛으로, 어두운 사막을 향해 하얀 이를 드러내고 웃던 바로 그 눈빛으로 자신을 주시하고 있다는 사실을 깨닫고 내심 초조해졌다.

우주선

11 / 오벌 오피스

이후 열흘 동안 탐사대는 뉴저지 유료 고속도로를 타고
워싱턴을 향해 남서쪽으로 계속 내려갔다. 한없이 이어지던
고속도로가 리본처럼 풀리더니 버려진 자동차와 트럭이 끝
없이 늘어선 미로로 변해 버렸다. 황혼이 찾아올 때마다 그
들은 도로를 떠나서 길을 따라 즐비한 수백 채의 빈 모텔이
나 컨트리클럽 중 하나를 골라 밤을 보내면서, 대륙 전체를
뒤덮고 있는 것 같은 말라붙은 수영장 근처에서 휴식을 취
했다. 저녁 식사를 끝내고 나면, 웨인과 스타이너는 서늘한
저녁 바람을 맞으며 함께 말을 타고 나가서 질척한 석회 호
수와 염호를, 애팔래치아산맥에서 흘러 내려오는 강물을,
보다 온화하고 생산성 있을 법한 날씨의 흔적을 찾아 헤맸

다.

하지만 주변 땅은 도리어 갈수록 건조해지기만 했다. 때로 아래쪽 사막을 바라볼 때면 이 대지를 가로지르는 얼마 안 되는 유목민들의 야영지 불길이, 조슈아 나무 그늘에 묶여 있는 낙타들의 모습이 보이기도 했다. 그러나 하인스와 펩소던트와 GM과 제록스를 만난 이후로, 일행은 이런 떠돌이 '인디언'들을 찾아가 미합중국 내륙의 정보와 장비를 교환하려는 시도는 단 한 번도 하지 않았다.

그들은 트렌턴과 필라델피아를 그대로 지나쳐 볼티모어를 향해 이동해 가다가, 윌밍턴에 이르러 케네디 기념고속도로에 합류했다. 고요한 교외 지대에 둘러싸인 텅 빈 도시가 사막의 아지랑이에 휘감긴 모습이 눈에 들어왔다. 교외의 공원과 테니스 코트에는 나날이 두텁게 먼지가 쌓이고 있었다. 저녁이면 길게 이어지는 사무 지구가 동쪽 지평선을 뚫고 일어날 듯했고, 수천 장의 유리창이 일제히 빛을 발하는 마법 같은 순간이 잠시 스쳐 지나갔다. 시클라멘의 옅은 자주색에서 진한 주홍색으로 빛깔이 바뀌는 순간에는, 거대한 건물의 현관들이 마치 앞으로 다가올 사막을 홍보하는 거대한 광고 게시판처럼 보였다.

이런 모호한 환영에도 불구하고, 그리고 미국 대사막이 애팔래치아산맥을 가뿐히 넘어 로키산맥과 캘리포니아 해안까지 이어질 가능성이 높음에도 불구하고 탐사대의 기세

오벌 오피스

는 조금도 꺾이지 않았다. 윌밍턴이 가까워졌을 즈음 1번 국도를 타고 콘스티투션가로 향하면서, 웨인은 지금까지 그 누구도 유럽으로 돌아가는 여행을 입에 올리지 않았다는 사실을 곱씹었다. 아메리카를 떠나서 돌아가는 여정에 올라야 한다는 생각은 이미 그들의 마음속에서 사라져 버린 것만 같았다.

웨인이 기대한 대로, 상황에 제대로 대처한 사람은 스타이너였다.

"그래서 여기가 워싱턴이다. 한때 세계에서 가장 중요한 수도였고, 가장 위대한 나라가 존재하던 곳. 생각해 봐라, 웨인. 여기서 무적함대를 건설하라는, 세계대전에서 승리하라는, 달에 사람을 보내라는 명령이 떨어진 거다……"

스타이너는 팔을 들었다 내려서 탐사대 사람들에게 정지하라는 신호를 보냈다. 기수들의 대열과 웨인이 이끄는 짐말과 물수레는 여전히 장중해 보이는 국립미술관 앞에서 일제히 걸음을 멈추었다.

웨인은 몰 공원 건너편의 링컨 기념관을 응시했다. 오지만디아스*의 발목 사이에 서 있던 먼 옛날의 여행자들에게

• 고대 이집트 제19왕조 제3대 파라오 람세스 2세의 그리스어 명칭. 19세기 영국의 낭만파를 대표하는 시인 퍼시 비시 셸리(1792~1822)의 소네트 「오지만디아스」(1818)를 통해 불멸의 이름으로 남았다.

그랬듯이, 눈에 들어오는 것이라곤 한때 녹색이었던 잔디밭을 뒤덮은 똑같은 모래언덕과 선인장, 똑같은 메스키트와 버로위드뿐이었다. 왼쪽으로 400미터 떨어진 곳에는 국회의사당이 있었다. 백악관과 맨해튼 스카이라인과 더불어, 웨인이 구세계를 떠날 때 가슴에 품고 온 가장 인상적인 세 가지 풍경에 들어가는 건물이었다. 적막 가운데 거대한 선인장들에 둘러싸여 우뚝 서 있었는데, 육중한 정면의 주랑은 금이 간 채로 모래 속에 쓰러져 있었다. 거대한 돔에는 구멍이 뚫려서 깨진 달걀 껍데기처럼 한쪽이 움푹하게 함몰되어 있었다. 몰 공원의 반대쪽 끝에는 말라붙은 포토맥강으로 흘러드는 모래언덕이 보였다. 링컨 기념관 안의 에이브러햄 링컨은 무릎까지 모래에 파묻힌 채 자리에 앉아서, 수심에 잠긴 표정으로 유카 관목과 땅다람쥐들을 지그시 바라보고 있었다.

웨인은 탐사대원들을 둘러보며 그들이 눈앞의 풍경에 항의하는 말을 던지기를 기다렸다. 그러나 그들 중 누구도 눈앞의 풍경에 좌절하기는커녕 놀라지도 않는 듯 보였다. 워싱턴을 방문하는 여행객들이라면 누구나 모래에 파묻힌 사막의 도시를 기대하고 있으리라 여기는 것만 같았다.

행렬의 선두에서 오를롭스키가 잰걸음으로 다가왔다. 그는 물수레의 그림자에서 휴식을 취하며 카우보이모자로 부채질을 했다. "어떤가, 웨인. 전부 상당히 보존 상태가 좋아

오벌 오피스

보이는데 말이야. 아무것도 변하지 않은 것만 같군. 좋아, 선장. 출발해 보지."

"백악관으로 가 봅시다." 일행이 먼지투성이가 되어 모래에 반쯤 파묻힌 채 줄지어 늘어선 박물관들을 따라 서쪽으로 출발하는 모습을 지켜보면서 스타이너는 그에게 이렇게 말했다. "그곳에 지휘소가 있을지도 모르지요. 만약 없다면 거기서 그리고리 당신의 임시정부 수반 취임 선서를 받기로 하겠습니다."

"서머스 교수가 하면 안 되나?" 오를롭스키는 가볍게 농담을 받았다. "첫 여성 대통령 아니겠나. 아니면 웨인도 나쁘지 않을 텐데?"

"맡겨만 주세요, 그리고리." 웨인은 즉각 소리쳐 대꾸했다. "존 존보다도 젊은 대통령이 되겠는데요."

이렇게 가볍게 의욕을 북돋운 다음, 그들은 선인장과 조슈아 나무 사이를 지나 워싱턴 기념탑으로 다가갔다. 다시 행렬의 간격이 벌어지기 시작했고, 이내 각자 최소한 50미터씩 거리를 두게 되었다. 웨인은 노새의 엉덩이에 들러붙는 파리 떼를 향해 채찍을 휘둘렀다. 웨인은 잘 알고 있었다. 워싱턴이 텅 비어 있다는 사실에, 꿈의 심장부에 오로지 그들만이 존재한다는 사실에 다들 몰래 안도하고 있다는 것을.

백악관에서 보내는 첫날 밤이 흘러갔다. 기대한 대로 건물은 텅 비어 있었고, 거대한 회의실과 집무실은 활짝 개방되어 저녁 공기가 그득했다. 창문을 넘어 밀려와 바닥에 뽀얀 레이스 무늬를 그리는 모래 위에는 사람의 발이 닿은 흔적은 조금도 찾아볼 수 없었다. 스타이너가 건물 밖에서 말 위에 앉은 채로 보초를 서는 동안, 웨인과 오를롭스키는 깨진 방탄유리창을 통해 오벌 오피스로 들어갔다.

오를롭스키는 미처 생각할 겨를도 없이 바로 모자를 벗었다. 두 남자는 발목까지 잠기는 모래 속에 서서, 창문 앞에 놓인 거대한 집무실 책상을 바라보았다. 브라운 대통령의 물건일까? 아니면 이곳에 마지막으로 남은 소개 작전 지휘관이 사용하던, 창고에서 꺼내 온 여분 물건일까? 이유는 모르겠지만, 웨인은 수많은 대통령들의 손길이 바로 이 책상의 가죽 표면을 스쳤을 것이라 확신하고 있었다. 한쪽 구석에는 조리용 모닥불을 피웠던지 하얀 페인트 위에 그을음이 껴 있었고, 심드렁해 보이는 그라피티 문구가 벽을 뒤덮고 있었다. '밥 털럭 & 엘라 털럭, 2015년 터코마' '우주인 최고!' '찰스 맨슨이여 영원하라'. 그러나 대통령의 집무실 책상은 말짱했다. 기묘한 힘이, 물건 자체가 발산하는 권위의 힘이 책상을 수호하고 있는 것 같았다.

"전부 그대로야, 웨인." 오를롭스키는 나직한 목소리로 단언했다. "완벽하게 옛날과 똑같아……"

오벌 오피스

정치장교가 내비치는 감정에 마음이 움직인 웨인은 그의 어깨에 손을 올렸다. "지금까지 내내 당신을 기다리고 있던 거예요, 그리고리."

"그거참 친절한 말이로군, 웨인……"

이윽고 그들은 리치와 앤 서머스와 합류해서 엉망이 된 집무실이며 접견실 등을 떠돌았다. 줄지어 늘어선 텔레타이프와 컴퓨터 단말들을 지나, 긴급 공고와 소개 일정표를 지나, 수십 개의 텅 빈 텔레비전 화면을 지나. 시간이 흘러 선인장이 촘촘히 들어선 포토맥강 강바닥 너머로 태양이 모습을 감추자, 탐사대원들은 관광길에 올라 몰 공원을 둘러싸고 있는 박물관과 기념물들을 조용히 둘러보기 시작했다.

뒤에 남은 사람은 말에게 물을 먹이고 짐을 풀어 장비를 내리겠다고 자원한 웨인뿐이었다.

앤 서머스는 웨인을 걱정하며 그의 금발 머리에 앉은 모래를 털어 주었다. "우리가 돌아올 때까지 여기 있을 거지, 웨인……?"

"물론이죠." 그는 단언했다. "이제 막 워싱턴에 도착한 거잖아요, 앤. 진짜 탐사는 이제부터 시작이라고요."

두 시간 후 백악관 앞의 일립스 공원으로 돌아온 일행은 웨인이 야영용 침구를 풀어 백악관 안에 들여놓은 것을 발견했다. 그는 오벌 오피스를 자기 방으로 배정하고, 책상 옆 바닥에 자기 침낭을 준비해 놓았다. 직접 모래투성이 집무실의 경비를 설 생각이었다. 그가 진정으로 지키고 싶은 것은 대통령 집무실의 위엄이었기 때문에, 아무도 자신의 행동을 농담거리로 삼지 않았다는 사실이 내심 기뻤다.

어쩌면 수도의 중심에 여전히 서려 있는 강렬한 분위기 때문일지도 모르지만, 이어지는 며칠 동안 웨인은 탐사대가 추진력을 잃는 모습을, 또는 적어도 방향을 바꾸는 모습을, 내면의 새로운 요소에 맞추어 나침반의 자침을 수정하는 모습을 지켜보게 되었다. 한때 백악관의 앞뜰이었던 곳에 야영지를 꾸리고 식당 천막과 조리실과 통신센터를 세워 놓은 상태였지만, 리치와 앤 서머스는 과학 분야의 작업에는 거의 열의를 보이지 않았다. 전파 통신기로 맥네어와 짤막한 대화를 나누어 아폴로호의 수리 작업이 거의 완료되었다는 사실은 확인했음에도, 지진계와 방사능 계수기는 천막 한쪽 구석에서 먼지만 쌓여 가고 있었다. 대신 그들은 온종일 박물관과 국회의사당 건물, NASA 본부, 대법원과 스미스소니언협회 건물을 탐방하며 보냈다. 식당 천막에서 저녁 식사를 하는 동안에는 무제한 대륙 패키지여행에 참가해서 첫날을 보낸 관광객들처럼 그날의 놀라움과 발견에 대해서 대화를 나누었다.

"그리고리, 닉슨 기념관 봤습니까?" 사흘날 저녁에 리치는 이렇게 물었다. "정말 대단하다는 건 인정해야 할 겁니다. 그 당시 대통령의 권력을 생각하면……"

"제국을 다스리는 대통령이었지." 오를롭스키는 몰 공원을 둘러싸고 있는 웅장한 건물들 쪽으로 손짓하며 현자처럼 말을 받았다. "옛 크렘린하고 똑같은 셈이야."

"그리고 제리브라운 이슬람센터도요." 앤 서머스가 끼어들었다. "유리섬유를 이용해서 타지마할을 원본의 1.5배 크기로 완벽하게 모사한 곳이잖아요. 넌 어떠니, 웨인?" 그녀는 웨인을 배려하듯 물었다. "너는 아무 데도 들르지 않고 있잖니. 공군 박물관에 가 보는 건 어때?"

"오늘 가 봤어요." 웨인은 침착하게 거짓말로 대꾸했다. "린드버그의 비행기와 아폴로 9호 착륙선에도 앉아 봤죠."

그들의 기대를 채워 주는 일은 제법 즐거웠다. 스타이너는 언제나처럼 혼자서 말을 몰고 나가서, 사막 도시의 교외 지역을 강박적으로 순회했다. 가끔씩 펜타곤과 워터게이트 빌딩의 스카이라인에 그의 그림자가 드리우곤 했다. 선장이 일행과 거리를 두기 시작하자, 웨인이 탐사대의 실질적인 책임자가 되어 버렸다. 그는 아무 데도 들르지 않는 것이 아니었다. 탐사대의 중심에 박힌 버팀목으로서, 흔들리는 나침반의 중심축 노릇을 하는 것이었…… 사실 그는 남는 시간 동안 오벌 오피스를 청소하며 보냈다. 부서진 창문으로 모래를 퍼내고, 벽에서 그라피티를 긁어내고 있었다. 진정한 여행의 출발을 위해서는 통과의례를 치러야 하는 것이다. 반드시 해야만 하는 일이 존재한다. 진정한 탐사 여행의 시작이라. 별생각 없이 그런 말을 입에 올린 적이 있었다. 그렇다고 치면 그 여행의 목적지는 어디일 것인가?

웨인은 대원들을 둘러보며 그들이 미국 땅에서 보낼 마지막 나날을, 수집해야 하는 표본과 서류를, 찍어야 하는 상세한 사진 자료를, 다음 탐사대를 위해 주석을 달아야 하는 지도를 언급하기를 기다렸다. 그러나 그들은 침묵을 지키며 캔버스 천막 아래 저녁 식탁에 둘러앉아 있을 뿐이었다. 기묘하게 굳은 표정이 마치 맨해튼의 백화점에서 마주친 세 구의 마네킹처럼 보였다. 리치는 전파 통신 장치의 헤드폰을 만지작거리고 있었지만 맥네어와는 대륙 하나쯤 떨어진 생각을 하고 있는 게 분명했다. 웨인이 안내해 준 군장용품점에서 발견한 정강이까지 올라오는 기병용 부츠를 감상하고 있었기 때문이다. 앤 서머스는 방사능 검출 기록지를 한 손에 들고, 다른 손으로는 웨인의 배낭에 들어 있던 낡은 《코스모폴리탄》잡지를 뒤적이고 있었다. 천막 바깥의 사막과 선인장, 자신의 면직 작업복과 갈라진 피부 따위에는 조금도 신경을 쓰지 않은 채로, 화려한 할리우드 빌라의 꿈에 사로잡혀 있었다. 심지어 오를롭스키조차 탐사대 일에는 관심이 없는 것처럼 보였다. 큼직한 교통지도에 얼굴을 묻고 있기는 했지만, 식탁 맞은편에 있는 웨인은 정치장교의 눈이 캔자스와 콜로라도 사이의 주간 고속도로를 훑고 있다는 사실을 알 수 있었다.

오벌 오피스

웨인도 이내 깨닫게 되었다. 미 대륙 횡단 계획을 세운다는 핑계를 대며, 그들은 제각기 자기네 두개골을 한 바퀴 두르는 훨씬 긴 사파리 여행을 계획하고 있었던 것이다.

12 / 낙타와 원자폭탄

워싱턴에 도착한 지 일주일이 지났을 때, 이후 탐사대가 취할 새로운 방향성을 명확하게 드러내는 사건이 일어났다. 스타이너는 밤마다 다른 사람들을 두고 홀로 떠나서 말라붙은 포토맥강 강바닥에서 작은 천막을 치고 야영하고 있었고, 오를룹스키는 아침 식사를 끝낸 다음 행정부 청사를 둘러보러 어슬렁거리며 나갔다. 리치와 앤 서머스는 알링턴에 있는 케네디 가문 대통령 세 명의 납골당을 구경하러 말을 타고 떠났고, 결국 전날 노새 무리를 끌고 타이들베이슨 인공 호수까지 가서 퍼 온 해수를 증류하는 임무를 맡은 웨인만 남겨졌다.

웨인은 혼자 남아 차라리 다행이라 여겼다. 이미 장대한 박물관이나 정부 건물들은 대충 둘러본 후였다. 아폴로 우주선과 라이트 형제의 비행기와 '세인트루이스의 정신'호를 경탄하며 올려다보기도 했다. (흥미롭게도 그를 가장 감탄하게 한 비행기는 20세기 후반에 만들어진 인력 글라이더 '거미줄 앨버트로스'호였다. 지금은 먼지 쌓인 골동품이 되고 말았지만, 한때는 태양에 도전하는 시의 선율이라는 찬미를 받았던 물건이다.) 하지만 지금은 보다 중요한 일이 남아 있었다. 증류기의 빙글빙글 꼬인 관을 타고 순수한 물이 방울져 떨어지는 소리를 확인한 다음, 그는 삽을 들고 링컨 기념관으로 향했다.

이어지는 두 시간 동안 그는 건물 한복판까지 들어가서 서늘한 햇빛 속에서 열심히 석상 주변의 모래를 치웠다. 과거 거대한 모래언덕이 링컨의 무릎 위로 밀어닥쳤고, 그의 돌 눈동자는 수심에 잠겨 하얀 먼지의 물결을 지그시 바라보았을 터였다. 그들이 떠나면 다시 모래가 밀려들 테지만, 웨인은 자신의 노력에 의미가 있음을 분명히 알았다.

커피가 든 보온병을 홀짝이면서 기념관의 계단에 앉아 휴식을 취하던 웨인은, 스타이너가 하얀색 사막 겉옷을 휘날리며 몰 공원 한가운데로 걸어오는 모습을 발견하고 깜짝 놀랐다. 그 뒤로는 투실한 콧구멍에 줄을 꿴 낙타 두 마리가 느긋하게 모래밭 위로 걸음을 옮기고 있었다. 그들은 일립스 공원에 도착했고, 웨인은 문득 작은 유목민 무리가—웨인은 셔츠도 없이 목에 검은색 넥타이만 매단 모습을 보고 관료 부족이라 추측했다—워싱턴 기념탑 아래에 야영지를 차렸다는 것을 깨달았다. 똑같이 넥타이를 맨 갈색 피부의 여자들이 땅에 쪼그려 앉아서 마른 선인장을 연료 삼아 불을 피우는 동안, 남자들은 스타이너의 흑마 주변으로 몰려들어 짐승의 옆구리와 엉덩이를 달뜬 눈으로 훑었다.

웨인이 야영지에 도착했을 때 스타이너는 백악관 난간에 낙타들을 묶는 중이었다. 그는 만족한 듯 선글라스를 닦으며 말했다.

"아주 괜찮은 거래를 했다, 웨인. 한데 아무래도 뭔가 걱정거리가 있는 모양이야. 제대로 홍정조차 하지 못할 정도로 다른 데 신경을 쓰고 있더군."

"이제부터는 낙타를 타고 갈 건가요?" 웨인은 스타이너의 자신감 넘치는 태도를 경계하고 있었다. 바람에 휘날리는 하얀 겉옷을 입으니 한결 자유로운 모습이었다. 설마 저 아래로는 벌거벗고 있는 건 아니겠지? 아랍풍의 사막 복장과 선글라스 때문에 마치 현대의 베두인 족장처럼 보였다. 암석학 학위증을 한 손에 든 채로 포로를 잔인하게 처형할 사람 같았다.

"물론이다, 웨인. 애초에 낙타를 샀어야 했다. 이놈들은 샌디에이고 동물원에 있던 낙타 한 쌍의 후손이라더군. 사막의 배는 말이 아니라 이놈들이지."

"그러면 인디언들은 왜 선장님 말을 받은 건가요? 말을 타는 모습은 본 적도 없는데."

스타이너는 미지근한 물 한 잔을 들이켰다. 얼마 전부터 기르기 시작한 낫 모양의 턱수염이 턱의 윤곽을 날카롭게 강조해 주고 있었다. "웨인, 저들은 타고 다니려고 말을 산 게 아니다. 먹으려고 산 거다. 이곳 사람들에게 말고기는 쉽게 구할 수 없는 별미니까. 하지만 대체 왜 저렇게 걱정하는 건지 모르겠군. 식량 말고는 원하는 것도 없으면서."

워싱턴 기념탑 뒤편으로 말이 끌려가는 모습을 지켜보던 스타이너는 웨인이 얼굴을 찌푸리고 있다는 사실을 알아챘다. "어이, 웨인. 나도 저 아이를 보내고 싶지는 않지만, 이제 귀리도 거의 떨어졌다. 머지않아 남은 말도 전부 바꿔야 할 거다. 이 낙타들은 유카 잎이나 선인장 속을 먹으면서 버틸 수 있어."

웨인은 살짝 놀란 눈으로 선장을 바라보았다. 전파로 맥네어와 대화를 나눈 게 바로 어제 오후였다. 다시 바다로 나설 수 있게 된 아폴로호는 사흘 후에 버지니아주 노픽에 도착할 것이고, 탐사대는 그곳에서 랑데부를 할 예정이었다.

"선장님, 아폴로호가 곧 이쪽으로 올 거예요. 배에 남은 사료면 6개월은 먹일 수 있을 텐데요."

스타이너는 웨인을 향해 고개를 끄덕였다. 절대로 솔직하다고는 말할 수 없는 표정으로, 눈앞의 젊은이의 얼굴에 초점을 맞추려 애쓰고 있었다. 마치 웨인이 예전에 지휘하던 선박을 언급한 덕분에 과거의 현실을 잠시 마주하게 된 것처럼.

"아폴로호…… 그래, 네 말이 맞는다, 웨인. 그 배 생각을 못 했군……"

그 완곡한 거절의 의미를 곱씹으며, 웨인은 마차 그늘에 쪼그려 앉아 있었다. 한편 스타이너는 처음으로 낙타를 타 보는 중이었다. 이 크고 느린 짐승들은 제대로 훈련을 받은 놈들이었고, 선장은 얼마 안 있어 높은 안장과 느린 걸음걸이, 심한 흔들림, 타고 내릴 때의 어색한 자세, 기수를 떨어 트리기 딱 좋게 갑자기 비틀거리는 다리의 움직임에 익숙해졌다.

그가 낙타를 몰고 일립스 공원을 돌아다니는 동안, 다른 유목민 두 무리가 몰 공원 안쪽으로 들어섰다. 하얀 겉옷을 걸친 검은 얼굴의 남자 셋에, 나머지는 여성과 어린아이들인, 각각이 대여섯 명 정도인 무리였다. 첫 번째 무리는 관료 부족이었고, 연방농무부 건물 계단에 천막을 쳤다. 두 번째 무리가 갱단 부족이라는 사실은 웨인도 쉽사리 판별할 수 있었다. 구부정한 자세로 낙타를 타고 공격성을 드러내며 백악관 앞을 지나가고 있었으니까. 남자들은 하얀 겉옷 아래 초크스트라이프 양복을 걸치고, 여자들은 표백제로 색을 뺀 머리에 범죄자의 정부답게 은실이 들어간 재킷을 입

낙타와 원자폭탄

었다. 옛 시카고의 캐리커처를 고스란히 옮겨 놓은 모습으로, 그들은 가볍게 몰 공원을 한 바퀴 돌면서 뚱한 표정으로 거대한 박물관과 정부 건물들을 둘러보았다. 그리고 이유는 알 수 없지만 마침내 국회의사당 건물에 자리 잡기로 결정하고 부서진 의사당 돔 아래 천막을 쳤다.

모여드는 인디언들과 워싱턴 기념탑 뒤에서 피어오르는 불길한 고기 굽는 연기가 거북해진 웨인은 야영지를 떠나 모래언덕을 건너서 백악관으로 향했다. 혼자가 되고 싶었다. 오벌 오피스의 고요함 속에서 생각을 다시 정리하고 싶었다.

그러나 문을 밀어젖히자 대통령의 집무용 책상 앞에 다른 사람이 앉아 있는 모습이 보였다.

"들어와라, 웨인. 하고 싶은 말이 있는가 보군." 오를롭스키가 큰 소리로 말했다. 그는 웨인의 침낭을 한쪽으로 밀어 놓고 어디선가 가져온 등받이가 높은 고리버들 의자에 나른하게 몸을 기대고 있었다. 그는 손을 활짝 벌리고 웨인에게 다가오라고 손짓했다. 버번의 독한 냄새가 문간에서부터 코를 찔렀다. 책상으로 다가가자 맨 아래 서랍에서 비쭉 고개를 내민 술병의 주둥이가 눈에 들어왔다. 가죽을 입힌 책상 표면의 엷게 깔린 먼지 위에, 오를롭스키는 이렇게 써 놓았다.

대통령 그레고리 오웰, 2114~2126

오를롭스키는 낄낄거리며 웃음을 터트리더니 이내 자제하면서 근엄한 표정을 지었다. "임기는 세 번 가지기로 했다, 웨인. 루스벨트나 테디 케네디처럼 말이야. 우리 조상님 중한 분은 톨레도의 시장이셨으니, 나도 여기 남았더라면 분명 정계에 투신했겠지. 웨인, 이런 재능은 혈통을 타고 흐르는 거다. 저 꼴 좀 봐라."

그는 금이 간 창문 쪽을 손가락질했다. 뒤이어 나타난 유목민들이 낙타를 끌고 거대한 선인장 옆을 지나고 있었다. "대체 저놈들은 왜 이리 모이는 거지? 스타이너한테 가서 이야기 좀 해 봐, 웨인. 이대로 가면 놈은 아예 원주민이 되어버릴 거야. 너도 알겠지만 미국 인구의 대부분이 워싱턴으로 모여들고 있다. 지도자를 찾는 것 아니겠나? 선거인단을 꾸린 다음에 미국의 전통대로 거수 선거를 하는 것도 나쁘지 않겠군. 나는 겸허하게 입후보 요청을 받아들일 생각이다, 웨인."

웨인은 점차 짜증이 끓어오르는 것을 느끼며 정치장교가 투실투실한 손으로 책상을 어루만지는 모습을 지켜보았다. 이 잡역부나 다름없는 뚱뚱한 관료는 미국에 대해서 아무것도 모르고, 조금도 신경 쓰지 않는 게 분명했다. 아주 약간의 기회만 보여도 대륙 전체를 시베리아의 교외 지역으로 만들

낙타와 원자폭탄

어 버릴 것이다. 그가 자리를 뜨기를, 오벌 오피스를 나가기를, 백악관에서 떠나기를 열망하는 마음이 불쑥 웨인의 가슴을 가득 메웠다.

"아주 훌륭한 생각이군요, 그리고리, 아니 그레고리. 당신의 선거 사무장 역할을 기꺼이 맡아 드리죠."

"좋아……" 오를롭스키는 자신의 이름을 더욱 화려한 서체로 겹쳐 쓰면서 만족스럽게 눈을 굴렸다. "너라면 미국이라는 국가의 재생에 아주 중요한 역할을 할 수 있겠지. 자, 내가 대통령이라고 치자. 이 역사적 소명을 실천하기 위해 내가 맨 처음 해야 하는 일이 뭘까?"

"베링 해협의 댐을 파괴해야죠." 웨인은 단호하게 말했다. 오를롭스키가 깜짝 놀라 고개를 드는 모습을 바라보면서 웨인은 말을 이었다. 혀가 바쁘게 움직이며 제안 속에 숨은 비꼬는 기색을 가렸다. "네브래스카에 핵미사일이 그 정도는 할 수 있을 만큼 남아 있을 거예요. 제 짐작에 의하면 애초에 사일로에서 꺼내지도 않은 채로, 뇌관을 제거한 다음 콘크리트로 봉인해 놨을 테니까요. 맥네어는 뛰어난 기술자니까 발사대를 재건할 수 있을 테고, 서머스 교수님과 리치 박사님은 탄두를 다시 만들어서 순식간에 병기창을 채울 수 있겠죠. 댐을 파괴하고 태평양으로 흘러드는 북극해 바닷물의 방향을 바꾸어서, 아프리카 해안에서 멕시코 만류를 다시 불러오는 거지요. 장대비가 한차례 쏟아지면 사막은 다시 녹색으로 돌아올 테고, 미국 땅에 강물이 다시 흐르기 시작하면 캔자스와 아이오와는 당신이 사랑하는 스텝 지대의 모습으로 변할 거예요."

"웨인!" 웨인이 진심으로 말하는 것인지 확신하지 못한 채로 오를롭스키는 자리에서 일어섰다. 다리는 이제 조금도 떨리지 않았고, 취기는 완전히 가셨다. 그는 단호하게 손을 놀려 책상 위에서 자신의 이름을 지워 냈다. "웨인, 정말로 감탄했다. 대단한 야망이야! 내 세 번째 임기가 끝나고 나면 **네가** 대통령을 맡아도 좋을 것 같다. 하지만 모스크바 쪽에서는 시베리아의 밀 곡창지대가 하룻밤 사이에 영구동토로 돌아가서 스케이트장이 되어 버리는 꼴을 용인하지 않을 것 같은데."

"하지만 최후통첩을 내리면 놈들이 뭘 할 수 있겠어요?" 웨인은 자신의 환상이 눈앞의 정치장교에게 어떤 영향을 끼쳤는지 확인하고 싶은 마음에 계속 자신의 주장을 밀어붙였다. "동부에는 핵무기는 고사하고 제대로 된 군대도 없지 않나요. 경찰 병력과 노동조합 관료들이 있을 뿐이죠. 해군 원정대를 조직하려면 몇 년은 걸릴 텐데요. 그때쯤이면 런던은 우리가 생산한 옥수수에 무릎까지 파묻혀 있겠지요."

"훌륭하군, 웨인……" 오를롭스키는 그를 찬찬히 살펴보고 있었다. 처음으로 웨인의 내면에서 뭔가를 확인한 듯이. 눈앞에서 격렬하게 의견을 설파하는 청년은 더 이상 미숙한

낙타와 원자폭탄

밀항자가 아니었던 것이다. "분명 네 말은 사실이다. 우리가 너무 들뜨기 전에 아폴로호와 합류해야만 하는 이유가 하나 더 생겼군. 리치 박사를 보내 버지니아 노픽에 베이스캠프를 차릴 생각이다. 너도 내일 그쪽과 함께 떠난다. 그때까지 네 물건은 여기서 전부 빼고. 비서실 하나를 써도 된다. 내가 오벌 오피스를 쓸 테니."

"안 돼—" 웨인은 생각도 하지 않고 책상 쪽으로 한 걸음 다가섰다. "난 여기 있을 거야, 그리고리. 비서들 방은 당신이나 쓰라고."

"뭐라고? 이 자식이!" 오를롭스키가 뒤로 물러서자 웨인은 정치장교의 모자를 집었다. 두 남자는 어설프게 서로를 붙들고 서로의 다리에 걸려 넘어졌다. 분노 때문에 바깥 복도에서 들리는 고함 소리도 알아채지 못할 지경이었다. 웨인은 자신의 몸이 책상에 부딪치는 것을 느꼈다. 오를롭스키가 그의 팔꿈치를 단단히 붙들고 오른팔을 꺾어서 관절을 빼려 했다. 웨인은 숨을 헐떡이며 먼지 속에 남은 손바닥 자국을, 우스꽝스러운 몸싸움이 격렬하게 스며든 흔적을 바라보았다. 미국에 남은 최후의 두 남자가 최종 결정권자의 집무실 책상 위에서 인디언식으로 레슬링을 하며 남긴 흔적을.

"웨인! 세상에, 그리고리, 그 손 놔요!"

앤 서머스가 방 안으로 뛰어들었다. 텅 빈 백악관을 혼란에 빠진 채 달려 돌아다닌 것만 같은 모습이었다. 관료들에게 버림받고 암살로 생을 마감한 대통령의, 비탄에 빠진 영부인처럼.

"그리고리! 지진이 또 일어났어요. 보스턴 중심부에서 강진이 관측됐다고요!" 그녀는 다급하게 숨을 몰아쉬며 금이 간 창문을 가리켰다. "아폴로호와 연락이 끊겼어요. 맥네어하고 선원들은 전부 죽었을 거예요!"

"진정 좀 하시오, 서머스 교수……" 정치장교는 웨인을 날카롭게 쏘아보며 자기 모자를 집어 들었다. "그 친구들은 150킬로미터 이상 떨어진 뉴욕에 있잖소. 분명 기계의 오류일 거요. 보스턴을 지나는 단층선은 존재하지도 않고."

"그렇죠!" 그녀는 오를롭스키의 입을 다물게 하려고 애쓰며 그를 책상에서 끌어냈다. "그게 문제가 아니에요. 엄청난 규모의 방사능이 검출됐다고요. 팬암 빌딩에 설치한 가이거 계수기에 터무니없는 양의 중성자가 측정되고 있어요. 무슨 말인지 모르겠어요, 그리고리? 보스턴에서 핵폭발이 일어난 거라고요!"

낙타와 원자폭탄

13 / 서부

그들은 황혼 속에서 통신용 천막 주변에 둘러앉아 기다렸다. 마침내 안테나의 그림자가 몰 공원 위로 뻗어 그들을 지켜보는 100여 명의 유목민들 앞까지 드리우자, 단파를 타고 맥네어의 목소리가 들려왔다. 조금 차분해진 앤 서머스는 수신기 앞에 쭈그리고 앉아서 원정대의 호출부호를 연신 두드려 댔다. 리치와 오를롭스키가 수신기를 담당하고 있던 오후 동안에는 스피커에서 계속 잡음만 울렸지만, 접선을 약속한 7시가 되자 맥네어의 경쾌한 목소리가 들리기 시작했다.

"맥네어예요!" 앤은 나머지 사람들에게 손짓해 조용하게 만든 다음 말을 이었다. "하지만 테이프 녹음이네요. 직접 대화를 할 수는 없겠어요. 어디 있는지 알아낼 방법이 없어요!"

웨인은 안테나 기둥의 축을 붙들었다. 여전히 오를롭스키를 향한 분노에 몸이 떨릴 지경인 데다, 베링 댐을 파괴하려는 계획 때문에 보스턴이 폭발한 것이 아닐지 혼란스러운 죄책감에 빠져 있었다. 그는 끔찍한 잡음 탓에 뒤틀린 맥네어의 목소리에 귀를 기울였다.

"여기 뉴욕은 오후 4시 정각입니다, 서머스 교수님. 30분 후에 정찰조와 함께 롱아일랜드로 말을 타고 건너가 볼 생각이라, 7시 정기 보고에 맞춰 이걸 녹음하고 있습니다. 여러분을 정시에 수송하기 위한 아폴로호 수리 작업은 무난하게 진행되고 있습니다. 오늘 아침에는 마지막 남은 구리판의 리벳을 조였고, 윈치를 당겨서 토사 둑에서 끌어낼 준비도 전부 마쳤습니다. 1시 30분이 조금 지났을 때 팬암 빌딩의 옥상에 올라가 있었는데…… 그러고 보니 제가 승강기를 고쳤다는 얘길 들으면 웨인이 상당히 감탄하겠군요. 리치 박사님의 송신기에 배터리를 갈아 끼우고 있는데 갑자기 발밑에서 진동이 느껴졌습니다. 건물 전체가 흔들렸는데, 아무래도 맨틀 내부에서 지각변동에 가까울 정도로 엄청난 충격이 발생한 모양입니다. 맨해튼 전체가 떨리는 게 보일 지경이었어요. 북동쪽을 보니까 사막 건너편에서 엄청나게 밝은 빛이 타오르더군요. 한 5초 지속되더니 빛나는 구름으로 졸아들어 사라졌습니다. 부두 아래쪽에서도 모두가 작업을 멈췄습니다. 그 지진 때문에 롱아일랜드 어디선가 버리고 간 탄약이 폭발한 모양인데, 대충 15킬로미터 정도 폭의 잔해 구름이 뉴욕 해안을 따라 남서쪽으로 내려가고 있습니다. 내일 7시 정기 보고 때 뭘 발견했는지 알려 드리지요. 오를롭스키 씨라면 모스크바에 통고하고 싶을지도 모르니까요…… 선장님께 안부 전해 주시고, 이제 아폴로호가 증기선 레닌호보다도 근사한 모습이 되었다고 말해 주셨으면 합니다……"

메시지가 끝나자, 앤 서머스는 수신기를 바라보며 얼굴을 찌푸렸다. 마치 지나간 악몽을 떠올리려 애쓰는 사람처럼. 거칠어진 손톱과 갈라진 피부, 먼지 쌓인 금발 때문에 맨해튼 해안에 상륙했을 때의 젊은 물리학자보다 10년은 더 나이를 먹은 사람처럼 보였다. 웨인은 어리석게도 그녀에게 새 립스틱과 영화 잡지 외의 다른 물건을 가져다줄 생각을 하지 못했던 것이다.

스타이너가 흰색 아랍식 겉옷을 한쪽 어깨로 밀어 올리며 앞으로 나섰다. 방송이 들려오기 몇 분 전까지 자리를 지키다 문득 폭발 냄새를 맡은 듯 석양을 향해 코를 벌름거리면서 낙타를 타고 자리를 떴던 사람이었다. 그는 위로하려는 듯 앤을 가볍게 끌어안은 다음, 맨해튼의 송신기가 보낸 수치 자료를 확인했다.

"앤, 여기 이 방사능 수치가…… 상당히 높은 편인 모양이
오?"

오를롭스키는 연신 모자로 얼굴에 부채질을 해 댔다. 웨
인을 보고는 있었지만 조금 전의 갈등은 이미 말끔히 잊은
것 같았다. "방금 들은 괴상한 구름에 대해서도…… 다른 정
보는 뭐 없소, 교수? 내일 정기 보고를 기다릴 수밖에 없는
건가."

"그리고리……" 앤은 지친 표정으로 출력된 종이테이프
를 그대로 뜯어내서는 정치장교의 모자 안에 쑤셔 넣었다.
"더 이상 정보는 없을 거예요. 내일 정기 보고도 없을 테고.
앞으로도 마찬가지예요. 맥네어와 그 사람 부하들이 확인하
러 나간 구름은 핵폭발의 낙진으로 만들어진 거예요. 어떻
게, 왜 폭발이 일어난 건지는 모르겠군요. 어쩌면 보스턴의
드라이 독에 들어가 있던 원자력잠수함의 원자로가 누출된
걸 수도 있겠죠. 맨해튼의 방사능 수치는 위험 단계에 들어
섰다고 할 수 있어요. 파울?"

리치는 검은색 가죽 재킷의 옷깃을 쓰다듬고 있었다. 머
지않아 그 옷을 정당한 주인에게 돌려주게 되리라 생각하는
듯이. "위험 단계를 훌쩍 넘었지요. 그리고리, 스타이너 선
장, 이걸 보십시오. 217페르미, 223, 235, 그리고 30분 전에
는 254페르미를 넘었습니다. 이건 치사량의 세 배에 달하는
수치입니다. 애석한 일이지만 맥네어와 선장의 부하들은 이

미 목숨을 잃었다고 봐야 할 겁니다."

오를롭스키는 새로운 속임수를 떠올리려 애쓰는 삼류 마술사처럼 모자 속의 종이테이프를 만지작거렸다. 그는 송신기에서 계속 전해져 오는 달각 소리에 귀를 기울이며, 그 박자에 맞춰 손가락을 퉁겼다. 스타이너는 천막을 떠나 저녁이 내려앉는 모래밭을 가로질렀고, 리치와 앤 서머스가 그 뒤를 따랐다. 수십 명의 유목민들이 키 큰 선인장 사이에 쭈그려 앉아 있었다. 짐작도 안 가는 이유 때문에 통신용 천막 위로 솟은 안테나 기둥에 이끌린 모양이었다. 어쩌면 새로운 화물숭배 신앙의 수수께끼의 상징물로 여긴 것일지도 모른다. 스타이너는 차가운 밤바람으로부터 앤을 지키려는지 자기 겉옷을 그녀의 어깨에 걸쳐 주었다. 검게 탄 무뚝뚝한 얼굴이 마치 그녀를 자신의 소유로 점찍은 것처럼 보였다. 그녀는 차가운 모래 위에 주저앉아, 주먹을 쥐고 거친 모래 결정을 사방으로 밀어냈다. 웨인을 돌아보는 표정을 보니 그조차도 이 독에 찌든 땅의 주민으로 여기는 것만 같았.

"자, 웨인, 생각을 좀 해 볼까." 오를롭스키는 위아래로 격렬하게 요동치는 지진계의 기록을, 연이어 악몽 같은 페르미 수치를 쏟아 내는 전파 수신기를 힐긋 바라보더니, 웨인에게 밖으로 나가자고 손짓했다. "다른 사람들과 이야기를 나눌 거다. 너는 내 편을 들어."

오를롭스키는 유목민들 쪽으로 걸음을 옮기며 위협하듯

모자를 흔들었다. 그리고 유목민은 무시한 채 이렇게 말했다. "선장, 뉴욕으로 출발해야겠네."

리치는 그들 사이로 모래를 찼다. 멀끔한 얼굴에는 초췌한 기색 속에 짜증이 가득 서려 있었다. 전파 안테나의 깔쭉깔쭉한 그림자가 그의 뺨에 검은 벼락 무늬를 새겼다. "그리고리, 못 들은 겁니까? 그래 봤자 아무 의미도 없어요! 우리가 거기 도착할 즈음에는 이미······."

"그럼 남쪽으로 이동해야지." 오를롭스키는 애써 활기차게 대꾸했다. 그는 모자 속의 종이테이프를 끄집어내서 그대로 밤바람 속으로 날렸다. 관료 부족의 유목민 한 명이 그것을 모래 위에서 잡아채더니 이를 활짝 드러내며 숫자를 읊조리는 시늉을 했다. 오를롭스키는 몸을 떨면서 그 모습을 바라보았다. "이런 구름도, 이런 핵폭발도, 조짐조차 없이 일어나지 않았나. 남쪽으로 마이애미까지 내려가야 하네. 거기서 휴식을 취하며 구조선을 기다리면 될 거야." 오를롭스키는 기운을 북돋우려는 듯 덧붙였다. "그래, 마이애미로 가는 거야. 서머스 교수, 생각해 보시오. 그 수많은 수영장을······."

스타이너가 입을 막으려는 듯 손을 들며 그를 정면으로 바라보자, 정치장교는 말을 멈췄다. 선장은 거의 희열에 빠진 사람처럼 미소를 머금고 있었다. 탐사 장비를 유목민들의 발효시킨 선인장 즙과 몰래 교환하기라도 한 것처럼.

서부

"아니, 그리고리. 남쪽으로는 안 갈 겁니다. 마이애미의 수많은 수영장을 노리지도 않을 것이고. 그 이유는 남쪽이 미국의 방향이 아니기 때문입니다. 미국인들이 남쪽으로 이동하기 시작하면서부터 모든 게 잘못되고 말았으니." 스타이너는 웨인을 돌아보며 그의 어깨에 손을 올렸다. "그렇지, 웨인? 너라면 미국의 방향을 알고 있겠지⋯⋯"

"당연하죠." 웨인은 날카롭게 대꾸하며 선장의 손을 떨쳤다.

"그럼 네가 말해 봐라. 그리고리한테 말해 줘."

웨인은 마지막 남은 석양에 빛나고 있는 달걀 껍데기처럼 부서진 국회의사당의 돔을, 그리고 둥글게 둘러앉아 기다리는 유목민들을 바라보았다. 오를롭스키 또한 혼란스럽지만 희망을 품은 눈으로 그를 바라보고 있었다. 웨인이 바다와 바람을 움직이겠다는 행성 규모의 꿈을 품은 젊은 구세주라도 되는 양.

"서쪽이죠." 웨인이 말했다.

14 / 웨인의 일기 1부

6월 5일. 머내서스 배틀필드 공원.

우리는 오전 6시에 워싱턴을 떠났고, 여기 66번 주간 고속도로의 홀리데이인에서 밤을 맞아 휴식을 취하는 중이다. 온종일 사막을 걷는 내내 작은 도시들은 누런 안개에 휘감겨 거의 보이지도 않을 지경이었다. 해안 지방에서보다 훨씬 심하다. 그래도 우리 쪽이 낙타보다는 잘 적응하고 있는 듯하다. 낙타들은 우리가 타는 방식이 거슬리는 모양인 데다, 리치가 지나치게 흥분해서 자기 점박이 말을 갱단 부족 족장의 거대한 단봉낙타와 교환하려 시도한 거래의 마지막 순간에 있었던 소동 때문에 동요한 상태였다. 놀랍게도 족장은 낙타 대신 자기 아내 한 명을 제시했는데, 성난 인형처럼 금발을 꼿꼿이 세운 여자였다. 그러나 앤은 단호하게 반대했고, 리치는 이후 10킬로미터 동안 잔뜩 뚱해 있었다.

다행히도 척박한 주변 환경 때문에 모두 금세 제정신을 차렸다. 선인장과 크레오소트 관목, 풍화된 언덕과 말라붙은 염호로 이루어진 똑같은 풍경이 끝없이 이어졌다. 사막 미나리아재비 사이로 가끔씩 키트여우나 캥거루쥐의 모습이 보였지만, 인디언의 흔적은 어디에도 없었다. 몇 명 정도는 우리를 따라올 거라고 생각했는데, 아무래도 지진에 너무 겁을 먹은 듯하다. 몰 공원에만 해도 좋이 300명은 모여 있었는데, 대통령과 의회가 가졌던 권력에 대한 조상의 기억에 이끌린 게 아닌가 싶다. 100만 배에 달했을 미국 인구 가운데 남은 사람은 저들뿐이었다. 분명 흥미로운 자들이기는 했다. 적대적이지는 않아도, 땅에서 솟아오르는 용이나 날개 없이 빠르게 날아가는 기계 따위의 온갖 것들이 뒤섞인 기묘한 영상이 허공에 떠오른다는 한심한 이야기를 지껄이기는 하지만. 예전에 들은 적 있는 우주선부터 기묘할 정도로 미키 마우스와 흡사한 거대 설치류에 이르기까지 온갖 것들이 등장했다. 리노에서 온 이혼자 부족의 여자 하나(연푸른색으로 염색한 머리카락과 강렬한 파란 마스카라에도 불구하고 상당히 모성애가 넘치는 사람이었는데, 대법원 건물 계단에 쳐놓은 비좁은 자기 천막으로 끌어들이더니 나를 정식으로 입양할 생각이 있다고 제안해 왔다!)는 심지어 '서쪽의 대통령'에 대한 한심한 소리를 지껄이기까지 했다. 허연 얼굴에 커다란 눈을 가진, 하늘에 사는 괴상한 사람이 있다고⋯⋯

어쨌든 과거의 위대한 미합중국은 사막의 햇빛 속에서도 여전히 이곳에 존재한다. 여기에 필요한 것은 비, 소위 말하는 100년 만의 폭우뿐이다. 놀랍게도 녹슨 옥상 저수조에는 제법 많은 양의 물이 남아 있었다. 금속 냄새가 나기는 해도 거의 바로 먹을 수 있을 정도였다. 스타이너가 방금 물수레를 버리자는 제안을 했고, 나도 동의했다. 벌써부터 수레 때문에 속도가 떨어지고 있는 데다 휴대용 증류기와 여과 장치도 있으니까. 그는 사막이 우리를 보살필 것이라고 놀라울 정도로 확신했다. "적응만 하면 되는 거다, 웨인. 먹고, 자고, 걷고, 생각하는 방식 전부에." 그는 사막을 온전히 받아들였고, 아무래도 내 생각에는 아메리카 대륙에 홀로 남기 전까지는 만족하지 못할 듯싶다. 오를롭스키는 침묵을 지키고는 있지만 분명 나를 용서하지 않은 모양이고, 그래서 나는 계속 불안에 시달린다. 리치는 노이로제에 사로잡힌 갱단처럼 공격적이고 사소한 허영을 부리고 있다. 앤은 아주 차분하게, 일광욕을 조금 많이 즐긴 시바의 여왕처럼 이곳 모텔 라운지의 먼지 쌓인 안락의자에 앉아 있다. 나는 그녀에게 여성 관리자의 침실에서 찾아낸 화장품 세트를 선물했다. 지금 일기를 쓰는 순간에도, 그녀는 아주 천천히 화장을 하면서 줄곧 묘한 눈빛으로 나를 바라본다⋯⋯

6월 9일. 버지니아주 렉싱턴.

꼬박 나흘 동안 애팔래치아산맥을 올랐다. 낙타들은 멀쩡하지만 우리가 지칠 차례가 된 모양이다. 셰넌도어 계곡을 따라 내려가면 블루리지 지방으로 이어진다. 하지만 여기는 마운틴 뮤직도 매코이 가문의 텃세°도 존재하지 않는다. 그저 달아오른 바위와 모래뿐이다. 차라리 시나이반도에 더 가까워 보이는 곳이고, 우리는 여러 측면에서 사라진 유대 지파와 비슷한 것 같다. (심지어 우리를 이끄는 하얀 겉옷을 걸친 모세도 있다. 절반은 해적선장이고 절반은 나이 든 아랍인 항해자인 스타이너 말이다. 게다가 그는 천구에서 우리를 인도하는 손길을 읽어 낼 줄도 안다.) 어제는 전파 수신기의 배터리를 전부 두고 왔다는 걸 알아차려서 위기가 찾아왔다. 뉴욕이나 마이애미로 찾아올 구조대와 연락할 방법이 완전히 사라졌다는 뜻이니까. 오를롭스키는 거의 미쳐 날뛰었다. 우리 모두 똑같이 혐의가 있는 상황이니 누굴 비난해야 할지도 모르는 모양이었다. 그는 신호등처럼 벌겋게 달아오른 얼굴로 낙타 위에 앉아서 당장 워싱턴으로 돌아가라고 명령을 내렸다.

° 19세기 후반 웨스트버지니아와 켄터키에서 매코이 가문과 햇필드 가문이 돼지 한 마리 때문에 싸움을 시작했는데, 복수에 복수를 거듭하며 심하게 반목했다. 두 가문의 알력 다툼은 수십 명의 사상자가 발생한 그레이프바인 개울 전투로 이어졌고, 이곳은 지금까지 미국 민담 지형의 일부로 남았다. 2003년 두 가문은 공식적인 휴전을 선포하고 협정에 서명했다.

어림도 없는 소리였다. 누구도 한 치도 움직이지 않았다. 그리고리가 권총을 뽑아 들자 스타이너가 차분한 태도로 인디언들이 남은 배터리를 전부 파괴했을 거라고 지적했다. 오를롭스키는 멍하니 스타이너를 바라보았고, 나는 잠시 동안 그가 선장이나 나머지 우리를 전혀 알아보지 못했다고 확신할 수 있다. 그러다 그는 갑자기 총을 집어넣더니, 얼른 전진하라고 손을 흔들었다. 마치 아무 일도 벌어지지 않았고 애초에 모스크바와 연락을 취하고 싶은 사람은 아무도 없었다는 듯이.

이제 와서 생각해 보면, 그 잠시 동안 과거의 오를롭스키가 살아났던 것 같다. 하지만 이내 사막이 돌아와서 그를 다시 삼켜 버렸다.

6월 18일. 64번 주간 고속도로. 켄터키주 루이빌.

한때 오하이오강이었던 곳의 강둑에서, 우리는 모래에 파묻힌 하워드존슨 호텔에 들어가 야영했다. 강은 이제 배수로 도랑처럼 모래가 쌓인 와디가 되어 얕은 모래언덕 여기저기에는 요트와 모터보트들이 박혀 있었다. 모두 지친 상태였다. 오를롭스키는 오는 내내 낙타 등에서 잠들어 있었고, 앤 서머스는 스타이너와 끈질기게 언쟁을 벌였다. 그가 우리 모두를 놔두고 하루 종일 시야에 들어오지 않는 곳까지 나가 있다가, 방울뱀 세 마리를 사냥해 목에 걸고 돌아왔기 때문이다. 선장은 우리 모두를 버리고 싶은 게 분명하다. 우리를 거대한 관광용 목장에 찾아온 짜증 나는 손님 정도로 여기는 것 같다. 처음으로 그가 나를 싫어할지도 모른다는, 내 존재를 어딘지 거북하게 여길 수도 있다는 생각이 들었다. 나는 너무 야심이 크고, 어떻게든 사막을 개간할 마음을 품고 있다. 반면 그에게 있어 미국이란 세상에 남은 마지막 사람이 된다는 환상을 실현하기에 적합한 최고의 은신처일 뿐이다.

처음으로 물 문제가 심각하게 걱정되기 시작했다. 켄터키주를 건너 서쪽으로 향하는 동안 기후는 계속 건조해졌고, 이제 달아오른 수도관이나 저수조에서 약간이라도 물을 구하는 일은 거의 불가능했다. 하지만 지하 저장고나 주류 상점마다 스카치와 버번은 잔뜩 있어서, 알코올을 증류해서 25퍼센트만큼 포함되어 있는 물을 끄집어낼 수가 있다. 식히려면 몇 시간은 걸리기 때문에, 우리는 둘러앉아 알코올이 없는 뜨거운 토디를 홀짝이곤 한다. 물 배급을 맡은 덕분에 확실히 제법 권위를 얻은 느낌이다……

이곳이 켄터키 더비가 열리던 땅이라는 것을, 우리가 방금 푸른 초원의 고장을 건너왔다는 사실을 믿을 수가 없다. 담배밭과 박하주, 푸른 벨벳 같았던 초원은 흔적조차 남지 않았다. 그저 황무지와 뼈 같은 퇴적물만이 펼쳐져 있을 뿐이다. 나가서 도시를 탐험하기에도 너무 지쳐 버렸다. 오를롭스키는 영화에서 본 자동차 열쇠를 잃어버린 남자처럼 주차장을 떠돌고 있다. 평소라면 다음 날 입을 양복을 찾아 돌아다니고 있을 리치도 한 세기 늦게 도착한 삼류 뚜쟁이처럼 텅 빈 로비에 앉아 있다. 앤은 미용실에서 쉬는 중인데, 아마 지금쯤이면 거울에 비친 자신의 모습을 바라보면서 화장을 하고 있을 것이다(아무래도 저녁 물 배급을 받기 직전에 화장을 하는 모양이다!).

한 시간 전에 다리를 절던 짐낙타 한 마리가 헛디뎌 물 빠진 수영장으로 떨어졌다. 스타이너는 침착하게 그 불쌍한 짐승을 쏴 버렸지만, 냄새 때문에 다 함께 방을 바꾸고 말았다. 오늘 밤에는 요리 당번은 필요하지 않을 것 같다.

요즘은 나도 다른 사람들처럼 계속해서 물 생각만 한다.

7월 10일. 64번 주간 고속도로. 일리노이주 마운트버넌.

오후 1시 30분. 한낮에는 여행할 수 없을 정도로 뜨겁다. 스타이너가 마을로 들어간 동안 우리는 여기 공항 격납고 그늘에서 휴식을 취하고 있다. 이틀 전에 워배시강을 건너다가 짐낙타 한 마리가 또 잿더미 계곡으로 굴러떨어져서 처분해 버려야 했다. 우리는 한 시간째 DC-8 여객기의 서늘한 날개 아래 누워서 어떤 장비를 포기하고 가야 할지를 논의하는 중이다. 오를롭스키는 배터리를 얻게 될 경우를 대비해서 마지막 남은 통신 장비는 버리지 말자고 제안했지만, 앤과 리치는 다수결로 그의 의견을 찍어 눌렀다. 어차피 딱히 전하고 싶은 말도 없다는 점에는 모두 동의했다. 내가 두 사람의 편을 들자 그대로 결정되는 느낌이었다. 다른 사람들은 점차 내 말에 귀를 기울이고 있다. 앤은 이제 내가 아이가 아니라는 사실을, 그리고 어떤 면으로 보면 탐사대의 유일한 나침반 역할을 한다는 사실을 진심으로 인정하고 있었다. 모든 종교가 사막에서 시작된 이유를 이해할 수 있을 것 같다. 사막은 사람의 정신을 확장시킨 영역이다. 단순한 황무지가 아니라 바위 하나, 선인장 하나, 땅다람쥐와 메뚜기 한 마리까지도 사람의 뇌의 일부인 것이다. 모든 일이 가능한 마법의 공간이다. 그리고 그 순결한 흰색 속에서, 나는 다른 이들을 이끌고 새로운 진실에 다가서고 있다는 느낌을 받는다.

어쨌든 통신 장비는 여기 먼지 앉은 비행기 사이에 두고 가기로 했다. 물론 이로써 외부 세계와의 연결이 완전히 차단되기는 하겠지만. 좋은 일도 있다. 다들 지쳐 있으면서도, 계속 서쪽으로 가야 한다는 고요하지만 단호한 의지는 잃지 않았다.

놀랍게도 스타이너가 캘리포니아산 브랜디 한 병을 가지고 돌아왔다. "달콤한 태평양의 빗방울을 증류해 만든 음료지……" 그는 세스나기의 조종석에 앉아서 홀로 술을 홀짝였다. 오도 가도 못하는 불수레에 앉은 엘리야[•] 같은 모습이었다. 흥미롭게도, 처음으로 그보다 나머지 우리 쪽이 훨씬 사막에 편안하게 적응하고 있다는 생각이 들었다. 그는 여전히 자신을 버리지 못한 상태다. 광활한 대서양을 켄터키와 일리노이의 모래 바다로 바꾸었을 뿐이다. 반면 우리는 모래와 하나가 되어 가고 있다.

7월 28일. 70번 주간 고속도로. 미주리주 세인트루이스.
　마침내 미시시피강 강둑에 도달했다. 지금은 강을 오가던 커다란 증기선 애드미럴호의 함교에서 일기를 적는 중이다. 언젠가 캘리포니아에 도달하게 된다면, 설령 눈앞에 태평양이 말라붙은 모습이 펼쳐지더라도 놀라지 않을 것이다. 오를롭스키가 오염된 물을 마시고 열병으로 앓아눕는 바람에 회복되기를 기다리느라 사흘이나 지체되었다. 증류기를 대충 다룬 것은 사실이지만, 모텔 문짝이나 울타리를 잘라서 불을 지피는 게 상당히 고된 일임은 감안해 줘야 한다. 그는 마운트버넌의 호텔 방에 누워서 미합중국의 대통령이 되는 환상에 빠져 있다. 세부까지 상당히 세밀한 듯하다. 나는 그의 기운을 북돋우기 위해 참모총장 흉내를 내면서 그를 오웰 대통령이라 불렀고, 베벌리힐스에 서부 백악관을 세우고 나면 경제 전문가와 영화배우들이 화려하게 주변을 둘러싸게 될 거라고 말했다. 실제로 그 덕분에 상태가 나아지기도 했다. 사람의 환상을 자극하는 일은 정말로 간단하다. 스타이너는 못마땅한 표정으로 이 모든 광경을 지켜보았다. 그의 겉옷 아래 권총을 생각하니 거북한 느낌이 들었다. 그는 내가 모두를 조종하고 있다는 사실을 알아채고 있으면서도, 그게 가능한 이유에는 생각이 미치지 못한다. 아메리카 대륙을 횡단한 최초의 개척자들도 환상을 동력으로 움직였는데 말이다.

하지만 내 덕분에, 그리고 세심하게 양을 조절해 배급한 조니워커 덕분에 오를롭스키는 자리를 털고 일어났다. 오늘 세인트루이스에 도착해서 가운데가 주저앉아 커다란 빅맥 광고판이 된 게이트웨이 아치 아래를 지나갈 때 장난삼아 그레고리라고 불러 봤는데, 그는 경계하는 웃음을 지으면서도 조금도 망설이지 않고 대답했다. 마크 트웨인의 고장에 걸맞게 모두 쾌활한 태도다. 앤은 이제 낮 동안에도 화장을 하고 다닌다. 때론 얼굴이 핼러윈 가면처럼 보이지만, 나는 지나칠 정도로 그녀를 칭찬한다. 야단스러운 옛 화장품 속의 기름이 그녀의 피부를 보호해 줄 테니까(유감스러운 일이지만, 화장을 지우면 충격을 받을 사람은 그녀만이 아닐 것이다). 그녀가 그 연푸른색으로 머리를 물들인 이혼자 부족의 여자와 비슷한 모습이 되어 가고 있다는 사실에, 그리고 그게 바로 나 때문이라는 사실에 아이러니를 느낀다.

- 구약성경 『열왕기하』 2장 1~11절.

리치도 햇살에서 피부를 보호하기 위해 얼굴용 크림을 사용하기 시작했고, 나는 우리 모두 그래야 하지 않겠느냐고 제안했다. 립스틱은 놀라울 정도로 훌륭하게 피부를 보호해준다. 낙타에서 내려 부둣가에 서 있는 우리 모습은 분명 극단의 광대 같았을 것이다. 우리는 함께 서서 말라붙은 미시시피강 강바닥을, 메마른 모래 위에 좌초해 있는 거대한 공연용 선박을, 그 주변에 버려진 수백 대의 자동차와 판잣집을 바라보았다. 물이 전부 빠지기까지 제법 시간이 걸렸던 모양이다. 조금씩 뒤로 물러나는 요새화된 구역이, 철조망 울타리와 모래주머니가 마지막 남은 작은 개울의 흔적을 둘러싸고 있는 모습을 보니 묘한 느낌이 들었다. 사람들은 여기 있던 질척한 개울을 마지막 한 방울까지 수호했던 것이다.

희한하게도 지나치게 좌절한 사람은 한 명도 없었다. 미시시피가 말라붙어 있어서 다행이라고까지 여기는 듯싶었다. 내일이면 대니얼 분*의 발자취를 따라 다시 이동을 시작할 것이다!

8월 19일. 70번 주간 고속도로. 캔자스주 캔자스시티.

모래와 타오르는 공기로 방부 처리된 노란색의 세계를 여행하는 일은 꿈속을 걷는 것만 같다. 사막의 가장 깊은 곳은 흡사 추상화 속 풍경 같은 느낌이다. 우리는 분명 아메리카 대륙을 가로질러 뻗은 거대한 사하라의 정중앙 근처에 있을 것이다. 규화목과 모래투성이 야자로 이루어진 풍경이 끝없이 이어지는 교외와 공장 지대, 쇼핑몰과 테마파크를 따라 늘어서 있다. 모두 고요 속에서 멀건 광택에 뒤덮인 채 잊힌 모습이다.

오늘 아침 캔자스시티에 도착했을 때 우리의 정확한 위치를 놓고 나른한 말다툼이 벌어졌다. 나는 계속 교통 표지판을 가리켜 보였지만, 다시 열이 오르기 시작한 그리고리는 여기가 닉슨이 은거하던 샌클러멘티 해변이라고 주장했다. 그는 소금기와 오존의 상쾌한 내음이 건강에 미치는 영향에 대해 중얼거리며 어딘가로 걸어갔다. 반면 리치와 앤은 우리가 타호호에 도착했다는 결론을 내리고는, 당장이라도 옷을 벗고 가장 가까운 모래언덕에서 수영을 즐길 준비를 시작했다. 나는 그들을 말리기 위해 물 위를 걷는 시늉을 해 보였고, 그들은 정말로 감탄하며 내가 무슨 지역 출신 구세주라도 되는 양 바라보는 것이었다. 심지어 스타이너도 탄복했는지 내게 깍듯이 경례를 붙였다.

사막이 우리 머릿속에 영향을 끼치기 시작한 게 분명하다. 우리는 모든 사물을 모래와 먼지의 수준에서 판단하고

• 1734~1820 미국 서부 개척 시대의 민중 영웅. 탐험가이자 정착자로, 컴벌랜드고원을 지나 켄터키주로 향하는 '윌더니스로'를 개척했다. 애팔래치아산맥을 넘어 정착한 최초의 미국인이다.

있다. 캔자스의 풍경이 복잡한 내면의 암호로 바뀌어, 이해할 수 없는 기묘한 심리학 계수기 역할을 하는 모양이다. 여기서는 가벼운 손짓 한 번으로 사람을 죽일 수도 있고, 모래 언덕의 윤곽을 읽어 자신의 전능함을 확인받을 수도 있다.

제각기 하얀 겉옷으로 몸을 감싸고, 햇살에 갈라진 얼굴에는 볼연지와 립스틱을 치덕치덕 바른 채 자기 낙타 위에 앉아 있으니 다른 사람들의 생각을 읽어 내기가 힘들다. 이제 앤은 늙은 독부처럼 화장하고 내게 상당히 바짝 붙어 있다. 물론 내가 물 배급을 맡고 있기 때문이기도 하지만, 사실 이 탐사대의 운명이 내 손에 달려 있음을 아는 거다. 나는 리치를 신뢰하지 않는다. 오늘 아침에 그가 탄 낙타가 비틀거려서 도와주다가, 그가 자개 손잡이 콜트 권총 말고도 손목 총집에 데린저 권총을 숨기고 있는 걸 발견했다.

스타이너는 완전히 사막에 자신을 내맡겨 버렸다. 그는 이제 항상 거리를 벌리고 거의 대화도 나누지 않는다. 때로는 아무 말 없이 이틀이나 사흘 정도 길을 떠나 돌아오지 않다가, 느닷없이 벌건 녹물 한 통을 들고 저녁 모닥불 앞에 모습을 드러낸다. 주변의 도심 풍경을, 햇살 가득한 박물관이 되어 버린 미합중국을 알아보기는 하는 걸까? 한 시간 전에 스타이너가 캔자스시티로 낙타를 몰아 들어갔다. 거대한 자동차 공장과 가축 수용소와 고층 건물이 들어선 텅 빈 메트로폴리스로. 하지만 스타이너의 눈앞에는 서부극 속 개척촌이 펼쳐져 있었으리라 장담할 수 있다. 오케이 목장에서 마지막 결투가 벌어지기를 기다리는 것이다. 인류에 대한 모든 불만을 영원히 말끔하게 해결하게 될 그 순간을.

8월 28일. 70번 주간 고속도로. 캔자스주 토피카.

불행한 날이다. 모든 것이 무너져 내리고 있고, 우리는 거의 온종일 물을 찾는 데 시간을 낭비한다. 모든 것이 건조한 이곳 갈증의 땅에는 상상조차 못 할 정도로 많은 말라붙은 수영장들이 있다. 오를롭스키의 낙타가 죽었다. 스타이너와 내가 그의 장비를 옮기는 동안, 리치가 내가 힘들게 모아 놓은 대형 물통 여섯 개를 약탈했다. 나는 말 그대로 붉은 손으로, 얼굴과 손에 벌건 녹이 묻은 채로 그를 붙잡았다. 모래가 허옇게 앉은 갱단 양복 차림으로 물통을 가슴팍에 끌어안고 모텔 욕실에 숨어 있는 모습을 보니 미친 게 아닐까 하는 생각이 들 정도였다. 스타이너는 바로 그 자리에서, 스카이라인 파크 모텔의 6번 객실에서 총살해 버리려 들었지만, 나는 그를 놔주었다. 오를롭스키는 자기 몸도 가누지 못하고 열에 시달렸다 회복하기를 반복한다. 앤은 지쳐서 내 침대 옆에 자기 침대를 붙이고 누워 있다. 씻지 못해서 물집과 번진 마스카라가 가득한 얼굴로, 자기 지진계의 눈금을 바라보다가 그게 내 탓이라도 되는 양 샌프란시스코 지진에 대해 투덜대곤 한다. 이렇게 말하니 특수한 형태의 20세기 결혼 생활처럼 들린다. 관계가 너무 가까워진 건 아닐까?

9월 8일. 70번 주간 고속도로. 캔자스주 애빌린.

탈진해 버렸다.

우리는 버스 정류장에서 야영을 하는 중이다. 와일드 빌 히콕*의 망령을 찾아 떠난 스타이너 외에는, 다들 물을 찾으러 가기에도 너무 지쳐서 테이블 아래 바닥에 앉아 있다. 오를롭스키는 앓아누웠기 때문에 지난 사흘 동안 임시 들것에 얹어서 끌고 왔다. 이제 낙타도 네 마리밖에 남지 않았고, 다음으로 쓰러지는 낙타의 주인은 걸어야 할 것이다. 나는 아이젠하워 기념도서관의 난방장치에서 귀중한 5갤런의 물을 퍼냈다. 이런 작은 사막 마을에서 아이크가 성장했다니 참 묘한 느낌이다. 이번 탐사의 진짜 목적에 대해 리치와 대화를 나누려 시도해 봤다. 우리 각자가 마음속에 품고 있는 특별한 '아메리카'를 찾아내기 위한 시도였다. 맥네어가 죽기 몇 주 전에 아폴로호의 갑판에서 봤던 바로 그 모습을 말이다. 그러나 리치는 낡은 주크박스에 기대앉은 채, 흐릿한 눈으로 나를 멀거니 바라볼 뿐이었다. 리치를 계속 움직이게 만드는 유일한 목표는 방화다. 그는 작은 마을을 지나갈 때마다 불을 지르고, 바짝 마른 목조건물들은 순식간에 불길을 일으키며 타오른다. 우리는 뭉게뭉게 피어오르는 검은 연기 기둥이라는, 계시록에나 나올 법한 하늘을 뒤로하고 움직인다.

그리고리를 돌보러 가야겠다. 입 안에 피가 가득 고인 모양이다.

9월 21일. 56번 국도. 캔자스주 도지시티.

오전 11시 45분. 여기도 물이 떨어졌다. 옛 텍사스 트레일이 끝나는 곳인데, 아무래도 우리 운명도 마찬가지일 것 같다. 스타이너가 기어코 우리를 버렸다. 주유소 앞뜰의 펌프에 기대 있었는데, 어느 순간 사라져 버렸다. 낙타들이 죽은 후로는 걸어갈 수밖에 없었다. 거의 대부분 그리고리를 나혼자서 끌고 가면서 앤과 리치를 계속 움직이게 만들려 애썼다. 그들은 내가 눈을 돌리기만 하면 빈 차의 뒷좌석 따위에 들어가 주저앉는다. 마치 그들을 태워다 줄 운전기사를 기다리는 듯이.

우리는 서부극 테마파크의 한가운데 있는 롱브랜치 주점의 바닥에 누워서, 물을 찾을 기력을 회복하려 애쓰고 있다. 바깥 기온은 50도까지 올라 있을 것이 분명하다. 며칠 동안 우리는 잿더미로 뒤덮인 황무지를 걸어왔다.

오후 2시 38분. 오를롭스키가 30분 전에 죽었다. 처음 떠

• 제임스 버틀러 히콕(1837~1876). 미국 서부 개척 시대의 민중 영웅. 북군 정찰병 출신의 보안관이었던 전설적인 총잡이이다.

낮을 때에 비하면 스무 살은 더 먹은 것처럼 보였고, 몸무게는 절반밖에 되지 않는다. 그를 위해 최선을 다했는데도 감사하는 기색은 조금도 없었다. 마지막 며칠은 악몽 같았다. 정신 나간 정치장교를 질질 끌고 가면서 그가 뇌까리는 욕설을, **나를** 비난하는 소리를 고스란히 들어야 했다. **자기가 탐사대 대장인 주제에.** 하지만 그가 죽은 건 유감이다. 자기 나름의 방식으로 진짜 미국인인 사람이었는데.

리치가 보이지 않는다―

웨인은 글 쓰는 손을 멈추고, 그대로 술집 바닥의 널빤지 위로 일기장을 떨어트리면서 소총을 끌어왔다. 거리에서 총성이 울렸다. 잠시 정적이 흐른 후 그가 자리에서 일어나려는 순간, 연달아 세 번이 더 울렸다. 금속 깡통이 절그렁거리고 유리 깨지는 소리가 이어졌다.

"사격 연습을 하는 거야, 웨인. 조심해……" 어둑한 술집에서, 바에 기대앉은 앤 서머스가 주의를 주는 듯 손을 들어 올렸다. 웨인은 열기에 잡힌 물집과 흘러내린 화장 아래에서 마지막 한 조각 남은 배려를 알아볼 수 있었다. 이내 그녀는 탈수증상 때문에 움직이지도 못하고 다시 무너져 내렸다. 두 사람의 머리 위편으로 룰렛 테이블의 녹색 천 위에 오를롭스키가 누워 있었다. 둥글게 둘러선 숫자들 위로 손을 뻗고 있는 모습이, 승기를 잡으려 애쓰는 것처럼 보였다. 그들 모두가 테마파크의 재현 광경이나, 서부극 영화 속 마지막 장면의 일부인 것은 아닐까?

한때 캉캉으로 공연장을 달구던 여인들도 이젠 없다. 웨인은 가짜 역마차, 포목점, 커다란 이발소, 잡화상 등이 늘어선 서부극 테마파크의 거리에 울리는 총성의 마지막 반향음에 귀를 기울였다. 술집의 여닫이문 위로 비치는 따가운 햇살을 보니 진정이 되었다. 그가 일기장을 펼쳐 놓고 지쳐서 졸고 있는 사이에, 누군가 들어와서 그가 소총을 끼고 지키고 있던 마지막 남은 물통을 가져가 버렸다.

리치일까……? 아니면 스타이너가 지금까지 인정한 것보다 더 웨인이 필요하다는 걸 깨닫고, 슬쩍 돌아온 것일까?

웨인은 자기 뺨을 때렸다. 며칠 동안 계속 정신이 혼미했다. 굶주린 데다 모래투성이 고속도로에서 앤 서머스를 인도하려고 애썼기 때문이었다. 그는 흔들리는 여닫이문을 뒤로하고 햇살 가득한 거리로 나섰다. 머지않아 흙먼지 속으로 쓰러질 운명인 술 취한 서부의 총잡이처럼 비틀거리면서.

100미터 떨어진 길 한가운데 수염을 기른 키 작은 남자가 서 있는 것이 보였다. 부츠 뒷굽에 햇살이 반사되어 반짝였다. 그는 이제 하얀 사막 겉옷을 벗어 던지고, 가장자리를 은빛으로 마감한 챙 넓은 모자와 술 달린 가죽 바지, 폭이 좁은 조끼와 타탄 셔츠를 걸치고 있었다. 왼손에는 마지막 남은 물통이 보였다. 그는 프로다운 화려한 동작으로 자개 손잡이 권총을 총집에 넣고는, 사격 연습의 표적이었던 반짝이는 깨진 병 조각을 발로 찼다.

"리치—!" 웨인은 거친 목소리로 소리치면서 자기 윈체스터의 차가운 방아쇠와 총신을 쥐었다. "물 내놔, 리치!"

건너편의 물리학자는 고개를 저으며 웨인을 바라보았다. 젊은 밀항자에게도, 최후를 맞이하기 직전인 탐사대에도 더이상 관심이 없다는 태도였다. 몸 안쪽에서 끓어오르는 열병이 한때 잘생겼던 그의 얼굴에 예전의 날카로운 인상을 되돌려 주었다. 그는 호텔과 술집의 목조 현관을, 그 위의 지붕을 둘러보면서 자신의 심장에 산탄총을 겨눈 채 기다리는 총잡이가 없는지를 살폈다.

"파울! 그건 내 물이라고, 파울……" 웨인은 분통을 터뜨리며 개머리판으로 롱브랜치 주점 앞에 서 있는 모조 부트힐 역마차의 문짝을 두들겼다. 불현듯 그는 아메리카를 횡단하는 여정에 도사리고 있던 논리가 그들을 이곳 테마파크 개척촌의 길거리로, 20세기 후반의 중산층 관광객들은 상상조차 하지 못했을 거칠고 건조한 서부극 배경에 휩쓸린 거짓된 장소로 이끌어, 황당하고 유치한 모습으로 서로 대치하도록 만들었다는 사실을 깨달았다.

하지만 저 물은 내 거였는데!

"파울!"

리치의 첫 탄환이 머리 위 롱브랜치 주점의 플라스틱 간판을 때린 순간, 웨인은 달아오른 공기를 뚫고 앞으로 돌진했다.

**15 / 하늘의
거인들**

그날 오후 늦은 시간이 되어서야 웨인은 간신히 부트힐 공동묘지 입구에 도착했다. 가슴에는 소총과 물통을 그러안 은 채. 몇 시간 동안 앤 서머스에게 돌아가려 애썼지만 결국 테마파크 한가운데에서 길을 잃어버리고 말았다. 역마차와 무너진 햄버거 스탠드 사이로, 자신을 지켜보는 스타이너의 모습이 보였다. 선장은 계속 웨인을 따라 마을을 돌면서, 보 안관 사무실 창문 뒤편에서, 웰스파고 빌딩 앞을 지나치며, 모조 기차역의 골동품 기관차 기관석에 서서 그를 지켜보았 다. 사막 복장은 벗어 던지고 다시 검은색 해군 재킷과 술 달 린 모자를 쓰고 있었다. 길을 잃고 헤매는 웨인을 애석하게 여기면서도 거리를 두는 듯, 웨인이 실험실 미로 속의 지친 실험동물인 양 보고 있었다.

웨인 쪽에서는 더 이상 선장에 대해 그 어떤 분노도 느낄 수 없었다. 자청하여 선장에게 이용당했다는 사실을 알면서도, 선장이 그의 결심과 생존하려는 의지를 가볍게 이용했음을 알면서도. 여러 가지 측면에서, 선장에게 그는 단순히 짐을 나르는 가축에 지나지 않았다. 노새나 낙타처럼 열심히 다른 이들을 등에 지고 여기까지 온 셈이었다.

웨인은 오래된 공동묘지에 들어와서 얕은 사면을 올라 가장 가까운 무덤들 쪽으로 움직였다. 소총과 물통을 조심스레 땅에 내려놓은 다음, 그는 자리에 앉아서 이제 읽을 수도 없게 된 묘비에 몸을 기댔다. 그러고는 주변 모래언덕에 반사된 눈부신 햇살 속에 거의 모습을 감춘 언덕 아래 개척촌을 바라보았다. 여기서 끝날지도 모르지만 홀로 가지는 않을 것이다. 남은 힘을 그러모아 윈체스터를 최대한 단단히 쥔 채로, 그는 끈질기게 스타이너가 모습을 드러내기를 기다렸다. 몇 분 지나지 않아, 입구의 반쯤 빈 주차장을 가로질러 공동묘지로 다가오는 선장이 시야에 들어왔다. 이미 웨인을 발견했는지 고개를 숙여서 해군모의 챙 뒤에 눈을 숨기고 언덕을 오르고 있었다.

웨인은 마음을 다잡으려 애쓰며 윈체스터를 들어 올렸다. 그리고 해어진 금술 바로 위쪽의 밝은 닻 모양을 조준했다.

선장을 쏠 준비를 마친 바로 그 순간, 웨인은 미국 대사막의 두 번째 신기루를 목격했다.

머리 위 한참 높은 허공에서, 거대한 카우보이의 형상이 구름 한 점 없는 코발트색 하늘을 가득 메웠다. 각각 10층짜리 건물은 됨 직한 박차 달린 한 쌍의 거대한 부츠가 마을을 굽어보는 언덕을 딛고 섰고, 해어진 술 달린 가죽 바지를 걸치고 고층 건물만큼이나 높은 데 있는 거대한 다리가 상공 300미터의 총집이 달린 벨트까지 이어졌다. 은빛으로 반짝이는 총알들이 일렬로 늘어선 비행기 동체들처럼 웨인 쪽을 굽어보고 있었다. 그 너머로는 카우보이의 체크무늬 셔츠가 절벽처럼 솟아올랐고, 하늘을 떠받든 듯이 보이는 장대한 어깨가 이어졌다.

웨인은 비틀거리며 자리에 누워서, 오후 하늘에서 램프의 마신처럼 순식간에 모습을 드러낸 거대한 형상을 멍하니 올려다보았다. 거대한 다리 하나가 앞으로 움직이면서 다음 언덕마루로 내디뎠다. 웨인은 거인이 몸을 돌려 무심하게 그를 짓밟을까 두려워하며 떨리는 손을 들었다. 그리고 챙 넓은 모자 아래의 거친 얼굴을 바라본 순간 그 거인의 정체를 깨달았다.

"존 웨인이잖아……!"

그는 자신의 외침을 들었다. 죽음을 앞두고 꺼져 가는 정신이, 개척촌의 망령이라 할 만한 이 테마파크에 〈역마차〉

에서 처음 보았던 바로 그 배우를, 자신과 같은 이름의 환영을 불러온 것일까?

한참 아래쪽에서 탈진해 비석에 기대앉은 젊은이는 알아차리지 못한 채로, 거인은 총집이 달린 벨트를 한 번 추스르고는 비스듬히 한쪽으로 몸을 물리며 하늘에 공간을 만들었다. 웨인은 다른 거대한 카우보이 한 명이 그의 옆에 나타나는 광경에 숨을 삼켰다. 우수에 잠긴 눈을 가지고, 섬세한 손을 언제나 총에서 가까운 곳에 두는 멀쑥한 남자였다.

"헨리 폰다잖아……" 웨인이 수도 없이 본 옛날 서부극 〈황야의 결투〉에서 와이엇 어프로 분한 모습이었다.

다시 한 남자가 그들에게 합류했다. 이번에도 보안관 복장을 차려입고 있었다. 〈하이 눈〉에서처럼 지쳤지만 엄격한 표정을 짓고 있는 게리 쿠퍼였다. 그 옆으로, 조금 작지만 다부진 체구의 남자가 멀리 보이는 산맥을 가로질러 다가왔다. 〈셰인〉에 수수께끼의 이방인으로 등장했던 앨런 래드였다. 부트힐의 무덤과 도지시티의 테마파크 주점에서 되살아난 영웅들은, 마치 허공에 러시모어산을 이룰 것처럼 나란히 섰다.

웨인은 비석에 몸을 기대고서, 이 거대한 신화 속 존재들의 환영 덕분에 자신이 아직까지 목숨을 부지하고 있다고 확신했다. 그들은 나란히 서서 앞으로 걸어 나갔다. 하늘의 툼스톤 거리에서 마지막 총싸움을 벌일 준비를 마친 채로.

웨인은 소총을 찾으려 애썼다. 허공에 대고 총을 쏘면 거인들이 돌아와서 자신을 구해 줄 것만 같았다. 그들은 성큼성큼 거대한 걸음을 옮겨 아래 땅에 그림자를 드리우면서 웨인의 머리 위를 지나갔다. 흙먼지가 앉은 역마차와 그들의 꿈을 담은 텅 빈 주점을 지나, 나란히 서쪽의 산맥 너머로 떠나 버렸다.

허공은 깨끗해졌고, 고요하고 환한 지하 묘지의 천장처럼 얼룩 하나 없는 푸른 도자기 같은 반구가 웨인 위에 매달려 있었다. 웨인은 살짝 착란상태에 빠져서 정신이 들었다 나갔다를 반복하고 있었지만, 로키산맥의 녹색 언덕과 산들이, 나무가 무성한 사면이, 시머론 트레일을 따라 격렬하게 흐르는 냇물에서 피어오른 물안개에 촉촉이 젖은 정글이 그를 부르는 모습을 본 순간만큼은 완벽히 제정신을 되찾았다. 그리고 다음 순간, 찾아올 때처럼 갑작스럽게 부트힐을 둘러싼 언덕의 하얀 흙먼지와 모래만 남기고 모든 것이 사라졌다.

스타이너는 하늘에 비친 위대한 신들을 따라 사라져 버렸다. 웨인이 마지막으로 본 것은 손을 들어 햇빛을 가린 채 거대한 형상들을 올려다보며 묘비 사이를 지나가는 모습이었다. 그러나 웨인은 그의 셔츠가 촉촉하게 젖은 것을 보고, 스타이너가 자기 물통에서 물을 마셨다고 추측했다.

하늘의 거인들

잠시 후 저녁의 어둠이 깔리기 시작하자, 마을 상공으로 솟아오르는 묘하게 생긴 기계가 눈에 들어왔다. 거미줄을 짜서 만든 비행기가 약한 바람 속에서 열심히 작은 프로펠러를 돌리고 있었다. 잠자리 같은 한 쌍의 호리호리한 날개 아래 투명한 동체 안에서, 수염을 기른 남자가 힘차게 페달을 밟는 모습이 보였다.

웨인은 나른한 눈길을 돌려 느릿한 글라이더에 갇혀서 정신없이 페달을 밟는 남자를 지켜보았다. 문득 증기 경적 소리가 또렷하게 들리고 있음을 깨달았다. 아폴로호가 증기 육상선으로 개조되어 석양이 깔린 사막을 가르고 다가오는 것은 아닐까? 뾰족한 이물로 모래를 갈라 우아하게 하얀 흙먼지의 포말을 일으키면서? 그는 고요한 도지시티의 거리 위를 선회하는, 그리고 우아하게 제자리에서 방향을 틀어 그와 스타이너가 모래에 남긴 발자국을 따라 부트힐 공동묘지로 날아오는 비행기를 주시했다. 조종사는 경사면에 맞춰 열심히 페달을 밟아 고도를 올리더니, 이윽고 비닐 창문을 열고 머지않아 자신의 것이 될 묘비에 기대 널브러져 있는 젊은이를 바라보았다.

웨인은 자신을 향해 소리치는 수염 기른 남자의 얼굴을 알아보았으나, 더 이상은 뭘 봐도 놀랍지 않을 지경이었다. 조종사는 페달을 다시 밟아서 물러나서는, 언덕 아래 탐색대의 주의를 끌려는 듯 하늘로 솟아올라 크게 선회했다.

"맥네어……" 웨인은 미소를 머금으며 자기 머리 위로 내려앉는 가냘픈 날개를 향해 손을 흔들었다. "맥네어, 그거 거미줄 앨버트로스호잖아요. 나 때문에 워싱턴에서부터 그걸 가져온 건가요……"

"웨인, 아직도 끔찍하게 멍청한 몰골이잖나!" 거칠게 기른 수염 위로 땀을 뻘뻘 흘리면서, 아폴로호의 기관장은 쓴웃음을 머금은 얼굴로 그를 바라보았다. "얼굴은 왜 여자처럼 칠하고 있는 거야? 다른 사람들은 다 어디 있어? 오를롭스키하고 선장님하고 서머스 교수님은?"

마주 소리치기에는 웨인이 너무 쇠약해졌다는 사실을 깨달은 맥네어는 페달을 거꾸로 밟아 가녀린 비행기를 100미터 떨어진 주차장에 세웠다. 그가 조종석에서 내려오는 동안 증기기관의 휘파람 소리가 더욱 가까워졌다. 낡았지만 아직도 훌륭한 모습의 증기자동차 세 대가 줄지어 주차장으로 다가왔다. 덜컹거리며 쉿쉿 소리를 내는 굴뚝과, 증기가 새어 나오는 피스톤과 구동장치, 석양을 받아 아름답게 황동색으로 번들거리는 동체를 뽐내면서. 자동차들은 증기를 자욱이 뿜고 연접봉을 덜컥거리며 차례로 주차장으로 들어와 섰다. 굴렁쇠처럼 커다란 바퀴의 아직 말짱한 타이어에서 모래가 떨어졌다. 세 번째 자동차는 '뉴욕시 소방서'라는 금빛 글자가 한쪽에 선명하게 새겨진 녹색 급수차를 견인하고 있었다. 지붕 위에는 여분의 글라이더 날개가 보였다. 운전사들은 차에서 내려 고글과 에드워드 시대의 먼지막이 외투를 벗었고, 뉴저지 유료 고속도로의 모텔에서 마지막으로 본 경영진 부족의 얼굴이 나타났다. 심지어 젊은 여인은 옆구리에 아기 자루까지 메고 있었다. 작은 비행용 헬멧을 쓴 귀여운 아기가 그 안에서 고개를 내밀고 있었다.

웨인은 그를 향해 달려오는 사람들을 바라보면서, 후들거리는 무릎을 가누며 간신히 일어섰다.

"GM!" 그는 손목에 립스틱을 문지르며 메말라 갈라진 입술로 소리쳤다. "하인스, 펩소던트, 제록스! 당신들 방금 존 웨인하고 게리 쿠퍼를 놓쳤어요!"

16 / 구조대

 속도, 증기, 맥동하는 연소실과 한계까지 삐걱대는 밸브
―웨인에게 이 모든 것은 머큐리계획의 우주 비행사들조
차 몰랐을 홍분으로 다가왔다. 그들은 일주일간 휴식을 취
한 후 도지시티를 떠나 50번 국도를 타고 서쪽으로 질주하
고 있었다. GM, 하인스, 펩소던트가 각자 세 대의 증기자동
차의 운전대를 잡았다. 캔자스 서부의 언덕 지대를 떠나 로
키산맥이 시작되는 산봉우리를 향해 달려가는 동안, 웨인은
선두 차량의 뒷좌석에 앤 서머스와 나란히 앉아서 편안한
시간을 보냈다. 계속해서 주절대는 피스톤에서 은빛 증기가
길게 뿜어져 나왔다. 물안개가 이마를 적시는 가운데, 웨인
은 밀려드는 공기를 한 입 머금을 때마다 자신감이 조금씩

돌아와서 온몸의 신경과 혈관을 메우는 것을 느꼈다.

그들의 차량은 단순히 겉멋만 든 물건이 아니었다. 세 대의 증기자동차—뷰익의 로드마스터, 포드의 갤럭시, 크라이슬러의 임페리얼—는 20세기 말엽에 디트로이트 시장市長을 위해 특수 제작된 모델이었다. 호화 침대차처럼 좌석마다 천이 깔려 있고, 방탄유리와 폭동 진압용 무기를 장착할 공간도 있었다. 웨인이 지금껏 본 중에서 가장 안락한 자동차였으며, 전기 배터리로 조심스레 움직이는 더블린의 구급차에 비하면 훨씬 날쌔고 강력했다. 그들은 시속 50킬로미터가 넘는 속도로 질주했고, 첫날 정오 무렵까지 벌써 130킬로미터나 되는 거리를 주파했다. 낙타로는 일주일은 족히 걸릴 거리였다.

사막 풍경이 빠르게 흘러갔다. 선인장이, 버려진 농장과 곡물 창고들 사이를 연결하는 흙먼지만 가득한 와디가, 요새화된 주유소를 둘러싸고 모인 금방이라도 무너질 것 같은 마을들이 잔상을 일으키며 뒤로 날아갔다. 50번 국도에는 버려진 자동차가 별로 없어서 짜릿한 질주를 이어 갈 수 있었다. 하인스는 고글과 운전용 망토를 두른 채 크라이슬러의 커다란 운전대를 붙들고 앉아서 연신 액셀을 밟아 댔다. 옆자리 기관석에 앉은 맥네어가 연소실 문으로 석탄을 한 삽 퍼 넣을 때만 마지못해 액셀에서 발을 뗐다.

도지시티에서 160킬로미터쯤 나오자 급경사가 등장했지

만, 증기자동차들은 별로 힘도 들이지 않고 올랐고, 맥네어는 육중한 압력 다이얼을 가리키며 말했다.

"하인스, 디트로이트 친구들은 제대로 엔진을 만들 줄 알았던 모양이야. 먼 옛날의 자동차 회사들 솜씨는 정말로 대단하군!" 그는 햇살에 벌겋게 익은 이마에 고글을 올리며 웨인을 향해 소리쳤다. "너무 빠른 건 아니겠지, 웨인? 원한다면 30킬로미터까지 속도를 늦출 수도 있어."

웨인은 축축한 후류後流에 얼굴을 식히며 뒷좌석에 나른하게 기대어 있었다.

"전속력, 하인스! 전속력으로 달리자고요!" 그는 당당하게 소리쳤다. 옆자리의 앤 서머스는 현기증 때문에 얼굴이 시퍼렇게 변해서 기관총 거치대를 붙들고 있었다. 웨인은 고개를 돌려 따라오는 차들을 바라보았다. 바로 뒤에서는 GM의 뷰익이 거대한 바퀴로 흙먼지를 일으키고 두 줄의 증기 기둥을 꼿꼿이 뻗은 콧수염처럼 노면으로 내뿜으며 따라왔다. GM은 운전대 앞으로 몸을 바싹 기울이고 있었고, 탄탄한 팔을 가진 젊은 아내는 고글을 쓰고 잠들어 있는 어린 아들을 가슴팍에 매단 채로 석탄을 퍼 넣고 있었다. 펩소던트의 고출력 포드 갤럭시는 급수차를 견인하면서 지붕 위에는 분해한 글라이더를 단단히 매단 채로 후미를 맡았다. 유목민들은 놀라울 정도로 천부적인 재능과 열의를 보이며 자동차에 달라붙었다. 웨인은 그 모습을 보면서 그들이야말로 진정한 미국인이라는 사실을 떠올리지 않을 수 없었다.

파국 직전까지 이르렀던 탐사대는 다시 활력을 얻었다. 맥네어가 그들을 구출해 준 덕분에 또 다른 전환점이 찾아왔고, 또 다른 꿈을 탐사할 수 있게 되었다. 유목민들은 웨인을 부트힐 공동묘지에서 데리고 내려와 차에 태우고, 롱브랜치 주점에서 거의 의식을 잃은 앤 서머스를 챙긴 다음, 두 사람을 근처 홀리데이인으로 데려갔다.

웨인과 앤이 기운을 회복하고 말라붙은 수영장 근처의 차양 아래에서 휴식을 취하는 동안, 맥네어는 자신의 탈출담을 들려주었다. 아폴로호의 선원은 두 명을 제외한 전원이 뉴욕을 가로지르는 방사능 낙진의 구름에서 탈출한 듯했다. 아폴로호를 수리하던 마지막 주에, 맥네어가 이 세 대의 증기자동차를 브루클린의 어느 창고에서 발견했다고 한다.

"브라운 대통령이 직접 사용하려고 유럽으로 수송하려던 물건이지. 끝내주는 놈들이야. 작업하는 내내 정말로 즐거웠다고. 운 좋게도 지진계가 벽에서 떨어진 순간 막 엔진 정비를 완료한 상태였지. 그게 보스턴 지진이었어. 그걸 확인하러 나가기 전에 그쪽에 보내는 메시지를 녹음한 거고. 케네디 공항에 도착했지만 당연하게도 아무것도 눈에 띄지 않더군. 나는 혹시라도 방사능이 누출되었을까 해서 팬암 빌딩 옥상에 설치해 놓은 관측 장비를 확인하러 갔어. 자, 그런데 계수기가 푸른색 페르미 영역으로 쭉 돌아가 있더란 말씀이지. 우리는 아폴로호의 모든 작업을 포기하고, 기관실에 남은 석탄을 증기자동차에 전부 쑤셔 넣은 다음에, 최고 속도로 뉴저지 고속도로를 따라 달려 내려가기 시작했어……"

비번이라 할렘의 나이트클럽을 순회 중이던 화부 두 명은 아폴로호에서 맥네어가 울린 마지막 경고 고동을 무시했고, 따라서 방사능 낙진을 그대로 뒤집어썼을 가능성이 높았다. 그러나 다른 선원들은 전부 무사히 도망쳤다. 워싱턴까지 15킬로미터 정도 남았을 때 그들은 낙타를 타고 느릿느릿 움직이는 네 명의 유목민을 앞지르게 되었다. 맥네어가 경고하는 이온화된 대기와 구름의 위험성에 대해서는 조금도 이해할 수 없었겠지만, 이미 하늘에서 내린 무시무시한 죽음에 대한 이야기가 그들의 마음속을 가득 채우고 있었다. 그들은 즉각 낙타를 버리고 낡은 뷰익의 뒷좌석에 올라탔다.

워싱턴에 도착한 그들은 불안에 사로잡힌 인디언 부족들의 모임 가운데로 끼어들었다. 모두 하늘에 어리는 불길한 징조에 쫓겨 조상의 사냥터를 떠난 이들이었다. 다들 거대한 우주선의 환영을 목격하고, 뒤이은 수수께끼의 지진과 원자력발전소 폭발을 경험했다. 맥네어는 갱단 부족의 유목민 중 많은 수가 신시내티와 클리블랜드를 파괴한 지진 때문에 백혈병에 걸리거나 방사능 화상을 입었다는 사실을 발

구조대

견했다.

맥네어는 이 모든 사태에 어안이 벙벙했던 듯싶다. 도지 시티의 홀리데이인에서 휴식을 취하던 중인 웨인과 앤 서머스도 입을 떡 벌린 채 듣고만 있었다.

"미합중국에는 300여 개에 달하는 원자력발전소가 있었습니다." 맥네어가 지적했다. "그게 전부 100년 후에 터지도록 시한장치가 되어 있었던 걸까요? 일종의 정신 나간 종말병기처럼? 불가능한 일입니다, 앤. 생각 좀 해 봐, 웨인."

앤은 햇빛에 잠긴 마지막 물집을 살피던 손거울을 약하게 흔들었다. 화장을 씻어 내자 금발에 수건을 두른 창백한 얼굴이, 시달려 피폐해진 수녀 같았다. "그건 그렇지…… 하지만 최후의 순간에는 모두 당황한 상태였으니까, 백악관에서도 상당히 정신 나간 대통령 명령이 하달되었을 수 있잖아."

"그럴 수도 있겠죠, 앤. 한데 기묘하게 시간차를 두고 무작위로 미국 전역에 지진이 벌어지는 이유가 뭐겠습니까? 우리가 알고 있는 판의 경계와는 조금도 일치하지 않는단 말입니다. 샌앤드레이어스 단층은 채퍼퀴딕섬을 가로지르지 않아요. 게다가 지진 자체도 리히터 규모는 크지만 극도로 짧은 시간만 지속되고, 근처 원자력발전소의 노심을 정확하게 날려 버리는 대단한 능력을 갖추고 있잖습니까."

이런 온갖 수수께끼를 종합해 보면, 미합중국을 지탱하는 맨틀 전체가 거대한 비스킷처럼 부스러지고 있을 가능성도 고려해 봐야 할 듯했다. 인디언들이 언급한 수수께끼의 환상이야, 미신을 섬기는 무지한 아메리카 원주민들이 선인장 술과 약물의 도움을 받아서 사방의 조슈아 나무와 크레오소트 관목에 자기네의 공포를 투사한 집단 환각 사태임이 분명했다.

"하지만 맥네어." 웨인은 수영장 옆 긴 의자에 누운 채 항의했다. "나도 그런 환영을 봤어요. 우주선은 아니었지만, 제각기 키가 1.5킬로미터는 되는 존 웨인과 헨리 폰다, 게리 쿠퍼와 앨런 래드가 나왔다고요. 그리고 그건 환영이 아니었어요. 진짜였다고요. 스타이너도 봤다니까요."

"물론 그랬겠지, 웨인. 하지만 스타이너 선장님은……"

앤과 맥네어 둘 다 미심쩍은 얼굴이었다. 웨인이 본 영화배우들의 환영을 사막 열병의 결과물로 치부하는 듯했다. 하지만 웨인은 유목민들의 이야기 때문에 걱정하고 있었다. 그중에는 기묘하고 불길한 요소로 가득한 환영이 상당히 많았다. 특히 미키 마우스 관련 상품에 둘러싸여 있는, 사이코패스처럼 보이는 멍 든 얼굴과 광신도의 날카로운 눈빛을 가진 젊은 대머리 남자의 환영이 그랬다. 게다가 고독한 장의사의 얼굴을 가진, 푸른 정장을 입은 우울해 보이는 남자도 있었다. 어쩌면 경영진 부족이 섬기는 신일지도 모른다. 맨해튼 통근자들의 원혼이 한데 모인 존재일지도……

그러나 일단 지금은 도지시티에서 최후를 맞이하기 직전

에 맥네어가 그들을 발견해 주었다는 것만으로도 그저 안도할 뿐이었다. 나머지 아폴로호의 선원들은 전부 워싱턴에 두고 왔다고 한다. 깊은 소금물과 물보라에 익숙한 선원들은 미국 대사막을 마주하기를 상당히 꺼렸던 모양이다. 그들은 워싱턴에 근거지를 세우고, 인디언들을 통제하고(갑판장이 뉴저지주를 통째로 사용하면 괜찮은 보호구역이 될 것이라 말했다고 한다. 충분히 건조한 데다 원주민들이 갈망하는 고속도로와 화려한 보석상과 드라이브인이 잔뜩 있으니까), 통신 장비를 수집해서 몇 개월 안에 모스크바에서 보낼 구조선과 연락을 취하기로 했다.

맥네어는 나머지 선원들에게는 그런 임무를 맡겨서 뒤에 남기고, 하인스, 펩소던트, GM, 제록스와 그녀의 갓난아기를 데리고 증기자동차를 끌고 왔다. 아기는 WTOP*라고 명명되었는데, 지역 방송국 로비에서 무사히 출산을 한 다음 그곳의 호출부호를 붙인 것이라 했다. 경영진 부족 사람들은 자동차와 탁 트인 도로에 맛을 들인 듯했고, 맥네어 본인도 아메리카 곳곳을 탐험하고 싶어 몸이 달아 있었다. 고요한 공장과 산업 설비를, 탄광과 조선소를 들러서 거대한 톱니바퀴를 다시 돌리는 꿈을 실현하고 싶은 것이었다. 그는

• 워싱턴 D.C.의 지역 뉴스 방송국. 설립 당시 해당 AM에서 최고 주파수를 사용해서 이런 호출부호를 얻었다.

이제 웨인에게, 심지어는 앤 서머스에게조차 속내를 전부 털어놓지 않았다. 오를롭스키와 리치의 죽음, 스타이너의 이탈, 단순히 태양으로부터 피부를 보호하기 위한 것 이상임이 분명한 기괴하게 칠한 얼굴 때문에, 그는 웨인과 앤이 지금 보이는 태도와 관계없이 이들과 조금 거리를 두는 편이 낫겠다고 여기고 있었다.

탐사대를 추적해서 발견한 것은 운이라기보다는 불타 버린 마을에서 피어오르는 검은 연기란 손쉬운 표적 덕분에 가능한 일이었다. 중서부를 이리저리 달리며 낙타의 흔적을 발견했다 놓치기를 거듭하다가, 마침내 세인트루이스의 주유소 앞뜰에서 죽은 낙타 한 마리가 그들의 눈에 띄었다. 스미스소니언의 전시실에서 뜯어내 가져온 거미줄 앨버트로스호를 타고 날아다니던 맥네어가 부패한 사체를 발견한 것이었다. 이후 100킬로미터마다 차를 멈추고 연료를 옮겨 실을 때면—세 대 모두 널찍한 짐칸에 각각 1톤 분량의 무연탄을 싣고 있었다—맥네어는 인력 글라이더의 페달을 밟아 하늘로 올라가서 주변 사막을 둘러보았다. 토피카 외곽에서도 이렇게 비행하다 처음으로 연기 기둥을 목격하게 된 것이다. 뼛가루처럼 새하얀 사막 한가운데에서 매우 이상한 일이 벌어지고 있다고 알려 주는 듯이 검은색 손가락이 뻗어 오르는 모습을.

"말 그대로 영화가 끝나기 직전에 도착한 셈이지요." 그

구조대

는 두 명의 생존자에게 이렇게 말했다. "유마로 가는 4시 10분 기차●는 잡지 못하게 된 거로군요. 애초에 어디로 가려던 건지조차 짐작도 안 되지만. 죄다 드래그 퀸처럼 얼굴을 칠하고서……" 홀리데이인의 물 빠진 수영장 옆에 서서, 맥네어는 날카로운 눈으로 웨인과 앤을 바라보았다. 서로가 미약한 불안감을 안고 있기는 했지만, 두 사람은 왠지 모를 이유로 하나로 묶여 있었다. "리치 일은 정말 유감입니다. 사실 나도 별로 신뢰하지는 않았어요. 아폴로호의 그 사람 선실에는 무기가 가득하더군요. 맨해튼의 총포상을 죄다 털고 다닌 모양입니다. 오를롭스키를 구하지 못한 건 애석한 일이지만. 선장님이야 뭐, 분명 저 바깥 어딘가에 있겠지요. 웨인, 선장님은 준비를 마치면 반드시 돌아올 거야. 항상 자신을 걸고 뭔가 실험을 하는 느낌이 들긴 했어……"

웨인은 이 말에 동의하는 듯 고개를 끄덕였다. 맥네어가 의심을 품은 모습을 보니, 스타이너가 정확히 어떤 식으로 배신을 했는지는 알리지 않는 편이 좋겠다는 생각이 들었다. 이상하게도 혐오감은 조금도 느껴지지 않았다. 냉담하게 탐사대를 버리고 떠난 일조차도 깊은 내면의 갈망 때문이었다는 이유로 정당화되는 것만 같았다. 다른 이들을 여기 신대륙까지 찾아오게 만든 것과 동일한, 내면에 품은 신

● 　영화 〈결단의 3시 10분 3:10 to Yuma〉(1957)의 제목을 빗댄 것.

화의 일부일 것이다. 미합중국은 모든 사람이 자신의 환상을 극단까지 추구해도 된다는 제안 위에 성립한 국가다. 어떤 결과로 이어지더라도, 아무리 기괴하게 보이더라도 모든 가능성을 시도할 수 있는 땅이다.

그와 동시에 웨인은 여전히 오를롭스키의 죽음에서 헤어날 수가 없었다. 화장품 범벅이 된 얼굴에 뿌옇게 흙먼지가 앉은 채로 죽어 가던 정치장교의 모습이, 목제 들것을 끌고 고속도로 위를 걸어가는 동안 모래에 머리를 부딪치던 모습이 떠올랐다. 오를롭스키는 끝없이 불평을 늘어놓았다. "네 잘못이야, 웨인. 네놈이 우리를 여기까지 끌고 왔어. 아조레스에 두고 왔어야 했는데…… 그래, **너**, 애송이 밀항자 놈. 네놈은 나보다 더 대통령이 되고 싶은 거야……" 그리고 마지막으로 이렇게 말했다. "너는 닉슨이야, 웨인. 아주 짧은 임기 한 번으로 끝장일 거다……"

펩소던트가 서부극 테마파크의 흙먼지 속에서 발견한 리치의 시체에 대해서는, 그 물리학자가 마지막 남은 물을 가지고 도망치려 했기 때문에 쏠 수밖에 없었다고 맥네어와 앤 서머스에게 설명했다. 그런데 사실 리치의 뒤통수를 뚫고 들어간 총알은 웨인의 윈체스터에서 날아간 것이 아니었다. 웨인이 네발로 기어가서 소중한 물통에 손을 뻗을 즈음에는 이미 그 물리학자는 흙먼지 속에서 시체가 되어 나뒹굴고 있었다. 본인 말고는 아무도 모를 이유 때문에 스타이

구조대

너가 싸움에 끼어들었던 것이다. 일종의 기묘한 수호천사처럼, 플리머스 해협을 떠난 이후로 웨인이 전진하도록 계속 도와주는 바로 그 사람이.

그러나 웨인은 이런 진실은 조금도 입에 담지 않았다. 리치를 죽인 행동이 자신에게 부여한 권위를 깨닫고, 이를 훗날 사용할 수 있으리라 생각했기 때문이다. 앤 서머스는 이런 사실을 알고 있었다. 미용실과 낡은 영화 잡지에 집착하는, 영화배우를 동경하는 자신의 약점을 웨인이 마음대로 이용했다는 사실 또한 잘 알았다. 하지만 도지시티의 거리에서 웨인은 그녀를 지키기 위해 싸웠다. 함께 말라붙은 수영장 옆에서 기력을 회복하던 중에, 앤은 갑자기 그의 손을 붙들며 이렇게 말했다.

"네가 날 살린 건 알아, 웨인…… 하지만 용서하지는 않을 거야."

증기에 젖은 크라이슬러 뒷좌석에서 웨인은 그녀의 말을 곱씹었다. 갈수록 급해지는 경사면을 타고 로키산맥으로 올라가는 동안 그는 피스톤의 쿵쿵 소리와 밸브의 삐걱대는 소리에 귀를 기울였다. 이제는 사라진, 그가 사랑하는 아메리카란 젖줄의 수원이 조금씩 가까워지고 있었다.

고지대에 올라 공기가 서늘해지고 흙먼지도 사라지자 숨쉬기가 한결 수월해졌다. 그들은 콜로라도 남부의 생그리더 크리스토산맥을 지그재그로 오르는 텅 빈 고속도로를 달리는 중이었다. 기후 역전 때문에, 웨인의 눈에는 더블린의 도서관 슬라이드로 기억하는 유타주의 모습에 가까워 보였다. 그는 크라이슬러 옆으로 이어지는, 한 세기 동안 불어온 강풍에 의해 고딕 성당의 정면처럼 깎여 나간 바위 사면을 바라보았다. 모래와 자갈에 부딪쳐 만들어진 계곡과 주홍색 절벽이, 그리고 서부극에 어울리는 촬영 장소가 가득한 모래언덕 계곡과 평지가 계속 나타났다. 해발 1,800미터에 달하는 도로의 양쪽으로 장밋빛으로 타오르는 가장자리가 깔

쪽깔쭉한 절벽이, 그랜드캐니언의 축소판처럼 보이는 미로
가 솟아 있었다. 증기자동차가 힘겹게 경사를 오르고, 기관
의 피스톤이 희박한 공기 속에서 헐떡이는 동안, 다른 사람
들은 산맥 사면에 서 있는 규화목들을, 언젠가는 무성했던
침엽수림이 화석이 되어 남은 모습을 바라보고 있었다. 한
순간 갑작스러운 죽음을 맞이한 자연의 모습이 사방에 가득
했다.

두 시간 후 그들은 마지막 고개를 통과해서 리오그란데강
의 말라붙은 강바닥을 향해 내려가기 시작했다. 웨인은 민
물이 나오는 샘이나 물이 배어 나오는 자국을 찾아 주변을
둘러보았지만, 강은 바위 언덕이 점점이 박힌 사막을 가로
지르는 불탄 흉터로 말라붙은 지 오래였다. 한때 높이 솟았
던 언덕들은, 이제 무너지고 남은 바윗덩이가 되어 갈라진
강바닥 양편에서 먼 옛날 두고 떠난 체스 말처럼 드문드문
자리를 지키고 있었다.

그들은 앨러모사에서 하룻밤을 보내며 세 대의 자동차에
젖은 석탄 부스러기를 채운 다음, 서늘한 산바람에 서린 호
박과 황철광과 죽음의 냄새를 맡으면서 별이 가득한 하늘
아래서 잠을 청했다. 다음 날 아침 그들은 거대한 쐐기처럼
북미 대륙을 동서로 갈라놓은 샌환산맥으로 들어가는 고지
대 도로에 진입했다. 강렬하게 달아오른 엔진은 먼 옛날의
증기기관차들의 근성으로 경사에서 끌어당겨 주었고, 잉카

의 후예들이 지은 거대한 저택 요새처럼 생긴 버려진 스키 오두막을 지나쳐 산으로 올라갔다. 공기가 차가워지고 숨도 가빠지자, 그들은 리조트 건물 앞에 차를 세우고 문을 부수고 들어가서 담요며 스키 장갑이며 남자들을 위한 두꺼운 트위드 외투며 앤 서머스와 제록스와 갓난아기를 위한 라쿤 가죽 따위를 꺼내 왔다.

거의 해발 3,400미터 또는 OPEC 빌딩 세 채에 달하는 높이의 울프크리크 고개를 지날 때 웨인이 뒷좌석 유리 너머로 몸을 숙이고 하인스의 어깨를 두드렸다.

"하인스, 잠깐만 멈춰 봐요!" 그는 자리에서 일어나며 뒤따라오는 차들에게 멈추라는 신호를 보냈다. 차갑고 희박한 공기 속에서 헐떡이는 엔진에서 뿜어져 나온 증기는 그대로 차가운 안개로 응결되어 오래된 도로를 적셨다.

"앤, 저게 뭐죠? 맥네어, 저거 보여요? 무슨 신호처럼 보이는데……"

웨인은 머리 위로 300미터를 솟아올라 하늘을 둘로 가르는 날카로운 봉우리에 걸린 너덜거리는 하얀 앞치마를 가리켰다. 누더기에서 떨어진 작고 하얀 조각들이 나부끼는 하얀 신호 깃발처럼 앞길을 뒤덮고 있었다.

웨인은 크라이슬러에서 내려서 가장 가까운 조각으로 다가갔다. 그리고 무릎을 꿇고 앉아서 얼어붙은 하얀 결정을 손으로 퍼 올린 다음 뺨에 가져다 댔다.

"앤, 이거 눈이에요!"

모두 차에서 뛰어내려 장갑과 고글을 벗어 던졌다. GM과 하인스는 눈밭을 굴렀고, 펩소던트는 반짝이는 눈을 허공으로 차올리고 결정을 입에 가득 머금었다. 제록스는 흥에 겨운 아기를 데리고 작은 경사에서 미끄럼을 타기 시작했다. 자동차 주변에서 정신없는 눈싸움이 벌어졌고, 앤 서머스는 추위에 얼굴이 발갛게 달아오른 채로 웨인과 맥네어를 추격했다.

10분 후 고개를 넘어 두랑고로 이어지는 긴 비탈을 내려가는 와중에도 그들 모두는 웃음을 그치지 못하고 있었다. 양옆으로 눈 덮인 산마루와 이끼에 뒤덮인 부드러운 녹색의 골프장처럼 보이는 고산지 초원이 이어졌다.

얼마 안 있어 모두가 앞으로 몸을 기울이고 기묘한 하얀 연무를 바라보게 되었다. 희뿌연 활석 분진처럼 보이는 빽빽한 안개가 샌환강 계곡에 자욱하게 깔려 있었다. 발밑으로 300미터 떨어진 곳에서, 안개가 산허리부터 시작해 천장을 이루듯이 유타와 애리조나로, 남쪽으로는 뉴멕시코까지 뻗어 있었다.

그쪽으로 이동하다가 웨인은 순간적인 공포에 사로잡혔다. 뼛가루를 가득 뿌린 듯한 저런 분진 속에서 대체 어떻게 숨을 쉴 수 있단 말인가. 아마 데스밸리의 석회 호수에서 끓어오른 재일 것이다. 너무 뜨거워서 바위조차 증발하기 시

177

작한 것이 분명했다.

그러나 마지막 커브를 돌아 계곡에 고인 먼지 속으로 들어가자, 주변의 뿌연 안개도 차츰 잦아드는 듯했다. 흐릿한 증기가, 크라이슬러의 피스톤에서 새어 나오는 습기 섞인 거품처럼 보이는 수증기가 그들 주변을 둘러쌌다.

그리고 순식간에 흠뻑 젖어 버렸다! 웨인은 젖어서 번들거리는 가죽 외투의 표면을 내려다보았다. 자동차 앞 유리에, 하인스의 고글에, 앤의 눈썹에, 맥네어의 벌겋게 탄 코끝에 물방울이 맺혀 흘러내리고 있었다.

"구름이잖아! 맥네어, 세상에, 비가 오는 거예요!"

그들은 서로를 향해 소리치며 산길을 쏜살같이 달려 내려갔다. 뿌연 물안개 사이로 벌써부터 비탈을 따라 자라는 연녹색 상록수의 잎사귀가 보였다. 그들은 물이 뚝뚝 떨어지는 숲의 세계로 들어가는 중이었다. 기온이 올라가면서 온화하고 습기로 가득한 공기가 주변을 감돌았다. 작은 개울가에 심어진 거대한 열대 활엽수를 지나자, 수정 같은 물방울이 떨어지는 작은 폭포가 나타났다. 침엽수와 자작나무의 숲이 이끼투성이 사면을 빼곡히 메웠고, 산골짜기 개울이 한데 모여들어 격렬한 급류를 이루며 흘러갔다. 도로로 범람한 계곡물이 바퀴에 묻은 흙먼지를 쓸어 가서는, 매끈한 바위 위로 흘러넘쳐 널찍한 폭포를 이루면서 100미터 아래의 작은 계곡 호수로 떨어져 내렸다.

안개가 걷혔다. 누빈 구름 아랫단, 부드럽게 천을 씌운 천장이 널찍한 규방의 녹색 지붕처럼 머리 위로 올라왔다. 증기 엔진이 뜨겁고 축축한 열대 정글의 걸쭉한 공기를 마음껏 포식했다. 사방에 떡갈나무와 양버즘나무가 즐비했다. 길가에 늘어진 가지에는 촉촉하게 젖은 백합이 순백의 종 모양 옷깃을 늘어트렸고, 칡덩굴이 자작나무 줄기를 휘감고 올라갔다. 처음으로 생생하고 영양 상태가 좋은 야자수가 등장했는데, 끊임없이 주변을 휘감는 촉촉한 공기를 막으려는 듯 날카로운 칼날로 만든 파라솔을 그들 머리 위로 펴 들어 주고 있었다. 타마린드와 작은 대나무 군락과 화려한 난, 그리고 떡갈나무의 듬직한 팔에 매달려 안개 속의 태피스트리 같은 수염틸란드시아의 베일이 보였다. 습기로 가득 찬 공기가 건드리는 곳곳에서 수분이 스며 나와 에메랄드색으로 영글어 반짝였다.

그들은 도로를 쓸고 지나가는 작은 폭포를 하나 더 지나쳤다. 앤은 아래로 보이는 정글 계곡을 가리켰다. 숲의 경사면 사이로 800미터 너비의 작은 호수가 보였고, 검은 수면 위로 30미터 정도 떨어진 상공에 검은 구름이 모여들고 있었다. 격렬한 돌풍이 호수 표면을 휩쓸더니 번개를 내뿜으며 그들 쪽으로 흘러왔다. 마침내 푸른 섬광이 번쩍였고, 막 쏟아지는 스콜 속에서 물총새 한 마리가 서둘러 날아 도망갔다. 벌써 크라이슬러의 뜨거운 금속 보닛 위로 묵직한 빗방울이 떨어지며 성난 곤충처럼 화로의 문을 두드리고 있었다. 맥네어가 연소실 삽을 밖으로 뻗자, 달아오른 삽날 위에서 수십 개의 빗방울이 끓어오르며 춤췄다. 모두 환호성을 올리며 겨울 외투를 벗었다. 제록스가 품에 안고 어르는 고글만 쓰고 발가벗은 아기의 모습은, 마치 어둑한 숲속에 깔깔대는 아기 천사가 내려온 것처럼 보였다. 하인스는 자동차의 속도를 최대한 늦추고 계기판을 이리저리 조작하더니 마침내 의기양양한 외침을 토해 냈다. 지금까지 한 번도 움직여 본 적 없는 낡아 빠진 앞 유리 와이퍼가, 앞이 보이지 않을 정도의 폭우를 장중하게 가르며 두 개의 창문을 만들어 냈던 것이다.

그들은 거센 폭우를 꽁무니에 달고 산맥을 내려갔다. 사방이 빽빽한 열대우림에 둘러싸여 있었다. 길가의 주유소와 카페테리아, 산장과 모텔 차고는 식물의 물결에 휩쓸린 지 오래였다. 앞뜰의 콘크리트를 가르고 솟아난 덩굴광대수염과 양치식물이 허리 높이까지 무성하고, 연료 펌프를 휘감은 덩굴은 목조 천장을 뚫고 고개를 내밀고 있었다.

두랑고는 정글 속 마을이었다. 그들은 텅 빈 길거리와 빗물에 씻겨 나간 보도를 힘차게 달렸다. 양쪽으로 3층 높이의 숲의 장벽이 솟아 있었다. 커다란 열대 활엽수가 무너질 것 같은 건물들과 어깨를 나란히 하고 서 있었다. 상점 앞에 당당하게 들어선 야자나무는 판유리 창문을 밀고 비스듬하게,

녹슨 네온사인을 밀치고 자라나 있었다. 두랑고 중심가에는 버려진 자동차의 껍데기마다 화려한 붉은색 칸나와 들장미가 꽃바구니처럼 자라서 보도에 그늘을 드리우고 있었다.

"하인스, 조심해!" 크라이슬러가 정신없이 좌우로 휘청거리자 맥네어가 손을 뻗어 운전대를 잡아 주었다. 하인스는 운전대에서 손을 떼고, 이마에 고글이 삐딱하게 걸린 얼이 빠진 모습으로 물러앉았다. 그는 텅 빈 거리에서 걸음을 옮기는, 긴 다리의 커다란 짐승을 향해 손짓했다. 노란 점박이 외투를 입은 우아한 풍채의 보행자가 길을 건너고 있었다.

"기린이잖아!" 크라이슬러가 옆으로 돌면서 증기를 내뿜으며 멈추자, 웨인과 앤 서머스는 뒷좌석에서 벌떡 일어섰다. 그들은 기린이 머리 위 전화선에 매달린 달콤한 과일을 우물거리며 느릿하게 걸음을 옮기다가, 이윽고 상점 건물들 사이로 사라지는 모습을 홀린 듯 지켜보았다.

이내 그들은 온갖 종류의 야생동물이 숲속에 가득한 것을 알게 되었다. 100년 전 동물원 관리자들이 이곳을 떠나며 풀어 준 조류와 포유류의 후손들이었다. 우울한 표정의 표범이 경찰서 현관에 앉아서 그들을 주시했다. 시청 계단에는 치타 두 마리가 엉덩이를 대고 앉아 있었다. 쿵쿵대는 증기 엔진과 번쩍이는 피스톤에 놀랐는지 금빛 찌르레기 무리가 구름처럼 정글의 하늘을 가득 메우면서 날아올랐다. 마카우 앵무새 무리가 텅 빈 주차장 위를 날아가며 화려한 깃털을 자랑하고, 크라이슬러의 앞길에서 화들짝 놀라 도망치는 앵무새가 알아들을 수 없는 언어로 재잘거렸다. 자동차 쇼룸의 옥상에 간신히 올라앉아 길게 우는 소리가 책망하듯이 들렸다.

이틀 후 늦은 오후, 그들은 라스베이거스를 향해 달리고 있었다. 이미 모두의 감각은 산맥에서부터 그들을 따라온 끝없는 열기와 정글의 파도에 휩쓸려 버렸다. 탐사대원들의 몸은 열대지방의 꽃향기에 마네킹처럼 촉촉하게 젖었다. 거대한 마투그로수고원이 미국의 서부를 뒤덮어서, 한때 사막지방이었던 주들을 격렬한 정글의 강물과 몬순의 빗물이 들이차 넘치는 수백 개의 호수에 뒤덮인 땅으로 바꾸어 놓았다. 따스한 남태평양의 해류가 차가운 훔볼트의 물줄기를 몰아낸 다음, 한 세기 내내 습하고 뜨거운 바람을 시에라네바다산맥 너머로 보내왔다. 캘리포니아도, 모하비 사막도, 심지어 데스밸리까지도 이제는 파나마 지협을 건너 멕시코와 바하칼리포르니아를 뒤덮으며 사막의 땅을 노리고 북상해 온 아마존 정글의 식민지가 되어 버렸다.

"웨인……! 라스베이거스가 보여……!"

웨인의 머리 위 50미터 되는 곳, 숲의 벽 사이의 비좁은 틈새에서 인력 글라이더가 하늘을 선회하고 있었다. 그들은 지금 펩소던트가 모는 갤럭시의 타이어를 바꾸기 위해 멈춰

있는 참이었다. 하인스와 앤 서머스는 펩소딘트가 커다란
잭으로 자동차 들어 올리는 일을 돕는 중이었고, 홀로 남은
웨인은 크라이슬러 뒷좌석에 앉아 쉬고 있었다. 맥네어가
거미줄 앨버트로스호의 조종석에서 흥분해서 손을 흔드는
모습이 보였다. 수천 마리의 열대우림의 새들이 지저귀는
소리 때문에 목소리를 알아듣기조차 힘들 지경이었다. 녹색
철창 너머에 갇혀 있는 정신 병동 새장의 소음이, 하루 종일
짜증 나 있는 잉꼬 무리며 길가 수용소의 동료 수감자들과
끊임없이 말다툼을 벌이면서 깩깩대는 마카우앵무새들이
며 자신들의 아름다움에 최면이 걸린 채 떠 있는 가녀린 벌
새들의 소리가 허공에 가득했다.

날개에 햇살을 머금고 나른하게 허공을 선회하는 글라이
더를 지켜보며 웨인은 시끄러운 소음을 머릿속에서 차단했
다. 왠지 몰라도 그는 다시 사막을 생각하고 있었다. 끝없이
펼쳐지는 캔자스의 백색 평원을, 뼛가루처럼 햇볕에 하얗게
타 버린 마을과 곡물 사일로를, 내밀한 꿈을 원하는 대로 실
행에 옮겨도 된다고 속삭이는 관념 속의 세계를. 거기서는
스타이너와 앤 서머스와 다른 사람들을 원하는 대로 주무를
권력을 손에 쥘 수 있었다. 그러나 여기 시끄러운 정신 병동
에서는 잠시도 혼자가 될 수 없었다. 소음과 움직임이 그의
머리가 코코넛이라도 되는 양 계속해서 때려 깨트리려 했
다.

"웨인! 일어나라고!"

맥네어는 착지하는 중이었다. 글라이더의 가냘픈 날개 끝은 숲의 벽으로부터 겨우 팔 하나 길이 정도 떨어져 있을 뿐이었다. 잔뜩 흥분한 턱수염이 비닐 조종석에서 삐져나왔고, 순간 그 역시 허공에 취한 정신 나간 새들 중 하나가 된 것처럼 보였다.

웨인은 크라이슬러에서 뛰어내려 글라이더 쪽으로 달려갔다. 가냘픈 비행기는 도로 위로 스치듯 날아갔는데, 거꾸로 도는 프로펠러가 뜨거운 공기를 뱉어 냈다. 웨인과 앤이 날개 끄트머리를 붙들자마자 맥네어는 조종석에서 빠져나오기 시작했다.

"앤, 라스베이거스가 보였어요……!" 맥네어는 비틀거리는 다리를 가누며 앞으로 나와, 허덕이며 앤의 어깨에 몸을 기댔다. "알고 있었어, 웨인……?"

"보일 만하죠." 웨인은 기관장을 부축하며 대꾸했다. "이제 30킬로미터밖에 안 남았잖아요."

"그게 아니야!" 맥네어는 힘차게 고개를 흔들었고, 턱수염에서 땀방울이 사방으로 튀었다. "불이 환히 켜져 있다고! 네온사인이 전부 들어와 있단 말이야! 앤, 사람이 있는 게 분명합니다. 수천 명은 될 거라고요!"

18 / 전위 기록의 꿈

　머지않아 그들은 전기로 만든 천국에 도착했다. 산맥에서 라스베이거스까지 일직선으로 이어지는 도로를 따라 마지막 남은 구간을 주파하는 동안 석양이 내려앉았다. 웨인은 크라이슬러의 후면 유리창을 부여잡은 채로 앞으로 몸을 숙이고, 어둑한 숲속 나무들 사이로 울려 퍼지는 피스톤과 밸브의 리듬에 귀를 기울였다. 아래로 펼쳐진 숲의 장막 너머를 바라보는 와중에, 문득 열린 연소실 문에서 비치는 것과 흡사한 분홍색과 금색의 빛이 나무 사이를 뚫고 그의 눈에 와 닿았다. 네온사인의 호수가 빛의 왕관처럼 일렁이고 있었다. 카지노 정문을 따라 늘어선 긴 조명이며 호텔 앞에 드리운 화려한 빛의 커튼이 어둠 속에 흐물거리는 폭포를 정면으로 비추었다. 이제 얼굴조차 제대로 분간하기 힘들 정도로 어둑해진 감청색 하늘 아래, 먼 옛날 도박의 수도였던 도시의 장려하고 비현실적인 형상이 마치 전위 기록으로 남은 꿈처럼 쏟아져 내렸다.

웨인은 뒷좌석에서 몸을 일으켰다. 색색의 빛살이 셔츠와 손을 물들이고, 이마에 반짝이는 수정 알갱이를 박아 넣었다. 앤은 손을 뻗어 그의 팔을 붙들었다. 대형 호텔의 하늘에 걸린 간판에서 처음 도착한 빛이, 걱정 서린 그녀의 얼굴 위에서 일렁였다. 웨인은 그녀의 손을 지그시 잡으면서 그녀뿐만 아니라 자신의 마음도 다잡으려 애썼다.

"웨인, 정말 멋진 모습이긴 하지만…… 대체 누가 있는 걸까?"

"나도 몰라요, 앤. 어쩌면 도박꾼 부족일 수도 있겠죠. 누군지는 몰라도 아주 흥청망청 지내는 모양인데요."

하인스는 조심스레 크라이슬러의 속도를 사람이 걷는 정도까지 늦추었다. 나이 든 유목민은 대놓고 의혹을 드러내며 네온사인을 주시하면서, 가끔씩 맥네어의 어깨로 손을 뻗어 반사된 빛을 쏠어 내려 시도했다. 펩소던트의 갤럭시와 GM의 뷰익도 그들 뒤로 바짝 붙어 따라오고 있었다. 경외심이 서린 얼굴을 앞 유리에 바싹 붙인 인디언들은 연회장에 들어온 거지처럼 보였다.

"얼른 가요, 하인스." 웨인이 재촉했다. "증기를 올리자고

전위 기록의 꿈

요. 우리가 여기 있다는 걸 알려야죠. 앤, 저쪽 호텔 보여요? 시저스팰리스와 데저트인이잖아요. 스트립 거리, 듄, 플라밍고, 사하라 호텔도 있어요. 하인스, 저게 바로 당신들을 위한 하늘의 우주선이라고요……"

"하지만 웨인, 저기에 대체 누가 살고 있는 거야? 전부 텅 빈 것처럼 보이는데." 앤은 머리를 만지며 후면 유리창에 비친 자신의 모습을 살폈다. "게다가 지금까지 아무도 이런 상황을 모른 이유는 뭐지?"

"로키산맥을 건넌 사람이 우리뿐이었으니까요." 웨인은 자신감이 돌아오는 것을 느꼈다. "지금까지 미국을 횡단한 사람이 아무도 없었으니까요. 맥네어, 생각 좀 해 봐요!"

"생각하고 있다고, 웨인…… 지금까지 네가 하루에 100번씩 말해 줬잖아."

맥네어는 경쾌하게 웃으며 크라이슬러 뒷좌석에 당당하게 서 있는 웨인을, 마차 행렬을 이끌고 대륙을 횡단한 최후의 개척자에게 솔직한 감탄의 눈길을 보냈다. 그들은 도시의 북쪽 외곽에 도착해서 환한 조명 속에 텅 비어 있는 주차장을, 모텔을, 술집과 고속도로 교차로를 지나쳤다. 웨인은 누군가 주유소 창문에서 밖을 내다보고 그들의 모습을 발견할 것이라 기대했다. 흥분한 사람들이 모여들어 그들과 함께 환호성을 올리며 도시 중심부까지 행진할 거라고 생각하고 있었다.

그러나 휘황찬란한 조명에도 불구하고 라스베이거스는 기묘할 정도로 고요했다. 텅 빈 주차장을 가로등이 밝게 비추고 있었지만, 돌아다니는 자동차나 사람도 없고, 상점과 아케이드마다 가득한 수없이 많은 슬롯머신을 즐기는 이도 없었다. 프리몬트가의 카지노 외관은 환각에 가까울 정도로 강렬하게 빛나고 있었지만, 골든너깃과 민트와 호스슈 카지노 아래의 보도블록은 텅 비어 있었다. 도시는 상당히 넓은 부분이 정글에 잠식되었고, 듄과 데저트인의 네온사인은 가득 얽힌 덩굴과 거대한 양치식물의 잎 사이로 빛나고 있었다. 스트립 거리 동쪽까지 도시의 남부 절반은 산맥에서 흘러 내려온 강물이 모여 만든 거대한 호수에 부분적으로 잠겨 있었는데, 첫 번째만큼이나 휘황찬란한 두 번째 라스베이거스가 빛의 바다에서 그들을 올려다보며 물에 잠긴 도시처럼 일렁였다.

그들은 골든너깃 앞에서 차를 멈췄다. 웨인은 텅 빈 거리를, 크라이슬러의 연소실보다도 강렬하게 달아오른 건물들 사이의 협곡을 위아래로 훑었다. 초조하게 뭔가 사건이 벌어지기만을 기다리면서. GM의 뷰익이 그 옆에 멈췄고, 불안한 얼굴의 제록스는 셔츠 속으로 아기를 감추고는 젊은 남편의 팔 아래 숨은 채로 차에서 내렸다. 펩소던트도 그들과 합류해 경계 중인 서치라이트처럼 큰 흰자위를 굴리면서 주변을 둘러보았다. 글라이더 날개 한쪽이 밧줄이 풀려 지

전위 기록의 꿈

붕에서 펄럭거리는 모습을 지켜보던 웨인은 문득 그들이 허름한 서커스 일행인 것만 같다고, 별거 아닌 공중곡예를 보여 주기 위해 오래전에 전성기가 지난 리조트에 도착한 것만 같다는 생각을 했다. 라스베이거스는 그저 불빛만으로도 그의 야심찬 꿈을 가볍게 날려 버렸다. 어쩌면 한 세기 전에 이곳을 버리고 떠난 도박대 책임자, 갱단, 카지노 관리자 같은 사람들이 조명을 켜 놓고 갔는지도 모른다. 그리고 이곳의 네온 계곡은 수 세대에 걸친 도박꾼들의 흥분으로 충전된 보이지 않는 배터리의 힘으로 끊임없이 돌아가고 있는 것일지도……

"웨인—" 앤은 스트립 거리를 향해 천천히 움직이며, 초조한 듯 금발 머리를 흔들었다. "여기 머물면 안 돼. 전부 미쳐 돌아가는 곳이야. 모두 잠들어 있는 건 아닐까?"

웨인은 고요한 호텔 발코니의 숫자를 세고 있었다. 방금 뭔가 움직인 걸까? "앤, 여기서 잠드는 사람은 아무도 없어요. 시간이 의미가 없는 도시니까요." 그는 유리창을 주먹으로 두드렸다. "방금 들었어요?"

스트립 거리에서 조금 더 나아간 어딘가에서 음악 소리가, 뒤이어 박수 소리와 남자의 목소리가 들렸다. 악단이, 호텔 오케스트라가 우아하게 연주를 하고 있었다. 가수의 목소리가 밤하늘을 뚫고 울렸다. 나른하지만 화려하고 부드러운 바리톤의, 그들 모두에게 왠지 모르게 익숙한 목소리였다.

　5분 후 그들은 차에서 내려 사하라 호텔의 현관으로 조심스레 걸음을 옮겼다. 환한 조명 아래 인적 없는 로비를 통해 무대 위 공연 소리가, 관객들의 열렬한 갈채 소리가, 노래와 노래 사이를 연결하는 자신감 넘치는 진행자의 목소리가 명확하게 들려왔다. 웨인은 증기자동차에 앉아 있는 겁먹은 유목민들에게 안심하라고 손을 흔들어 보인 다음 호텔로 들어갔다. 그는 앤과 맥네어를 이끌고 고요한 룰렛과 블랙잭 테이블 사이로 전진했다. 사방에서 끊이지 않고 빛나는 조명 속에서, 먼지 한 톨 없는 녹색 천 위에 깔끔하게 쌓인 칩들이 반짝이고 있었다.

　공연장의 후문으로 들어서는 순간 앤이 웨인의 팔을 붙들었다. 갑자기 걱정하는 얼굴로, 그를 위험한 악몽에서 깨우려는 것처럼 바라보았다.

　"웨인, 저거 봐…… 저 사람 기억하지!"

　그들은 조명이 환한 무대를 내려다보며 무겁게 내려앉은 그림자 속에 멈춰 섰다. 공연장의 만찬 테이블은 잘 차려입은 중년의 관객들로 가득했다. 검은 턱시도를 말쑥하게 차려입은 남성 가수가 스포트라이트 아래에서 몸을 흔들면서, 입술에 바짝 마이크를 붙인 채로, 노래의 절정에 도달해 고개를 뒤로 젖히고 있었다.

　"앤드 모어, 머치 모어 댄 디스, 아이 디드 잇……"

　　　　　　　　　　　　　　　　　　전위 기록의 꿈

관객들이 터트리는 갈채 소리가 노래의 마지막 몇 마디를 압도했다. 심지어 웨이터들도 동참했고, 악단의 몇 명도 바이올린을 내리고 박수를 쳤다. 격자무늬 양복을 입은 크고 혈색 좋은 남자가 객석에서 일어나, 깊숙이 고개를 숙이는 가수를 향해 카우보이모자를 벗어 보였다. 푸른색으로 머리를 물들인 여자들은 손수건으로 눈가를 찍었다.

"이런 세상에!" 맥네어는 가수의 얼굴을 알아보고 충격을 받았는지 웨인을 밀치고 앞으로 나섰다. "시나트라잖아!"

웨인은 마이크를 든 남자를 한참 전부터 알아보고 있었다. 땅딸막하지만 굳건한 체구, 후퇴하기 시작한 이마와 철수세미처럼 거친 까치 머리까지. 끝없이 이어지는 석별과 감사 콘서트에 얼굴을 내밀던 후반기 시나트라의 모습 그대로였다. 미국이 마지막 남은 우상이자 자의식의 상징물에 매달렸기에, 계속 무대로 돌아올 수밖에 없던 그 당시의 모습 그대로. 뒤이은 갈채 속에서 웨이터들은 사뿐히 움직이며 테이블마다 음료를 내려놓았다. 오케스트라가 다시 연주를 시작했다.

"웨인……" 앤 서머스는 미심쩍은 얼굴로 비상구 쪽으로 시선을 주고 있었다. "여긴 대체 어디야?"

"잠깐요!" 웨인은 방향을 바꾸는 스포트라이트를 가리켰다. "저것 좀 봐요, 앤."

시나트라가 마이크 선을 화려하게 한쪽으로 돌리면서 몸

을 틀었고, 왼손으로 음악의 박자를 맞추며 한쪽 출입구를 향해 손짓했다. 턱시도를 입은 잘생긴 남자가 한 손에는 담배를, 다른 손에는 술잔을 든 채로 우아한 걸음걸이로 무대에 올랐다.

"신사 숙녀 여러분……" 시나트라는 한쪽 손을 들어 관객을 진정시켰다. "제 오랜 친구이자, 보가트가 한때 주정뱅이 중의 주정뱅이라 불렀던 남자를 소개하겠습니다. 딘 마틴입니다!"

웨인은 박수와 음악에 흥분해서 아래 무대의 광경을 응시하고 있었다. 스포트라이트가 무대를 가로질렀다. 오케스트라 지휘자가 지휘봉을 들었고, 크레센도로 고조되는 음악이 무대 출입구에서 등장하는 세 번째 사람을 맞이했다. 깅엄 드레스와 빨간 신발을 신고, 머리를 양 갈래로 땋은 귀엽고 건강한 얼굴의 소녀였다. 그녀는 시나트라의 키스를 받아들인 다음 신발이 아직 제자리에 있는지 확인하려는 양 내려다보더니, 명성을 얻은 그 모습 그대로 폴짝 뛰었다.

웨인은 그 소녀도 알아볼 수 있었다. 주디 갈런드였다. 관객들은 격렬한 갈채를 보냈고, 격자무늬 양복을 입은 텍사스 사람은 카우보이모자를 벗으며 시가를 흔들었고, 푸른 머리의 여자들은 손수건으로 눈가를 찍었다. 시나트라는 마이크를 다시 스탠드에 꽂았다. 그는 다른 두 사람의 손을 잡고 함께 마지막 코러스를 부르기 시작했다.

웨인은 앤의 어깨를 단단히 붙든 채로 번쩍이는 무대를

내려다보고 있었다. 고양되었지만 차분한 상태였다. 반면 맥네어는 갑자기 정신이 나갔는지 자기 턱수염 안에 숨으려드는 모자 장수처럼 정신없이 몸을 흔들며 사방을 둘러보고 있었다.

앤은 그를 밀치고 몸을 떼어 냈다. "웨인, 이게 무슨 일이야? 시간을 거슬러 오기라도 한 거야?"

"그런 것 같지는 않아요, 앤. 그렇다고 해도 상당히 교묘한데요……"

웨인은 그녀의 생각에 미소를 머금었다. 1976년으로 시간을 거슬러 돌아간다는 생각만 해도 행복해졌다. 이 대륙의 어딘가에 미국의 일부분이 그대로 보존되어 있으리라는 그의 꿈을 단번에 이루어 주는 것이었으니. 하지만 정글에 파묻힌 이곳 라스베이거스에서…… 시나트라와 딘 마틴까지는 안 될 것도 없다. 하지만 주디 갈런드라고? 여기 장년기의 시나트라와 마틴과 함께 있으려면 그녀의 딸이라고하는 편이 차라리 설득력 있으리라. 어머니 쪽이라면 〈오즈의 마법사〉에 등장하는 밀짚 빛깔 머리의 소녀로 분장하고 노래를 부르기에는 너무 한참 전에 약물과 알코올로 목숨을 잃었으니까. 다른 무엇보다도, 꿈꾸는 눈의 소녀인 주디 갈런드라면 절대 저런 유들유들하게 자축하는 노래를 부르지 않았을 것이다. 캔자스시티에서 온 그 소녀는 웨인과 같은 부류의 사람이었다. 일종의 사랑스러운 밀항자라 할 만했

193

다. 다른 밀항자인 그 또한 캔자스를 거쳐 오기는 했다. 완전히 다른 종류의 캔자스기는 해도.

그는 앤을 풀어 주고 주변을 둘러보다, 문득 이 상황 전체가 그를 향한 고약한 농담이라는, 조금도 친절하지 않은 판결이라는 느낌을 받았다. 어떻게 보면 저 노래는 그를 묘사하고 있다고도 볼 수 있다. 그리고 그는 나이 든 시나트라만큼이나 스스로에 대한 자부심으로 가득했다……

"저기, 앤. 사실 난 한참 전부터 시나트라를 만나고 싶었거든요."

"웨인, 설마 너―"

웨인은 그녀를 무시하고 양탄자 깔린 중앙 통로의 계단을 달려 내려갔다. 웨이터들은 조금도 그를 멈추려 들지 않았고, 관객들 또한 오케스트라석 위편의 좁은 통로를 건너는 그에게 눈길조차 주지 않았다. 세 명의 가수는 노래의 절정 부분으로 들어가고 있었고, 귀가 먹먹해지는 소리가 대기 중의 모든 분자를 진동시켰다. 그러나 웨인이 스포트라이트의 빛 속에서 머뭇거리는 동안에도 시나트라와 딘 마틴은 그를 전혀 인지하지 못했다. 웨인을 똑바로 쳐다보고 있으면서도. 햇볕에 그을린 위에 깔끔하게 화장한 얼굴들은 영화 잡지에서 봤던 것과 똑같았다.

"시나트라 씨……" 웨인은 음악을 뚫고 들릴 정도로 크게 소리치며 손을 내밀었다. "제 소개를 해도 될까요……?"

시나트라가 웨인의 모습은 조금도 담기지 않은 단호한 눈빛으로 앞으로 나섰다. 손을 들고 마지막 부분을 노래하려는 순간 그의 팔꿈치가 웨인의 어깨에 부딪쳤다. 웨인이 미처 멈추기도 전에 시나트라는 빙글 회전했고, 뻣뻣하게 서있던 다리는 순간 균형을 잃었다. 그는 그대로 딘 마틴과 충돌하며 술을 쏟아 버리고는 주디 갈런드의 발목을 정통으로 걷어찼다. 그리고 뒤로 쓰러져 바닥에 누운 상태로 계속 손짓하며 노래를 불렀다. 상태가 극적으로 변하는 와중에도 눈에는 그 어떤 감정도 떠오르지 않으면서.

스포트라이트가 깜빡거리며 흐릿해졌다. 모두가 고급 호텔에 어울리는 모습으로 양탄자 위의 아수라장 속에서 자신의 자리를 찾기 시작했다. 오케스트라 연주자들은 연주를 멈췄다. 바이올린 주자들은 차분하게 활을 꺾고 현을 뜯어내고, 트롬본 주자는 마우스피스를 삼키고, 지휘자는 지휘봉으로 자기 눈을 찔러 댔다. 시나트라는 누운 채 다리를 버둥거리며 천장을 향해 손짓을 해 댔다.

"마이 웨이 웨이 웨이 웨이 웨이 웨이 마이 웨이이이이이……!" 가성으로 울부짖는 소리가 울려 퍼졌다.

그의 옆에서는 딘 마틴이 강박적으로 담배 연기를 뿜으며 얼굴에 위스키를 쏟고 있었다. 호박색 방울이 그의 코를 타고 사랑스러운 비스듬한 미소 위로 흘러내렸다. 반면 주디 갈런드는 간질 발작을 일으키는 중이었다. 그녀는 자신의 마법 구두를 내려다보고는 틱 증상처럼 웃어 보인 후에, 갈수록 빠르게 발뒤꿈치를 맞부딪치며 진동하면서 무대를 가로질렀다.

"디드 잇 디드 잇 디딧 디딧 디딧 디딧······" 시나트라는 계속 더듬거리다 마침내 실이 끊어진 인형처럼 멈추어 버렸다.

음악이 고통스러운 금속음으로 졸아들다 멈추고, 스포트라이트는 공연장을 맴돌았다. 웨이터들은 정신병자처럼 사방으로 뛰어다니고, 푸른 머리 여자 하나는 오른쪽 눈을 찔렀으며, 격자무늬 양복을 입은 덩치 큰 텍사스인은 자리에서 일어서더니 한 손으로는 목구멍에 시가를 쑤셔 넣고 다른 손으로는 자기 머리를 때려 떨어트렸다. 딘 마틴이 끝내 위스키를 마지막 한 방울까지 얼굴에 쏟아 버리자, 관객들은 지나치게 격렬한 박수갈채를 보내다 그만 손이 떨어져 나갔다. 주디 갈런드의 애교 있는 뜀박질은 무도병에 가까울 정도로 빨라지더니, 결국 무대 가장자리까지 도착해서 차분하게 악기로 서로의 얼굴을 찌르고 있는 목관악기 주자들 위로 떨어져 버렸다.

마지막 긴 신음 소리가 끝나고 정적이 찾아왔다. 단 1초만에, 전원 플러그를 뽑아 버린 것처럼 관객들은 그대로 얼어붙었다. 스포트라이트가 물러나고 계단식 객석에 앉은 사람들 위로, 쟁반과 술잔 사이에 널브러져 있는 목 없는 웨이터 위로 초조한 침묵이 내리덮였다.

"웨인…… 이제 그만 웃는 게 좋을지도 모르겠는데."

맥네어가 이렇게 충고하는 순간 공연장 객석의 불이 켜졌다. 흐릿한 조명 속에서 웨인은 뒷문으로 들어오는 올리브색 제복을 입은 사람들을 알아챘다. 다들 챙 달린 작업모로 얼굴을 숨기고 있었다. 그중 여섯 명이 맥네어와 앤 서머스를 둘러쌌다. 작은 키에 호리호리한 어깨를 보니 갓 어린아이 티를 벗은 듯했지만, 손에는 제각기 권총을 들고 있었다.

지휘관이 앞으로 나와서 웨인에게 오라고 손짓했다. 적어도 열여덟은 되었지만 생김새는 웨인보다 훨씬 많이 어려 보였다. 굳은 얼굴은 헬리콥터 조종사의 노란색 헬멧에 달린 커다란 바이저에 거의 완전히 가려져 있었다.

"쇼는 아직 끝나지 않았어, 웨인 씨." 그는 스페인어 억양이 섞인 차가운 목소리로 말했다. "하지만 맨슨 씨는 당신이 밖으로 나가서 대단원을 장식해 주길 원하신다."

너무 딱 부러지는 말투라서, 웨인은 문득 올리브색 제복을 입은 젊은이들 또한 나머지 관객이나 전기로 움직이는 인형 갈런드, 시나트라, 마틴처럼 로봇이 아닐까 생각했다. 자동인형으로 가득한 라스베이거스라니, 진짜 도박꾼들이 돌아올 때까지 슬롯머신을 예열하는 임무를 맡은 기계들이 이곳을 지키고 있는 걸까? 그러나 웨인이 머뭇거리는 사이, 노란색 헬멧을 쓴 젊은이는 웨인이 지금까지 수도 없이 보아 온 방식으로 그를 가리켰다. 유럽의 공안경찰들이 귀찮은 듯 경고를 담아 손짓할 때와 동일했다. 이 젊은 멕시코인은 그 어떤 로봇 제작자도 모사할 수 없는 명확한 의심을 담은 눈빛으로 그를 바라보고 있었다.

웨인이 발코니에 도착하자, 지휘관은 팔을 들라고 지시한 다음 숙련된 솜씨로 외투를 수색했다. "상당히 대단한 무대 공연이지 않나, 웨인 씨. 당신네 구세계의 미국인들이 한참 동안 보지 못했을 최첨단 로봇 기술이지. 자, 그래서 무기는 어디 숨겨 뒀지?"

웨인은 어깨를 으쓱했고, 멕시코인은 윽박질렀다. "얼른 불어. 네가 윈체스터를 써서 뱀이나…… 버러지를 쏘는 모습을 똑똑히 찍었으니까. 그렇지, 웨인?" 그는 놀랍도록 성숙한 눈빛으로, 웨인이 아메리카를 횡단한 이유를 아주 잘 아는 양 눈을 마주했다. 더블린의 아메리칸 대학교 식당에서 자기네끼리 모여 속닥거리던 젊은 멕시코인 학생들과 동일한, 강하지만 감각적인 얼굴이었다. 웨인은 그들이 테킬라와 소싸움과 마냐나[*]의 꿈을 곱씹고 있을 거라는 그릇된 추측을 했었다. 그러나 눈앞의 젊은이는 훨씬 힘겨운 상대였다. 불길 같은 성미가 천천히 도화선을 끝에서부터 태우며 들어오는 것이 느껴졌다. 웨인은 그를 공격할 마음을 품었다……

부지휘관이 앞으로 나섰다. 예쁜 열일곱 살 소녀로, 검은 머리칼에 오토바이용 고글을 머리띠처럼 두르고 있었다. 그

전위 기록의 꿈

녀는 은빛 소형 라디오를 경고하듯 흔들어 보였다.

"파코, 각하께서 그 사람들을 건드리지 말라고 하셔. 오늘 밤에 만나 보고 싶으시대. 파코……"

파코의 눈이 바이저 뒤로, 헬멧 속의 격렬하고 내밀한 세계로 숨어들었다. "알았어, 우르술라. 대통령 각하께서 원하신다면야."

맥네어가 자기 턱수염을 만지작거리던 무장한 젊은이를 밀치며 앞으로 나왔다. "대통령이라고? 잠깐 기다려 봐."

"그래, 무슨 대통령을 말하는 거지?" 앤 서머스도 같은 말을 반복했다. 그녀는 자신을 붙들고 있던 두 명의 제복 입은 10대를 뿌리치고, 교활한 학급 장난질에 걸린 교사처럼 주위를 에워싼 호기심 넘치는 얼굴의 무장 청소년들을 둘러보았다. "지금 어느 대통령을 말하는 거야?"

"물론 미합중국 대통령이지." 파코가 나직하게 대답했다. "맨슨 대통령 각하시다."

- '마냐나mañana'는 스페인어로 '가까운 미래' '내일'이라는 의미이다.

19 / 휴스 스위트룸

　이후 잠깐의 몸싸움 끝에, 웨인은 10대들의 거친 손에 이끌려 고요한 룰렛과 블랙잭 테이블을 지나 휘황찬란한 밤하늘 아래로 나왔다. 스트립 거리의 거대한 카지노 주변을 둘러싼 정글의 나무 사이로 수많은 네온사인이 빛나면서 수십만 장의 잎사귀의 아랫면을 밝혔다. 사하라 호텔 밖에는 금속 하모니카 같은 라디에이터 그릴을 자랑하는 세 대의 검은색 세단이 서 있었다. 웨인은 즉시 알아볼 수 있었는데, 자동차의 마지막 위대한 세기에서 빠져나온 듯한 늘씬하고 널찍한 차체를 자랑하는 1960년대의 진짜 뷰익, 폰티악, 닷지였다.

　제복을 입고 무장한 일군의 젊은이들이 자동차 옆에 서서 겁에 질린 유목민 네 명에게 싹싹하게 말을 걸고 있었다. 하얀 문의 경찰차가 스트립 거리를 따라 질주해 내려갔고, 펩소던트는 경탄하는 눈으로 그 궤적을 좇았다. GM은 끔찍하게 울리는 사이렌으로부터 아내와 아이를 보호하려는 듯 끌어안고 슬슬 열기가 식어 가는 연소실 옆에 붙어 있었다. 하인스는 초조한 표정으로 증기자동차의 피스톤과 밸브 장치에 대한 질문을 쏟아 내는 멕시코 젊은이들에게 대답하려 애쓰는 중이었다.

"좋아, 당신네 친구들은 나중에 데려오지." 파코는 웨인을 폰티악의 조수석으로 밀어 넣고 뒷좌석에 올랐고, 우르술라가 운전대를 잡았다. 따로 증기를 모을 필요도 없이 엔진은 즉시 움직였다. 웨인은 앤 서머스와 맥네어가 닷지의 열린 문 속으로 떠밀려 들어가는 모습을 마지막으로 힐끔 보았다. 이내 그들은 밤을 뚫고, 휘황한 조명이 늘어선 정글 호숫가를 따라 속도를 올렸다. 흐릿하게 뭉개진 불빛이 물속으로 녹아드는 광경이, 온갖 색깔로 빛나는 대성당 같은 거대한 나이트클럽 외관에서 흘러나온 얼음사탕 암초가 물에 잠긴 것처럼 보였다.

빗방울이 앞 유리를 때리기 시작했고, 우르술라는 계기판의 라디오를 켰다. 윙윙거리는 잡음과 인터컴으로 재잘거리는 소리가 흘러나왔다. 관제사 역할을 맡은 아이의 앳된 목소리가 로키산맥 상공을 구름이 뒤덮고 있다고 언급한 다음, 뒤이어 플래그스태프와 피닉스의 연료 보급소 위치를 나열했다. 우르술라가 다른 버튼을 누르자 즉시 엘비스 프레슬리의 목소리와 강렬한 리듬이 차 안을 가득 메웠다. 옛날 스타일의 디스크자키가 노래 사이로 끼어들어서 높은 음조로 연예가의 가십과 항공 정보와 지역 자동차 판매상의 재고품을 선전했다.

"우르술라, 제발……" 파코는 소리에 떨리는 헬멧을 붙들면서 말했다. "아직 근무 중이란 말이야."

우르술라는 마지못해 음량을 낮추며, 웨인에게 동의를 구하듯 눈썹을 치켜세웠다. "파코, 넌 너무 진지해…… 항상 스트라빈스키나 슈토크하우젠이나 존 케이지 따위만 듣고 있잖아. 춤추러 올 생각은 없는 거야? 웨인, 내 자이브 스텝 솜씨를 보여 줄게. 아니면 혹시 그쪽은 탱고 취향이려나?"

"그럴 수도 있지." 웨인은 즉각 동의했다. 그는 고글을 쓰고 전투 장비를 갖춘 이 듬직한 미녀를 기쁘게 하려고 안달이 나 있었다. "라디오 방송국이라니, 정말 대단한데. 여기 대체 사람이 얼마나 있는 거야?"

"한참 부족해." 파코는 우울한 기색을 내비치며 대꾸했다. "100명 정도일까, 조금 더 될 수도 있고. 신입을 받아야 하는데 미국을 좋아하는 사람은 이제 아무도 없어. 딱히 놀랄 일은 아니지만. 저 골치 아픈 음악은 한 세기는 묵은 거야. 지역 라디오 방송국에서 찾아낸 테이프거든. 대체 저런 걸 어떻게 견디지?"

"글쎄, 적어도 생명력이 넘치기는 하잖아." 웨인이 지적했다. 지금껏 미합중국을 비판할 생각조차 해 본 적이 없기 때문에, 파코의 음울한 평가에는 기분이 나빠졌다. "너희 전부 같은 부족―그러니까, 도박꾼 부족 출신이야?"

"그럴 리가!" 우르술라는 웃음을 터트리며 즐겁게 웨인의 어깨를 찰싹 두드렸고, 파코는 비웃듯 코웃음을 쳤다. "우르술라하고 나는 차베스에서 왔어. 바하칼리포르니아에 있는 치카노 자유항이지. 너는 그렇고잖아, 친구. 미국인이지. 기억해 둬. 이곳의 호텔은 전부 멕시코인들이 땀 흘려 지은 거라고. 아, 진정해…… 몬테수마의 이름을 내걸고 여길 정복할 생각은 아니니까. 하지만 이번에는 웨이터나 테이블 정리 따위에 만족하지도 않을 거야."

"네 말이 맞아. 애초에 나도 아메리카로 오려고 밀항을 해야 했으니까." 웨인은 스쳐 가는 호텔을, 제각기 널찍하고 텅 빈 주차장에 둘러싸인 건물들을 바라보았다. 이런 10대들이 100여 명에, 대통령을 자칭하는 사람이 하나 있단 말이지. 그는 내심 안도했다. 다룰 수 있을 만한 숫자였다. 사이렌을 울리며 질주하는 순찰차와 사방에 번쩍이는 조명에도 불구하고, 라스베이거스는 거의 텅 비어 있는 셈이었다. "어쨌든 출발은 괜찮은 모양이군. 벌써 공군까지 있잖아."

살짝 넘겨짚어 본 것이었다. 파코는 별거 아니라는 듯 손

을 저었다. "대통령의 '시킹Sea-King' 헬리콥터하고 휴이* 몇 대
가 있을 뿐이야. 정부 저장고에 항공유가 잔뜩 있거든. 한두
해 정도는 충분히 쓸 수 있지. 하지만 기계공을 육성하려면
시간이 걸려. 당신 친구 맥네어는 괜찮은 기술자야. 써먹을
수 있을 테지. 그 여교수도 그렇고."

캔자스 대사막과 오를롭스키의 죽음과 부트힐에서 거의
최후를 맞이할 뻔한 자신의 모습을 떠올리며, 웨인은 날카
로운 목소리로 물었다. "전부 본 거야? 그런데 왜 우릴 돕지
않았지?"

"진정하라니까……" 파코는 방어적인 눈빛으로 웨인을
살폈다. 이 불안한 신입을 10대들의 세계에 들여놓는 게 현
명한 일일지 가늠해 보려는 모양이었다. "나는 필름으로 봤
을 뿐이야. 로키산맥 건너편에 로봇 카메라 몇 대를 보내 놨
어. 움직임에 반응해서 확대해 초점을 맞춰 주지. 당신네 친
구 두 사람 일은 유감이야."

"두 사람? 스타이너를 본 거야? 선장을?"

파코의 얼굴이 헬멧 속으로 사라졌다. "못 봤어. 하지만 분
명 순식간에 죽었을 거야, 웨인. 움직였다면 대통령이 촬영
을 했을 테니까."

폰티악은 커다란 호텔 옆의 주차장으로 들어가는 중이었
다. 그들은 차에서 내려 대통령의 인장이 찍힌 개인 승강기
문으로 걸어갔다.

휴스 스위트룸

"데저트인 호텔이야." 파코는 승강기를 타고 위로 올라가며 설명했다. "뭔가 떠오르는 거 없어? 사람 이름이라든가?"

"당연히 있지. 하워드 휴스."

"훌륭한데, 웨인. 너무 훌륭해. 하지만 맨슨 씨 마음에는 딱 들겠지……"

그들은 펜트하우스 층에 도착해서 양탄자가 깔린 고요한 복도로 나왔다. 단조로운 조명이 금속 책상 위에서 반짝였다. 책상에는 흰옷을 입은 젊은이가 앉아 만화책을 읽고 있었다.

"안녕, 파코. 노친네가 죽어라 기다렸어."

"이제 왔잖아." 파코는 배트맨과 로빈이 캣우먼과 대치하고 있는 만화책을 슬쩍 본 다음 쓰레기통으로 던져 버렸다. "내가 준 정비 매뉴얼은 어떻게 했지?"

"하아, 파코……"

소년은 과장된 신음을 흘리며 벽의 스위치를 눌렀다. 문이 양쪽으로 갈라지면서 널찍하지만 평범하게 치장된 호텔 스위트룸 대기실이 모습을 드러냈다. 실험복을 입은 두 번째 젊은 기술자가 벽에 일렬로 기대 놓은 푸른빛 금속 계기판을 확인하고 있었다. 창문을 통해 저녁 도시의 야경이 훤히 보이는데도, 스위트룸의 공기는 숨이 막힐 정도로 청결

• 다목적 군용 헬리콥터 'UH-1 이로쿼이'의 별칭.

한 느낌이 들었다. 복잡한 2차 공기 정화 시스템을 방 안에 설치해서, 옆 침실에서 머리 위로 이어지는 파이프가 창문에 가득 붙은 환풍기 필터로 바로 연결되도록 해 놓은 모양이었다. 환풍기 날개는 쉬지 않고 돌면서 매분 입력되는 온도와 습도에 충직하게 반응했다.

웨인에게 따라오라고 손짓하면서, 파코는 침실 문을 열었다. 수많은 텔레비전 화면이, 바로 앞의 수술 침상에 누운 창백하고 미끈한 피부의 중년 남성 위로 병원의 집중 치료실처럼 금속성의 푸른 조명을 쏟아 내고 있었다. 그는 허리에 두른 수건을 제외하면 벌거벗었고, 한쪽 손에는 에어로졸 흡입기를, 다른 손에는 텔레비전 리모컨을 들고 있었다. 창백한 피부 위에서 푸른 광선이 파르르 떨렸는데, 피부 속에 갇힌 정맥혈이 지나치게 빨리 뛰는 심장으로 돌아가려 애쓰는, 건강하지 못하고 강박적인 움직임처럼 느껴졌다. 남자의 시선은 겹겹이 쌓인 텔레비전 화면에 고정되어 있었다. 마치 자신이 잠시도 진정하지 못하는 근육이 아니라 이온화되어 깜빡이는 이미지의 흐름 안에 실존한다는 듯이.

"맨슨 대통령……" 우르술라는 배트맨 만화를 읽으며 대기실에 남았고, 파코는 웨인을 앞으로 밀어냈다. 그는 문 안쪽의 발밑에 그려 놓은 하얀 선을 가리키며, 웨인에게 거기서 멈추라고 주의를 주었다. "웨인 씨, 미합중국의 대통령 각하십니다."

휴스 스위트룸

웨인은 조증이 도진 것처럼 보이는, 허리에 천 하나만 두른 인물의 얼굴을 인지하려 애썼다. 탄탄한 이마와 두툼한 코와 턱살 때문에 닉슨 대통령을 떠오르게 하는 인물이 이제 한 세기 동안의 유배 생활에서 벗어나 라스베이거스의 휴스 전용 스위트룸에 앉아 있었다. 수많은 텔레비전을 앞에 둔 남자는 닉슨과 놀랍도록 흡사한 얼굴이었다. 마치 평생에 걸쳐 대통령 성대모사로 일가를 이룬 배우가, 마침내 다른 누구보다 닉슨을 흉내 내는 일이 가장 수월하다는 사실을 깨닫게 된 모습처럼 보였다. 그는 대통령의 시선을 알아채고 얼른 눈을 떨궜다. 이상주의와 부패가, 깊은 우수와 자존감 부족이 강한 내적 확신과 뒤얽힌 시선이었다.

웨인의 머리 위로 바닥의 하얀 페인트 선과 평행하게 환기장치의 금속판이 보였다. 금속판은 푸른 빛 속에서 가볍게 진동하며 그의 피부에 닿은 공기를 빨아들여서 밀폐실의 오염을 끊임없이 제거했다.

"이리 오게, 웨인! 자네가 워싱턴을 떠난 이래 계속 만나고 싶었어." 침상에 앉은 남자가 몸을 돌려 웨인을 향해 으스스한 미소를 번득였다. 그러나 웨인이 앞으로 내디뎌 하얀 선을 넘자, 그는 재빨리 에어로졸을 들어 올리고, 원격 송신기를 바쁘게 두드려 웨인이 지나치게 가까이 오지 못하도록 막았다. 그는 이내 자신을 억제하고 다시 기묘한 미소를 지으면서 웨인을 바라보았다. "꽤나 힘든 여행 아니었나, 웨인.

자네가 자랑스럽다네…… 파코, 이만 나가 봐도 좋다. 시킹과 나머지 헬리콥터를 확인해 보거라. 내일은 할 일이 아주 많으니까."

파코가 경례를 붙이고 방을 떠나자, 맨슨은 에어로졸을 든 손으로 텔레비전 화면 하나를 가리켰다. 화면에는 이제 고요해진 사하라 호텔의 공연장과 테이블 사이로 무너져 내린 로봇 관객들이 비치고 있었다.

맨슨은 애석한 표정으로 고개를 저었다. "정말 엉망이지 않나. 교수도 나이를 먹어서 솜씨가 떨어진 모양이야. 자네 친구들이 도착해서 정말 다행일세, 웨인. 그 친구들은 쓸모가 있을 거야. 특히 맥네어는 말이네. 그 증기자동차와 페달식 비행기는 마음에 든다네. 하지만 그 친구를 위해서는 훨씬 웅대한 작업을 준비해 놨지. NASA와 폰 브라운이라면 맥네어를 아주 잘 써먹을 수 있지 않았겠나. 미국 대중이 우주 시대에, 그리고 다른 모든 것들에 미온적인 반응을 보이지만 않았더라면…… 자네한테는 개척 정신이 있어, 웨인. 내가 똑똑히 봤지. 사실 자네가 너무 자신을 몰아붙이는 건 아닌지 내심 걱정하기도 했다네. 하지만 여기서는 그런 강인한 정신이 필요하지. 내가 조금만 더 젊었더라면……"

맨슨은 웨인에 대해 관심을 잃은 듯 혼잣말을 중얼거리더니, 곧 침상에 몸을 누였다. 에어로졸과 텔레비전 리모컨을 왕권을 상징하는 보주와 홀처럼 양손에 들고, 현대의 파라

휴스 스위트룸

오 같은 모습으로. 병색이 완연한 얼굴 위로 수많은 영상이 모자이크처럼 흘러갔다.

웨인은 화면을 하나씩 찬찬히 살폈다. 사하라 호텔의 엉망이 된 공연장 말고도, 라스베이거스 근처의 흐릿한 조명이 깔린 공항, 앤 서머스와 맥네어가 발이 묶인 관광객처럼 앉아 있는 호숫가의 레스토랑 테라스, 유리 벽에 투명한 지도가 그려져 있고 거대한 룰렛 뒤편에는 성조기를 X자로 걸쳐 놓은 천장이 높은 방, 두 명의 10대 기술자들이 타일이 깔린 바닥을 닦아 내고 있는 원자력발전소의 제어실, 근처 호텔 옥상에서 보는 스트립 거리의 모습. 마지막 화면에서는 데저트인 펜트하우스의 불이 들어온 창문을 확실하게 알아볼 수 있었다.

수많은 장면들이 깜빡이며 맨슨의 창백한 피부를 밝혔다가 사라져 갔다. 마치 실체 없는 두 번째 표피처럼. 그의 뒤쪽 벽에는 액자에 넣은 사진들이 걸려 있었는데, 20세기 중후반의 신문 사진들이었다. 웨인은 사진을 전부 알아볼 수 있었다. 아폴로 탐사선, 격납고에 들어 있는 타이탄과 미니트맨 미사일, B-52 전략폭격기, 그리고 펠트 중절모자를 쓴 조용하고 고독한 얼굴의 남자가 정장 차림으로 거대한 다발 수상비행기 옆에 서 있는 모습까지.

맨슨은 경계하는 눈으로 웨인을 바라보며 능글맞은 미소를 지었다. "그게 누군지 알겠나, 웨인? 우리가 지금 누구의 스위트룸에 있는지도? 물론 알겠지. 마지막 남은 위대한 미국인, 하워드 휴스일세. 난쟁이들이 이 땅을 떠난 다음에 내가 그의 제국을 인수했지. 여긴 **그 사람의** 스위트룸이라네, 웨인. 바로 자네가 서 있는 그 자리에서, 라스베이거스 데저트인의 최상층에서 그 사람은 세상을 향한 문을 닫아 버렸다네. 미국인이 내린 모든 결정 가운데 최고의 혜안이라 할 수 있겠지……" 맨슨의 눈에 친숙한 감정이 물결치며 흐릿하게 안개가 드리웠다. "자네가 와 줘서 다행일세, 웨인. 자네 표정이 마음에 들어. 휴스라면 분명 내가 자네를 받아들이기를 원했을 걸세. 3개월 만에 아메리카를 가로지를 수 있는 사람이라면 분명 바람만큼이나 깨끗한 피를 가지고 있겠지."

웨인은 충동적으로 하얀 선을 넘었다. 그는 몸이 달아 자신을 뒤로 끌어당기려 하는 환풍기의 날개 돌아가는 소리를 들었다. 그러나 맨슨은 자리에서 일어나 앉아 검은 머리를 뒤로 쓸어 넘기고 있었다. 그리고 웨인에게서 자신의 젊은 시절 모습을 찾아내기라도 한 듯 놀랍도록 순수한 미소를 지었다.

"우리는 자네가 미합중국을 가로지르는 모습을 계속 살피고 있었다네, 웨인. 자네가 성공할 줄 알고 있었어. 자네가 브로드웨이를 따라 걷는 모습에서 품격과 활기가 느껴졌거든. 석 달이라. 이곳에 도착했을 땐 나도 자네 정도 나이였다네. 그런데 2년이 걸렸단 말이지. 네발로 흙먼지를 뚫고 기어야 했어. 그 과정에서 중독되고 만 거네, 웨인. 정체 모를 바이러스가 내 핏줄로 타고 들어온 거지. 죽어 가는 나라가 남긴, 실패와 한심한 꿈들로 이루어진 세균에 감염된 걸세……"

맨슨은 창백한 육체를, 자신의 정신 속으로 침투해 들어온 허약한 침입자를 내려다보았다. 혐오를 내비치는 웃음을 지으며 그는 말을 이었다. "여기서 몇 주만 지내 보게, 웨인. 자네도 친구들도 휴식이 필요하지 않겠나. 물론 그 이상 머물면서 과거의 미합중국을 다시 세우려는 휴스 주식회사의 과업을 돕겠다는 결정을 내릴 수도 있겠지. 하지만 우선은 바이러스의 확산을 막아야 한다네. 그래, 웨인. 바이러스 말일세. 내 말을 믿게. 동쪽에서 질병의 매개체들이 다가오고 있어. 실험실 아이들은 아직 판별해 내지 못했지만, 분명 그 바이러스는 존재하고, 치료제는 단 하나뿐이지. 그 바이러스만 막아 내면 위대한 미래가 우리를 기다린다네. 머지않아 이 임무를 대신 맡아 줄 사람이 필요해지겠지. 벌써 임기를 일곱 번을 채웠으니까. 웨인, 자네라면 부통령이, 아니 미합중국 대통령이 될 수도 있어……"

맨슨의 목소리가 잦아들며 팔이 양옆으로 늘어졌다. 문이 살짝 열리더니 파코가 웨인에게 나오라고 손짓을 보냈다. 손님이 지나갈 때마다 매번 대통령 자리를 약속하는 것을 지켜봐 온 듯이 무심한 얼굴이었다.

웨인은 문가에 이르러 뒤를 돌아보았다. 맨슨은 반쯤 잠든 채 침상에 누워 있었다. 왼손에는 에어로졸을 젖병처럼 꼭 쥐고, 오른손으로는 텔레비전 화면을 잔상이 생길 정도로 계속해서 바꾸고 있었다.

괴상한 구석이 가득하고 세균과 질병에 지나치게 집착하는 노인이기는 했지만, 그가 지난 100년 동안 북미에 존재한 유일한 조직 권력 체계를 수립했다는 점만은 분명 사실이었다. 이 정글에 뒤덮인 도시를 수복하고, 뒤얽힌 양치류와 야자 잎 사이로 수백만 개의 조명이 색색으로 빛나게 만들고, 다양한 텔레비전과 통신 장비를 마련하고, 옛 휴스 제국의 일부라도 보수해 내고, 그 모두를 합쳐 미합중국의 권력에 다시 불을 지핀 것이다. 그리고 무엇보다, 이 권력이 훗날 무엇을 수행할 수 있을지도 암시했다. 괴팍한 작자이기는 해도 맨슨은 대륙을 가로지르는 과정에서 웨인이 자신의 가치를 증명해 보였다고 인정했다. 더블린 사무원의 사생아로 태어나 밀항자가 되었다가 마침내 아폴로 탐사대의 지휘권을 손에 쥐게 된 젊은이의 야망을 알아봐 주었다.

하지만 여기서 이 괴팍한 은둔자와 함께 머물러야 할까, 아니면 캘리포니아로 떠나야 할까?

문가에서 그는 잠들기 직전의 맨슨이 마지막으로 몹시도 애처롭게 부르는 소리를 들었다.

휴스 스위트룸

"여기 있어야 한다, 웨인. 나하고 함께 여기 머물면서 대통령이 되는 거야……"

11월 2일. 라스베이거스 샌즈 호텔.

끝내주는 한 주였다. 미드호의 원자력발전소를 견학하고 막 돌아온 앤과 맥네어에 합류했다. 그들 또한 나만큼 감탄하고 있었다. 그곳의 고속증식로가 라스베이거스를 돌리는 모든 전력을, 모든 네온 튜브와 텔렉스와 텔레비전 세트에 흘러가는 전류를 공급한다. 지금은 샌즈 호텔 10층의 스위트룸에서 휴식을 취하는 중이다. 이 호텔은 내가 통째로 쓰고 있다. 호텔 안에 다른 사람은 차베스와 엔리코라는 이름의 10대 소년 두 명뿐인데, 이들은 내 펜트하우스를 함께 사용하며 새로 뽑은 1956년형 캐딜락(테일 핀에 뒤로 휘어진 앞유리가 달리고 창마다 색이 들어가 있는 모델)을 몰면서 운전기사 노릇을 한다. 앤은 힐튼에, 맥네어는 스타더스트에 머물고 있다.

맨슨의 계획 전체를 확인하고, 정글 속 고속도로를 따라 캘리포니아까지 여행도 하고 왔다. 여기는 맨슨의 기묘하지만 즉흥적인 천재성에 의존해 돌아가는, 아마존 열대우림 한복판에 세워진 미합중국의 완벽한 축소판이다. 그는 데저트인의 휴스 스위트룸에서 거의 나오지 않은 채 후방에 머무는 사람이지만, 갈수록 미국의, 그리고 어쩌면 세계의 미래 자체가 이곳 라스베이거스에 도사린 맨슨의 손에 달려 있을지도 모른다는 확신이 강해진다. 어마어마한 가능성의 집결지이며, 이를 확장하면 행성 전체를 바꾸고 전부 처음부터 다시 시작하는 일도 가능할 것이다. 맨슨은 어찌 됐든 그 목표를 위해 노력하고 있고, 모든 면에서 자신을 45대 대통령이라 칭할 자격을 가졌다. 그가 원하는 것처럼 보이는 대로 내가 여기 머물면서 오른팔이 되어 준다면 46대 대통령의 자리는 과연 누구에게 넘어갈지를 곱씹게 된다……

11월 5일. 라스베이거스 샌즈 호텔.

이곳은 여러 가지 면에서 상당히 기묘하다. 오늘 아침에는 맨슨 계획의 기계공학 분야 중심부라 할 수 있는 매케런 국제공항, 그리고 통신 장비를 담당하는 휴스 경영진 공항 터미널에서 시간을 보냈다. 나는 맨슨 말고는 20세를 넘는 사람이 하나도 없다는 사실을 깨달았다. 그 말은 결국 이 모든 일을 그가 혼자 처리했다는 뜻이다. 그를 둘러싸고 있는 열의 넘치는 10대 무리는 대부분 바하칼리포르니아의 소규모 공동체에서 모아들인 멕시코인 밀입국자들이다. 그는 휴스 빌딩의 학습 기계를 이용해 이들에게 높은 수준의 컴퓨터 정비, 전기 배선, 항공신호 장비 등의 기술을 가르쳤다. 헬리콥터 부대도 있는데, 대부분 남부 캘리포니아에서 항공 사진 정찰을 하는 용도다. 거기다 파코가 선임 강사로 열 명가량의 생도를 교육하는 작은 비행 학교도 있다.

이곳의 인원을 정확하게 파악하기란 꽤나 힘들다. 맨슨의 부하 중에서 절반 정도는 여기 항상 붙어 있지 않고 석유를 탐사하거나(이곳의 모든 휘발유는 정부 기관과 거대 다국적기업들이 남기고 떠난 비밀 저장고에서 채굴한 것이다) 로스앤젤레스 지역에서 핵 연료봉과 전자 장비를 탐색한다. 최근에는 탐색 영역을 확장해서 샌디에이고의 옛 해군기지와 샌프란시스코 근처의 첨단 컴퓨터 공장까지 진출했다고 한다.

나머지 부하들은 여기 베이거스에 머무르는데, 대부분 공항에서 일하며, 정비 시설에서 낡은 헬리콥터를 재조립하기도 하고, 트럭과 자동차부터 특수 라디오와 텔레비전 장비까지 모든 물건을 수리한다. 그리고 배트맨 만화가 사방에 널려 있는데도 불구하고 분위기는 제법 청교도적이다. 이곳의 애송이들에게는 분명 열의가 있다. 우리 세 사람이 엔리코의 안내를 받으면서 돌아보는 동안, 질문에 답하며 시간을 낭비하는 일을 기꺼워하는 아이는 찾아볼 수 없었다.

그러나 그들은 맥네어의 중장비를 다루는 노하우와 앤 서머스의 핵물리학 지식에는 관심을 **표했다**. 가장 머리가 좋은 소년 소녀들은 미드호의 원자력발전소에서 일한다―그걸 돌리고 있다는 것만 해도 엄청난 업적이지만, 확실히 능력의 한계에 도달한 것 같다. 맥네어와 앤은 내일 그곳으로 다시 가서 도움을 줄 생각이라 한다. 분명 라스베이거스에 하루 종일 불을 켜 놓는 건 카지노에 관심을 가진 사람들이 있어서가 아니라 원자로를 최대 출력으로 돌리기 위해서일 것이다. 맨슨은 미드호의 발전소를 완벽하게 다룰 수 있게 되면 피닉스와 솔트레이크시티의 원자로도 점화한 다음, 미국을 동쪽으로 횡단하는 여정을 시작할 것이라고 했다. 위험한 행동임에는 분명하다. 앤의 말에 따르면, 미드호의 고속증식로를 돌리면 상당한 양의 무기로 사용 가능한 플루토늄이 부산물로 나온다고 한다!

11월 16일. 라스베이거스 샌즈 호텔.

조금 기분이 나쁘다. 마지막으로 맨슨을 독대한 지 2주가 지났고, 슬슬 파코가 그와 나를 떼어 놓으려 한다는 느낌이 들고 있다. 사흘 전 데저트인의 로비에서 날 선 대치 상황이 벌어졌다. 우리는 샌프란시스코로 가서 지진 피해를 확인하겠다는 계획을 세우고 의논하려고 몇 시간을 기다리고 있었는데, 맨슨이 갑자기 기묘한 푸른색 양복을 입고 불편한 미소를 머금은 채로 등장했다. 그는 앤과 맥네어를 환영하며 행운을 빌어 주고는 자기 리무진으로 사라졌다. 그 후로 한 번도 그를 만나지 못했다. 맥네어와 앤은 영문을 모르겠다고 말하고 있지만, 그래도 이곳의 아이들이 마음에 들고 아이들이 맡은 작업에 도전하는 일이 즐겁다고 한다. 두 사람 다 구조대가 도착해서 맨슨의 제국 전체를 놓고 협상을 시작할 때까지 한두 달 정도는 즐겁게 보낼 수 있을 것 같다고 이야기한다.

한데 두 사람에게는 적어도 명확하게 능동적으로 수행할 책무가 있다. 반면 나는 할 일이 아무것도 없다. 게다가 초조하다 보니 아무래도 파코에게 너무 캐묻게 되는 모양이다. 맨슨 제국의 전모를 파악하려는 선의로 가득한 시도가 그에게는 거슬리는 것 같다. 파코가 어떤 위험이 찾아올 수 있는지, 모스크바가 어떻게 대응할지 제대로 인지하고 있는 것 같지는 않다. 맨슨이 최소한 두 대의 헬리콥터가 포함된 부대를 로키산맥 너머로 보내 운용하고 있다는 건 명백하다. 그중 일부는 동해안의 불안정한 발전소를 점검했다. 틀림없이 뉴욕 항구에 정박하자마자 아폴로 원정대의 존재도 알아차렸을 테고, 옛 텔레비전 방송국의 안테나로 맨슨과 접촉을 유지했을 것이다. 초단파를 발산해 대륙 전체를 휘감던 거대한 탑들을 이용해서.

그러나 오늘 아침, 가벼운 어조로 파코에게 이런 가능성을 제기하자 그는 무거운 침묵을 지켰는데, 나는 그의 허리춤에 콜트 45구경 권총이 매달려 있다는 사실을 새삼 알아챘다. 파괴된 보스턴의 핵폭발에 대해서 파고들었지만 그는 질문을 회피하고는, 전염병의 위험성을 설파하며 나를 위아래로 훑어보기 시작했다. 마치 내가 맨슨이 말하는 매개체라도 되는 것처럼. 아무래도 지난 세기 동안 생물병기 연구소에서 잠들어 있던 독성 강한 바이러스가 깨어난 모양이었고, 안전을 위해서는 감염된 도시 지구를 통째로 날려 버리는 수밖에 없는 듯싶었다.

하지만 어떻게? 설마 맨슨이 핵무기를 손에 넣은 것일까? 옛 핵무기 실험지는 라스베이거스에서 북쪽으로 50킬로미터밖에 떨어져 있지 않다. 이를 앤과 맥네어에게 알리자 그들 또한 우려를 표했지만, 명확한 사실을 아는 사람은 아무도 없었다. 맨슨은 상당히 비밀스러운 자인 데다, 젊은이들이 겁먹고 달아날까 두려워 너무 많은 것을 알려 주지는 않은 듯하다.

그들은 모두 호감 가는 성격이지만 상당히 촌뜨기라서 진짜 세상을 마주하면 쉽사리 적응하지 못할 것이라 생각한다. 한 시간 전에 저녁 바람을 쏘이러 나갔더니 우르술라와 총을 든 소녀 두 명이 탑승한 순찰 지프가 스트립 거리를 따라 달려가다가 지금은 정글에 파묻힌 납골당으로 변한 시저스펠리스 앞에 멈추는 모습이 보였다. 그들은 하인스와 펩소던트가 로비로 침입하려 했다고 유목민들의 눈앞에 권총을 들이대며 괴롭히고 있었다. 이 젊은 멕시코인들은 미국 선주민들을 상당히 멸시하고, 백인이든 흑인이든 전부 퇴화한 야만인으로 여긴다. 다행히도 맥네어가 커다란 롤스로이스를 몰고 와서 그들을 구해 내고는, 펩소던트를 자신의 개인 운전기사로 임명했다고 선언했다. 정말 감사하고 다행스러운 일이다. 제록스는 GM과 아기를 데리고 앤의 가정부가 되었지만, 하인스는 내 전속이 되는 일을 꺼리는 기색이다. 그는 계속 정글 언덕 쪽을 바라보고만 있다. 아무래도 이 노친네한테는 어딘가 데이비 크로켓*과 비슷한 구석이 있는 것 같다.

11월 18일. 라스베이거스 샌즈 호텔.
다시 퍼즐의 한 조각이 맞아 들어갔다. 오늘 저녁 맨슨이 아주 특별한 것을 보여 주었다. 데저트인에서 정찬을 들자고 초대해 놓고는, 당연하다는 듯이 자신은 모습을 드러내지 않았다. 우리가 테라스에 나른하게 앉아 있는데 갑자기 호수 건너편에서부터, 뭔가 영사기 같은 게 있는지 거의 활주로만큼 폭이 넓은 화려한 빛이 뿜어져 나왔다. 열 개가 넘는 무지개가 밤하늘을 수놓더니, 한데 합쳐져 고층 건물만

웨인의 일기 2부

큼이나 거대한 삼차원 형상을 이뤘다. 우리는 모두 그 모습을, 옛 보육원 벽지에서 나온 것처럼 생긴 요정 같은 동물을 바라보았다. 미소를 머금은 둥근 얼굴에 검은 부채처럼 튀어나온 귀, 앙증맞은 작은 코를 가진 동물을.

두말할 나위 없이 미키 마우스였다. 앤과 맥네어는 감탄했지만, 나는 부트힐의 사막에서 비슷한 것을 본 적이 있었다. 우리는 실버슬리퍼 카지노 옥상에서 카메라를 조작해 온갖 레이저 홀로그램 이미지를 하늘에 펼치는 맨슨의 부하 소년 두 명을 바라보았다. 미키 다음으로는 분홍색 드레스를 도발적으로 허벅지 위까지 들춰 올리고 맨다리를 드러낸 거대한 여성의 조각상이 등장했다. 그녀는 라스베이거스 위에 버티고 서서 금발 머리를 뒤로 넘기고, 발밑에 고인 카지노 불빛에 다리를 식혔다. 당연하게도 메릴린 먼로였다.

환상적인 빛의 향연이 이어졌다. 한 시간 동안 과거 미국의 대중문화가 퍼레이드를 벌이듯 하늘을 수놓았다. 슈퍼맨과 도널드 덕, 클라크 게이블과 인크레더블 헐크, 20층 높이의 코카콜라 병, 은빛 파이프와 실린더가 뒤얽힌 모습이 공중의 정유 공장처럼 보이는 우주선 엔터프라이즈호, 풋볼

• 데이비드 크로켓(1786~1836). 미국의 군인, 정치가. 전 국민적 영웅으로, 텍사스 독립전쟁 당시 100여 명의 군인이 천여 명의 멕시코군과 싸워 승리한 알라모 전투에 참가, 전사했다. 흔히 '데이비 크로켓'으로 알려져 있다.

경기장 크기에 인조 잔디 색깔의 1달러 지폐까지. 끝으로 대통령의 행렬이 등장했다. 제퍼슨, 링컨, FDR, 아이젠하워와 잭 케네디까지, 근엄하고 거대한 두상들이 밤하늘을 가득 메웠다. 그 마지막을 장식한 것은 푸른 양복을 입은 장중한 표정의 남자, 한때 수백만 개의 불빛이 반짝이는 근심 걱정 없는 도시였던 이곳의 숨은 실권자, 우리를 초대한 이 도시 주인의 불길한 형상이었다······

어쨌든 이제 동부 해안의 유목민 부족을 사냥터에서 몰아 낸 끔찍한 환영의 정체를 알게 된 셈이다. 그리고 GM과 하인스와 펩소던트가 보스턴 상공에서 목격한 우주선의 정체도. 맨슨의 부하들이 이 도시 저 도시를 방문하며 레이저 쇼를 벌여 인디언들에게 겁을 줘서 몰아낸 것이다. 공중의 영상이 가지는 힘은 경악스러울 정도다. 부트힐에서 본 거대한 폰다, 웨인, 래드, 쿠퍼가 떠오른다. 분명 맨슨의 부하들이 그곳에 있었던 거다. 맨슨이 나를 시험했던 걸까? 서쪽으로 움직이라고 재촉하며, 로키산맥을 넘을 힘을 주려던 걸까? 오늘의 쇼를 통해 그가 파코와 이곳에 존재하는 사소한 문제를 무시하라고 몰래 일러 주었다는 느낌이 든다.

11월 23일. 로스앤젤레스 베벌리힐스 호텔.

어제 드디어 맨슨이 모습을 드러냈다! 비에 젖은 라스베이거스의 하늘에 정신착란 상태의 천사처럼 강림해서 그대로 사흘 일정의 캘리포니아 여행을 시작해 버렸다. 샌즈 호텔의 내 스위트룸에서 메추리 알과 트뤼프와 멧돼지(베이거스 주변의 숲에는 사냥감이 넘쳐 난다. 명주원숭이와 맨드릴부터 눈표범과 홍따오기까지 온갖 동물을 찾아볼 수 있다. 전부 남부 캘리포니아의 동물원에서 도망친 놈들이다) 베이컨으로 아침 식사를 하고 있는데 천장에서 엄청난 소음이 들려왔다. 호텔이 통째로 발사대에서 로켓처럼 날아오르는가 싶을 정도였다. 맨슨의 시킹 헬리콥터가 옥상의 강화 콘크리트 위로 착륙한 것이었다. 파코가 직접 동체에 대통령 인장이 박힌 구급 헬리콥터를 몰고 있었다. 비행 학교는 하루 쉬기로 했다고 한다.

맨슨이 묘하게 떨리는 목소리로 인터컴을 통해 나를 부르더니, 로스앤젤레스 수복 계획을 위한 시찰에 함께하자고 초대했다. 나는 즉시 승강기를 타고 옥상으로 나갔고, 아래 정글에서 밀려 올려와 휘날리는 난초 꽃잎을 뚫고 전진해서 앞쪽 조종석의 파코 옆자리로 올라탔다. 맨슨은 유리 격벽 뒤편에서, 좌현과 우현 창문 사이를 회전하는 기묘하게 생긴 등받이 없는 의자에 앉아 있었다. 사냥길에 오르는 괴짜 대지주처럼 황갈색 사파리 슈트를 차려입은 모습이 정말로 대통령답다는 느낌이 들었다. 벌써부터 베이거스 중심부 상공에는 무장 호위대가 대기하고 있었다. 시킹의 조종 장비에 연동시켜 파코가 직접 조작하는 무인 무장 헬리콥터 두

대였다.

우리는 대열을 정비해 빠른 속도로 남서쪽으로 날아갔다. 베이거스가 순식간에 뒤편으로 사라지면서 정글 한가운데서 타오르는 불구덩이로 변했다. 파코는 숲의 장막에서 100미터 높이를 유지하며, 양옆에 무장 헬리콥터를 대동하고 비행했다. 우리는 얼마 안 있어 캘리포니아와 네바다주의 경계에 도착했고 모하비 사막으로 방향을 잡았다. 헬리콥터 아래로는 끝없이 녹색 장막이 펼쳐졌고, 콘크리트 고속도로가 그 사이로 비집고 들어가며 빽빽하게 들어찬 숲에 구획을 지었다. 이곳이 한때 메마른 사막이었다는 생각을 하니 기분이 묘해졌다. 지금은 거대한 아마존 열대우림이 산맥에서 시작해서 해안까지 그 팔을 뻗고 있다. 데스밸리는 원예학자의 천국으로 되살아났다. 15번 주간 고속도로를 지나 글렌데일을 향해 날아가자 수풀을 뚫고 솟아오른 사무 건물이며 아파트의 상층부가 보이기 시작했다. 가끔씩 장막 아래로 어스름에 휩싸인 숲의 하단부가, 거대한 야자나무와 활엽수가 이리저리 갈라놓은 그늘 속의 교외 상점가와 주택가가 보이기도 했다. 사방에서 정글 강의 격류가 바다로 이르는 길을 깎아 내 옛 쇼핑몰과 사유지 사이로 깊은 계곡을 만들었고, 그대로 롱비치의 로스앤젤레스강 하구에 새로 생긴 거대한 삼각주로 흘러가서, 지름이 좋이 1.5킬로미터는 되는 축축한 토사가 쌓인 늪지대를 형성했다. 와츠 타워가 양쪽 강변에서 300미터씩 떨어진 작은 하중도에 서 있는 모습은 정말 기묘했다. 퀸메리호는 토사 한가운데에 좌초된 채로, 굴뚝에서 만재 흘수선에 이르기까지 덩굴과 부겐빌레아로 가득 덮여 있었다.

처음으로 태평양을 마주하자 깊은 감동의 물결이 밀려왔다. 이 거대한, 빗방울이 쏟아지는 통이 무한히 펼쳐진 자바해처럼 끓어오르고 있었다. 마침내 아메리카를 횡단한 것이다! 정신없이 주변을 둘러보는 나를 향해 맨슨이 축하하듯 엄지를 추켜올렸다. 우리는 로스앤젤레스강을 따라 내려가기 시작했다. 버뱅크와 글렌데일을 휘돌아서, 할리우드와 하버 고속도로의 경계선을 따라 롱비치로 흘러나가는 강이다.

파코는 롱비치의 주요 지류 두 가닥인 벨에어강과 할리우드강을 가리켰다. 양쪽 모두 폭이 30미터는 되어 보이는 수로를 따라 갈색 물이 굽이치고 있었다. 뜨거운 태평양의 호우와 수천 개의 수영장에서 새어 나온 물이 강으로 흘러들었다. 대부분의 수영장은 수련이 가득 뒤덮은 끈적거리는 녹색의 웅덩이로 변해서, 수많은 황새와 홍학들이 헤치는 장소가 되어 있었다. 벨에어와 베벌리힐스 상공을 선회하는 동안 수영장 가장자리에서 일광욕을 하는 악어와 다이빙대 끄트머리에 서 있는 우아한 새들이 보였다. 풀숲에 뒤덮인 정원이나 버려진 맨션에서 무심하게 우리를 바라보는 모습이, 연예계의 스카우트 전문가들이 나타나 촬영해 가기를 기다리는 것만 같았다.

상공에서 보는 로스앤젤레스는 기묘했다. 거대한 고속도로는 직선으로 뻗은 공중 정원으로 변해서, 콘크리트 고가도로에서 늘어진 수염틸란드시아의 태피스트리가 300미터나 이어졌다. 거미원숭이 무리에 점령당한 할리우드볼 음악당에서는 수많은 원숭이들이 지루한 관객처럼 꽥꽥대고 싸우다가, 우리가 지나가는 소리에 함께 자리에 앉아 하늘을 올려다보았다. 매직마운틴 꼭대기에 매달려 있는 나무늘보들은 마치 뫼비우스의 띠에 사로잡혀 풍광 좋은 선로에서 빠져나가지 못하는 것만 같았다. 브라운더비 레스토랑의 한가운데에는 야자나무가 한 그루 우뚝했고, 할리우드와 바인가의 교차로 모퉁이에는 퓨마들이 관광객을 기습할 채비를 마친 채 어슬렁거리고, 맨스차이니스 극장 바깥의 토사에는 하이에나와 당나귀의 발자국이 찍혀 있었다.

지금은 맨슨의 통신국으로 사용하고 있는 베벌리힐스 호텔의 주차장에 착륙했을 때, 물이 고인 수영장 주변 시설들 사이에 개코원숭이 무리가 둘러앉아 알아들을 수 없는 말로 연출가들처럼 시끄럽게 다투는 모습이 보였다. 파코가 놈들의 머리 위로 산탄총을 한 발 쏘자 놈들은 넌더리 나는 듯 이빨을 드러내더니 엉덩이를 우리 쪽으로 내비치며 게걸음으로 정글로 들어가 버렸다. 맨슨은 이 광경이 정말로 마음에 들었는지, 내가 비행기에서 내리는 걸 돕는 와중에도 계속 거칠고 오싹한 웃음을 터트리고 있었다.

11월 24일. 로스앤젤레스 베벌리힐스 호텔.

우리는 영화 및 텔레비전 업계의 엘리트들이 자신을 선전하던 이 낡은 호화 호텔에서 하룻밤을 보냈다. 로비에 늘어선 통신 장비와 옥상의 양치식물을 뚫고 솟아오른 100미터짜리 안테나를 제외하면 무엇 하나 변하지 않았다. LA에서는 여러 정찰조가 돌아다니며 특수 용도의 비행기와 전자제품을 모아들이고 있다. 그들이 도착하자 맨슨은 세심하게 이런저런 질문을 던지고는 3층의 스위트룸으로 물러나서 산소마스크를 쓰고, 산소통은 다리 사이에 낀 채로 의자에 앉아 휴식을 취했다. 실제로 어디에 문제가 있는지를 파악하기는 쉽지 않다. 어쩌면 심리적인 요인으로 발생한 천식일지도 모른다. 나는 그가 너무 오래 홀로 지냈기 때문에, 타인의 존재 자체를 행성의 비어 있을 권리에 대한 전면 침공으로 여기는 것만 같다는 느낌을 받았다.

파코는 격렬하지만 호감이 가고 영리한 친구였다. "차를 찾아보자고, 웨인. 그래야 너도 LA를 제대로 둘러볼 수 있을 테니까. 예전의 고속도로 시스템이 그대로 있거든. 아마 피라미드만큼 오래 살아남을 거야." 그는 놀랍도록 솔직하게 맨슨의 베이거스와 로스앤젤레스 계획이 로키산맥 서부 전역을 다스릴 새로운 멕시코인 왕국의 초석이 될 것이라는 전망을 털어놓았다. 나는 미합중국을 재생하려는 꿈을 피력하려 애썼지만, 그는 내가 한심할 정도로 무모하며, 상표명과 무한한 성장이란 유아적인 환상에 사로잡혀 있다고 여긴다. 그는 미키 마우스와 메릴린 먼로 같은 과도한 환상이 옛 미합중국을 죽였다고 생각한다. 최신 정밀 기술이 일회용 카메라 같은 한심한 소도구나, SF로 남았어야 하는 우주의 환상을 실현하기 위해 낭비되었다는 것이다. 미합중국의 마지막 시기 대통령 몇몇은 디즈니랜드에서 바로 모집한 것처럼 보인다고 덧붙이기도 했다. 파코는 배트맨 만화를 즐기면서도 스스로를 냉정한 현실주의자로 여긴다. 묘한 일이지만 내가 보기에 파코는 맨슨을 내가 신뢰하는 만큼도 신뢰하지 않는 것 같다. 그를 괴짜 성향이 심한 로이드 라이트나 에디슨이나 에드윈 랜드 정도로 생각하는 듯싶다.

하지만 고속도로에 대해서는 파코의 말이 옳았다. 오늘 아침에 도시의 북동쪽 순환로를 타고 다시 한번 날아가자, 고속도로 시스템이 완벽하게 말짱하다는 사실을 확인할 수 있었다. 사무 건물이나 호텔을 제외하면, 숲 위로 솟아 있는 유일한 건축물은 다리와 고가 고속도로뿐이었다. 다른 모든 것들은, 내가 그토록 보고 싶어 했던 획일적인 모습의 싸구려 아파트들까지도, 수천 번에 걸쳐 무너져 내린 토사 속으로 전부 사라져 버렸다.

우리는 할리우드 고속도로를 건너다 텅 빈 도로를 따라 달려가는 자동차 한 대를 발견했다. 분홍색 마크 V 컨티넨탈 한 대가 큼직한 철제 물탱크처럼 생긴 트레일러를 견인하고 있었다. "인공위성 발사용 아틀라스 로켓의 2단부야." 파코가 이렇게 알려 주었다. 그는 인터컴으로 자동차 쪽에 연결해서, LA에서 두 달을 보내고 이제 전리품을 끌고 베이거스로 돌아오는 중인 미겔과 디에고에게 말을 걸었다. 맨슨은 지금까지 본 적이 없을 정도로 흥분했다. 그는 파코에게 컨티넨탈 지붕에서 3미터 거리를 유지하며 고속도로를 따라 비행하라고 지시했고, 나는 그대로 그 지붕에 부딪쳐 아래 정글로 추락해 버리지 않을까 걱정했다. 맨슨은 아이처럼 혼자 소리를 지르며 의자를 양쪽으로 돌려 대고 있었다. 스스로 궤도까지 올라갈 생각인 걸까? 우주정거장을 지어서, 세균도 인간도 없는 진공 속에서 안전을 찾으려는 심산인 건 아닐까?

맨슨이 기묘한 군사 장비에 관심이 많은 것은 분명하다. 미합중국을, 아니면 적어도 그중에서 쓸 만한 부분인 캘리포니아와 네바다(휴스-랜드)를 보호할 필요가 있으니까. 얌전히 쟁반에 담아서 모스크바의 관료들에게 가져다 바칠 수는 없는 노릇이다. 우리는 버뱅크의 록히드 항공기 제작 공장에 착륙했다. 갈라진 콘크리트가 깔린 널찍한 활주로와 거대하고 음울한 격납고와 조립 공장은 허리 높이까지 자란

톱아쟈로 뒤덮여 있었다. 나는 맨슨이 생산 설비에 반쯤 조립된 채 버려져 있는 커다란 동체의 트라이스타 여객 제트기에는 조금도 관심이 없다는 걸 즉시 알아차렸다. 사실 록히드는 정부의 주요 도급업체 중 하나로, 최첨단 미사일 시스템에 특화된 곳이다. 파코는 산소 아세틸렌 절삭 장비를 이용해 일급 기밀 시설로 뚫고 들어갔고, 우리는 설계 사무실과 기계실을 헤집고 다니는 맨슨의 15미터 뒤에서 따라갔다. 그는 반쯤 조립된 ICBM이며 크루즈미사일로 보이는 물건들을, 특히 탄두와 유도 시스템을 세심하게 살폈다.

온갖 파괴의 가능성을 가진 이런 물건들이 맨슨을 상당히 들뜨게 만든 듯했다. 할리우드 언덕을 넘어 돌아가는데 아래쪽 수영장들에서 겁먹은 홍학들이 구름처럼 무리를 지어 날아올랐다. 맨슨이 파코에게 손짓으로 뭔가를 지시하자, 파코는 지친 눈으로 나를 슬쩍 보더니 후방 조종석 권한 스위치를 올려서 맨슨에게 무장 헬리콥터 두 대의 수동 조종권을 넘겼다. 순식간에 지옥도가 펼쳐졌다. 헬리콥터들이 갑자기 선회하더니 각각 양옆으로 비스듬히 하강하면서 무력한 새들을 향해 개틀링건과 측방 총기를 난사하기 시작한 것이다. 굉음과 피 묻은 깃털의 소용돌이가 상공을 휩쓸었고, 수천 조각 난 홍학들이 총으로 분홍색 스프레이를 뿌린 것처럼 숲의 장막 위로 떨어져 내렸다. 맨슨은 그래도 만족하지 못했는지, 이후 한 시간 동안 언덕과 계곡을 오가며 움직이는 것은 전부 도살했다. 패러마운트사의 뒤편 주차장에서 평화롭게 풀을 뜯던 사슴이며, 벤투라 대로의 주유소에서 조용히 덩굴의 잎을 씹던 라마 무리며, 벨에어 호텔 수영장에서 목욕을 즐기는 자신의 작은 무리를 지키려 들던 수컷 코끼리까지도. 암컷과 새끼는 운 좋게도 숲으로 도망쳤지만, 수컷은 피로 물든 수영장에서 죽음을 맞이했다. 무장헬리콥터가 피에 미친 상어처럼 주변을 선회하는 속에서, 끓어오르는 붉은 물에 잠겨서도 여전히 코에서 격노한 울음소리를 뿜으며.

파코와 나는 이 광경에 역겨움을 느꼈다. 베벌리힐스 호텔로 돌아온 우리는 아무 말 없이 시킹에서 내렸다. 하지만 맨슨은 먹잇감을 삼킨 커다란 보아 뱀처럼 도사리고 앉아서, 무릎에 올린 공책에 탄두 비슷한 것의 설계도와 폭발 반경에 따른 동심원을 그리고 있었다. 그에게는 생명 자체가 일종의 질병일지도 모른다는 두려운 느낌이 들었다……

11월 25일, 오전 4시. 베벌리힐스 호텔.

자정에 맨슨과 기묘하지만 중요한 만남을 가졌다. 몇 분 전에야 끝났는데, 혼란스럽기는 해도 뭔가를 해야 한다고 확고하게 결심할 수 있었다. 이곳에는 분명 내가 찾던 기회가 존재하며, 망설일 시간은 내 생각보다 짧을지도 모른다. 태평양의 탐사선에서 정찰기를 한 대라도 띄우기만 하면 휴스 주식회사뿐 아니라 미국의 46대 대통령이 되겠다는 내 꿈까지도 그 코끼리처럼 최후를 맞이하게 될 것이다.

나는 자정이 될 때까지 5층의 내 방에서 잠을 이루지 못하고 누워 있었다. 베벌리힐스의 야생동물들, 특히 자신의 날개에 달린 눈에 스스로 현혹되어 버리는 시끄러운 공작 무리의 소리에 귀를 기울이면서. 창밖을 보니 주차장에 도사린 무장 헬리콥터의 음산한 모습이 눈에 띄었다. 동체에는 피와 홍학 깃털이 그대로 엉겨 붙어 있었다. 바로 그 순간 인터컴이 울렸고, 맨슨이 자기 스위트룸으로 올라오라는 명령을 내렸다.

그는 여전히 사파리 슈트를 입은 채로 텔레비전 제어판 앞에 앉아 있었다. 데저트인 옥상에 설치된 카메라로 찍은 한밤중 라스베이거스의 찬연한 모습이 화면에 비치고 있었다. 그는 창백하지만 바짝 곤두선 얼굴이었다. 가볍게 대통령령을 선포해서 잠 따위는 오래전에 제거해 버린 듯한 느낌이었다.

"들어오게, 웨인……" 그는 의자 쪽으로 손짓을 하며 말했다. "지금까지는 꽤나 흥미로운 여행이었지. 아마 오늘 오후의 일방적 학살은 자네 마음에 들지 않았겠지만 말일세. 그 코끼리는 참 딱하게 됐어. 하지만 파코한테도 표적 연습이 필요하다네. 특히 자기가 쏘고 싶지 않은 표적을 쏘는 법을 배워야 해." 이때 텔렉스가 달가거리며 메시지를 출력했다. 맨슨은 종이테이프를 물끄러미 보다가 얼굴을 찌푸리더니, 벽 너머의 실현 불가능한 꿈을 응시하듯이 흐릿한 눈으로 한동안 그대로 앉아 있었다. "바이러스에 관련된 나쁜 소식이 들어왔네, 웨인. 아무래도 마이애미와 볼티모어에 전염병이 창궐할 모양일세. 서해안은 지금까지 안전했다는 게 정말 다행이지······."

"바이러스 말씀이십니까, 각하? 그 질병이 정확하게 대체 뭡니까?" 나는 이렇게 물었다.

샅샅이 캐묻고 싶었지만 그는 눈을 돌렸다. "아주 유독한 새로운 변종이라네, 웨인. 동풍을 타고 밀려들지. 지금까지 100년 동안 잠복하면서 죽어 버린 과거의 도시들을 장악할 기회만을 노리고 있었다네."

"하지만 대통령 각하, 저희도 뉴욕에 상륙했습니다. 그럼 질병에 노출된 것 아닙니까?"

맨슨은 나를 낯선 사람 보듯 지그시 응시했다. "자네들도 물론 노출되었지, 웨인. 한데 아무래도 면역이 있는 모양일세. 그래서 내가 자네들이 여기 합류하기를 원하는 거네. 여긴 할 일이 아주 많거든. 이곳의 멕시코 아이들은 똑똑하고, 맥네어와 서머스 교수는 기술 측면에서 큰 도움이 될 거야. 하지만 지금은 다른 무엇보다 내 자리를 이을 사람이 시급하다네. 지금까지 오랫동안 온갖 노력을 기울여 왔어, 웨인. 내 업적이 전부 사라지는 모습은 보고 싶지 않네."

밤의 어둠에 물든 거센 빗방울이 정글을 때리기 시작했다. 폭우가 무장 헬리콥터의 프로펠러 위에서 춤추고 총신에 묻은 피를 씻어 내렸다. 맨슨의 지친 얼굴 위로 번갯불이 번쩍였다. 앉아 있는 모습이 녹아내리는 밀랍 인형 같았다. 그의 기운을 북돋아 주고 싶은 마음에, 나는 그가 지금까지 이룩한 모든 업적을, 네바다 정글에 최첨단 산업 및 통신 시설을 건설한 일을 칭송했다. "정말 놀라운 일입니다, 대통령 각하. 어떻게 홀로 이 모든 일을 이룩하셨는지 짐작조차 못 하겠습니다."

맨슨은 음흉한 미소를 머금은 채로 나를 바라보았다. '대통령 각하'라는 호칭을 좋아한다는 점은 분명했지만, 그렇다고 그에 탐닉할 정도로 어리석은 자는 아니었다.

"살짝 도움을 받기는 했지, 웨인. 원래 함께하던 친구는 15년 전에 라스베이거스에서 만난 사람이었다네. 정신이 나가 버리기 전까지는 아주 훌륭한 기술자였어. 사실 파코에게 헬리콥터 조종법을 가르쳐 준 것도 그 사람이지."

"그 사람은 어디 있습니까?" 나는 물었다. 15년이라고? 그렇다면 혹시…… "사하라 호텔의 로봇을 만든 것도 그 사람입니까?"

맨슨은 적당히 손을 저었다. "그의 사소한 업적 중 하나지. 라스베이거스에 있긴 하지만 상태가 좋지 못해…… 대륙을 횡단하느라 힘을 다 써 버렸거든." 맨슨의 눈에 기이한 빛이 일렁였다. 아메리카의 텅 빈 고속도로와 물 빠진 수영장에 깃든 죽어 버린 꿈이 떠오르는 빛이었다. "지금은 휴식을 즐기는 중이지. 인형에 몰두하며 작업요법으로 치료를 하고 있어. 그 이상의 일을 하려 들면 너무 흥분해 버리고 만다네."

폭풍은 멈추지 않았고, 휘몰아치는 빗방울이 야자 잎을 두드리는 소리가 마치 천 대의 무장 헬리콥터가 우리를 향해 개틀링건을 난사하는 것처럼 들렸다. 나는 맨슨이 처음 도착한 게 언제였는지를 물었다. 앞선 원정대의 일원이었나? 그러나 그는 자세한 내용은 얼버무리면서 브레멘과 안트베르펜과 리버풀에 대한 명백한 혐오 쪽으로 말머리를 돌렸다. 몇 달을 배를 타려고 기다리며 항구와 부두를 서성거린 게 틀림없었다. 그는 베를린의 미국인 게토에서 보낸 어린 시절을 언급하다가 슈판다우 구역을 입에 올렸다.

"하지만 유럽은 이제 내게는 존재하지 않는 땅일세, 웨인. 늙은 개처럼 어슬렁거리고 돌아다니며 이곳의 우리 냄새를 맡고 내가 건설한 새로운 아메리카에 주둥이를 들이밀려 한다는 점만 아니면 말이지. 사실 도박이었다네, 웨인. 내 평생을 건 도박이었지. 모든 사람이 하나씩 받게 마련인 룰렛에 내 모든 걸, 꿈과 희망 무더기를 통째로 걸어 버린 거라네. 그런데 놈들은 그 결과물을 훔쳐 가려는 거지. 자네한테서도 말이야, 웨인."

무슨 생각을 하고 있는 걸까? 나는 과격한 추측을 해 보기로 했다.

"대통령 각하, 지금 미사일을 만들고 계신 것 아닙니까. 그리고 보스턴과 신시내티와 클리블랜드의 원자력 재해는 낡은 발전소가 폭발한 게 아닌 거겠지요?"

맨슨의 눈은 텔레비전 화면에 고정되어 있었다. 베이거스의 통제실에서 뭔가 특별한 계획을 수행하고 있는 모양이었다. "그 도시들은 제거해 버려야 했다네, 웨인. 동쪽의 역병이 우리를 위협하고 있으니 말일세. 낡은 크루즈미사일을 사용했지. 내 동업자는 정신이 망가지기 전에 탄두와 유도 시스템을 수리해 냈다네. 느리긴 해도 신뢰도가 높은 녀석들이야. 따스한 저녁 식사를 찾아 집으로 돌아오는 전서구처럼 말이지. 반드시 필요한 예방 조치였다고 생각해 주게나. 하지만 아직 미사일이 더 필요하네, 웨인. 이제 타이탄 두 발과 크루즈 여섯 발밖에 남지 않았거든."

"그럼 레이저 쇼는 뭐였습니까, 각하?"

"인디언들에게 경고를 보내려던 걸세. 누추한 모습으로 타락했고 괴상한 자들이기는 하지만, 적어도 다른 자들이 도망칠 때 뒤에 남을 정도의 기개는 갖춘 이들 아닌가. 내 대륙 횡단을 돕기도 했으니 피해를 입히고 싶지 않았다네. 하지만 역병이 로키산맥에 이르기 전에 어떻게든 차단해야 하지 않겠나. 웨인, 미니트맨 미사일을 가동시켜야 하네. 네바다주의 격납고마다 가득하지. 자네 친구들이라면 할 수 있을 거야. 숙련된 기술자들이니……"

어둠 속 잎새를 꾸준히 때려 대는 빗소리 사이로 그의 목소리가 스며들었다. 맨슨이 의심을 합리화하고 있으며, 지금 일부러 자신의 진짜 동기를 드러내서 나를 시험하고 있다는 건 잘 알았다. 전염병이라고……? 돌연변이를 일으킨 병원체일 가능성도 없는 건 아니겠지만, 그보다는…… 아마도 맨슨은 방역 완충지대를 형성하려는 생각일 것이다. 오대호에서 멕시코만까지 방사능에 오염된 황량한 도시를 늘어세워 동쪽에서 밀려오는 군세를 막으려는 것이 분명했다. 마지노선 사고방식이다. 물리적 방어선이 아니라 정신적 장애물을 만들려는 거다. 태평양 쪽 후면이 뻥 뚫려 있는 상황은 어떻게 처리할 건가? 밤마다 맬러부에서 뉴포트 해변까지 줄지어 요새와 거점을 설치해서 환히 불을 밝혀야 할 것이다. 골동품 도굴꾼이나 부동산업자로부터 머리나델레이를 지킬 만반의 대비를 해야 하리라.

"웨인, 자네의 도움이 필요하네. 자네가 잘 말해 주면 해결되지 않겠나. 맥네어와 서머스 교수는 자네 말은 들을 테니까." 맨슨은 몸을 돌려 나를 마주했다. 눈은 그대로 멀리 떨어지는 벼락을 보고 있었지만. "타이탄과 미니트맨 미사일에는 500킬로톤 탄두를 달 수 있고, 사정거리도 제법 되지. 뉴욕, 파리…… 모스크바도……"

"그보다 훨씬 많은 일을 할 수 있습니다, 각하." 나는 백악관에서 오를롭스키와 나눈 대화를 떠올리며 잠시 머뭇거렸다. "대통령 각하, 베링 댐을 무너트려 북극 해류를 되돌릴 수도 있습니다. 미시시피강이 다시 흐르면 전 세계를 먹여 살릴 만큼의 밀을 생산할 수 있을 겁니다. 제대로 거래할 만한 자원을 손에 넣게 되는 거지요."

맨슨은 만면에 웃음을 머금으며 나를 바라보았다. "웨인, 자네는 도박꾼이로군. 그렇다면 제대로 찾아온 셈이야." 그의 목소리에는 진정한 자부심이 묻어났다.

11월 25일. 맬러부 해변.

기묘한 밤이었다. 맨슨에게 베링 해협 댐을 터트려야 한다고 말했을 때 나는 진심이었던 걸까? 나까지 그의 강박증에 감염되어 버린 건 아닐까? 사실 그리 나쁜 착상은 아니라는 점이 오히려 흥미롭다. 어쨌든 이 대륙 전체의 기후를 변화시켜서 현재의 사막/정글로 분할해 놓은 게 바로 그 댐이니까. '자연스러운' 아메리카를 왜곡시켜 착취하는, 파코가 싫어하는 할리우드와 마블 코믹스의 환상만큼이나 가혹하고 이기적인 행위 아니겠는가.

폭풍이 캘리포니아 해안을 따라 북으로 올라가 버린 후, 나도 방으로 돌아왔다. 맨슨에게 큰 감명을 받은 상태였다. 괴팍하기는 해도 옛 양키의 미덕을 지닌 사람이었다. 그는 미국이 다시 위대해지는 모습을 보고 싶을 뿐이고, 대통령의 지위는 그 목표를 위한 사소한 장식으로 여긴다. 반면 그의 집착에 대해서는…… 최대한 좋게 봐 주더라도 우려되는 일이라고 할 수밖에 없다. 다른 인간의 육체가 근처에 있으면 그는 눈에 띄게 거북해한다. 그리고 닉슨처럼 자신의 육체에도 묘한 혐오감을 품고 있다. 파코와 소년들은 그를 자신만의 세계에 빠져 사는 괴짜로 여기지만, 휴스와 헨리 포드도 그 점에서는 마찬가지였다. 맨슨은 확실히 휴스의 천재성을 품고 있는데, 한편으로 제대로 기억나지 않는 다른 사람도 느껴진다. 광기와 구세주 같은 광채를 동시에 품고 노려보는 눈빛밖에 기억나지 않는다……

　나는 맨슨에 대해 생각하다 잠들었고, 오전 8시쯤 엄청난 소음과 흥분한 목소리에 잠에서 깼다. 파코가 주차장의 헬리콥터들을 예열시키는 듯했고, 인터컴에서는 청소년들이 정신없이 떠들어 대고 있었다. 멕시코 10대 세 명으로 구성된 정찰대가 빨간색 뷰익 컨버터블을 타고 등장했다. 로비에 도착하니 맨슨이 시킹으로 들어가는 모습이 보였다. 파코는 일단 여기 있으라고, 내일 자동차로 데려다주겠다고 말했다. 다들 비밀 임무에 참여하는 것이 분명했다. 젊은이들이 '에드워즈'라고 서로에게 외치는 소리가 들렸다. 아마 에드워즈 공군기지를 말하는 거겠지. 나를 무시하고 회전의자에 앉은 맨슨을 지나쳐서 조종석에 올라타려 했으나, 파코는 해치로 내 손가락을 찍고는 소리쳤다. "원정대가 추가로 도착했어! 어제 마이애미에 상륙했다고!" 이내 헬리콥터들은 할리우드 언덕 너머로 모습을 감췄고, 비행 궤적을 따라 정글은 고요해졌다.

텅 빈 호텔에 남은 나는 허전하고 무력한 기분에 사로잡혔다. 후발 원정대가 도착했단 말이지. 5천 킬로미터나 떨어져 있는데도, 내가 제대로 조직 구성을 완료하기 전에 언제라도 라스베이거스에 도착할 수 있을 것만 같았다. 맨슨의 스위트룸에서는 텔레비전 화면들이 밝은 햇살 속에 반짝였다. 나는 블라인드를 내리고 꼬박 세 시간 동안 라스베이거스 상공을 훑는 공항 레이다 화면을 주시했다. 공격을 기다리면서.

아무 일도 벌어지지 않자 나는 마음을 다잡고 주차장으로 나섰다. 진입로에 서 있는 붉은색 뷰익 뒷좌석에 개코원숭이 가족이 시골뜨기 관광객 한 무리처럼 가득 들어앉아 다툼을 벌이고 있었다. 그들은 내가 다가가자 휘파람 소리를 내며 손을 흔들었다. 틀림없이 내가 운전기사 역할을 맡아 LA 관광을 시켜 주기를 기다리는 것 같았는데, 경적을 울리자 녀석들은 드문드문 구름이 덮인 하늘 아래로 사라져 버렸다.

나는 차에 시동을 걸고 텅 빈 선셋 대로를 따라서 태평양 연안 고속도로에 도착할 때까지 내달렸다. 비를 잔뜩 머금은 먹구름이 나를 굽어보고 있었다. 나는 마침내 맬러부에서 차를 멈추고, 대도시 가장자리에서 홀로 대양을 마주하고 섰다. 그리고 야자수 사이로 걸음을 옮겨서 썩어 가는 코코넛과 수백 개의 부서진 의자로 가득한 해변으로, 백사장 끄트머리까지 나왔다. 생각을 가다듬기에 좋은 장소였다. 나는 영화배우들의 껍데기만 남은 집들 사이를, 야자수에 꿰뚫린 꿈의 허울을 거닐었다. 오늘이 일기를 쓰는 마지막 날이 될 것이다. 앞으로는 매일 일기를 쓰고 있을 시간이 없을 테니까.

선택지는 명확하다. 맨슨과 거리를 두고 맥네어와 앤을 끌고 이곳을 떠나든가, 아니면 내 모든 것을 그에게 바치든가. 그가 광기에 빠졌다는 사실 자체도 도움이 될 가능성이 있다. 그런 부류의 광기라면 내 필요에 맞춰 이용할 수도 있을 것이다. 대규모 원정대가 베이거스에 도착하려면 몇 개월은 걸릴 테고, 그때쯤이면 우리도 그 나름대로 기반을 일군 상태일 것이다. 모스크바도 우리가 이곳에서 수행하는 역할을 인정하고 협정을 맺을 수밖에 없으리라. 남미의 군사정권이나 교황령 국가들과 그랬듯이.

이 나라를 다시 위대하게 만들기 위해서는 10년이면 충분할 것이다.

웨인 대통령이라는 호칭이…… 이제 예전만큼 기괴하게 들리지 않는다.

21 / 불시착

프리몬트가를 따라 점점이 늘어선 물웅덩이 사이에서 기린 한 마리가 발길을 멈추었다. 거대한 짐승은 비에 씻겨 나간 상쾌한 공기 속으로 섬세한 주둥이를 높이 들고 골든너깃 호텔의 반짝이는 입구를 바라보았다. 웨인은 100미터 상공의 거미줄 앨버트로스호에서 페달에 발을 올린 채로, 텅 빈 보도를 따라 우아하게 성큼 걸음을 옮기는 기린의 모습을 주시했다. 어젯밤 라스베이거스 북쪽의 정글을 훑고 지나간 벼락이 이 고상한 짐승을 도시의 교외 지대까지 몰아내 버린 모양이었다. 기린은 이제 소심한 관광객처럼 텅 빈 거리를 쏘다니며 카지노를 기웃거리고 있었다. 강한 온난기류를 타고 조용히 머리 위를 활공하는 웨인의 존재는 조금도 알아차리지 못하고서.

가녀린 글라이더를 능숙하게 한쪽으로 기울여서, 프로
펠러를 칼처럼 비스듬히 등에 진 채로, 웨인은 호스슈와 민
트 카지노를 지나쳐 기린을 따라갔다. 불쑥 장난기가 발동
한 그는 짐작조차 못 하고 있는 짐승에게 슬그머니 접근해
서, 그 몸이 커다란 과녁판의 한복판에 들어올 때까지 비행
기 그림자를 전진시켰다. 기린은 몇 발짝 앞에 있는 햇빛 가
득한 보도로 움직일 생각도 하지 못하고 얼어붙어서, 거대
한 기계 사냥꾼의 가득 펼친 날개와 태양 빛에 반짝이는 은
빛 단도 같은 동체를 올려다보았다. 이내 짐승은 콧김을 내
뿜으며 정신을 차리더니, 극도로 흥분해 지그재그로 날뛰면
서 필사적으로 거리를 내달렸다.

웨인은 경쾌하게 웃음을 터트리고는 다시 페달을 밟기 시
작했다. 그는 텅 빈 거리를 따라 기린을 뒤쫓으며, 비행기 그
림자로 계속 몰아대서 마침내 안전한 도시 서쪽의 숲으로
들여보냈다.

기린이 사라지자 웨인은 기쁜 마음으로 크게 방향을 틀어
라스베이거스 시가지의 중심부로 날아가면서, 수천 개의 반
짝이는 간판들에서 불어오는 따뜻한 상승기류를 타고 고도
를 높였다. 딱히 악의를 품고 기린을 추격한 것은 아니었다.
그대로 놔두면 분명 전속력으로 질주하는 10대들의 캐딜락
에 치여 버릴 것이라 여겼기 때문이었다.

서커스서커스 호텔 상공에서 잠시 발을 멈춘 순간, 총을
차고 입구 밖에 서서 가십과 여분 화장품을 나누던 소녀 두
명이 명백한 반감이 떠오른 얼굴로 그를 노려보는 모습이
눈에 들어왔다. 우르술라는 잘생긴 머리를 흔들면서 새삼
웨인의 행동에 충격을 받은 척하고 있었다. 맬러부의 텅 빈
해변에서 결단을 내린 지도 두 달이 지났다. 그러나 대통령
과 가까운 사이가 되었음에도 불구하고, 파코와 히스패닉
청년들이 쌓아 올린 침묵의 벽은 뚫고 들어갈 수가 없었다.

바로 어젯밤에, 불쑥 레이디럭 카지노를 방문한 맨슨은
공공연하게 웨인을 '부통령'이라고 불렀다. 노인의 신호를
알아챈 맥네어와 앤 서머스는 묘하게 거북한 분위기를 바꾸
기 위해 애써 크게 박수를 치고, 룰렛 테이블 사이에서 고개
숙여 절을 하는 웨인에게 달러 은화를 던져 댔다. 하지만 이
거북스러운 임명식을 위해 스트립 거리를 따라 맨슨을 태우
고 온 무장한 젊은이들은 대놓고 협조를 거부했다. 반면 앤
과 맥네어는 그들에게 받아들여졌다. 미드호의 기술적인 문
제에 힘을 빌려주고 있다는 게 유일한 이유는 아닐 듯싶었
다.

웨인은 라스베이거스를 개방하고 멕시코인 젊은이들에
게 진짜 미국식 삶을 맛보여 주기 위해 그 나름대로 최선을
다했다. 미합중국은 컴퓨터와 하이테크 산업으로만 이루어
져 있는 게 아니니까. 마뜩잖은 표정의 파코의 도움을 받아,

웨인은 옛 그레이하운드 버스 터미널 근처에 있는 잡화점과 햄버거 가게를 수리했다. 그는 이 가게에서 시작해서 패스트푸드 체인점이 도시 전체로 번져 나가기를 기대하고 있었다. 맨슨을 꼬드겨 바하칼리포르니아에 채용 사무소를 세울 준비를 하고 있는데, 그곳을 통해 젊은 인력이 흘러들기 시작하면 분명 이런 식당이 필요할 것이다. 라스베이거스 북부에는 폐쇄된 코카콜라 병입 공장이 있었고, 웨인은 후버 댐을 수리하는 임무를 잠시 접어 두고 그 공장을 다시 가동시켜 달라고 맥네어를 설득하는 중이었다. 버리고 간 시럽이 잔뜩 있으니 원료는 충분했다.

청년들에게는 다른 무엇보다 잡화점과 디스코장이 필요했다. 지금은 여가 시간이 생길 때마다 중년의 관광객 무리처럼 널따란 호텔 스위트룸에서 졸면서 뒹굴거나, 옛날 포르노를 보면서 마리화나를 피울 뿐이었다. 웨인은 미심쩍어하는 열다섯 살짜리 자원자 두 명의 도움을 받아서 볼더 고속도로 옆의 드라이브인 영화관에 있던 영사기를 수리했지만, 〈유황도의 모래〉와 〈스타워즈〉의 첫 동시 상영회에는 아무도 찾아오지 않았다. 열의 넘치는 멕시코 젊은이들은 그 영화들을 부패한 자본주의 정권이 마지막 순간 발악하듯 뱉어 낸 식민주의 프로파간다로 여기는 모양이었다. 웨인이 주최한 개조 자동차 경주에 대해 말하자면, 대놓고 낭패로 끝나고 말았다. 폭발하는 자동차 안에 벨트로 무력하게 묶

245

여 있는 꼴을 드러내 보였던 것이다. 소총에 기댄 채 지켜보던 청년들은 그 광경에 신나게 비웃어 댔다. 그래도 적어도 시도는 해 본 셈이었다.

웨인은 서커스서커스 호텔 밖의 소녀들에게 손을 흔들며 생각했다. 아니, 저들은 그저 불안한 것뿐일지도 모른다. 웨인의 눈빛에서 사심 없는 야망을, 새로운 아메리카란 원대한 꿈을 읽어 냈을 수도 있다. 미국을 다시 세울 정도로 원대한 시야를 가진 사람이 오직 그밖에 없었다는 이유로 맨슨이 그를 콕 집어 선택했다는 사실에 분개한 걸지도 모른다. 그들도 웨인이 자기네를 한계에 사로잡힌 편협한 부류라 여긴다는 사실을, 새로운 일꾼을 모집하면 휴스 주식회사 내에서의 실권을 잃게 될 수도 있다는 사실을 잘 알고 있었다. 웨인은 지난달 내내 바로 그런 계획을 추진해 왔다.

"말 그대로 국가를 구성할 국민들을 모집하는 겁니다, 각하." 그는 데저트인의 맨슨의 스위트룸에서 열린 첫 각료 회의에서 이렇게 강조했다. 동료 장관들, 즉 맥네어, 파코, 앤서머스의 열의를 불러일으키려 노력하면서, 그는 자리에서 일어나 베이거스의 스카이라인을 향해 크게 팔을 벌려 손짓했다. "최고급 기술을 가진 자들이 필요합니다. 컴퓨터 전문가, 시스템 분석가, 건축가, 농학자 같은 사람들 말입니다. 엑슨과 IBM과 듀퐁이 갈고닦은 인재 선발 기술을 적용해 사상 처음으로 국가 전체를 모집하는 겁니다. 국민 구성을 기초부터 설계하는 거지요. 아메리카에는 최고인 사람밖에 필요하지 않으니, 최고만 골라 맞아들이는 겁니다……"

파코는 마뜩잖은 눈빛으로 반짝이는 테이블에 놓인 권총에 시선을 고정하고 있었지만, 대통령은 그들에게서 5미터 정도 떨어진 등받이 의자에 아련한 표정으로 앉아서, 승낙하듯 고개를 끄덕였다.

반대한 사람은 앤뿐이었다. 그녀는 그 열의 넘치는 연설에 조금 놀랐는지 얼굴을 찌푸리며 이렇게 말했다. "하지만 웨인, 그건 극도로 엘리트주의적인 관점인데. 자유롭게 숨 쉬기만을 원하는 지치고 움츠린 대중은 어떻게 할 생각이야……?"

웨인은 하찮은 소리라는 듯 손을 내저으면서도 물속 무덤에 잠겨 있는 자유의 여신상을, 자신의 어머니와 너무도 흡사한 그 모습을 떠올리고 있었다. "그 사람들의 차례는 나중에 올 겁니다. 지금 당장은 비상시국에 어울리는 계획을 수립해야 합니다. 진주만 공습 직후나 케네디의 달 탐사 계획에 비견할 수 있는 시대니까요. 지금은 미국의 스위치를 다시 올릴 수 있는 사람들이, 수백 개의 원자력발전소를 살려낼 수 있는 사람들이, 관개시설을 설계하고 건설할 수 있는 사람들이, 산업 전체를 부활시킬 수 있는 사람들이, 통신과 홍보에 일가견이 있는 사람들이, 금융과 상업 전문가들이 필요합니다. 솔직히 말하자면 제가 생각하는 미합중국의 이

상적인 인구는 10만 명 정도입니다."

"웨인의 말이 옳습니다, 대통령 각하." 놀랍게도 맥네어는 동의를 표했다. 그러나 앤 서머스보다 꿈이 큰 맥네어는 몇 주 동안 로스앤젤레스의 항공기 공장에 대해서, 모든 것을 컴퓨터로 제어하는 제작 설비에 대해서 쉬지 않고 읊어 댔다. 빛이 나오는 연필과 음극선 화면만 있으면, 스크루드라이버 하나도 직접 들지 않고 혼자서 우주정거장을 설계하고 건설할 수 있다는 거였다. 맥네어도 자기 나름의 야심찬 아이디어가 천 개는 있었고, 웨인은 계속해서 그를 독려해 왔다. 기관장의 이런 발언에 웨인은 내심 기뻤다.

"새 인력이 필요한 것은 당연합니다. 하지만 즉각 노동을 시작할 준비가 된 사람들이어야 하죠. 특히 우리의 작업 기지를 어디가 될지는 몰라도 로키산맥 동쪽으로 옮기게 될 경우에는 그런 인력이 필수적일 겁니다."

"네브래스카주 오마하." 맨슨이 끼어들었다. 그리고 자신의 에어로졸 용기를 지그시 바라보며 암호를 풀어 보이듯 설명했다. "전략공군사령부가 있는 곳이네."

웨인은 제대로 이해하지 못하면서도 동의하며 고개를 끄덕였다. "군사적 요소도 물론 중요합니다, 각하. 모스크바와 협상하는 순간이 찾아오기 전까지 우위를 점할 필요가 있으니까요. 하지만 저는 워싱턴을 거점으로 삼자고 진지하게 제안하고 싶습니다. 워싱턴은 전통적으로 미국 정부의 심장부였고, 우리의 권위를 확고하게 만들기 위해서는 그 도시에 깃든 권력의 위광이 필요합니다. 저는 중앙정부의 모든 부서를 포함하는 온전한 민간 정부의 수립을 제안하고자 합니다. 통화와 여권을 발행하고, 재산 및 시민권을 승인하고, 대사를 임명하고 받아들이는 겁니다. 마이애미 원정대가 끝이 아닐 겁니다, 각하."

목적이 뭔지는 몰라도 원정대를 태운 배는 갑자기 물러났으며, 그 이후로는 어디서도 모습을 보이지 않았다. 그렇다고 해도 맥네어와 앤도 그 부분에서는 웨인과 같은 의견이었다. 즉, 그들이 되찾은 미합중국 시민권은 이곳 해안에 상륙한 정치장교들의 마음에 들지 않으리라는 것 말이다. 그러나 대통령은 이미 흥미를 잃었다. 요즘 들어 웨인은 맨슨이 그의 열의에 지루함을 느끼는 것은 아닌지 의심하고 있었다. 갈수록 회의실 테이블 맞은편의 파코를 향해 능글맞은 미소를 보내는 일이 잦아졌다. 맨슨은 짙푸른 양복을 입고 에어로졸을 한 손에 홀처럼 든 채로, 오마하와 SAC을 회상하며 1970년대에 밤낮없이 미국 땅을 순찰하던 수소폭탄 폭격기 편대에 대해 열변을 토했다. 그리고 '미합중국이라는 요새'와 세균의 위험성에 대해 주절거렸다. 박테리아에 감염된 유럽 이민자들이 동부 해변을 기어오르는 장면이 눈앞에 선한 모양이었다. 광견병, 소아마비, 암, 수막염 따위를 품고서 매일 3킬로미터씩 꾸준한 속도로 로키산맥을 향해

진군해 오는 침략자 무리의 모습이.

끝없이 이어지는 독백에 귀를 기울이던 웨인은 하마터면 대통령을 포기할 뻔했다. 맨슨은 머지않아 외부 세계와 마주해야 할 것이라는, 언젠가 초대받지 않은 이방인들이 휴스 왕국에 도착할 것이라는, 흘러들어 온 기린이나 사슴처럼 호기심 넘치지만 쉽사리 겁을 주어 쫓아낼 수는 없는 이들이 등장할 것이라는 사실을 도저히 인식하지 못하는 듯싶었다. 어딘가 아이 같은 면이 있는 그는 초조함을 달래기 위해선지 강박적으로 도박에 매달리기 시작했다. 요즘 맨슨은 거의 매일 저녁 네바다 북부의 핵무기 실험지에서 돌아와서는 라스베이거스의 도박장과 호텔을 순회하며 보냈다. 그는 맥네어와 앤을 리무진에 태우고 골든너깃에서 호스슈로, 프리몬트가에서 레이디럭으로 행진을 이어 갔다. 맨슨은 몸에 딱 맞는 검은 턱시도를 입고, 차에는 달러 은화를 가득 쌓은 채로, 룰렛 위에서 돌아가는 숫자들 속에서 미래를 읽어 내려는 양 뚫어져라 응시했다. 부통령으로서 웨인의 표면적인 직무는 파코와 그 부하들이 지역 은행에서 무심하게 실어 내오는 끝없는 달러 은화의 흐름을 감독하는 것이었다. 그러나 진짜 직무는 맥네어에게 룰렛을 손보도록 주선해서 대통령이 실제 확률보다 더 자주 돈을 딸 수 있도록 만드는 것이었다.

흥미롭게도 맨슨은 도박장 측에 유리하며 딜러가 가장 손쉽게 배당을 챙길 수 있는 숫자인 제로에 돈을 거는 쪽을 선호했다. 대통령은 모든 것을 안다는 듯이, 웨인을 향해 매끄러운 미소를 짓고 사방을 에워싼 관중의 환호를 받으면서, 달러 은화를 쌓아 올려 일종의 보석 박힌 방사능 방호복을 만들어 내곤 했다.

노인의 기분을 북돋우기 위해서라면 뭐든 하고 있기는 해도, 맥네어 역시 맨슨의 괴팍한 행동과 라스베이거스에서 몇 킬로미터 떨어진 정글 격납고에 잠들어 있는 미니트맨 미사일에 대한 집착에 우려를 표했다. 한번은 각료 회의가 끝난 다음 웨인에게 이렇게 털어놓기도 했다. "전염병 도시들을 태워 없애야 한다는 건 이해할 수 있어. 우리 몸을 보호하기 위한 일이니까. 하지만 나머지 세계가 아니라, 아메리카 중부를 경유해 건너오는 부랑자들만 상대하면 충분하잖아. 미니트맨 미사일은 20분이면 베를린과 모스크바에 도착할 수 있다고. 앤이 걱정하고 있어. 네가 저 노인을 설득할 수 없겠어, 웨인? 저 사람은 네 말에는 귀를 기울이잖아."

하지만 웨인은 확신이 서지 않았고, 우물쭈물하면서 제대로 확답하지 않았다. "그냥 만약의 사태를 대비해서 필요한 거예요. 사실 전부 보여 주려고 하는 일이잖아요. 물지 않고 짖기만 한달까……"

그래도 거북한 건 사실이었고, 웨인은 갈수록 하늘에 올라 생각에 잠기는 시간이 늘었다. 청명한 하늘을 바라보며,

웨인은 거미줄 앨버트로스호의 페달을 밟아 데저트인으로 돌아가기 시작했다. 옥상에 튀어나와 있는 통신용 안테나에 글라이더가 꿰뚫리지 않도록 조심하면서. 인력 글라이더를 끌고 비행을 하게 된 이유는 떨칠 수 없는 두통을 잊어버리기 위해서기도 했지만, 동시에 이 낡은 기계를 이용하면 다른 모든 것을 관조하면서 독특한 자유를 얻을 수 있기 때문이었다. 링컨이나 캐딜락을 타고 대지를 질주하는 멕시코 젊은이들은 거미줄 앨버트로스호를 올려다볼 생각조차 하지 않았으며, 비행기 자체도 놀랍도록 조종하기 쉬웠다. 20세기의 원본을 몰던 조종사들은 단 몇 분 정도 상공에 체류하기 위해서도 탈진할 정도로 페달을 밟아 대야 했다. 그러나 웨인은 몇 시간 동안이나 공중에 머물 수 있었다. 어쩌면 맥네어가 스트립 거리를 따라 비행기를 실은 롤스로이스를 몰고 오면서 비꼬듯 던진 말이 옳을지도 모른다. "자동차의 세기가 끝난 지 100년 만에 호모 사피엔스는 예전보다 튼튼한 다리와 허파를 만들어 낸 거야. 우리 할아버지뻘 되는 사람들은 분명 숨을 헐떡이는 하반신 마비 환자 같은 자들이었을걸⋯⋯"

웨인은 자신감 있게 페달을 밟으면서 청명한 하늘 속으로 높이 날아올랐다. 가볍지만 배는 더 불붙기 쉬운 아세테이트 날개를 단 열성적인 이카로스처럼. 자신의 차림새를 차분히 살핀 다음—어쨌든 이제 조금만 날아가면 미합중국

불시착

대통령의 거처에 도착하는 셈이었으니까—그는 동체를 한쪽으로 기울이고 한때 데저트인 컨트리클럽의 골프 코스였던 호수를 향해 하강했다. 앤 서머스가 예쁘장한 붉은색 머스탱을 끌고 호숫가 도로를 따라 달려오는 모습이 보였다. 후버 댐과 원자력발전소로 오늘 치 업무를 수행하러 가는 듯했다. 웨인이 날개를 기울이자 그녀 또한 경쾌하게 손을 저어 인사했다. 웨인은 자동차 옆으로까지 고도를 낮추어, 거미줄 앨버트로스호의 작은 이착륙 장치가 검은 수면 위에 하얀 깃털을 그려 내도록 만들었다. 앤은 미소를 지으면서 마지막으로 경적을 한 번 울리고는 반짝이는 도로 사이로 달려가 버렸다.

즐겁게 다리를 움직이며, 웨인은 다시 상공으로 솟아올랐다. 날개 달린 남자와 땅을 달리는 여자 사이의 공들인 구애 같은 앤과 벌이는 가벼운 장난은 항상 즐거웠다. 반면 땅에 내려앉은 자신의 모습은 우둔하고 상스럽기만 했다. 저녁나절에 자기 호텔 주변을 선회하는 그의 모습을 지켜보면서, 그녀 또한 언젠가 영부인이 되리라는 꿈을 꾸고 있는 것은 아닐까?

이런 생각에 힘을 받았는지, 웨인은 햇빛의 층계를 타고 하늘로 솟구쳐 올랐다. 서늘한 공기가 동체의 섬유 사이로 빠져나가며 나직하게 속삭이고, 한낮의 은밀한 애무를 담은 손길로 날개를 쓸어 삐걱대는 소리를 흘렸다. 아래쪽으로는 컨벤션센터의 널찍한 후면이 보였다. 수많은 미합중국 말기의 대통령들이 소속당의 후보자 추천을 받은 곳이었다. 라스베이거스의 남서쪽인 이곳은 정글이 가장 울창한 지역으로, 열대 조류와 거대한 박쥐와 곤충들로 가득해서 시끄럽고 생명력이 넘쳤다. 데저트인 너머로, 최상층이 간신히 정글의 장막 위로 삐져나온 숲에 포위당한 스트립 거리의 호텔과 카지노들이 보였다. 시저스팰리스와 캐스터웨이와 플라밍고는 거대한 양치식물과 열대 활엽수에 가려 제대로 보이지도 않을 정도였다.

샌즈 호텔의 옥상에서 뭔가 반짝였다. 기묘한 광학 장비의 렌즈 같은 것에 햇살이 반사되어 일렁이고 있었다. 캔버스 차일 한쪽 모서리가 바람에 느슨하게 펄럭였다. 옥상 바로 앞까지 와서 동체를 한쪽으로 기울이던 웨인은 길쭉한 금속관의 모습을 확인했다. 대공 병기의 총신이 분명했다.

바짝 긴장한 웨인은 차일 바로 옆의 좁은 바닥에 착지하기로 결정했다. 반감을 품은 멕시코 젊은이 무리가 군사 쿠데타를 시도하는 걸까? 저 위치라면 맨슨의 시킹이 비행장에서 이륙하는 순간 저격할 수 있을 것이다.

웨인이 지붕 없는 테라스의 3미터 상공에서 선회하면서 글라이더를 하강시키려 하는 사이, 후방과 상공에서 요란한 충격음이 울렸다. 그림자가 격렬하게 날아들어 하늘을 가득 메웠고, 다음 순간 거대한 기체가 옆으로 지나갔다. 프로펠러 날을 단호하게 휘둘러 햇살을 자르고, 공기를 작은 도막으로 조각내 폭발시키면서. 연이어 일어나는 돌개바람이 거미줄 앨버트로스호를 붙들어, 웨인을 손잡이 위로 내동댕이치고 머리 위 날개를 부러트려 버렸다. 사방이 터져 나간 비행기는 그대로 헬리콥터가 공중을 할퀴고 지나간 궤적에 사로잡혔다. 그러고는 상처 입은 잠자리처럼 뒤로 회전하며 정글의 장막 위를 가로질렀다.

누더기가 된 동체에 갇힌 웨인은 마지막으로 샌즈 호텔 쪽을, 그리고 그를 휘몰아 추락시킨 순찰 중이던 무장 헬리콥터를 바라보았다. 다음 순간 망가진 글라이더는 아래 숲을 향해 추락했다. 부러진 날개가 대추야자 잎의 파라솔을 뒤흔들더니, 수염틸란드시아의 커튼을 뚫고 아래편 어둠 속으로 빠져들었다.

웨인은 반응이 없는 조종간을 꼭 붙들고 있었다. 나무둥치 사이로 나타난 작고 어둑한 주차장 쪽으로 기수를 돌리려 안간힘을 쓰던 도중, 혼란스러운 시야 정면에 갑자기 육중한 떡갈나무가 잡히더니, 웨인과 부서진 글라이더를 정통으로 후려쳐 땅으로 떨어트리고 말았다.

22 / 대통령의 집

수많은 대통령들이 주변을 에워싸고 있었다.

저 멀리 위쪽으로 창문이 달린 강철 하늘이 보였다. 천국도 금속으로 만들어져 있는 걸까? 그는 거대한 방의 비좁은 병원 침대에 누운 상태였다. 벽은 고개를 돌려야 간신히 볼 수 있을 정도로 멀리 떨어져 있었다. 수천 개의 의자가 줄지어 놓인 모습이, 마치 당장에라도 의료 분야의 전문 천사들이 몰려들어 그를 수호할 것만 같았다.

그리고 사방에 미합중국의 대통령들이 둘러서서 엄격하고 진중한 눈초리로 그를 굽어보고 있었다.

가장 가까운 사람은 팔을 뻗으면 닿을 거리에 있는 휠체어를 탄 프랭클린 델러노 루스벨트였다. 웨인의 몸과 마음을 살피는 대통령의 잘생긴 입술은 훗날 유명해진 독특한 입매 그대로 꾹 다물려 있었다. 그 옆에는 중절모를 쓰고 옅은 회색 양복을 입은 해리 트루먼이 서서, 웨인의 허튼수작을 조금도 용납할 생각이 없다는 듯 날카로운 눈으로 지켜보고 있었다. 침대 발치에는 닉슨이 다른 사람들과 살짝 거리를 두고 서 있었다. 턱살이 늘어진 얼굴에 희미하지만 미묘한 애정이 비치는 미소를 띤 채였다. 그 옆에는 생각에 잠긴 카터와 웃음을 머금은 제리 포드도 있었는데, 후자는 웨인의 갑작스러운 추락에 그 나름대로 공감을 하는 것처럼 보였다. 케네디 가문의 대통령 세 명, JFK와 테디와 존 존은 함께 모여 서 있었다. 웨인을 향해 환히 웃는 모습이 얼른 자리에서 일어나라고 종용하는 듯이 느껴졌다.

자리에서 일어나 앉은 웨인은 오른발에 깁스가 되어 있는 것을 발견했다. 그뿐만 아니라 주위로 마흔네 명의 대통령들이 전부 모여 있다는 사실을 깨달았다. 이 거대한 방 안에서도 자신의 병상 주변에만 바싹 모여 있는 것이다. 프록코트를 입은 제퍼슨과 워싱턴도 있었고, 길쭉한 실크해트를 쓴 근엄한 얼굴의 링컨도 보였으며, 다혈질의 테디 루스벨트와 사려 깊은 우드로 윌슨, 한 손에 골프채를 들고 웨인에게 골프의 회복 효과를 설명할 만반의 준비를 갖춘 경쾌한 표정의 아이젠하워도 보였다. 심지어 당장에라도 웨인에게 만트라를 읊어 줄 것 같은 젊은 시절의 제리 브라운도 있었다.

그러고 나서 누군가 신호를 내린 것처럼 그들은 동시에 떠들기 시작했다. 귀에 익은 억양으로, 서로를 향해 정중하게 손짓을 하면서, 신입을 맞아들이는 대통령 학교의 일원이 된 듯이.

웨인 대통령을 맞아들이려고 이곳에 나온 걸까?

FDR는 휠체어 앞으로 몸을 빼면서 재무장의 이점에 있어 웨인의 의견에 찬성을 표했다.

"······전차, 총기, 항공기······ 우리는 민주 세계의 위대한 병기창이 되어야 합니다······"

우드로 윌슨이 동의했다. "자부심이 강하기 때문에 싸움을 벌이는 경우도 있는 법입니다······"

그러나 링컨이 단호하게 그의 말을 잘랐다. "투표용지는 탄환보다 더 강합니다······" 그리고 사려 깊게 덧붙였다. "이 나라는 신의 가호 아래 새로운 자유의 땅이 될 것이니······"

이 말에 동요한 닉슨이 웨인의 발치로 나와 서며 지적했다. "그런 행위는 겁쟁이의 소치라고밖에 볼 수 없으며······"

이제 대통령들은 다 함께 웨인 주변에서 북적이며 소리치기 시작했다. 마치 그가 행사할 표 한 장을 놓고 다투는 듯, 강당에 가득한 수천 개의 의자들 위로 항의하는 목소리를 바벨탑처럼 높이 쌓으면서.

"······전차, 총기, 항공기······"

"······귀화한 미국인들은······"

"……민주주의에 무해하며……"

"……자부심이 강하기 때문에 싸움을 벌이는……"

"**……이히 빈 아인 베를리너……**"

세 명의 케네디 대통령에 떠밀려 앞으로 나온 FDR가 강철 같은 손가락으로 웨인의 어깨를 찔러 대며 얼굴에 대고 소리쳤다.

"……우리가 두려워해야 할 유일한 것은……"

웨인은 비명을 질렀다.

모두 조용해졌다. 마흔네 명의 대통령들은 그 자세 그대로 굳어 버렸다. 손을 높이 올린 채로, 애용하던 훈계를 잊어버린 듯 입을 쩍 벌린 채로. 목소리의 마지막 남은 메아리가 멀리 떨어진 지붕을 타고 흘러가다가, 창문을 통해 고요한 하늘 위로 사라졌다. 일어나 앉았던 웨인은 그제야 자신의 슬개골이 골절되고 허벅지 근육이 찢어졌음을 자각했다. 그는 주변을 에워싼 얼어붙은 로봇들을 둘러보았다. 자신을 가리키는 FDR의 손가락을 피하려 애쓰면서.

"괜찮은 게냐, 얘야?" 작은 키에 빛나는 눈을 가진, 흰색 실험복을 입은 노인이 침대 발치에 모습을 드러냈다. 그는 민첩하게 대통령들 사이로 움직이며 하나씩 살폈다. 정신병원에서 대통령 망상증에 빠진 환자들을 돌보는 숙련된 간호사처럼 혼잣말을 중얼거리면서. 그는 케네디 일가를 뚫고 슬쩍 들어서면서 웨인을 안심시키려는 듯 웃음을 지어 보였다. "긴장 풀어라, 얘야. 정말 **놀랍게도** 아직 살아 있으니 말이다. 하지만 저 무장 헬리콥터 쪽으로 더 가까이 날아가려 들면 나도 구할 방법이 없게 될 게야."

노인은 웨인이 FDR의 손가락을 피하려 몸을 뒤트는 모습을 알아채고, 주머니에서 원격 송신기를 꺼내서 버튼을 눌렀다.

도르래와 볼 조인트가 끼긱거리는 소리와 함께, FDR는 손가락을 내리고 다시 휠체어에 편안하게 몸을 기대고는 고양이를 연상시키는 미소를 머금었다.

"이제 괜찮지, 웨인?" 노인은 웨인의 어깨에 난 상처를 살피며 고개를 끄덕였다. "미래의 대통령치고는 비교적 제대로 작동하고 있는 모양이로구나. 이건 내 장난이란다, 웨인. 바로 이런 상황을 위해 특별히 준비했지. 파코 말로는 네가 우리 새 부통령이라고 하던데. 애석하게도 아직 부통령들은 만들지 못했지만……"

웨인은 온몸에 부상을 입었다는 사실을 새삼 깨달으며 다시 몸을 누였다. 그러나 머리는 서늘하고 텅 빈 느낌이었다. 이 고약한 노인이 그의 두뇌의 일부를 빨아내서 이 로봇들의 회로에 연결해 놓은 것만 같았다. 그는 멀리 보이는 천장 쪽으로 손가락질했다. "여긴 컨벤션센터잖아요…… 그대로 죽는 줄 알았어요……"

"거의 죽을 뻔했단다, 얘야." 노인은 돌아온 탕아를 달래려는 듯이 닉슨의 어깨에 백발 섞인 머리를 기댔다. "글라이더가 가벼운 물건이라 다행이었지. 튼튼한 동체 안에 갇혔더라면…… 자, 그 생각은 그만두도록 하자꾸나. 네가 날아다니는 모습은 잘 보았단다. 솜씨가 대단하더구나, 웨인. 하늘에 상당히 익숙한 느낌이야. 저것도 당시 기준으로는 상당히 괜찮은 비행기였고 말이다. 물론 기본적으로는 바람이 잔잔할 때나 쓰는 글라이더지만. 그래도 네 덕분에 더 나은 물건의 착상이 떠올랐단다. 요즘엔 훨씬 더 좋은 소재를 사용할 수 있으니까……"

불현듯 그는 웨인이 호기심을 감추지 못하고 자신을 바라보고 있다는 것을 눈치채고 말을 멈췄다. "아, 그렇구나, 얘야. 내가 누군지 알고 싶은 거겠지—?" 그는 작은 머리를 숙여 인사하며 장난기 많은 요정처럼 가볍게 발을 굴렀다. "더블린 아메리칸 대학교 컴퓨터과학부 명예교수이자 한때 휴스 항공사 연구 주임이었던 고 윌리엄 플레밍 박사란다." 그러고는 대통령들을 향해 손짓해 보였다. "우리 친구들은 너도 잘 알 테고."

그는 송신기의 버튼을 눌렀다. 마흔네 명의 대통령들이 일제히 발을 구르고 어깨를 흔들면서 뒤로 돌았다. FDR는 휠체어를 돌렸다. 오로지 대통령으로만 구성된 분견대는 당당하게 컨벤션센터를 가로질러 걸어가서 단상에서 3미터 떨어진 곳에서 멈춰 섰다.

"이제 좀 낫군." 노인은 침대 끄트머리로 뛰어올랐다. 그리고 흥분에 겨웠음에도 빈틈없는 눈으로, 마치 눈앞의 젊은이가 세심하게 관찰하고 가지고 놀 만한 신기한 장난감이라도 되는 양 살폈다. "자, 웨인, 아무리 봐도 누추하다고는 말할 수 없는 내 거처에 잘 왔구나. 여기서 수많은 대통령이 탄생했지. 여러 가지 의미로 말이야. 이렇게 갑작스럽게 만나게 되어 유감이지만, 찰스는 내가 여기 숨어서 혼자 사소한 놀이를 즐기는 편이 낫다고 생각한단다."

"플레밍 박사님⋯⋯" 웨인은 그의 이름을 입에 담으며, 이 노인이 자신의 어머니에게 보냈던 정감 넘치는 편지를 떠올렸다. 놀랍게도 당시에는 이 사람이 자신의 생물학적인 아버지라고 믿어 의심치 않았다. 그러나 이제 그런 생각은 터무니없는 익살로 여겨질 뿐이었다. 자신의 몸에 흐르는 피는 맨슨 같은 사람 쪽에 가까울 것이 분명하니. "저는 더블린에서 태어났어요. 박사님이 제 어머니와 알고 지내셨다던데요. 20년 전에요."

"행복할 때면 아주 훌륭한 여자였지. 분명 네가 자랑스러울 게야. 미합중국의 부통령이 되다니⋯⋯"

웨인은 수줍게 웃음을 터트렸다. "그거야 뭐, 맨슨 씨가 내린 결정이니까요. 정말 관대한 분이죠. 저는 그분을 믿어요." 이어 그는 자신의 충성심이 올바른 결정임을 증명하려는 듯 덧붙였다. "그분은 미국을 다시 위대하게 만들려 하시니까요."

"너도 그렇겠지, 웨인. 나도 마찬가지란다. 물론 목표에는 동의해도 그에 이르는 과정에 대해서는 조금 논의를 할 필요가 있어 보이지만…… 비슷한 맥락에서, '미국'이라는 용어가 정확하게 무슨 의미를 가지는지도 말이지. 미국이란 감정을 자극하는 상징 아니겠니, 웨인. 1980년대와 1990년대에는 유행에서 밀려나서, 그 매력을 어느 정도 상실했다만……"

그는 자신이 혼잣말을 지껄이고 있다는 데 기분이 상했는지 말을 멈추었다. 웨인은 더 이상 듣지 않고 있었고, 얼굴에는 살짝 열이 오르는 기색이 내비쳤다. 저녁이 정글을 뒤덮었고, 컨벤션센터의 지붕 창문에도 어두운 하늘이 내리덮였다.

플레밍 박사는 자리에서 일어나 웨인의 베개를 매만져 주고는 대통령들 쪽으로 걸음을 옮겼다. 그리고 송신기를 꺼내서 연단 아래쪽으로 천천히 내려가 조용히 퇴장하라는 지시를 내렸다. 이내 그 자신도 루스벨트의 휠체어를 밀고 사라졌다. 웨인은 열에 달뜬 채로 숲과 꿈과 헬리콥터와 대통령들과 인력 비행기의 환상으로 가득한 밤을 보냈다.

다음 날 아침 웨인은 가뿐한 기분으로 잠에서 깨어났다.
열은 사라지고 다리는 뻣뻣해도 견딜 만했으며, 가슴팍에
는 무지개가 쏟아져 내린 것처럼 멍 든 자국이 남았다. 화창
한 햇살이 컨벤션센터를 가득 메웠다. 강당 저쪽에서는 플
레밍 박사가 대통령들을 훈련시키는 중이었다. 대통령들은
4열 횡대로 정렬해 선 채로, 다른 이들이 앞으로 나와서 읊
조리는 연설문을 무심한 얼굴로 경청했다. 링컨은 게티즈버
그 연설을 했고, FDR는 뉴딜이 찾아올 것을 약속했으며, 잭
케네디는 인간을 달에 보내겠다고 선언했고, 닉슨은 사라진
테이프에 대한 진실을 숨기려 주절거렸다.

"링컨 씨, 아주 잘하셨소." 플레밍 박사는 멀쑥한 로봇을

칭찬했다. "FDR 씨, '전차, 총기, 항공기'는 조금 연습을 더 해야겠구려. 성문폐쇄음이 아직도 너무 거칠어. 닉슨 씨, 음, 뭐랄까…… 시도는 좋았소. 사라진 18분은 언제나 설명하기 힘들었으니까. 아, 웨인, 일어났구나!"

그는 하얀 테니스화를 내디디며 웨인 쪽으로 다가왔다. 그사이 수염을 다듬은 모양이었고, 웨인이 회복했기 때문인지 어제보다 훨씬 경쾌해 보였다. "그래, 웨인. 잠은 푹 잤고?"

"아뇨……" 웨인은 어젯밤의 꿈을 떠올렸다. "묘한 꿈이었어요. 인력으로 움직이는 커다란 비행기를, 이 건물만 한 걸 조종하고 있었어요."

"날아다니는 컨벤션센터를 너 혼자 움직였단 말이지? 어쩌면 상당히 고무적인 꿈일지도 모르겠구나, 웨인. 이따가 내가 만들고 있던 물건을 보여 주마."

잠시 후 웨인이 아침 식사 접시를 말끔히 비우고 나자, 플레밍 박사는 캔버스 의자를 병상 옆으로 끌고 돌아왔다. 말이 하고 싶어 안달이 난 듯했다. 웨인은 메추리 알 스크램블을 입에 가득 문 채로 질문을 던지며, 이 괴팍하고 외로운 노인을 즐겁게 해 줄 수 있다는 데 그 나름의 기쁨을 느꼈다. 플레밍 박사는 2094년 원정대의 일원으로 뉴욕 항구에 도착하던 순간을, 동부 연안 지방의 버려진 도시들이 거대한 사하라 사막에 파묻혀 버렸다는 사실을 발견했을 때의 충격을, 워싱턴과 피츠버그에서 실패로 끝난 첫 사파리 여행을 회고했다.

"원정대의 주도권을 놓고 전원이 둘로 나뉘어 버린 거야." 플레밍 박사는 회상에 빠져 있었다. "당시에는 인디언들도 자기네 사냥터를 지키려고 훨씬 공격적으로 나왔지. 뉴저지를 떠나기도 전에 교수 부족과 관료 부족의 매복에 걸려서 사상자가 발생했단다. 원정대를 지휘하던 정치 관료들은 그대로 짐을 꾸려서 유럽으로 돌아가기를 바랐지만, 우리 과학자들은 대륙을 횡단하겠다고 굳게 마음을 먹고 있었거든. 그런 이유로 우리 쪽은 장비도 빈약해서, 그랜드정크션에 도착했을 즈음에는 세 명이서 다리 하나를 돌려쓰는 거나 다름없는 상황이었지. 맨슨이 우리를 구한 거야, 아무렴. 아마 찰스가 낙타를 타고 나타나지 않았더라면 전부 죽었을 테지……"

"그분이 그 전부터 여기 살고 있었다고요?"

"살고 있었다고 할 수 있으려나?" 플레밍 박사는 작고 깔끔한 손을 들어 올리며 말했다. "인디언 경호원을 두어 명 데리고 막판에 몰린 로빈슨 크루소처럼 지내고 있더구나. 바로 그 데저트인의 스위트룸에서 말이야. 어떻게 여기까지 왔는지는 짐작도 안 간단다. 미국을 혼자서 횡단한 것 같았거든. 물론 당시 라스베이거스에는 아무도 없었고, 조명도 들어오지 않았고, 어둑한 정글과 수천 마리의 뱀과 말라리

아균으로 가득한 늪지대만 있었지. 비명을 질러 대는 새와 파충류로 가득한 악몽 같은 곳이었어. 찰스의 인생에서 최고의 시대였겠지."

"그래서 모든 걸 다시 세우는 일을 도운 거로군요?"

"도왔다고, 웨인? 우리가 **전부** 한 거야! 솔직히 말하자면 거의 대부분 나 혼자 한 일이란다. 원정대의 다른 두 사람은 불운한 사고로 목숨을 잃었으니 말이다. 한 사람은 미드호에서 방사능투성이 냉각수 용기에 빠져 죽었고, 다른 사람은 우리가 수리한 헬리콥터를 시험하다가 목숨을 잃었지. 어쨌든 두 사람 모두 맨슨하고 의견 대립을 겪은 후에는 떠나고 싶어 했어. 그래서 나만 남았고, 나는 그대로 찰스한테 빌붙어 있는 셈이지. 애초에 라스베이거스 계획 전체가 맨슨에게 놀잇감을 던져 주려고 시작한 거란다. 그런데 이제 내 쪽이 장난감을 가지고 노는 신세가 되었으니……"

웨인은 머리 위를 지나 공항 쪽으로 날아가는 헬리콥터 소리에 귀를 기울였다. "저는 맨슨 씨가 이 모든 것을 홀로 세운 줄로만 알았어요."

"말도 안 되는 소리. 찰스도 물론 자기 분야에서는 그 나름대로 영리한 친구긴 하지. 슈판다우에서 컴퓨터에 대해 조금 얻어듣기는 한 모양이지만, 그 외에는……" 플레밍 박사는 경멸하는 것처럼 손가락을 튕겨 보였다. "그래서 너희가, 특히 네 친구들이 필요한 거란다. 맥네어하고, 그 교수 이름이 뭐였더라—?"

"앤 서머스요. 핵물리학자예요. 플레밍 박사님, 그 친구들을 만나 보셔야 해요. 분명 박사님을 만나고 싶어 할 거예요."

"안 돼!" 노인은 뒤로 물러나 앉으며 안전을 찾아, 멀리 있는 벽을 찾아 허공을 더듬거렸다. 깜짝 놀란 환자처럼 경계심 가득한 모습이었다. "한참 동안 아무 일에도 끼어들지 않았어. 나는 여길 떠나면 안 된단다, 웨인. 건강도 아주 나쁘고…… 찰스가 내가 여기 머무는 게 좋다고 생각했으니까. 필요한 건 전부 있어. 끝내주는 실험실도 있고, 아이들이 요리도 해 주고, 가끔씩 숲을 산책하기도 하고…… 핵물리학자라고 했지. 그건 좀 걱정되는구나." 그는 미래에 대해 생각하기를 거부하는 듯이 정신을 가다듬었다. "자, 그러면 웨인, FDR의 휠체어를 빌려 볼까. 늙은 장난감 장인의 작업장을 안내해 주마."

이어진 한 시간 동안, 플레밍 박사는 웨인을 데리고 스탠드 아래의 접수실과 사무실에 설치된 실험실을 안내했다. 수백 미터에 걸친 실험대 위에는 선반, 현미경 달린 정밀 용접기, 회로를 찍어 내기 위한 멸균 처리기 등이 늘어놓아져 있었다. 사방에 기계 팔이며 기계 다리가 널렸고, 안이 훤히 보이는 가슴 판이나 얼굴이 없어서 거대한 시계 내부처럼 보이는 머리 따위도 있었다. 수많은 톱니바퀴와 다양한 색의 회로 사이로, 전선 끝에 덜렁 매달린 안구가 오싹한 풍경을 연출했다.

강당 끄트머리의 한쪽 구역은 정신 나간 조각가의 작업장을 방불케 했다. 살색 플라스틱을 절단해 얼굴과 손을 만든 다음에, 팔과 머리의 금속 틀 위에 붙이는 작업을 하는 곳이었다. 눈에 익은 얼굴 수십 개가 주변에 널브러져 있었다. 흡사 먼지가 쌓여 가는 미국 대중문화의 만신전처럼 보였다. 허클베리 핀과 험프리 보가트, 린드버그와 월트 디즈니, 짐 보위와 조 디마지오가 바닥에 뻣뻣한 몸을 포개고 주정뱅이처럼 누워 있었다. 빙 크로스비는 골프채를 손에 들고, 목소리 합성기가 장착된 기도를 그대로 드러낸 채로 서 있었다. 무하마드 알리는 복싱용 반바지를 입고 잘린 손목에서 녹색과 황색 전선의 핏줄을 드러낸 채로 준비 자세를 잡은 참이었다. 메릴린 먼로는 발치에 유방을 떨어트린 채, 열린 가슴판 속 심장 자리에 붙은 볼 조인트와 압축 공기 주머니를 드러내 보이며 그들을 향해 웃음 지었다. 그리고 마지막으로 대통령들이 있었다. 수많은 팔과 다리와 얼굴들이 백악관의 악몽이라 부를 법한 한 마리의 거대한 괴물로 조립되기를 기다리는 듯이 작업대 위에 널려 있었다.

"대단하지, 웨인?" 플레밍 박사는 닉슨의 파편 더미 옆에서 잠시 발걸음을 멈추며 이렇게 물었다. "여기엔 네 상상을 훨씬 뛰어넘을 만큼 국가원수들이 잔뜩 있거든……"

그러나 노인은 이런 온갖 장난감에도 질려 버린 기색이었다. 웨인은 그의 지친 시선을 따라 컨벤션센터의 거대한 현관홀로 통하는 문을 내다보았다. 커다란 샹들리에에서 반사되는 것처럼 빛이 일렁이며 반짝이고 있었다.

문득 호기심이 일어난 웨인은 휠체어 바퀴를 굴려서 문으로 다가갔다. 입구로 밀려드는 숲의 햇살 속에서, 플레밍 박사는 바닥에서 3미터 높이에 매달려 있는 유리와 전선으로 만든 섬세한 작품을 자부심 넘치는 손길로 가리켰다. 구름 사이로 비치는 햇살과 잠자리를 한데 합쳐 놓은 것 같은, 늘씬한 동체와 투명한 날개를 가진 유리 비행기가 실뜨기처럼 얽힌 철사로 형체를 유지하고 있었다. 철사는 너무 가늘어서, 습기 찬 정글의 대기 속에서 물방울이 맺힌 곳만 반짝이며 수정으로 빚은 것처럼 섬세한 기하학적 형상을 드러내고 있었다.

플레밍 박사는 비행기를 물끄러미 올려다보았다. 지금까지 쉴 새 없이 움직이던 작은 몸이 처음으로 완벽하게 멈추었다.

"웨인, 선라이트 플라이어를 소개하마. 이 작품에 대해서는 너한테 감사를 표해야 할 것 같구나. 지난 몇 주 동안 네가 주변을 날아다니는 바람에 인력 비행기에 생각이 미쳤고, 덕분에 이런 착상이 떠올랐거든. 태양이 우리를 위해 일하려고 몸이 달아 있는데, 굳이 우리 다리를 이용하는 건 아무래도 낭비 아니겠니……"

플레밍 박사는 머리 위에 떠 있는 우현 날개로 손을 뻗었다. 투명한 유리판 위로 손가락을 벌리자 허공에서 변형력 선이 물결처럼 일어났다.

"놀라운 소재 아니냐, 웨인. 1990년대의 태양광 에너지 사태 와중에 개발된 수백 종류의 새로운 유리 중 하나란다. 이건 흐린 날에도 실내에 난방을 공급하기 위해 고안되었지. 내부 표면에서 몇 밀리미터 떨어진 지점에 수백만 가닥의 국소 레이저를 집중해서, 힘을 합쳐 기온을 상승시키는 거야. 내가 이걸 바닥에 고정해 놓은 이유를 알겠지……" 그는 비행기를 바닥에 정박시켜 놓고 있는 묵직한 계류선을 손으로 튕겼다. "결과적으로 이 비행기는 스스로 온난 기류를 발생시킨단다. 헬리콥터의 프로펠러 날처럼 날개를 기울이기만 하면 상승기류의 선단에 올라타고 전진이나 후진을 할 수 있는 거지. 공기역학적 상승이 아니라 태양 역학적 상승을 하는 셈이야. 완벽한 무음에 조종도 간편하고, 태양열이라는 경제적인 연료로 움직이는 데다, 그 모습은 눈송이만큼 신비롭단다……"

웨인은 머리 위에서 밝은 햇살에 흔들리는 유리 비행기를 바라보았다. 계류선에 얽힌 채 부드럽게 흔들렸는데, 때로는 거의 투명하게 보였다. 10미터 길이의 날개 가운데 부분에는 밀폐되지 않은 동체가 달렸으며, 금속 프레임 안으로 조종석 두 개가 자리했다. 운전대에서 뻗어 나온 조종선이 허공 속으로 사라지고 있었다.

"정말 대단한데요, 박사님." 웨인은 휠체어 바퀴를 돌려 앞으로 나가서 부드럽게 떨리는 비행기를 살폈다. 마치 부상을 당한 조종사가 다가오니 겁을 먹고 몸을 떠는 하늘의 생명체 같았다. "하지만 아직 날려 보지는 않으신 거죠?"

"당연한 소리를. 직접 하기에는 너무 늙었단다." 플레밍 박사는 겸허하게 손을 젓고는 꿍꿍이를 품은 눈으로 웨인을 바라보았다. "하지만 너라면 시험비행의 영광을 기꺼이 넘겨줄 수 있을 것 같구나. 그래, 웨인. **네가** 선라이트 플라이어를 조종하면 내가 항법사 역할을 맡으마." 노인은 웨인이 미처 항변하기도 전에 열렬하게 말을 이었다. "이 소재의 가장 대단한 점은 바로 그 완벽한 단순함이란다. 다이아몬드 절삭기하고 철사 한 묶음만 있으면 하루에 한 대씩 만들어 낼 수 있거든. 40~50명의 일꾼이 힘을 합치면 눈 깜짝할 사이에 공군을 꾸릴 수 있지." 플레밍 박사는 웨인을 향해 약삭빠른 웃음을 지었다. "사실 내 계획이 바로 그거란다. 정확하게 말하자면 일꾼은 마흔네 명이지만……"

"마흔넷이요?"

"대통령이 마흔네 명이잖니!" 그는 흥분해서 웃음을 터트렸다. 지나치게 태엽을 감은 시계에서 태엽이 튀어나오듯,

햇살 비행기

그의 눈에서 아이디어가 터져 나왔다. "웨인, 며칠만 있으면 명령을 완전히 재프로그래밍 할 수 있단다. 그래, 안 될 건 뭐야, 게티즈버그 연설문에, 윌슨의 훈계에, 닉슨의 테이프에 대한 변명 따위에는 이제 질렸는데. 제대로 **일하게 만들기**만 하면 선라이트 플라이어로 하늘을 가득 메울 수 있어. 아이들을 태우고 태양으로 이주해 갈 수 있다고. 영원히 여길 벗어나는 거지……"

플레밍 박사는 현관홀의 창문으로 쏟아져 들어오는 햇살을 향해 활짝 웃었다. 유리 비행기에게 견인줄을 끊고 날아오르라고 재촉하는 듯한, 햇살이 이루는 빛의 계단을 향해. 웨인은 휠체어 팔걸이를 붙들고 다친 다리에 힘을 실을 수 있을지를 시험했다. 운이 좋으면 깁스에 체중을 싣고 걸을 수 있을지도 모른다. 작업장의 강철 막대로 목발을 만들어서 이 늙은 미치광이한테서 도망쳐야 한다. 플레밍 박사를 존경하기는 했지만, 유리 비행기에서는 가늘게 달각이며 금 가는 소리가 울리고 있었다. 그는 자살 비행에 나서는 스스로의 모습을 떠올리며 몸서리를 쳤다. 맨슨에게 돌아가서 부통령의 임무를 수행해야 한다. 유리 비행기와 태양을 향한 꿈에서 벗어날 때가 되었다.

그날 오후 플레밍 박사가 단상 위 해먹에서 졸고 있는 동안, 웨인은 휠체어에서 조심스레 일어섰다. 그리고 크로스비의 골프채에 몸을 지탱하며 경중경중 뛰어 고요한 작업장을 가로질렀다. 그러나 절뚝이며 선라이트 플라이어를 지나치려는 순간, 웨인은 그쪽 유리문 역시 컨벤션센터의 다른 출입구들처럼 대통령으로 이루어진 경호대가 지키고 있다는 사실을 깨달았다. 링컨과 트루먼이 이해심 가득한 미소를 지으면서 그를 바라보았고, 워싱턴은 카터와 포드가 밀고 나온 휠체어를 가리키며 그리 돌아가 앉으라고 손짓했다.

　웨인은 대통령 마흔네 명의 침착한 눈길을 한 몸에 받으면서 거대한 방으로 돌아왔다. 그들이 에워싼 가운데 웨인은 다시 병상으로 돌아가 누웠다. 밤새 그리고 다음 날 내내, 대통령들은 그렇게 웨인을 지켜보았다. 플레밍 박사는 마법의 장난감 공방에 찾아온 새 피노키오를 환영하는 제페토처럼 행복하고 장난기 넘치는 미소를 머금은 채 해먹에 누워 있었다.

슈판다우의 졸업생

　그래서 그다음 주 내내, 라스베이거스에서 온갖 변덕스러운 사건이 벌어지는 동안, 웨인은 과학자 노인과 그가 부리는 마흔네 명의 대통령의 포로가 되어 있었다. 매일 아침 눈을 뜨면 위엄 가득한 인형들이 그의 주변을 에워싸고 서서, 장중하지만 무심한 얼굴로 그를 바라보고 있었다. 플레밍 박사는 단상 위의 해먹에 일어나 앉아서 원격 송신기로 그날의 첫 명령을 쳐 넣었다. 그러면 레이건과 쿨리지가 웨인에게 아침 식사를 가져다주었고, 나머지 대통령들은 실험실로 행진해서 갈수록 불어나는 유리 비행기 편대를 정력적으로 제작했다. 정규병 훈련을 받은 세 명의 대통령, 그랜트와 아이젠하워와 워싱턴이 웨인을 감시하는 역할을 맡았다. 포드와 카터가 항상 그랬듯 친근한 미소를 머금은 채로 휠체어를 밀었고, 감시조 세 명은 조용히 그 뒤를 따라다녔다. 그리고 컨벤션센터의 문을 열어 달라는 웨인의 부탁은 대꾸조차 하지 않고 무시했다.

다리의 힘을 회복하는 처음 며칠간은 그가 더 이상 부상을 입지 않도록 지키고 있다고만 생각했다. 선라이트 플라이어의 시험비행을 할 수 있을 정도로 회복시키는 게 목적이라고. 웨인은 라스베이거스 공항을 떠나거나 돌아오는 맨슨의 헬리콥터 소리에 귀를 기울였다. 확실히 점차 활동이 늘고 있었다. 웨인의 행방을 수색하는 것으로는 도저히 생각되지 않는 긴장감이 허공에 감돌고 있었다. 정글을 향해 표적 연습을 하는 무장 헬리콥터의 개틀링건 소리에 매일 밤 몇 번씩이나 잠에서 깨곤 했다.

그가 도착하고 일주일 정도 지난 어느 저녁나절, 소음이 계속되고 강당의 지붕에서 먼지구름이 일어나는 와중에, 웨인은 휠체어를 움직여 수리된 승강기에 올라 옥상 전망대층으로 나갔다. 그곳에는 플레밍 박사가 라스베이거스의 화려한 조명을 등지고 난간에 기대서 있었다. 컨벤션센터에서 동쪽으로 3킬로미터 정도 떨어진 고립된 아파트 건물이 무장 헬리콥터의 포화에 휩싸인 광경이 보였다. 맨슨의 시킹의 인도에 따라 센터 상공으로 모여든 헬리콥터들은 전부 공대지 로켓을 장착하고 있었다. 심지어 밝은 노란색 헬멧

슈판다우의 졸업생

을 쓴 파코와, 그 뒤편의 사격용 의자에 앉아서 달아오른 맹수 사냥꾼처럼 몸을 이리저리 돌리는 맨슨의 모습까지 보였다. 로켓이 하나씩 아파트 건물을 향해 날아가서 유리 벽면을 타격했다. 건물 옆 호수에서 동요한 새들이 무리를 지어 날아올랐다. 선명한 원색의 몸에 제각기 화염 조각을 하나씩 안은 채로.

"전쟁놀이란다, 웨인." 플레밍 박사가 중얼거렸다. "찰스가 무슨 장난을 꾸미는지 대체 누가 알겠니. 어쩌면 자기만의 독특한 방식으로 손님맞이 준비를 하는 걸지도 모르지. 애리조나 정글 깊은 곳에는 용병 부대가 있다고 하더구나. 인디언에 강도들에 그런 잡다한 작자들이 모여 있다던데. 그자들과 맨슨은 제대로 어울리기 힘들 게야."

"플레밍 박사님……" 웨인은 무장 헬리콥터들이 행사한 폭력에, 정글 한가운데서 비스듬히 상승하는 검은 연기의 장막에 흥분하고 있었다. "저를 돌봐 주셔서 정말 감사하지만, 전 이제 대통령 각하께 돌아가 봐야 해요."

플레밍 박사는 웨인을 물끄러미 바라보았다. 그의 존재를 인지하기 위해 온 힘을 기울이는 듯했다. "대통령? 대통령이라면 여기 이미 한가득 있지 않니?"

"박사님, 맨슨 씨에게는 제가 필요해요."

"아니야! 네가 필요한 사람은 바로 **나**란다, 웨인. 선라이트 플라이어의 시험비행을 해 줘야지. 도망칠 방법은 그것뿐이야. 모두 함께 태양으로 날아가야 한다고!"

그날 저녁, 처음으로 야간 교대조가 투입되었다. 웨인이 병상에 누워 있는 동안 대통령들은 쉬지 않고 작업하면서 선라이트 플라이어 편대를 만들었다. 감독관인 플레밍 박사는 원격 송신기를 휘두르며 명령을 담은 극초단파를 끊임없이 내뱉었다. 대통령들은 태양광 유리를 잘라 형태를 잡고, 늘씬한 동체 골조에 철사로 이어 묶고, 조종용 철사와 계류선을 설치했다. 웨인이 잠에서 깨어나 보니, 유리 잠자리 같은 이 괴상한 생명체들이 주변 사방의 바닥에 철사로 묶여 있었다. 단좌식 단엽기도 있고, 복좌식 또는 삼좌식 복엽기도 있고, 날개 길이가 20미터에 대여섯 명을 태울 수 있는 삼엽기도 있었다. 어스름 속에서 유리 비행기들로 이루어진 음산한 편대가 그의 주변을 둘러싸고 반짝였다. 한낮의 태양이 찾아와 날아오를 때를 기다리며. 밤이 찾아오면 달빛조차도 이 예민한 기계들에게 흥분의 전율을 불러오는 것만 같았다. 비행기들은 사로잡힌 바람의 정령처럼 계류선을 튕기면서 날개로는 부드러운 종소리를 울렸다. 그들 사이사이에 대통령들이 자리를 잡고 서 있었다. 비행과 백악관에 대한 웨인의 꿈속에서 솟아 나온, 인내심 강한 조종사 지망생들처럼.

2주를 거의 채울 즈음에는 열두 대의 비행기가 완성되었다. 웨인은 크로스비의 골프채를 짚고 실험실 안을 절뚝거

　　　　　　　　　　　슈판다우의 졸업생

리면서, 완성되어 가는 비행기들의 형체를 둘러보았다. 대통령들은 몇 명을 제외하면 원본이 도저히 따라가기 힘들 정도로 정력적으로 작업을 수행했고, 플레밍 박사가 송신기를 내려놓고 헬리콥터 소리나 공항의 사격장에서 들리는 총성에 귀를 기울일 때만 손을 멈췄다.

점심시간이 되어 잠시 작업을 쉬는 동안, 플레밍 박사는 송신기를 든 손으로 웨인의 다리를 가리켰다. 마치 신호를 보내 움직이게 만들려는 듯.

"이제 그 다리도 한층 튼튼해진 것 같구나. 웨인, 슬슬 첫 시험비행을 준비해 볼까."

"글쎄요…… 저는 확신은 못 하겠는데요."

웨인 본인으로서는 유리를 얼기설기 얽어 만든 저따위 물건을 물고 공중으로 나갈 생각은 조금도 없었다. 과열되어 터져 나가는 유리 조각들 사이에서 흩날리는 자신의 모습이 벌써 눈앞에 선했다. 그러나 그는 플레밍 박사의 비위를 맞춰 주며, 걸음이 느린 대통령 경호 부대를 따돌릴 수 있을 정도로 몸이 회복되기만을 기다리고 있었다. 컨벤션센터에 갇혀 있다는 사실에 화가 나기는 해도, 그는 이 고독한 노인을 좋아했으며 그 재능을 다시 맨슨을 돕는 일에 사용해 주기만을 바랐다.

웨인은 점심 쟁반에서 고개를 들고 주변을 에워싸고 꼼짝 않는 로봇들을 돌아보았다. "플레밍 박사님, 질문이 하나 있는데요. 대통령 한 명을 빼놓으셨잖아요……"

"누구 말이냐, 웨인?"

"맨슨 씨 말이에요."

플레밍 박사는 아주 잠시 분노가 서린 눈으로 웨인을 바라보았다. 그의 손은 유리를 자르다 입은 상처로 가득했다. 유리 파편이 얇게 깔린 서리처럼 수염과 머리카락을 뒤덮고 있었다. 지난주 내내 계속된 고뇌 때문에 수십 년은 나이를 먹은 것만 같았다.

"없지…… 찰스가 부탁하기는 했지만, 내가 거절했다."

"왜요?" 웨인은 질문의 끈을 놓지 않았다. "미합중국을 위해서 대부분의 진짜 대통령보다 훨씬 더 많은 업적을 남긴 분이잖아요. 박사님이 여기 건설한 모든 걸 수호하려 노력하고 계시다고요."

"그건 그렇긴 하지, 웨인." 플레밍 박사는 공항의 사격장에서 울리는 일련의 폭음에 몸을 움츠렸다. "한데 그 친구의 방법은 내가 보기에는 지나치게 도를 넘었어. 신시내티, 클리블랜드…… 결국 전부 나 때문에 벌어진 일이지. 내가 그 크루즈와 타이탄 미사일의 탄두를 수리하는 일을 도왔으니 말이다. 찰스가 어떤 식으로 아메리카를 수호할 생각인지 알아챘어야 했어. 자살자가 자신의 육체로부터 자아를 지키려는 것과 똑같은 방식이었건만."

"하지만 플레밍 박사님." 웨인은 주장을 굽히지 않았다.

"그 도시들은 어쩔 수 없어서 파괴한 거예요. 신대륙의 동식물은 구세계의 박테리아에 대한 저항력을 모두 잃었으니까요."

"찰스가 그렇게 말해 주더냐?" 플레밍 박사는 왼쪽 손바닥에 박힌 날카로운 유리 조각을 빼내며 말했다. "그래, 물론 지금 아주 치명적인 전염병이 다가오고 있긴 하단다. 아주 전염성이 높고 치료제도 존재하지 않는 질병이지."

"박사님도 알고 계세요?"

"알다마다. 세상에서 가장 위험한 질병이니 말이다. 그 질병은 '타인'이라는 이름이지. 머지않아 이곳에 도달할 게야. 지금까지보다 훨씬 큰 원정대를 이루고, 이 땅을 다시 식민지로 만들려고 열의에 가득 차서……"

웨인은 격노한 노인을 끌어안고 진정시키고 싶은 마음에, 자리에서 일어나려 시도했다. 플레밍 박사의 뾰족한 턱수염은 이제 분노한 지진계의 바늘처럼 위아래로 흔들리며 경중대고 있었다. "잘못 생각하신 거예요, 박사님. 맨슨 씨 말로는—"

"웨인!" 플레밍 박사가 송신기 키보드를 두드리자, 주변에 모여든 대통령들이 끔찍한 모습으로 경련하기 시작했다. 그에 동조하듯 유리 비행기의 날개도 떨렸다. 마치 컨벤션센터의 바닥 전체가 투명하게 일렁이는 것처럼 보였다. 플레밍 박사는 간신히 자제력을 발휘하며 말했다. "그 작자를 '맨슨 씨'라고 부르는 건 관두어라. 한 가지 알려 주자면, 맨슨은 진짜 이름이 아니야. 찰스는 슈판다우에서 석방되고 나서야 아무도 모를 이유로 맨슨이라고 자칭하기 시작했을 뿐이지."

"석방이라고요? 이민자였잖아요." 웨인은 차분하게 사실을 지적했다. "슈판다우는 베를린의 미국인 구역이에요. 한때 감옥이 있기는 했죠." 그는 플레밍 박사를 위해 추가로 설명을 곁들였다. "전쟁범죄자를 수감하던 곳이잖아요. 헤스, 슈페어……"

"그리고 나중에는 다른 부류의 '수감자'들이 그 자리를 차지했지. 한 세기 전에 그 오래된 요새를 철거했을 때, 그 자리에 건물을 세우려 드는 독일인이 한 명도 없었기 때문에 미국 난민들에게 불하한 거란다. 비꼬는 의미도 조금은 있었겠지. 슈판다우는 베를린에 있던 미국인 정신 병동의 이름이었어. 덤으로 네 45대 대통령의 모교기도 하고……"

맨슨? 찰스 맨슨?

그 이름은 전에 어디선가 들은 적이 있었다. 하워드 휴스의 동업자나, 워터게이트 스캔들에 연루된 사람이 아니었을까? 분명 한때 딜린저*만큼이나 유명했던 이름이었다. 대체 어디서 들어 본 걸까?

맨슨, 찰스……

"뭐가 문제냐, 웨인?" 노인의 얼굴에는 진심으로 걱정하

　　　　　　　　　　　　슈판다우의 졸업생

는 기색이 떠올라 있었다. "미안하구나, 네 찬란한 우상을 갈기갈기 찢어발겨 가장 끔찍한 약점만 남겨 버렸으니 말이다. 하지만 이곳에 존재하는 위험에 대해 경고를 해 주고 싶었어. 그래, 웨인. 찰스 맨슨의 망령과 IBM이 긴긴 방랑 끝에 마침내 시저스팰리스에서 만난 거란다. 크루즈미사일을 금빛 칩 대신으로 쓰면서……"

맨슨이? 웨인은 골프채에 몸을 의지하며 자리에서 일어섰다. 그는 정신을 가다듬으려 애썼다. 주변을 둘러싼 유리 비행기들은 공포에 떨고 있었다. 다가오는 진동을 몇 차례 감지하기라도 한 것처럼.

플레밍 박사는 혼잣말을 웅얼거리고 있었다. "어쩌면 너도 이제 내가 여기 머무르는 이유를 이해할지도 모르겠구나. 하지만 이 모든 것들을 전부 버리고 떠날 수 있어—"

연속으로 빠르게 폭발음이 울렸다. 하늘에서 대공포가 터지면서 컨벤션센터의 지붕을 흔들었다. 플레밍 박사는 다시 바짝 긴장하며 송신기의 버튼을 두드렸다. 대통령들은 다리를 벌리고 균형을 잡았다. 강렬한 공습경보 사이렌이 라스베이거스의 거리에 울려 퍼졌다. 달아오른 엔진이 덜걱거리는 굉음이 나더니, 무장 헬리콥터가 공중으로 긴급 이륙했

• 존 딜린저(1903~1934). 스물네 건의 은행 강도와 네 건의 경찰서 습격, 두 건의 탈옥으로 유명한 미국 대공황 시대의 갱단원. 화려한 범죄 행각으로 악명을 떨쳤으며, 1930년대 범죄 발호를 '딜린저 시대'라고도 한다.

다. 정신없이 돌아가는 프로펠러 날이 거의 수직으로 서 있었다. 동체에 줄무늬가 그려진 작은 고정익 비행기가 그 뒤로 바싹 붙어 따라오고 있었다. 비행기는 순식간에 창문 앞을 스쳐 지나갔고, 근처 호텔 옥상에서 침입자를 향해 발사하는 대공포의 격렬한 폭음이 그 뒤를 따랐다. 눈앞을 뒤덮으며 일어나는 폭발의 섬광에 이어 숲의 장막 너머로 밝은 연기가 흘러갔고, 공기를 뒤흔드는 충격이 컨벤션센터의 벽을 두들겼다.

웨인이 플레밍 박사를 바닥으로 끌어 내리기도 전에 섬광이 강당을 가득 채웠다. 머리 위로 70미터는 떨어진 센터 천장에서 창문이 안쪽으로 터져 들어왔다. 제자리에 쓰러진 웨인은 공기를 달구는 뜨거운 먼지를 피해 얼굴을 가렸다. 유리 복엽기 한 대가 허물어지며 계류선이 찢기고, 요란한 소리와 함께 유리판이 산산조각 났다. 다른 비행기 한 대는 정신없이 위아래로 흔들리다 계류선을 끊어 버리고는, 그대로 뒤집어지며 비틀거리는 대통령들을 덮쳤다. 그리고 유리판끼리 부딪치며 폭발해서 주변의 모두를 케이크에 뿌리는 설탕 가루 범벅으로 만들어 버렸다.

플레밍 박사는 손에는 송신기를 들고, 수염과 눈썹이 허옇게 유리 가루에 뒤덮인 채로 아수라장의 한복판에 서 있었다. 주변 사방에서 대통령들이 볼링 핀처럼 쓰러졌다. 폭발이 균형 제어장치의 압축실에 영향을 끼친 모양이었다.

매디슨과 쿨리지, 애덤스, 레이건은 제대로 서지 못하고 바닥으로 넘어져서, 부서져 나가는 비행기들 사이에서 허공에 발을 구르기 시작했다. 균형을 잡고 서 있는 이는 제럴드 포드뿐이었지만, 연대감의 발로인지 일부러 비틀거리다 바닥으로 쓰러져 버렸다. 그는 자리에서 일어섰다가 다시 넘어지고는, 모두를 즐겁게 하고 싶어 안달이 난 것처럼 만면에 웃음을 머금고 일어났다가, 어깨의 먼지를 떨면서 뒤로 넘어갔다가 다시 고개를 번쩍 들었다.

"제리…… 이런 세상에." 플레밍 박사가 걷혀 가는 연기 속으로 송신기를 흔들었다. 먼지는 지붕 위까지 빨려 올라가서 창문을 통해 밖으로 솟구쳐 나가고 있었다. 그러는 동안 공습경보 사이렌은 계속해서 우울하게 울려 댔다.

"플레밍 박사님……" 웨인은 파손된 비행기의 수를 세고 있는 과학자 노인의 팔을 붙들었다. 유리 비행편대 중 절반이 무사히 살아남아서, 멀리서 폭발이 일어날 때마다 겁에 질려 서로를 바라보며 떨었다. "박사님, 맨슨 씨를 찾아야 해요."

"안 돼, 웨인. 여기서 나가면 안 돼!"

"플레밍 박사님, 저 비행기들은 절대 날 수 없어요. 저건 전부 환상일 뿐이라고요!"

웨인은 반응이 돌아오기를 기다렸지만, 노인은 이미 자신의 마술 봉을 높이 들고 마지막 지령을 입력하고 있었다. 이미 출입구 쪽으로 시선을 돌린 채로 입을 굳게 다문 트루먼이 나타났고, 웨인은 그 찰나의 기회를 놓치지 않았다. 그는 골프채를 높이 들어 플레밍 박사의 연약한 손에서 송신기를 쳐 낸 다음, 유리 삼엽기 한 대의 떨리는 날개 아래로 몸을 숨겼다. 절름거리면서 강당을 건너가는 그의 귀에 플레밍 박사가 자기 로봇들을 향해 소리치며 질타하는 목소리가 들려왔다. 대통령들의 묵직한 발소리가 그를 따라오기 시작했다. 부서진 유리 위에서 스케이트를 타는 주정뱅이처럼 미끄러지고 비틀거리면서.

따뜻하고 끈적거리는 정글 공기가 현관홀의 부서진 문을 통해 흘러들었다. 웨인은 기꺼이 허파를 채웠다. 사라진 빙 크로스비의 영혼에 가볍게 작별 인사를 건넨 다음, 그는 골프채를 던져 버리고 계단을 절뚝이며 내려가서 사이렌 소리로 가득한 거리를 따라 도시 중심부로 향했다.

25 / 포위전

라스베이거스는 공격받고 있었다. 웨인은 컨벤션센터에서 좋이 100미터는 떨어진 다음에야 걸음을 멈추고, 버려진 뷰익 컨버터블 뒷좌석에서 휴식을 취했다. 대통령들은 입구 밖에서 혼란에 빠져 멍하니 서 있었다. 머릿속에 프로그래밍 된 세계의 경계선인 태양 광선을 향해 눈을 찌푸린 채로.

웨인은 그들을 무시하고 공중전이 한창인 하늘을 살폈다. 도시 상공 높은 곳에서 연이어 폭발이 일어났다. 맨슨의 젊은 민병대가 조작하는 대공포가 듄과 패러다이스 호텔의 옥상에서 산발적으로 발포를 계속하고 있었다. 동체에 줄무늬를 그린 물고기처럼 생긴 정찰기 세 대가 서에서 동으로 라스베이거스의 하늘을 가로질렀다.

반짝이는 대공탄의 파편이 주변으로 떨어지자, 웨인은 주유소 현관 아래로 잠시 몸을 피했다가 폭격이 잦아들자마자 데저트인을 향해 움직였다. 맨슨은 어디 있는 걸까? 카지노와 호텔의 네온사인이 지나치게 화려하다는 생각만 들었다. 사방에서 번쩍이는 조명이 망막을 찌르고 들어왔다. 마치 먼 옛날 도박의 성지가 정글의 열병에 감염된 것만 같았다. 거리는 텅 비었고, 불탄 자동차들만이 보도를 따라 연기를 피워 올렸다. 패러다이스로를 따라서 열 채가 넘는 모텔과 아파트 건물이 폭격을 받은 채로 검게 그을린 숲의 화덕 안에 들어앉아 있었다. 맨슨의 원격 조종 헬리콥터가 도시의 동쪽 외곽을 순찰하고 있었다. 웨인은 볼더 고속도로 옆의 빈 경기장을 습격하는 헬리콥터들을 지켜보았다. 광기에 사로잡힌 편대 지휘관의 인도를 받은 것처럼 고속으로 정신없이 상공을 선회하는 모습을.

살육당한 수백 마리의 새들이 텅 빈 거리에 추락해 있었다. 마카우앵무새와 잉꼬의 피에 젖은 깃털이 화려한 페인트 자국 같았다. 죽은 들소 한 마리가 패러다이스로와 데저트인로의 교차로 한쪽에 누워 있는 모습이 보였다. 다리는 이미 햇빛에 뻣뻣하게 굳은 상태였다. 근처에는 이 공짜 만찬을 즐기러 나왔던 표범 한 마리가 파편이 잔뜩 박힌 주검이 되어 엎어져 있었다.

공습경보 경적이 계속 우울하게 울리는 가운데, 웨인은

데저트인로를 따라 걸음을 옮겼다. 세 대의 정찰기는 이제, 라스베이거스 상공을 정찰하며 웨인의 도주를 가능케 해 준 네 번째 정찰기와 합류해 점차 애리조나주 경계 방향으로 날아갔다. 저들이 라스베이거스를 침략해 오는 용병 무리의 일원인 걸까? 언젠가 맨슨이 애리조나와 뉴멕시코의 어두운 정글을 뚫고 나타날 것이라 확신했던 약탈자들이 보유한 비행기일까? 그러나 완벽한 비행 대형과 동일한 식별 표지를 보면 군사훈련을 받은 정규 원정대원인 것 같았다. 어쩌면 마이애미에 잠시 정박했던 해군 부대 소속일지도 모른다.

하지만 왜 이런 식으로 무력으로 대응하는 걸까? 대통령이 법과 도덕의 이름으로 권위를 세우고 싶다면, 또한 새로운 아메리카의 최고 통치권을 증명해 보이려 한다면 괴짜 군벌처럼 구는 것은 완벽하게 잘못된 대처라고밖에 할 수 없었다. 그리고 맨슨의 젊은 민병대에서도 절반 정도는 서로 날을 세우고 있는 듯싶었다. 데저트인 호텔로 접근하던 웨인은 스트립 거리의 교차로를 따라 모래주머니를 쌓아 세운 방어 거점을 발견했다. 구불구불 거리를 가로지르던 철조망이 길 한복판에 멈춘 캐딜락의 앞바퀴에 얽혀 있었다.

맨슨의 민병대 소녀 두 명이 거점 꼭대기에 서 있었다. 웨인은 라스베이거스에 도착해서 맨슨을 만나러 갈 때 운전을 해 주었던 우르술라를 알아보았다. 이제 각반과 허리띠까지 전투 장비를 말끔하게 차려입은 모습이었다. 그녀는 당황하는 소년 세 명을 향해 기관단총을 흔들어 보였는데, 캐딜락 창문 뒤에 몸을 숨긴 소년들은 모두 채 열다섯도 안 된 듯했다. 녹색 제복을 차려입고 무기를 들고 있는데도 겁을 먹고 어찌할 바를 모르는 표정이었다. 둥근 얼굴을 계속해서 울리는 경적 소리에 얻어맞고 있기라도 한 것 같았다.

웨인은 앞으로 달려 나가서, 소음을 뚫으려고 목청껏 소리쳤다.

"들여보내 줘! 우르술라, 이게 무슨 장난이야? 철조망 치워!"

우르술라는 질린 눈으로 웨인을 바라보면서 뒤로 물러서라고 손짓했다. 그리고 총으로 캐딜락 앞바퀴 타이어를 겨누었다. 총성이 연이어 울리더니 바람 빠진 타이어 쪽으로 차가 기울어졌고, 구멍 뚫린 라디에이터에서 증기가 폭발하듯 새어 나왔다. 총격에 놀란 10대 세 명은 리무진이 기우는 동안 꿈쩍도 못 한 채 앉아 있었다. 다음 순간, 그들은 아이처럼 울부짖는 소리를 내면서 문으로 뛰쳐나와 네온 불빛이 휘황한 거리로 도망쳐 버렸다.

웨인은 방어 거점으로 다가가서 데저트인의 펜트하우스 스위트룸을 가리키며 소리쳤다. "우르술라, 대통령 각하께는 무슨 일이 벌어진 거지? 그분을 만나야겠어."

우르술라는 명백한 적의를 담은 눈으로 그를 노려보았다.

웨인이 지난 몇 주 동안 이어진 위기 상황에서 자신들을 버리고 도망쳤다고 생각하는 것이 분명했다. "떠나셨어, 웨인. 본부를 전쟁 상황실로 옮기셨지. 그리고 너를 만날 생각은 조금도 없으셔. 이제 얌전히 도망쳐서 동쪽에서 온 친구들하고 합류하라고."

"우르술라……" 웨인은 연기를 뿜는 캐딜락을 둘러싼 철조망을 타 넘으려 했다. 그러나 두 소녀는 이미 초소 안의 자리로 돌아간 후였다. 기관단총의 조준기가 게걸음으로 물러서는 웨인을 따라왔다. 버려진 트럭 뒤편으로 무사히 도착하자, 우르술라는 자리에서 일어나 그를 향해 소리쳤다. 정글이 된 스트립 거리 나이트클럽의 파시오나리아*처럼. "웨인, 이번에는 우리 땅을 훔쳐 가지 못할 거야……!"

이어진 한 시간 동안 웨인은 맨슨의 사령부를, 우르술라가 '전쟁 상황실'이라는 영문 모를 용어로 표현한 장소를 찾아 라스베이거스 이곳저곳을 헤매고 다녔다. 아름다운 그녀가 입에 올리면 그 터무니없는 단어조차 칵테일 바의 상호

---

* 돌로레스 이바루리(1895~1989). 스페인의 노동운동가, 정치가. 스페인 내전 당시 프란시스코 프랑코에 항전하는 인민전선 편에 서서 공산주의 선동가로 맹활약했다. '무릎 꿇고 살기보다 서서 죽는 게 낫다' '못 간다(네놈들이 지나가게 내버려 두지 않겠다)' 등의 슬로건이 유명하다. '수난의 꽃' '정열의 꽃'이란 의미의 '파시오나리아'는 필명으로, 이후 전투적인 여성 혁명운동가를 가리키는 보통명사가 되었다.

처럼 들렸다. 그녀가 기관단총을 자신의 발밑에 갈겨서 탱고 추는 법을 가르치는 모습이 상상되었다. 어쩌면 대통령이 병에 걸렸거나 내부 쿠데타로 실각했는지도 모른다. 그래서 현실 또는 상상의 적들로부터 라스베이거스를 사수하는 임무는 파코와 기타 여러 경쟁 세력이 지휘하고 있을 수도 있다. 휴스/맨슨 계획 전체는 이제 혼돈의 경계선으로 한 걸음 다가섰다. 도로에 울리는 초조한 총성과, 위태롭게 날아다니며 방어 시설이 없는 드라이브인 영화관에 네이팜탄을 퍼붓는 헬리콥터들과, 텅 빈 푸른 하늘에 띄엄띄엄 포탄을 발사하는 대공포들이 어우러져서. 그리고 전장의 한복판에서도 카지노들은 화려한 네온 간판을 반짝이며 환각 속의 수많은 나이아가라 폭포처럼 빛줄기를 쏟아 내고 있었다.

술집과 호텔 로비를 오락가락하다 지쳐 버린 웨인은 터덜터덜 스트립 거리를 따라 걸음을 옮겼다. 초소에 접근해 봤지만 전부 퉁명스럽게 쫓아내기만 했다. 더 이상 웨인을 만나고 싶은 사람은 한 명도 남지 않은 것이 분명했다. 우울해진 웨인은 애초부터 누구도 탐내거나 우러러보지 않던 부통령의 지위가 이제 바닥까지 떨어져 버렸다는 생각을 했다.

겁에 질린 10대들은 여기저기 무리를 지어 호텔 입구의 슬롯머신 사이에, 프리몬트가를 따라 늘어선 카지노의 룰렛과 블랙잭 테이블 아래 숨어 있었다. 그들은 조명으로 휘황찬란한 천국에 사로잡힌 아기 천사들처럼 멍한 눈으로 자신들에게 소리치는 웨인을 바라보기만 했다.

"치코, 전쟁 상황실이 어디야? 맨슨 씨는 봤어? 지금 지휘권은 누구한테 있지? 판초, 저 비행기들은 대체 어디서 온 거야?"

웨인은 포기하고 거리를 돌아다니다가, 골든너깃 앞에서 자신의 컨티넨탈 옆 배수로에 쭈그려 앉아 있는 열두 살짜리 꼬마를 발견하고는 그 손에서 자동차 열쇠를 빼앗았다. 그는 총성과 헬리콥터는 무시한 채로 스트립 거리를 따라 차를 몰기 시작했다. 어떻게든 새 지휘 본부가 있으리라 거의 확신하는 곳인 공항까지 가야만 했다. 운이 좋으면 옛 휴스 경영진 공항 터미널에서 대통령을 찾을 수 있을지도 모른다. 아마 맨슨은 뇌졸중이나 심장마비로 쓰러져서, 부관들이 자신의 영토를 갈기갈기 찢어 놓고 있다는 사실을 인지조차 하지 못하고 있을 것이다.

그런데 스트립 거리가 사하라가와 만나는 교차로에 도착했을 때, 자신 쪽으로 달려오는 작은 차량 무리가 보였다. 선두의 붉은 머스탱이 눈에 익었다. 웨인은 컨티넨탈을 비스듬하게 돌려 도로를 막았고, 다가오던 차들은 화를 내며 급정지를 하고 경적을 울리고 전조등을 깜빡여 댔다. 잔뜩 지친 앤 서머스가 엉망이 된 손으로 앞 유리를 짚으며 운전석에서 일어섰다. 볼과 팔에는 검붉은 핏자국이 남아 있었다.

"웨인? 떠나 버린 줄로만 알았는데! 당장 거기서 비켜!"

웨인은 링컨에서 뛰어내려 주머니에서 찢어진 붕대를 꺼내서 그녀의 상처를 싸매 주려 했다. 하지만 앤은 엉겨 붙은 피를 무시하며 그를 떨쳐 냈다.

"난 괜찮아. 다친 건 내가 아냐. 불쌍한 맥네어가……!"

그들은 겁에 질린 민병대 소녀 두 명이 모는, 무전이 탑재된 지프차를 지나쳐 뒤로 향했다. 세 번째 차는 플리머스 에스테이트 왜건이었다. 파리한 얼굴의 펩소던트가 운전대를 붙들고 있었고, 그 옆의 매트리스에는 크롬제 들것에 맥네어의 몸이 묶여 있었다. 옷과 수염은 산더미 같은 붉은 흙으로 범벅 되고, 창백한 얼굴에 눈을 감고 있었다. 오른쪽 다리에는 조악한 부목을 대 놓았고, 헝겊과 솜조각 사이로 흘러나온 검붉은 피가 자동차 바닥에 배어들어 있었다.

앤 서머스는 샌즈와 패러다이스 호텔 옥상에서 다시 들리기 시작한 대공포의 굉음에 몸을 움찔거렸다. 그녀는 카지노 입구에서 흘러나오는 강렬한 조명으로부터 눈을 가리고는 펩소던트의 팔을 토닥여 주었다. 인디언의 옷과 손 또한 동일한 붉은 흙으로 물들어 있었다. 마치 맥네어와 함께 녹으로 가득 찬 구덩이 안에서 씨름을 한 것처럼 보였다.

"맨슨이 미쳤어. 맥네어를 죽이려고 했다고. 웨인, 대체 어디 있었던 거야? 어떻게든 맨슨을 찾아서 막아야 해. 정글에 숨겨져 있던 타이탄과 크루즈미사일을 가동시켜서, 지금은 맬러부에 있는 원정대에 그걸 사용하려 들고 있다고." 그리고 순간 분노가 끓어오르는지, 그녀는 웨인의 팔을 때리며 덧붙였다. "넌 이런 계획을 세우는 줄 알고 있었던 거지!"

"맬러부요……?" 혼란에 빠진 웨인은 맨슨의 계획에 투신하겠다고 다짐했던 그 황량한 해변을 떠올렸다. "거기에 배가 몇 척이나 있는데요?"

"세 척이야. 500명 남짓한 병력에 항공기도 여섯 대 있어. 하와이에 있는 해적 대책 본부에서 보낸 것 같은데, 그들과 라디오로 대화하는 도중에 맨슨이 갑자기 통신을 끊어 버렸어. 피닉스에서 그보다 작은 원정대도 하나 올라오는 중인데, 리오그란데를 건너서 멕시코와 인디언 용병대에 합류한 모양이야."

"그자들이 맥네어를 쏜 건가요?"

"무슨 소리야! 맥네어는 그들에게 경고를 하러 가고 있었어. 그런데 플래그스태프 근처에서 맨슨의 헬리콥터가 허공에서 내려오더니 경고도 안 하고 공격했지. 도로에서 한참 떨어져 있었지만, 펩소던트가 간신히 자동차까지 돌아와서 나한테 전화를 건 거야."

"맨슨의 헬리콥터라니……" 웨인은 완강하게 고개를 저으며 대꾸했다. "용병일 가능성이 높겠죠. 맨슨 말로는—"

"웨인, 그 작자는 **미쳤어!**" 앤은 부상당한 주먹으로 운전대를 두드리며 말했다. "미사일을 발사할 거라고! 이 바보야, 내가 그 자리에 있었다니까! 우리는 그자가 통신위성을 궤도에 올리려는 줄로만 알고 있었어. 그런데 사실은 핵탄두를 탑재하고 있었던 거야! 맥네어하고 내가 협조를 거부하니까 그 자리에서 우리를 쏴 버릴 것처럼 굴었단 말이야……"

"하지만 앤―"웨인은 그녀를 다독일 말을 찾으려 애썼다. 그들은 숲의 장막에 의해 하늘의 좁은 길로부터 보호받으면서 사하라가를 달리고 있었다. 사하라 호텔 가까이까지 가자 머리 위로 끔찍한 굉음이 울렸고, 거대한 헬리콥터가 스쳐 지나갔다. 웨인은 펩소던트와 두 소녀에게 멈추라는 신호를 보낸 다음, 눈에 익은 집중 치료 장치와 개틀링건이 실려 있는 대통령 전용기 시킹을 올려다보았다. 야자 잎 사이로 아래 거리를 훑는 총구 너머, 전방 조종석에 앉은 파코의 노란 헬멧이 보였다. 그리고 그 뒤쪽 밀폐된 객실에는 양쪽으로 돌아가는 의자에 앉은, 잿빛 얼굴에 굳은 눈매의 맨슨이 있었다. 그가 마이크에 대고 뭔가 지시를 내리자 시킹은 한쪽으로 동체를 기울이며 급강하했다. 개틀링건이 빈 차들 위로 금속 파편의 비를 내뿜어 지붕을 날려 버렸다.

헬리콥터들은 다른 사냥감을 찾아 굉음을 울리며 순찰길에 올랐다. 웨인은 운전대를 꾹 잡은 채로 충격받은 얼굴을 손목에 묻고 있는 앤 서머스를 진정시켰다.

"이제 갔어요. 맥네어를 호텔로 데려가죠. 내가 탈출대를 조직할게요. 로스앤젤레스로 가야겠어요."

"웨인, 미사일이 있다니까. 이해가 안 돼?" 앤은 웨인을 떨쳐 내며 몸을 일으켰다. 그녀는 다부지고 차분한 얼굴로 그를 바라보고 있었다. "미사일은 발사 준비가 끝난 상태야. 누군가 고작 1년 전에 맨슨을 위해 준비를 마쳐 놨다고. 크루즈미사일 여섯 발하고 타이탄 두 발에 전부 핵탄두가 장착되어 있단 말이야."

"나도 알아요." 웨인은 흐릿하게 사라지는 시킹의 굉음에 귀를 기울이고 있었다. 아주 잠시 골든너깃에 숨어 있던 겁먹은 아이들과 같은 기분이 그를 사로잡았다. 이윽고 그는 최대한 단호한 목소리를 내려 노력하면서 이렇게 말했다. "걱정하지 말아요. 떠나기 전에 맨슨을 구속하고 대통령직을 넘겨받을 테니까."

26 / 타이탄과 크루즈

　이후 사흘 동안 사하라 호텔 10층이 그들의 베이스캠프가 되었다. 열에 달떠 힘겨운 첫날 밤을 보낸 뒤, 맥네어는 놀랍도록 빠르게 회복되었다. 그는 앤 서머스의 간호를 받으며, 아래쪽 도시에서 전에 없이 격렬하게 흘러나오는 네온 불빛을 블라인드로 가린 어둑한 방에 누워 있었다. 펩소던트는 경기관총을 무릎에 올려놓고 침대 발치에 쭈그리고 앉아서, 밖에서 쉴 새 없이 이어지는 대공포의 폭음이며 헬리콥터의 소음이며 사이렌이 울부짖는 소리에 얼굴을 찌푸린 채 귀를 기울였다.

　다른 인디언들, 즉 하인스와 제록스와 GM은 전날 도시를 떠났다. 신중한 하인스의 지휘하에, 그들은 낡은 갤럭시에 석탄을 가득 싣고는 증기를 올리며 캘리포니아를 향해 떠났다. 석탄으로 움직이는 자동차는 무척 느리니 운이 따른다면 맨슨의 헬리콥터에 발각되지 않을 수도 있으리라는 생각이 들었다. 이제 혼자 남은 펩소던트는 과묵한 얼굴로 맥네어를 지키면서, 그를 씻기고 붕대를 가는 앤을 돕고 있었다.

그러는 동안 웨인은 그 나름대로 홀로 경계를 서고 있었다. 사하라의 옥상에서 그는 맨슨의 정글 제국이 무너져 가는 마지막 순간을 지켜보았다. 그와 함께 자신이 꿈꾸던 신생 아메리카 또한 상당 부분 사라져 버리는 것만 같았다. 맨슨이 지속적으로 라스베이거스 상공에 전파방해를 시도하고 있었기 때문에, 맬러부와 피닉스 원정대의 통신 내용은 거의 대부분 거대한 잡음의 벽에 가로막혔다. 그러나 가끔씩 잡음을 뚫고 들리는 인터컴 통신에 의하면, 양쪽 모두 라스베이거스로 다가오고 있다는 사실만은 분명했다. 맬러부에 상륙한 소규모 함대는 해안에 차량과 보급품을 내려놓은 다음, LA 유역을 건너 흩어져서 맨슨의 미사일에 의한 위협을 피하기 위해 사방에 거점을 만든 듯했다.

사하라에 도착한 이튿날에, 웨인과 앤은 이런 뉴스 한 도막을 통해 맨슨이 두 발의 타이탄 중 하나를 발사했다는 소식을 듣게 되었다. 그런데 이유가 뭔지는 몰라도, 그 미사일은 로스앤젤레스나 피닉스가 아니라 디모인을 겨냥했다고 했다. 로키산맥 동쪽의 백색 사막 한가운데 있는, 아무도 살지 않는 황무지에 불과한 도시를.

"그러면 크루즈 여섯 발에 타이탄 한 발이 남은 거네요. 하지만 왜 하필이면 디모인이죠? 워싱턴이나 뉴욕이 아닌 이유가 뭘까요? 그 사람은 동부의 도시들을 끔찍하게 싫어하는데."

"미쳐서 발악을 하는 거야. 나는 예전부터 그 작자가 미쳤다는 사실을 알고 있었어. 그런데도 온 힘을 다해 그를 도왔다고, 웨인. 이유가 뭘까?" 앤은 맥네어의 침실을 가득 메운 어스름 속에서 몸을 떨었다. 펩소던트가 그슬린 수염 위로 기울여 준 찻잔을 홀짝이는, 거의 의식도 없는 환자의 모습을 지켜보면서. "어쩌면 유도장치에 문제가 있어서, 미사일의 경로를 제대로 제어할 수 없는 걸지도 몰라. 하지만 대체 어떤 미친 작자가 탄두를 그 손에 쥐여 준 거야?"

웨인은 이 질문을 무시했다. 그 나름의 이유 때문에, 그는 컨벤션센터에서 플레밍 박사와 만났던 일을 앤에게는 전혀 알리지 않았다. 그러나 디모인을 공격했다는 소식은 역시 우려가 되는 면이 있었다. "앤, 이건 맨슨답지 않아요. 그 사람은 모든 것을 철저히 계산한다고요. 때론 지나치게 계산하기도 하죠. 디모인은 그가 머릿속에서 그리는 자신만의 지그소 퍼즐의 한 조각일 거예요……"

앤은 몸을 부르르 떨고는 블라인드 틈새로 아래 펼쳐진 휘황찬란한 도시를 바라보았다. "그래서 어디 있는데? 그리고 그 전쟁 상황실이란 곳은 어디 있는 거야?"

"아무도 몰라요. 그곳에 대해서는 아무한테도 말하지 않았을 테니까요." 심지어 플레밍 박사에게도. 그는 맨슨을 지독하게 싫어하는데도 불구하고 비밀 본부에 대해서는 전혀 언급하지 않았다.

다행히도 혼란이 가득한 이 기간에도 정찰기는 계속 날아들었다. 줄무늬를 칠한 고고도 비행기의 비행운이 이리저리 하늘을 수놓았다. 웨인은 그 비행기들이 도시와 공항의 사진을 찍는 중이라고, 맨슨의 군사 자원과 병력 배치 상황을 파악하는 중이라고 생각했다. 라스베이거스 방위 병력이 어린아이들로 구성된 콩가루 군대라는 사실을 짐작이라도 하고 있을까? 맨슨은 카메라 렌즈를 가리기 위해서 도시로 흘러들어 오는 전력을 최대로 올리고 있었다. 카지노와 호텔의 네온 불빛은 이제 수많은 하얀 마그마의 폭포처럼, 주변 정글을 환히 밝히는 분홍색과 보라색 조명의 벽을 이루었다. 스트립 거리와 카지노가 가득한 도심은 불이 붙어 그림자가 사라진 세계 같았다. 가끔씩 지나가는 장갑차는 용광로 밑바닥을 헤엄치는 흐릿한 유령 용처럼 보였다.

저녁 무렵이 되자 마침내 맨슨의 방해전파를 뚫고 다가오는 원정대의 단파통신이 잡혔다. 라스베이거스의 모든 사람들에게 무기를 내려놓고 진입하는 군대에 협조하라는 짤막한 명령이 내려졌다. 그러나 뒤이어 맨슨이 평탄한 목소리로, 그들을 향해 단조롭게 주절거리기 시작했다. 진흙과 질병과 관료제와 죽음에 집착하는 터무니없는 장광설이었다. 라스베이거스가 아니라 100만 개의 서류함만 남아 있는 질병에 오염된 도시에서 홀로 방송하는 정신 나간 아나운서처럼 들리는 목소리였다.

스트립 거리 한복판에 있는 사하라 호텔 옥상에서 웨인은 멍멍한 눈으로 이 모든 사건을 지켜보았다. 앤 서머스는 그의 기운을 북돋우려 애썼다. 사흘날 아침이 되어 대공 경보 사이렌이 다시 정찰기의 출현을 알리며 울부짖자, 그녀는 이제 정신을 차린 맥네어를 놔두고 승강기를 타고 전망대로 나왔다.

웨인은 도시의 수천 미터 상공에 레이저가 그려 내는, 헬멧과 방탄조끼를 착용하고 카빈소총을 든 미군 병사의 모습을 멍하니 바라보고 있었다. 이제 샌즈와 패러다이스 호텔 옥상의 방공부대도 포탄이 떨어졌는지, 맨슨은 이 거대한 환상을 이용해 자신의 제국을 지키려 하고 있었다. 자신들을 공격하려고 일어선 거인들을 보고 정찰기 조종사들이 찌푸린 얼굴로 무슨 생각을 할지는 아무도 모르는 일이었다. 병사와 총잡이들이, 주먹 사이로 날아드는 비행기들을 향해 양손으로 번갈아 잽을 날리는 조 루이스가, 단말마의 포효를 울리는 킹콩이 연이어 등장했다. 심지어 푸른 양복과 중절모를 쓴 맨슨 본인이 과도하게 반짝이는 도시 위에 우울한 장의사처럼 몸소 출현해서, 야심차지만 지루한 연설을 중얼거리기도 했다.

"저 영상이 가장 슬픈데요, 앤." 웨인은 이렇게 고백했다. "그래도 어딘가 비극적인 장엄함이 있어요. 맨슨은 자기 나름의 방식으로 어쨌든 시도라도 해 본 셈이잖아요."

"웨인, 그러지 마. 여기까지 와서 포기하면 안 돼." 앤은 그 뒤편으로 다가가서 어깨를 지그시 붙들었다. 아폴로호를 떠난 이후 처음인 것만 같은 부드러운 행동이었다. "네가 대륙을 가로질러 우리를 여기까지 데려왔잖니. 라스베이거스는 언제나 세계에서 가장 밝은 전구 정도였을 뿐이야. 다른 곳으로 가서 새로 시작할 수 있어. 패서디나나 샌타바버라 같은 곳에서."

"패서디나요……?" 이번에는 웨인이 몸을 떨 차례였다. "이해가 안 되나요, 앤, 우리는 우연히 라스베이거스에 도착한 게 아니에요. 맨슨도 그렇고, 휴스도 마찬가지라고요." 그는 허공에서 그들을 굽어보고 있는 미군 병사의 투명한 영상을 가리켰다. 병사는 거대한 발을 민트와 서커스서커스의 옥상에 걸친 채로 단단히 도시 상공을 뒤덮고 있었다. 그는 자기 가슴을 뚫고 날아가는 줄무늬 날개를 가진 비행기들에 카빈소총으로 난사를 해 댔다. "맨슨은 내가 보라고 저 영상을 사용하는 거예요. 〈유황도의 모래〉에 등장했던 존 웨인이거든요. 우리 눈에는 한심해 보일지 몰라도, 사실 여기야

303

말로 심장부인 거예요. 사람들이 가장 순수한 꿈을 꾸던 곳이었으니까……"

가장 순수하고 가장 순진한 꿈을. 하지만 지금 웨인은 플레밍 박사와 그가 맨슨을 위해 수리해 놓은 여섯 발의 크루즈미사일 외에는 다른 생각을 할 수가 없었다. 웨인은 그 늙은 과학자와 만났다는 사실을 앤에게는 전혀 알리지 않고, 그저 데스밸리의 열대우림에 발이 묶여 있었다고만 설명했다. 이미 며칠 밤 동안 그의 꿈은 크루즈미사일로 가득 차 있었다. 아직은 미사일 경로를 재설정해서, 태평양을 건너 북서쪽으로 날아가 서반구와 동반구의 자연스러운 기후 균형을 어그러트리는 댐을 파괴할 시간은 있을 것이다. 맨슨을 찾아낼 수만 있다면 마지막 룰렛을 돌릴 정도의 시간은 벌 수 있을 것이다……

27 / 사랑과 증오

그날 오후 3시, 처음으로 라스베이거스의 동쪽과 남서쪽 정글에서 신호 로켓이 솟아올라 피닉스와 맬러부 원정대의 도착을 알렸다. 분홍색과 푸른색의 불꽃놀이가 숲의 장막 위로 무해하게 치솟는 모습이 마치 삼류 유랑 서커스단의 도착을 소심하게 알리는 것만 같았다. 그러나 그토록 오래 두려워하던 역병이 도달했다는 증거가 눈앞에 나타나자, 맨슨 또한 마지막으로 부산하게 움직이는 모양이었다. 웨인과 앤이 맥네어의 침실로 돌아가는 몇 분 사이에 경적은 사방에서 미친 듯이 울려 댔고, 대형 호텔과 카지노의 전기 불빛은 거의 녹아내릴 듯이 격렬하게 번쩍였다.

하지만 이미 불빛은 사라지고 있었다. 전력이 끊임없이

쏟아져 들어오는 라스베이거스 중심부에서도, 골든너깃이 어둠에 잠겨 버렸다. 보도 옆으로 산산조각 난 네온관이 흩어져 있는 모습이 보였다. 다이아몬드처럼 빛나는 라스베이거스의 입 안에 최초로 빠진 이빨이 등장한 셈이었다. 소형 관측기가 등장해서 옥상 위를 가볍게 날아 가로지르자, 샌즈와 패러다이스 호텔의 헬리콥터 착륙장에서 날아오른 맨슨의 무장 헬리콥터들이 정신 나간 상어 떼처럼 그 뒤를 추격했다. 헬리콥터들은 잔해로 가득한 거리를 따라 굉음을 울리며 날아가면서 썩어 가는 기린과 악어의 시체에 총질을 해 댔다. 모든 판단 능력을 잃은 채 비밀 통제실에 틀어박힌 맨슨이 조종하는 로봇 헬리콥터들은, 도시 주변을 날아다니며 남쪽과 서쪽으로 이어지는 주요 고속도로의 정글로 계속해서 네이팜탄을 투하했다. 연기구름이 하늘로 치솟아 1.5킬로미터에 달하는 기둥을 이루면서, 맨슨의 레이저 정령들이 뛰노는 검은 천막을 떠받들었다.

해가 지고 한 시간쯤 지나서 갑자기 스위치를 내린 것처럼 라스베이거스의 모든 조명이 사라져 버린 다음에도, 허공을 메우는 번쩍이는 불빛은 여전히 도시를 뒤덮고 있다. 베이거스 근교에서 커다란 산불이 일어났고, 그레이하운드 버스 터미널의 폐기 연료가 폭발하여 수십 채의 술집과 작은 호텔들이 활활 타올랐다. 화재가 정글로 퍼져 나갔고, 불길은 고요해진 도심지의 호텔과 카지노의 전면에 반

사랑과 증오

사되어 빛났다. 이미 도시를 나가는 출입구는 전부 봉쇄되어 버렸다. 길가 숲에서 쓰러져 내린 불타는 나무둥치들이 고속도로를 막아 버린 것이었다.

한밤중이 되자 웨인은 도보로 어둑해진 사하라 호텔을 떠났다. 어떻게든 맨슨의 본부를 찾겠다고 마음먹은 상태였다. 그의 위편으로 수많은 작은 불똥이 환히 나부끼는 연기에 그을린 하늘에서는, 도시 주변의 언덕에서 야영하는 원정대를 위해 레이저 영사기가 마지막 쇼를 펼치고 있었다. 스트립 거리를 걷는 웨인의 머리 위 하늘에는 살해당한 JFK가 드러누워 있었다. 죽인 머리가 거대한 산에 잘려 도막 나 있는 것처럼 보였다. 이어 괴상한 형상들이, 범죄자와 살해된 갱단원의 모습들이 하늘에 등장했다. 총알에 벌집이 되어 버린 베이비 페이스 넬슨, 딜린저, 프리티 보이 플로이드의 모습, 죽기 직전에 웃음을 머금는 리 하비 오즈월드의 모습.

마지막으로 맨슨의 가장 위험한 비장의 부두교 주술처럼, 웨인 본인보다 살짝 나이가 많은 정도인 젊은 남자의 얼굴이 허공에 등장했다. 머리카락은 바싹 밀고 강렬한 눈빛을 가진 사람이었다. 널찍한 머리가 밤하늘에 걸려서, 공허한 눈동자 안을 채우는 수많은 불똥들에 빛나고 있었다. 스트립 거리에 도착한 웨인은 문득 그 눈을 올려다보았다. 하늘에 널찍이 걸려 확대된 그 영상에서도, 공기처럼 희박하게 퍼진 그 모습에서도, 내면에 깃든 혐오와 폭력이 명확하게 드러나 보였다. 지나치게 확장된 동공에는 처참한 어린 시절의 기억이, 그 뒤를 이은 잔혹한 청소년기와 광기와 감금으로 가득한 성인 시절의 삶이 들어차 있었다. 그 눈은 라스베이거스 주변의 정글에서 야영을 하는 원정대를 노려보며, 끔찍한 보복을 당하지 않으려면 물러나라고 경고하고 있었다.

삭발한 거대한 머리 아래로 걸어가면서 웨인은 자신이 저 눈을 다른 곳에서 본 적이 있다는 사실을 깨달았다. 더블린의 도서관에서 졸린 눈을 비비며 슬라이드 영사기 곁에 앉아 있을 적에. 동시에 저 광기에 빠진 젊은이의 정체야말로 네바다에 도착한 이래 내내 자신의 마음속을 떠돌던 마지막 퍼즐 조각이라는 사실도 깨달았다. 달각이며 넘어가던 슬라이드가, 대통령과 영화배우들의 모습이, 유명한 이들과 악명 높은 이들이 떠올랐다……

"찰스 맨슨이잖아!" 그는 이렇게 외치며 하늘을 올려다보았다. 먼 옛날 1960년대에 법정에서 펼쳐진 악몽 같은 사건이, 할리우드 살인사건의 배후에 존재하던 정신병자가, 사악한 마술로 청소년들을 사로잡아 컬트 집단을 만들었던 자가 뇌리에 되살아났다. 그런데 대통령이라고……? 웨인은 데저트인을, 이미 아무도 없는 휴스 스위트룸을 바라보았다. 한 세기 반이 지난 후, 다른 병들고 슬픔에 겨운 젊은이 하나가

사랑과 증오

슈판다우의 정신병원에서, 베를린의 미국인 게토에서 벗어나서 미합중국을 다스리기 위한 기나긴 계획의 첫 번째 단계로 자신의 이름을 바꾼 것이다. 라스베이거스는 이제 과거의 맨슨이 감방에서 꿈꾸었던 대통령제 국가의 최후의 장으로 남아 불타고 있었다. 즐거운 얼굴로 핵미사일의 발사 버튼에 손가락을 올리고 있는, 범죄자이자 정신병자인 자의 지배하에서.

웨인은 도심의 카지노 구역을 선회하는 무장 헬리콥터에 발각될지도 모른다는 각오를 하고 스트립 거리 중심가로 달려 들어갔다. 맨슨은 대체 어디 있을까? 자신을 체포하기 위해 찾아온 침략자들을 기다리는 비밀 지휘소는 대체 어디일까?

불현듯 플레밍 박사의 말이 떠올랐다.

"……찰스 맨슨의 망령과 IBM이 긴긴 방랑 끝에 마침내 시저스펠리스에서 만난 거란다. 크루즈미사일을 금빛 칩 대신으로 쓰면서……"

시저스펠리스!

이 상황에 그만큼 어울리는 곳이 또 있겠는가?

스트립 거리를 따라 세운 도로 초소에는 아무도 배치되어 있지 않았다. 데저트인 앞에서는 우르술라가 그에게 물러가라고 명령을 내렸던 방어 거점의 철조망 사이로 그대로 걸음을 옮겨 통과했다. 버려진 거점 안에서 점멸등 하나가 낡은 영화 잡지며 버려진 레코드 앨범이며 방탄조끼 위로 빛을 뿜고 있는 모습이 보였다. 웨인은 금속 바닥에 무릎을 꿇고 버려진 소형 액자에서 흘러나온 사진들을 반듯하게 정리했다. 우르술라가 자신의 작은 보루 앞에서 자랑스럽게 포즈를 취하고 있는 컬러 스냅사진들이었다. 웨인의 사진도 있었다. 우르술라는 어린아이 같은 글씨로 이렇게 끼적여 놓았다. '정신없이 바쁜 사람. 우리 새 부통령—그래도 귀여워.'

웨인이 캐스터웨이에 설치된 새 거점을 향해 움직일 무렵에는 열대우림의 빗방울이 천천히 떨어지기 시작했다. 따스한 물안개가 파라솔처럼 펼쳐진 키 큰 야자 잎을 씻어 내고, 멀리서 타오르는 모텔의 불길을 반사해 반짝였다. 뒤쪽에서 맨슨이 조종하는 검은 천사들, 두 대의 무장 헬리콥터의 오싹한 소음이 들려왔다. 그들은 밤하늘에 강림해서 스트립 거리 한복판을 걸어가는 웨인의 머리 위 15미터 상공에서 따라왔다. 웨인의 등을 개틀링건으로 겨눈 채로, 텅 빈 조종석에 장착된 카메라가 웨인의 얼굴을 식별하려 안간힘을 썼다. 이제 맨슨은 헬리콥터에 이름을 붙인 모양이었다. 첫 번째 헬리콥터의 주둥이에는 'Hate'라는 글자가, 두 번째 헬리콥터의 개틀링건 사이에는 'Love'라는 글자가 스텐실로 찍혀 있었다. 웨인은 착륙용 레일을 붙들어 허공에서 끌어 내

　　　　　　　　　　　　　　　　　　사랑과 증오

리고 싶은 충동을 느끼면서 두 대의 헬리콥터를 멍하니 바라보았다. **사랑**과 **증오**. 그 사이코패스의 주먹 쥔 손가락마다 문신으로 새겨 놓은 글자들이었다. 하지만 헬리콥터들은 그를 식별한 후에는 나란히 방향을 틀어서, 호텔들 사이로 들락거리기를 반복하다가 공항 쪽으로 날아가 버렸다.

시저스팰리스 외부의 마지막 방어 거점이 눈에 들어왔다. 맨슨이 자신을 지켜보고 있다고 확신하면서, 웨인은 녹슬어 가는 로마풍 간판 아래에서 걸음을 멈췄다. 비좁은 통로 하나가 거점에서 시작해 호텔 앞뜰을 가득 메운 빽빽한 야자와 열대 활엽수 사이로 이어지고 있었다. 좁은 공터에 맨슨의 시킹이 착륙해 있었다. 프로펠러는 늘어지고, 동체에는 기름과 화약과 연기 자국이 가득한 채로. 호텔을 지키는 사람은 아무도 없었다. 마침내 헬리콥터와 레이저 쇼에 가려진 진실을 꿰뚫어 본 것인지, 멕시코 젊은이들도 전부 맨슨을 버린 듯했다.

웨인은 양치류와 덩굴의 피갑에 묻혀 거의 보이지도 않는 어둑한 호텔 입구에 섰다. 이 기묘한 꿈 어딘가에 슬픈 마법사가, 근처 호텔 옥상의 둥우리에 도사린 충직한 기계들의 호위를 받는 미친 멀린이 존재할 것이다.

숲속의 승강구 하나에서 빛이 번쩍였다. 사환이 쓰는 화물용 승강기 문이었다. 아직도 대통령 전용 헬리콥터의 헬멧을 쓰고 위장 재킷을 입은 핼쑥한 얼굴의 젊은이가 권총을 흔들어 웨인을 불렀다.

"늦었잖아, 웨인……" 웨인을 주시하는 파코의 지친 눈 속에는 집요한 호기심이 자리를 차지하고 있었다. "대통령 각하께서 안달이 나셨다. 네가 이번 룰렛에 참가하기를 바라고 계시거든."

28 / 전쟁 상황실

시저스팰리스의 대경기장에 들어선 웨인은 처음에는 오래전에 버려진 영화 스튜디오의 세트장에 잘못 들어왔다고 생각했다. 그는 파코를 따라 텅 빈 호텔의 로비를 가로지르고, 양탄자 위로 끝없이 이어지는 블랙잭과 룰렛 테이블을 지나쳤다. 비상용 발전기로 돌아가는 눈에 거슬리는 어둑한 조명이 그곳을 비추고 있었다. 그리고 로마 시대의 자잘한 예술품을 뒤로하고 대경기장 입구에 도달한 순간, 그들은 보이지 않는 시간의 경계선을 넘어 순식간에 고대 로마의 경쾌한 환상에서 20세기 후반의 음침한 한쪽 구석으로, 2천 년의 시간 여행을 하게 되었다.

웨인의 눈앞에는 펜타곤 전쟁 상황실의 복제 모형이 펼쳐져 있었다. 천장에서 전자식 표적이 내려와 있었는데, 미합중국의 지도가 오래전에 숨이 끊어진 컴퓨터의 고뇌하는 영혼처럼 유리 격자판 뒤에 사로잡혀 있는 모습이었다. 점멸하는 해안선과 주 경계선 뒤편으로 원형 테이블이 보였고, 대통령과 합참의장과 부관들을 위한 전화기와 메모장이 놓여 있었다. 테이블 가운데에는 거대한 룰렛이 장착되어 있었는데, 투명한 룰렛 휠 아래에서 조명이 비쳤다. 룰렛은 천천히 돌아가며 사방의 벽과 천장에 불빛을 흘렸고, 그에 따라 미합중국 지도와 방 안의 다른 모든 물건들 위로 수많은 글자들이 계속 스쳐 지나갔다.

……볼티모어……탬파……뉴올리언스……포틀랜드……
토피카……트렌턴……녹스빌……

수많은 이름들이 방 안을 회전하는 속에서, 파코가 앞으로 나가라고 찔러 대는 게 느껴졌다. 원형 테이블의 상석, 오직 대통령과 딜러, 둘만 앉을 수 있는 자리에 맨슨이 벌거벗고 앉아 있었다. 밀랍 같은 피부는 룰렛 휠의 조명에 물들어 채색한 시체처럼 번들거렸다. 그는 두 대의 무장 헬리콥터의 조종 장치 위로 몸을 굽힌 채로, 샌즈와 패러다이스 호텔 아래로 펼쳐진, 조종석에서 본 라스베이거스의 풍경을 의심 가득한 눈으로 응시하고 있었다. 아메리카의 모든 도시 이름이 유리 표적에 반사되어 피부 위에서 물결치는 모습이, 그를 알파벳 옷을 입은 나이 든 어릿광대처럼 보이게 만들었다. 그는 누군지 인지하지도 못하는 시선을 웨인에게 던졌다가, 표적 지도 아래의 테이블에 두 단으로 쌓아 놓은 텔레비전 화면으로 주의를 돌렸다.

웨인은 이내 맨슨의 흥미를 끄는 화면의 정체를 정확히 알아차렸다. 거기에는 제각기 작은 숲속 공터에 설치한 카메라의 화면이 비쳤다. 여섯 발의 크루즈와 한 발의 타이탄 미사일이 궤도식 수송 차량의 발사대에 얌전히 누워 있었다. 탄두가 장착된 뾰족한 주둥이가 나방과 날벌레로 가득한 평화로운 정글의 배경 사이로 비쭉 튀어나와 있었다.

맨슨은 미사일이 무사하다는 사실에 안심했는지 고개를 주억거렸다. 왼손이 자기 피부 위에서 일렁이는 전자식 도시 이름을 무의식적으로 긁어 댔다. 다른 손은 상아로 만든 공을 쥐고 허공으로 살짝 던져 올렸다. 돌아가는 룰렛 속으로 폭죽처럼 언제라도 던져 넣을 수 있도록 준비를 마친 듯이.

"웨인, 들어와서 함께 즐기는 게 어떤가. 파코하고 둘이서 이번 주 내내 자네를 기다리고 있었다네. 전쟁 게임을 막 시작하려던 참이거든……"

웨인은 문간에 서서 머뭇거렸다. 파코가 힘겹게 숨을 헐떡이는 소리가 들렸다. 멕시코 젊은이는 찌를 듯한 조명에 눈을 껌뻑였고, 늘씬한 학생 같은 얼굴은 헬멧의 볼에 달린 완충 패드 뒤로 졸아들어 있었다. 권총 손잡이를 단단히 붙든 모습이, 웨인에 대해서 만큼이나 스스로에 대해서도 확신을 가지지 못하는 듯싶었다. 텅 빈 계단석이 어둠 속으로 솟았다가 사라졌다. 20세기 말엽에는 이곳에서 테니스 토너먼트와 복싱 선수권 대회가 열렸다. 그러나 지금 맨슨이 생각하는 것은 다른 종류의 게임이었다. 진짜 미사일을 사용하는 최고의 비디오게임이었다.

"정신 차리게, 웨인. 전쟁 상황실의 자리가 기다리고 있지 않은가." 맨슨은 음탕해 보이기까지 한 미소를 머금으며 웨인에게 앞으로 나오라고 손짓했다. 끊임없이 입술 위를 스쳐 가는 이름들 때문에, 그는 마치 아메리카 여신의 자식들을 집어삼키는 외눈박이 거인 같았다. "자네가 도박을 즐기는 친구라는 건 알고 있으니 이것도 마음에 들 걸세. 아주 큰 도박을 하는 셈이거든, 웨인. 사상 최대의 도박이야……"

웨인은 셔츠에 손을 문질러 닦고는 합참의장의 자리에 앉았다. 테이블에서는 조명이 반짝이는 룰렛이 끊임없이 돌아가고 있었다. 숫자가 있어야 할 자리를 차지한 것은 미국의 도시 이름들이었다. 서른여섯 개의 숫자 대신 서른여섯 군데의 도시가, 애틀랜타와 버펄로와 찰스턴에서 솔트레이크시티와 샌디에이고와 탬파, 털사와 위치토까지. 전기 불빛이 반짝이는 표적 지도를 올려다본 웨인은 바로 그 서른여섯 개의 도시들이 화면에 표시되어 있다는 것을 알아차렸다. 보스턴, 클리블랜드, 신시내티, 디모인 위에는 작은 별이 점멸했다.

맨슨은 자신이 나체임을 그제야 자각한 듯이 육신을 내려다보았다. 몽롱한 눈으로 허벅지와 복부를 가로지르는 도시들을 지켜보다가, 잠시 창백한 배꼽 속으로 사라질 때마다 웃음을 머금었다. 웨인은 맨슨이 벌거벗은 이유가 요람을 부수기 전의 갓난아기와 같은 모습이 되기 위해서일 뿐 아니라, 동시에 자신이 증오하는 도시들이 피부 위를 좀먹어가는 모습을 즐겁게 바라보고 싶어서일 거라는 생각이 들었다.

"자네가 와 줘서 정말 기쁘다네, 웨인." 그가 중얼거렸다. "다른 이들은 전부 떠나 버렸거든. 이제 자네하고 나하고 파코밖에 없는데, 파코는 별로 즐거운 기색이 아니라서 말일세."

멕시코인 젊은이는 몸을 부르르 떨고 나서 짜증스러운 몸짓을 했다. 그는 너무 늦게까지 깨어 있느라 잠에 겨운 똘똘한 어린아이처럼 룰렛 테이블에서 물러나 허리춤에 권총을 대고 섰다.

맨슨은 단호한 얼굴로 그를 향해 미소를 짓고는, 화면을 바라보며 고개를 저었다. "전염병일세, 웨인. 멈추려 해 보았지만 벌써 여기까지 밀고 들어왔지. 도시로 진입하려 하고 있어……"

"대통령 각하—"맨슨의 손안에서 위아래로 움직이는 상
아 공에 반쯤 홀려 있던 웨인은, 제정신을 차리려 애쓰면서
입을 열었다. "각하, 맬러부 원정대의 선발대가 앞으로 한 시
간이면 여기 도착할 겁니다."

"웨인, 세상에, 당연하지, 나도 안다네!" 맨슨은 웨인이 오
작동하는 로봇이라도 되는 양 노려보며 말했다. 그는 테이
블 위를 수놓은 버튼을 이리저리 만지작거렸다. 마치 묵주
에서 위안을 얻는 맹인처럼 익숙한 궤도를 따라가는 손놀림
이었다. "잘 보게, 웨인. 똑똑히 보이지 않나! 저게 바로 바이
러스일세!"

텔레비전 화면이 바짝 클로즈업되었다. 15번 주간 고속도
로 어딘가에 설치해 놓은 카메라들이 송신하는 영상이었다.
동트기 직전의 안개 속에서 맬러부에 상륙한 여단의 선견대
가 모습을 드러냈다. 위장용 헬멧을 착용한 해병대 한 개 소
대가 정글의 장막 아래 숨어 전진하고 있었다. 카빈소총을
쥔 채로, 불도저 쪽으로 손짓해서 도로를 막으며 쓰러진 야
자수를 치우고 있었다. 워키토키 안테나가 허공으로 치솟아
파르르 떨렸고, 이윽고 열 명, 스무 명, 100명의 병사들이 나
타났다. 지프차가 줄지어 등장하며 새와 박쥐의 시체를 짓
밟았고, 중형 전차 한 대가 불에 그슬린 악어의 시체를 짓부
쉈다. 경계를 늦추지 않으면서도 자신감 넘치는 병사들의

움직임을 보니 정규 훈련을 받은 병력의 일부라는 점은 분명했다. 차량들은 바로 이런 상황을 대비해서 수십 년 동안 신중하게 관리해 온, 진주만의 예비 휘발유 비축분으로 움직이고 있을 것이다.

"웨인……" 맨슨은 가느다란 목소리로 중얼거리며 테이블 위로 손을 뻗었다. 그 순간만은, 누군가 위로해 주기만을 원하는 슬픈 노인처럼 보였다. 축축 처지는 몸을 무시하면서 웨인은 그들이 공유했던 미국의 꿈을 떠올리고 기운을 북돋우려 애썼다. 진격해 오는 병사들 위로 헬리콥터를 풀어놓기 전에 맨슨을 구해 내려면 어떻게 해야 하는가? 줄지어 늘어선 텔레비전 화면이 없으면 맨슨은 리어왕처럼 눈멀고 광기에 빠진 군주로 전락할 것이다.

"대통령 각하……" 맨슨을 달랜 다음 호텔의 어느 조용한 스위트룸으로 데려가려 마음먹고, 웨인은 자리에서 일어섰다. "제가 돌봐 드리겠습니다, 각하."

"파코!" 맨슨은 웨인의 땀에 젖은 옷이 혐오스러운 듯 움찔하며 손길을 피했다. 그의 입가에는 역겨움과 악의가 깃든 웃음이 흘렀고, 파코는 앞으로 나와서 웨인을 원래 자리로 밀쳤다. "역병이야, 파코. 저걸 없앨 방법은 하나밖에 없어. 불태워 버리는 거야. 태양의 조각을 이용해서……"

형용할 수 없을 정도로 끔찍한 물건을 쓰레기 투입구로 던져 넣는 것처럼 맨슨은 손목을 휙 젖혀서 룰렛으로 상아

공을 던져 넣었다. 회전하는 룰렛 속을 질주하는 공의 움직임을 따라 그림자가 전쟁 상황실의 천장을 미사일처럼 가로질렀다. 처음으로 맨슨은 텔레비전 화면에서 완전히 몸을 돌렸다. 조작 버튼 위로 몸을 숙이면서 손가락은 굴곡을 찾아 헤맸다. 공은 룰렛 속에서 물결치듯 구르고 튕기고 움찔거리다, 한 도시 이름의 구멍으로 다가들면서 갑자기 멈추었다.

그는 행복한 미소를 머금은 채로 눈을 찡그리며 룰렛 속을 들여다보았다. 왼손은 이미 비상 버튼을 누르고 있었다. 어디선가 전기 전달 장치가 덜걱거리고 웅웅거리는 소리가 들렸다.

"미니애폴리스에 배당이 가는군……" 가볍게 중얼거린 맨슨은 마치 오랫동안 비웃음의 대상이 되어 온 발명가처럼 조용하지만 자신감 넘치는 모습으로, 의자에 앉은 상태로 빙글 돌았다. 정글의 공터에서 여섯 발의 크루즈미사일 중 하나가 생명을 얻어 움직였다. 짤막한 꼬리날개가 스스로 펼쳐지고, 수송차는 뻣뻣하게 방향을 틀어서 동쪽 하늘을 향해 위태로울 정도로 가파르게 발사대를 올렸다. 미사일의 하단에서 발사체를 쥐고 있던 지지대가 후퇴했고, 로켓은 순간 하얀 빛을 뿜더니 화염과 연기를 내뱉으며 가속을 시작했다. 그리고 거대한 구름을 분사하며 새벽하늘로 치솟아 올랐다. 전부 연소된 부스터 로켓이 떨어져 나왔다. 이제

전쟁 상황실

날개를 활짝 편 크루즈미사일은 600미터 상공에서 수평비행을 이어 갔다. 이미 미사일 첨단부의 예민한 공대지 스캔 레이다가 정글 계곡의 등고선을 읽으면서, 깎아지른 급경사면을 회피하고 숲속 강물의 은빛 고속도로를 찾아 들어가고 있었다.

웨인은 경외감을 품고 거의 응원하는 기분으로 크루즈미사일을 지켜보았다. 미사일은 우뚝 솟아 앞길을 막고 있는 로키산맥에 도착하자 경로를 바꾸었다. 그러고는 낮은 고개와 협곡을 찾아, 말라붙은 리오그란데강의 강바닥을 지나서 캔자스와 네브래스카의 대사막을 가로질러 꾸준히 날아갔다. 그대로 지령에 복종하며, 아이오와주 경계를 건너 텅 빈 미니애폴리스를 목표로 삼아서.

발사 장소의 카메라가 마지막으로 아침 햇살 속의 금빛 점으로 좁아들어 버린 미사일의 모습을 좇았다. 맨슨은 의기양양하게 의자에 몸을 묻으면서 파코를 향해 고개를 끄덕였다.

"어서, 파코. 자네가 던질 차례야!" 그러나 멕시코인 젊은이는 고개를 저으며 탈진한 얼굴을 헬멧 속으로 숨겼다. 맨슨은 희망을 담은 눈으로 웨인을 바라보며 재촉했다. "웨인, 자네는 어떤가, 응? 미국의 운명이 **자네** 손에 달려 있는 셈 아닌가? 덜루스나 시애틀을 권할 수는 없지만, 멤피스나 채터누가 정도면 운을 시험해 볼 만하지 않겠나. 게다가 세상에서 질병을 몰아내는 일이니 그 나름의 선행이고……"

웨인은 조명이 반짝이는 룰렛으로 몸을 기울여 상아 공을 손에 들었다. 그는 파코의 초조한 눈길을 따라 미국이 그려진 표적 지도를 바라보았다. 크루즈는 신뢰성이 높지만 느린 편이고, 가볍고 연료 효율이 좋은 엔진을 이용해 100킬로톤 탄두를 시속 800킬로미터를 살짝 상회하는 속도로 밀어 댄다. 로키산맥의 미궁을 뚫고 미니애폴리스에 도달하려면 대여섯 시간은 걸릴 것이다. 그 정도면 귀환 명령을 내리거나 연료가 다 떨어진 미사일이 미시시피에 추락하게 만들기에는 충분한 시간일 것이다.

"웨인, 이제 와서 흥미를 잃으면 곤란하지! 잊지 말게. 휴스 항공 제작사가 이 크루즈미사일을 설계했다고……"

"던져 보지요, 대통령 각하." 웨인은 맨슨의 흥분한 눈길을 외면하며 대답했다. 15번 주간 고속도로에 설치된 감시 카메라에 보병대 사이에서 함께 움직이고 있는 여섯 대의 전차가 잡혔다. 베이거스 중심가는 텅 비어 있었다. 여기저기 널린 철조망 잔해와 버려진 초소와 불타 버린 뷰익이 잿빛 햇살 속에서 모습을 드러냈다. 머지않아 원정대가 이곳에 도착하겠지만, 정글 속 호텔에 틀어박힌 맨슨을 발견하려면 상당히 시간이 걸릴 것이다. 그 정도 시간이면 헬리콥터가 전 병력을 분쇄하고, 얼마 남지 않은 생존자들을 태평양으로 몰아내 버릴 수 있을지도 모른다……

정찰기가 머리 위를 지나가며 엔진음이 대경기장 지붕을 뒤흔들었다. 맨슨은 그 소리도 듣지 못했는지, 전쟁 상황실처럼 꾸민 영화 세트장에서 마지막 게임에만 정신을 팔고 있었다. 파코는 한때 고용주였던 자의 그림자 속에 머물러 있었다. 맨슨에 대한 충성심이 흔들린 건 분명했지만, 웨인에게 운을 걸어 보기에는 아직 불안한 듯했다.

웨인은 자세를 고쳐 앉으며 환한 웃음을 지으려 애썼다. 그가 손에 든 공을 허공으로 던졌다 받자 맨슨의 경계하던 눈에 웃음기가 떠올랐다. 이대로 게임에 참가해서 남은 다섯 발의 크루즈미사일을 처리하면 된다. 맨슨이 원정대의 함선에 미사일을 날리기 전에, 사막 지대의 텅 빈 도시들로 안전하게 쏘아 버릴 생각이었다.

"그럼 세인트루이스로 해 보지요, 대통령 각하!" 그는 소리쳤다. "거기서는 꽤나 힘들었으니까요. 세인트루이스에 걸겠습니다. 전염병이 찾아오는 경로에 있기도 하고……"

2분 후 공이 정확하게 그 자리를 찾아들자, 맨슨이 즐겁게 손을 놀려 입력한 지령이 덜걱거리는 연결 장치를 타고 정글 속의 발사대로 전달되었다. 그리고 두 번째 크루즈미사일이 미시시피강 강변을 향해 기나긴 여정에 올랐다.

29 / 카운트다운

모빌…… 초음속으로 퍼지는 배기가스를 뿜으면서, 금속 지지대를 격렬하게 흔들며 흉측한 폭탄이 우아한 고속 요트로 변해 허공을 질주하기 시작했다.

포트워스…… 분노한 화염이 구름처럼 피어난 자카란다 꽃잎을 연이어 흔들었다. 달아오른 추진체의 잔해가 정글 공터로 떨어져 내렸고, 웨인은 태양의 작은 꿈을 다시 한번 전하러 날아가는 날개 달린 전령을 지켜보았다.

콜럼버스…… 연기를 뿜어 올리는 발사대 주변에서 마카 우앵무새와 잉꼬의 시체가 들썩였다. 동시에 머나먼 상공에서는 금속 새 한 마리가 추진체를 떨쳐 내고 굶주린 맹금처럼 로키산맥으로 방향을 틀었다.

템파…… 애리조나의 열대우림을 지나 투손에 들르고, 멕시코 국경 지대의 엘패소를 지나서, 텍사스 대사막을 지나 뉴올리언스까지 쭉 날아가기만 하면, 거기서 바로 끓어오르는 바다를 건너 폭염에 휩싸인 멕시코만의 도시까지 순식간에 도착할 수 있을 것이다.

크루즈미사일은 모두 지상을 떠났다.

탈진한 웨인은 한쪽 어깨를 테이블에 기대고 눈앞에서 돌아가는 룰렛을 지켜보며, 표적이 된 미국 도시들의 흐름 속에 손을 담갔다. 한때 자신의 손으로 회생시킬 꿈을 꾸던 그 이름들에. 이제 인디언들을 부족의 사냥터에서 몰아낸 무작위적인 '지진'의 정체는 명확해진 셈이었다. 맨슨이 자신의 전쟁 상황실을 시험하고 있었던 것이다. 눈앞의 거대한 크리스털 룰렛은 미래와 언약이 아니라 죽음과 과거를 설파하고 있었다. 놀랍게도 세인트루이스는 한 방에 따는 데 성공했다. 그래도 최소한 지금 공이 멈춘 여섯 개의 도시는 아무도 살지 않는 곳이었고, 100킬로톤급 폭탄으로는 큰 피해를 입히지는 않을 것이다. 고작해야 사람이 떠난 지 오래인 도시의 구획 몇 개를 파괴하는 정도에 그칠 터였다. 상아 공은 워싱턴과 뉴욕을 비껴갔다. 아메리카 원주민들은 아직도 백악관 밖의 몰 공원에서 안전하게 옹기종기 모여 있을 것이다.

"좋네, 웨인. 상당히 많이 따지 않았나. 하우스에서도 기꺼이 지불할 생각일세. 세인트루이스, 포트워스, 탬파, 모두 지금 가는 중이고……"

맨슨은 의자에 기대면서 어릿광대 같은 몸 위로 머리를 늘어뜨리며, 아직도 자신의 벌거벗은 가슴팍에 전자 조명의 양탄자를 짜 내리는 도시 이름들을 바라보았다. 그는 지난 한 시간 동안 웨인과 번갈아 상아 공을 룰렛에 던졌는데, 곧 추선 발사대에서 날아가는 미사일로부터 눈을 떼지 못한 채 전에 없이 깊은 희열에 사로잡혀 있었다. 최후의 크루즈미사일이 발사대를 떠났을 때는, 텔레비전을 통해 과도한 폭력을 실컷 맛본 관음증 환자처럼 거의 의식을 잃은 것같이 보였다.

웨인은 그를 즐겁게 하려 애쓰면서 화면을 주시했다. 민트 호텔에 설치한 카메라 한 대가 끈질기게 라스베이거스 중심가를 촬영하고 있었다. 이제 다들 도착한 것 같았다. 맬러부 원정대의 지프와 전차가 프리몬트가를 따라 일렬로 주차되었다. 선원들이 다리를 뻗으며 헬멧과 워키토키를 벗어 던지고, 기관총 탄띠를 지프차 후드에 걸쳐 놓는 모습이 보였다. 보도를 걸어 다니면서 깨진 유리를 멀리 차 버리고 농익어 부풀어 오른 기린과 표범의 사체에서 물러나는 병사들도 보였다. 아침 햇살에 의지해 조명이 꺼진 호텔과 카지노의 안쪽을 기웃거리는 모습을 보니, 이 버려진 정글 도시가

카운트다운

바로 최근까지 미합중국의 서부 수도였다는 사실을 모르는 게 분명한 듯했다.

얼마 지나지 않아 피닉스 원정대도 도착했다. 제복을 입은 군인에, 모하비호 근처 휴양 시설의 백화점에서 약탈한 옷을 자유롭게 차려입은 인디언 보조 부대와 멕시코인 용병들까지 적절히 뒤섞인 부대였다. 지프차와 반궤도 차량, 먼지투성이 폰티악과 크라이슬러, 전리품을 가득 실은 징발한 장의차들이 볼더 고속도로를 지나 프리몬트가로 들어서서, 맬러부의 전차 뒤에 바짝 붙여 주차했다. 사막풍 겉옷과 허벅지까지 오는 부츠를 착용하고, 가죽 재킷 아래에는 양쪽으로 탄띠를 둘러멘 신중한 눈빛의 수염 기른 남자들이 먼저 도착한 맬러부의 병사들과 즐겁게 환담을 나누었다. 여성 용병들, 붉은 머릿수건을 두르고 흰색 팜비치 정장을 차려입고 늘씬한 허리에는 은제 손잡이가 달린 권총을 찬 이혼자 부족 사람들은, 훌쩍 전차로 뛰어올라 당황한 기색이 역력한 전차병이며 통신병들을 포옹했다.

소총 개머리판이 판유리 창문을 깨부쉈고, 병사들은 관광객처럼 줄지어 술집과 카지노로 우르르 들어갔다. 맨슨의 젊은 민병대 중 겁 많은 이들은 벌써부터 숨어 있던 블랙잭 테이블 아래에서 기어 나오고 있었다. 영문을 모르는 장교들의 친절한 질문에 답하기에는 아직 너무 충격이 큰 모습이었다. 그들은 손으로 입을 가린 채로 라스베이거스 상공에서 빛나는 옛날 쭉 찰스 맨슨의 레이저 영상을, 그리고 멀리 샌즈와 패러다이스 호텔 옥상에 조용히 도사린 두 대의 무장 헬리콥터를 가리켜 보였다.

용병 한 명이 웃음을 터트리더니 머리 위에서 노려보는 얼굴을 향해 소총을 난사했다. 양쪽 원정대 모두 라스베이거스를 다스리던 군벌 혹은 강도 두목이 이미 도시를 버리고 달아나서, 부하들을 이끌고 난초로 가득한 데스밸리의 정글 어딘가에 몸을 숨겼다고 가정하고 있는 듯싶었다.

맨슨이 시저스펠리스의 전쟁 상황실에서 피에 굶주린 흡혈귀처럼 몽롱한 웃음을 머금고, 다음 희생양을 탐색하는 즐거움을 만끽하며 그들을 주시하고 있다는 사실을 아는 사람은 아무도 없었다. 하지만 적어도 크루즈미사일은 더 이상 그의 수중에 남아 있지 않았다.

"대통령 각하, 일어나십시오! 저들이 우리를 전부 죽일 겁니다!"

파코가 앞으로 걸어 나오며 화면을 가리켰다. 그는 눈앞에 펼쳐진 광경에 경악해서 분노에 몸을 떨고 있었다. 그는 자기 주인의 전자 영토에 들어온 침입자들을, 범멕시코 제국이라는 자신의 꿈을 파괴한 자들을 당장이라도 쏴 버릴 것처럼 권총을 들었다.

"기다려라, 파코…… 애야. 다 괜찮을 거다." 맨슨은 이런 온갖 사태에 조금도 동요하지 않은 목소리로 파코를 달래듯이 중얼거렸다. 경비행기 한 대가 라스베이거스 대로에 착륙하고 있었다. 줄무늬를 칠한 동체에 날개가 위쪽으로 달린 단엽기였다. 비행기는 역풍을 뚫고 고도를 낮추더니, 동체 길이보다 살짝 더 나가서 땅에 닿았다. 그리고 그대로 도로를 따라 천천히 미끄러지며 죽은 짐승과 불탄 자동차를 피해 지그재그로 움직이다가, 마침내 프리몬트가의 양쪽 갓길에 주차한 차량들 옆까지 와서 주행을 멈추었다.

피닉스 원정대의 지휘관으로 보이는 전투복과 방탄조끼를 차려입은 대령 한 명이 비행기에서 내려서 잡다하게 섞인 병력을 향해 경례를 올렸다. 수염을 기른 장교들과 하얀 양복을 걸친 이혼자 부족들이 주변으로 몰려드는 동안, 그는 고개를 들고 골든너깃과 호스슈의 부서진 입구를 둘러보았다. 그의 냉정한 눈은 머리 위 하늘을 가득 메우고 있는 오래전에 잊힌 사이코패스의 레이저 영상에 잠시 머무르다가, 재빨리 샌즈와 패러다이스 호텔 옥상에 거대한 광고판처럼 앉아 있는 무장 헬리콥터로 향했다. 아직 자기 휘하의 용병들에게는 아무 말도 하지 않고 있었지만, 해군모 아래로 드러난 바람에 시달린 경계심 강한 얼굴은 웨인이 아는 모습이었다.

스타이너였다!

아폴로호의 선장은 도지시티 근교의 사막에서 살아남은 것이다. 웨인은 그가 부트힐을 떠나 서쪽으로 손짓하는 1.5

킬로미터 높이의 영웅들을 따라서, 뼛가루처럼 새하얀 풍경 속으로 죽음을 찾아 들어가던 모습을 떠올렸다. 라스베이거스의 텅 빈 중심가를 향해 미소 짓는 스타이너를 보자, 웨인은 갑작스럽게 마음속에서 적개심이 끓어오르는 것을 느꼈다. 아폴로 탐사대의 지휘권을 거머쥐도록 한 것과 동일한 부류의 호승심이었다. 만약 스타이너가 자신과 맨슨이 이룩한 업적을 깨닫기만 한다면, 그들 두 사람이 이 황막한 네바다 정글에서 무엇을 되살려 냈는지를 알게 된다면, 자신이 부통령으로 임명되었다는 사실을 알릴 수만 있다면. 혹시 그의 권위를 스타이너에게 사용해서 남은 것을 건지고, 침략해 오는 원정대와 휴전협정을 맺을 수도 있지 않을까?

"웨인, 애야……" 맨슨은 공허한 눈으로 그를 바라보고 있었다. "마지막으로 던질 차례인 것 같구나."

"하지만 대통령 각하—" 웨인은 화면에 비치는 여섯 개의 빈 발사대를 가리키며 말했다. "크루즈미사일은 전부 발사해 버렸습니다만."

맨슨은 슬쩍 웃음을 지으면서 자신의 어깨 너머를 가리켰다. 손가락으로 도시 이름을 긁어내려 시도하다 생긴 붉은 자국이 창백한 피부를 얼기설기 가로지르고 있었다. 문득 노인이 스스로의 육신을 직접 해체하려는 아즈텍 사제처럼 보였다. "웨인, 아직 하나 남았단다. 제일 큰 녀석이지. 타이탄 말이다. 모든 것을 걸 만한 폭탄이야."

웨인은 고개를 저으며 맨슨의 어깨 너머 화면을 뚫어져라 바라보았다. 타이탄 미사일이 수송 차량에 단단하게 자리 잡고 있었다. 저 거대한 ICBM에는 500킬로톤 탄두가 장착된다. 공기를 빨아들이는 크루즈미사일과는 완벽하게 다른 존재다. 날개조차 없는 이 괴물은 성층권을 뚫고 올라간 다음, 굉음과 함께 포물선을 그리며 낙하해서 3분 만에 도시 하나를 통째로 뒤엎어 버릴 수 있다. 웨인은 맨슨이 흥미로운 얼굴로 자신을 주시하고 있음을 인지하면서 상아 공을 들었다. 힘없이 축 늘어진 입매 위로 경계심 가득한 한 쌍의 눈이 빛나고 있었다. 룰렛은 죽음의 회전을 계속하며, 전쟁 상황실의 벽면에 거미줄에 걸린 반딧불처럼 보이는 도시들의 이름을 수놓았다. 운이 좋으면 샌프란시스코가 걸릴지도 모른다. 우르만큼이나 오래전에 폐허가 되어 기억 속에서 사라진 도시가. 샌앤드레이어스 단층이 힘겨운 짐을 태평양으로 떨쳐 내는 과정에서 연이어 찾아온 지진에 파괴되고 또 파괴되었던 도시가.

그의 공은……

0으로 들어갔다.

웨인은 공이 조명이 화려한 룰렛을 따라 도는 모습을, 텅 빈 틈새에 안착해서 도화선의 불을 꺼 버리는 모습을 지켜보았다. 도시 이름이 없는 칸이 걸린 것이다!

그는 안도하며 크게 소리쳤다. "대통령 각하, 저 자리에는 아무것도 없어요. 도시가 없습니다!"

맨슨은 부드러운 웃음을 터트렸다. 방금 꼬마 하나를 훌륭하게 속여 넘긴 마술사를 연상케 하는 웃음이었다.

"제로면 하우스가 따는 거란다, 웨인."

어딘가에서 제어장치가 달각거리고, 연결 장치가 맞물리고, 예비 발전기가 웅웅거렸다. 맨슨의 손가락은 이미 제어판 위를 움직이고 있었다. 타이탄의 옆구리에 있는 연료 주입구에서 희미하게 거품이 일어났다. 수송 차량이 방향을 바꾸어 숲속 공터에서 힘겹게 움직이고, 거대한 로켓이 수직으로 섰다. 마치 목표를 조준하는 것처럼……

"하우스요? 어느 하우스 말씀이십니까, 각하? 백악관 말씀이신가요?"

맨슨은 이 말에 다시 웃음을 터트렸다. "어떻게 말하자면 그렇지. 바로 이 하우스 말이다. 라스베이거스 말이야. 마지막에는 결국 하우스가 따는 법이거든."

맨슨은 게임이 끝났다는 듯 의자를 뒤로 밀었다. 그는 전쟁 상황실을 둘러보다가, 라스베이거스 중심부를 비추는 화면에 시선을 멈추었다. 골든너깃 앞에서 서로의 카메라를 향해 포즈를 취하고 있는 병사들, 전차와 지프 사이로 잽싸게 움직이는 맨슨의 젊은 민병대원들, 흰 양복을 입은 이혼자 부족들에 둘러싸인 상황임에도 하늘을 딛고 선 사이코패스의 레이저 영상에 더 관심을 보이는 스타이너가 보였다.

카운트다운

실험복을 걸친 금발 여성이 새들의 사체로 엮은 구멍투성이 직물 위를 가로질러 그에게 달려갔다. 의자에 몸을 묻은 맨슨은 처음으로 평화를 찾은 듯했다. 푸석한 얼굴에서 모든 긴장이 모습을 감추었다. 마치 손님들이 자기 리조트를 즐기는 광경을 기껍게 바라보는 지친 리조트 사업가 같았다.

그러나 웨인의 귀에는 예정대로 돌아가는 제어장치의 소음 외에는 그 어떤 소리도 들리지 않았다. 발사대에 서 있는 타이탄이 수증기가 섞인 돌풍을 뿜어내기 시작했다. 연료 탱크에서 뿜어져 나오는, 액체산소와 등유가 섞인 연료를 거대한 짐승의 그르렁거리는 배 속에 주입할 준비가 되었다는 신호였다. 고정용 지지대가 발사대의 외장에서 뻗어나와 미사일의 첨단부를 붙들었고, 섬세한 손가락이 뾰족한 전자 침을 탄두 아래 유도 시스템 차단기로 밀어 넣었다. 일련의 암호화된 전압이 원자폭탄의 주 회로에 신호를 보내서, 웨인이 추측건대 라스베이거스 중심부의 상공 300미터에서 폭발을 일으키도록 만들었다. 멈춰 선 비행기의 날개 아래, 지금 스타이너와 앤 서머스가 포옹을 나누고 있는 바로 그곳에서.

그들의 친밀한 교류에 상처를 받은 웨인은 룰렛의 제로 칸에 슬쩍 올라타 있는 상아 공을 잡아챘다.

"맨슨 각하! 이 룰렛은 조작된 물건입니다! 세인트루이스는……"

"웨인, 너라면 당연히 알고 있을 거라고 생각했다. 우리는 이 세상의 지배자니까. 이제 다음 세상이 되겠지만……"

맨슨은 의자에 그대로 앉아서 파코에게 자기 농담에 동참하라는 듯 사교적인 미소를 보냈다. 파코는 화면에서 눈을 돌리고, 가슴께에 권총을 단단히 쥔 채로 그의 뒤편에 뻣뻣하게 서 있었다. 아무런 표정도 떠올라 있지 않은 얼굴은, 각고의 의지를 발휘해 일부러 나이를 먹은 것처럼 기묘하게 늙어 보였다. 웨인은 이 멕시코인 젊은이가 최후까지 맨슨과 함께하겠다는, 동방의 야만족에 점령되는 꼴을 보느니 차라리 라스베이거스와 범아메리카 왕국이라는 자신의 꿈이 완전히 파괴되는 쪽을 선택하겠다는 결단을 내린 것이라 짐작했다.

"대통령 각하, 포기해서는 안 됩니다, 각하." 웨인은 미합중국이 그려진 표적 지도를 건드리며 말했다. 네바다 위에 새로운 태양이 떠올랐다. 미국 남부의 한복판에 거대한 초신성 하나가 탄생해 점멸하고 있었다. "이렇게 열심히 노력했는데 어떻게 이제 와서 모든 걸 파괴하실 수 있습니까. 맨슨 각하, 철회 및 폐쇄 코드를 제게 주십시오."

맨슨은 빈손을 벌려 보이며, 자신의 나체 위로 나부끼는 반딧불의 섬광을 즐겼다. "그런 건 없단다, 웨인! 타이탄의 발사 시스템은 완전히 독립된 체계거든. 걱정 말거라. 세 시간이면 카운트다운이 끝날 테니, 여기서 느긋하게 기다릴 시간은 충분하단다. 우리의 위대한 모험에 대해서, 우리가 시도한 모든 것들에 대해서 이야기를 나누는 건 어떠냐······"

"맨슨 각하!" 웨인은 파코를 밀치고 다가서려 했지만, 비행 헬멧을 쓴 멕시코인 젊은이는 고민하는 기계 같은 얼굴로 그를 다시 밀쳤다. 웨인은 라스베이거스 중심부의 행복한 광경을, 스타이너와 앤이 손을 맞잡고 줄지어 선 병사들 사이를 지나가는 모습을, 하얀 양복을 입은 용병 여성들이 펩소던트의 부축을 받아 붕대 감은 다리로 절룩거리며 나오는 맥네어를 향해 휘파람을 불어 대는 모습을 가리켜 보였다. 하인스, GM, 제록스도 그곳에 있었다. 한발 늦게 도착해 거대한 증기자동차에서 내리는 중이었다. 저마다 너무 큰 모피 코트를 잔뜩 걸친 모습이 아기 곰을 데리고 소풍을 나온 곰 일가족 같았다. "대통령 각하, 여길 떠나야 합니다. 다른 사람들에게 도망치라고 경고해야 합니다. 시간이 빠듯합니다."

"얘야, 진정 좀 하려무나." 맨슨은 배 위로 팔짱을 끼면서 무심한 불상 같은 시선으로 그를 바라보았다. "네가 혼란에 빠져 서두르는 모습은 보고 싶지 않구나. 지금 이 장소에 걸맞은 로마인의 덕성을 함양해 보는 건 어떻겠느냐. 품위, 자부심, 금욕적인 태도로 맞이하는 죽음까지. 언젠가 역병이 여기 도달하리라는 건 알고 있었지 않니. 우리는 그저 겸허한 태도로 정화 임무를 충실히 수행할 뿐이었지. 자부심을 가져도 좋단다, 웨인. 너는 진정한 미국인이니까……"

"아니에요!" 웨인은 금속 의자의 등받이를 움켜쥐며, 거친 목소리로 소리쳤다. "나는 미국인이 아니에요! 적어도 진정한 미국인은 아니라고요. 애초에 미국인이었던 적도 없어요!"

"웨인……?" 맨슨은 정말로 영문을 모르겠다는 표정이었다. "얘야, 우리가 여기서 뭘 이룩했는지 떠올려 보거라……"

"맨슨 씨, 그건 전부 환상이에요! 그런 꿈은 전부 100년 전에 죽어 버렸어요! 우리는 여기서 세상에서 가장 큰 미키 마우스 손목시계를 만들었을 뿐이에요. 난 진짜 미국인이 아니에요. GM이나 하인스나 펩소던트하고는 달라요……" 웨인은 몸을 부르르 떨고는, 그동안 잃어버린 세월을 생각하며 고개를 저었다. "솔직히, 굳이 내가 누군지 말해야 한다면 이렇게 말해야 할 것 같네요…… **이히 빈 아인 베를리너.**"

순간 맨슨의 미소가 굳으면서 푸석한 얼굴에서 한 쌍의 눈이 날카롭게 빛났다. 혼란에 빠져 있던 흐릿한 시선이 단호하게 초점을 잡았다. "베를린 사람이라고 했느냐, 웨인? 더블린에 살던 줄로만 알았는데?"

"명예 베를린 시민이죠." 웨인은 단호하게, 스스로에게 내린 평결에 동의한다는 듯 고개를 끄덕였다. 그는 테이블 위로 몸을 뻗어서 돌아가는 룰렛을 멈췄다. "그래요, 아주 특수한 부류의 베를린 시민이죠. 게다가 당신과 함께 슈판다우에 수감되어 있었을지도 몰라요……"

맨슨은 벌떡 일어나 파코를 찾아서 주변을 두리번거렸다. 그는 움직임을 멈춘 룰렛을 가리켰다가 자기 가슴팍을 살펴보기 시작했다. 움직임을 멈춘 도시 이름의 다발 아래에서 그의 피부가 초조하게 번쩍거렸다. 맨슨은 자신을 괴롭히는 조명을, 경련을 멈추지 않는 세계지도를 긁어 댔다. 창백한 피부에는 이미 핏방울이 맺혀 있었다. 밀워키가 오른쪽 어깨에서 피를 흘리고, 채터누가는 목덜미에 붉은 자국을 남겼으며, 캘러머주와 사우스벤드가 겨드랑이에서 터져 나갔고, 버펄로는 피가 맺힌 배꼽 안에서 꿈틀거렸다.

"파코! 룰렛을 돌려라!"

웨인은 철제 의자를 쳐들었다. 맨슨은 테이블 위로 몸을 뻗어 육중한 룰렛을 돌리려 하고 있었다. 멕시코인 젊은이가 주인 쪽을 서성이며 어떻게 도와야 할지 쩔쩔매는 사이, 웨인은 의자를 높이 들어 다리로 파코의 머리를 때렸다. 텔레비전 케이블이 뒤엉킨 바닥으로 권총이 떨어졌다. 웨인은 의자를 한쪽으로 던져 버리고 문을 향해 달려갔다. 화려한 자물쇠를 붙들고 씨름하는 그의 옆쪽 벽에 총알이 연발로 박히는 소리가 들렸다. 의자 다리에 찍힌 오른쪽 뺨에서 피를 흘리며 파코가 뒤쪽에서 달려들었고, 웨인은 몸을 돌려 그를 붙잡으려 했다. 그러나 권총 개머리판이 목덜미를 때

리는 게 느껴졌고, 웨인은 날아다니는 반딧불과 미친 어릿
광대처럼 춤추는 미국의 도시들을 뚫고 바닥으로 쓰러져 버
렸다.

카운트다운

웨인은 전쟁 상황실의 잠긴 문 뒤편에 꿇어앉아 있었다. 테니스 선수 모양 청동 손잡이의 다리 부분에 수갑으로 왼쪽 손목이 묶인 상태였다. 룰렛 휠의 조명은 이미 꺼진 지 오래였고, 이제 방 안에 남은 빛이라고는 텔레비전 화면과 테이블 위에 걸린 표적뿐이었다. 파코는 권총을 손에 들고 맨슨을 지키고 서 있었고, 맨슨 본인은 파코의 위장복 외투를 어깨에 걸친 채로 무장 헬리콥터 조종 장치 위에 상체를 바싹 기울이고 있었다.

그들 위편으로, 숲속 공터에서 발사대 위에 올라앉은 타이탄 미사일이 화면에 떠올라 있었다. 동체는 응결되는 수증기에 휩싸이고, 첨단부는 차단기와 용단 선에 복잡하게 둘러싸인 모습이었다. 웨인은 제어 시계를 찾아 어둠 속을 두리번거렸다. 두 시간 하고 몇 분만 지나면, 타이탄 미사일은 성층권을 향해 짧은 여행을 떠났다가, 공중에서 180도 선회해서 이 낡은 도박의 수도를 그 설립자였던 갱단조차 꿈꾸지 못한 방식으로 화려하게 밝힐 것이다.

집중 치료 설비의 설정을 조작하는 숙련된 의사 같은 놀림으로 맨슨의 손가락이 재빠르게 조종 장치 위를 움직였다. 이제 그는 공황 상태에서 빠져나와 침착한 태도로, 교활하고 신중한 눈으로 침략군 병사들을 주시했다. 흥겹게 술집이며 카지노를 약탈하느라 바쁜 그들의 모습이 진심으로 즐거운 것만 같았다.

그러나 무장 헬리콥터의 프로펠러는 이미 하늘을 배경으로, 마치 기계들이 섬기는 기괴한 종교의 기도용 바퀴처럼 돌아가고 있었다. 병사들 몇 명이 영문을 모른 채 약탈당한 상점에서 고개를 내밀고 그쪽을 바라보자, 맨슨은 마이크에 대고 중얼거리기 시작했다. 전쟁 상황실에서는 그의 목소리를 제대로 알아들을 수 없었지만, 도시로 퍼져 나가 확성기로 증폭된 파편이 대경기장의 지붕으로 돌아와 울렸다. 군인들과 용병들은 화들짝 놀라 걸음을 멈추고 허공을 쳐다보았다. 찰스 맨슨의 레이저 영상에서 솟아나온 듯한 위협적인 로봇 헬리콥터들이 그들을 내려다보고 있었다.

"베이거스는…… 이제 감염 구역으로…… 건강을 위한 비상조치를…… 정화 계획을…… 떠나지 말 것이며…… 방역선을…… 두 시간이면……"

공중의 방송은 계속해서 우르릉거리며 최후통첩을 전달했다. 사방에서 수백 명의 병사들이 완벽한 사기에 걸려든 관광객처럼 약탈한 손목시계를 바라보고 있었다. 장교 한 무리가 달러 은화를 손에 가득 움켜쥐고 골든너깃에서 나와서는, 그대로 발치에 전리품을 떨어트리고 입을 떡 벌린 채 허공을 올려다보았다. 프리몬트가를 따라 스타이너가 달려와서 병사들에게 차량에 올라타라고 손짓했다. 그리고 앤 서머스와 절름거리는 맥네어를 데리고 민트 호텔의 로비로 몸을 숨겼다.

이미 맨슨의 목소리는 샌즈와 패러다이스 호텔 옥상에서 날아오르는 두 대의 무장 헬리콥터의 엔진 소리에 묻혀 버렸다. 웨인은 테니스 선수의 청동 다리를 잡아당기면서 마이크를 내리는 맨슨의 모습을 지켜보았다. 맨슨의 머리 위 화면에 무장 헬리콥터들이 접근하는 모습이 잡혔다. 스트립 거리를 따라 착륙장치가 카지노의 옥상을 스치다시피 할 정도로 저공비행을 하고 있었다. 뻣뻣하게 한데 모여 움직이는 두 대의 헬리콥터는 프로펠러로 허공을 휘저으면서 무방비로 서 있는 차량들을 향해 로켓포와 개틀링건을 퍼부었다. 지프와 반궤도 차량들은 바퀴의 바람이 빠지면서 기울어졌고, 라디에이터에서는 증기가 뿜어져 나왔고, 창문은 유리로 만든 과녁판처럼 터져 나갔다. 불타오르는 차량의 연료 통이 섬광과 함께 폭발하며 불붙은 휘발유를 도로 위로 흘렸다. 병사들은 즉시 산개해서 호텔 문 뒤에 숨어 권총과 카빈소총으로 응사를 시작했다.

전차의 포탑에 착륙용 발판이 스칠 것처럼 아슬아슬하게 무장 헬리콥터들이 프리몬트가의 한가운데를 쏜살같이 날아갔다. 조준경은 도로에 서 있는 정찰기에 고정되어 있었다. 개틀링건이 가녀린 비행기를 가볍게 해치웠고, 날개와 동체를 가르며 뿜어져 나온 화염에 비행기는 한순간에 불타는 잔해 더미가 되었다. 첫 번째 공습의 성공에 만족했는지, 무장 헬리콥터들은 고도를 올려서 도시를 크게 한 바퀴 돌며 노출된 차량을 다시 한번 습격할 채비를 갖췄다.

이어진 15분 동안 산발적인 공습은 계속되었다. 무장 헬리콥터들은 라스베이거스 중심부를 맴돌다가 갑자기 강하해서, 고립된 지프를 파괴하거나 무작정 도심의 거리를 헤매는 전차에 로켓탄을 발사하는 식으로 공격을 해 댔다. 맨슨은 원격 조종 장치 앞에 앉아서 헬리콥터 조종석에 설치한 카메라를 통해 맬러부와 피닉스 원정대가 와해되는 모습을 감상했다. 가끔씩 정글 속 발사대에서 긴 준비 과정을 수행하는 타이탄 미사일을 확인하려 잠시 조작을 멈추기도 했다. 그는 의자의 한쪽 모서리에 편안하게 웅크리고, 조종 장치가 핀볼 머신의 플리퍼*라도 되는 양 손가락으로 열심히

집행 부대

두드려 댔다. 파코도 웨인도, 심지어 전쟁 상황실 그 자체도 인지하지 못하는 것만 같았다. 그를 지켜보던 웨인은 문득 그가 마침내 기나긴 여행을 마치고 다시 젊음을 되찾았다는 생각이 들었다. 그는 더 이상 라스베이거스에 머물지 않고 슈판다우의 옛집으로 돌아가고 있는 것이다. 작업요법을 받는 비행청소년이 되어 무장 헬리콥터로 화려한 비디오게임을 즐기면서, ICBM이 최후의 광기로 빠져드는 신호를 알리기 전에 이 세상에 남은 마지막 공짜 게임을 전부 소모해 버리려 하는 것이었다.

눈에 띄는 목표물이 전부 사라지자, 맨슨은 무장 헬리콥터를 샌즈와 패러다이스 호텔 옥상의 정비 구역으로 물렸다. 그는 마이크를 들고 다시 해설을 읊어 댔다. 세계에서 가장 훌륭한 테마파크를 찾은 관광객들에게 적절한 환대를 준비할 수 있어 깊이 만족한 여행 계획자처럼. 스트립 거리를 따라 늘어선 호텔 전면에 울리는 그의 단조로운 목소리가 웨인의 귓가에 흘러왔다. 화면으로는 할 말을 잃은 군인과 용병들이 술집이며 칵테일 라운지의 문 뒤에서 무기를 쥔 채로 귀를 기울이는 모습이 보였다.

"……그럼 타이탄 미사일의 최신 소식을 전해 드리겠습니다…… 정말 기쁘게도 앞으로 한 시간 17분밖에 남지 않

• 구슬이 떨어지려 할 때 쳐 내는 받침.

았군요…… 대단히 훌륭한 쇼가 될 겁니다, 여러분. 전쟁 상황실의 거대 룰렛에서 여러분께 전해 드리는 대단원입니다…… 모든 사람이 함께 참여하는 게임이니, 아무도 도시를 떠날 생각은 하지 마시기 바랍니다……"

맨슨은 텔레비전 사회자처럼 조롱하는 자신의 목소리가 흡족한지 큰 소리로 웃더니 다시 의자에 몸을 묻었다. 그리고 멍하니 옆에 서 있는 파코의 팔을 가볍게 두드리면서 멕시코인 젊은이의 기운을 북돋아 주려 했다. 웨인은 맨슨의 어깨 너머로 화면들을 확인하려고 수갑을 잡아당기며 자리에서 일어섰다. 시계가 계속 타이탄 미사일의 카운트다운을 세고 있었지만, 그 외에는 아무 일도 벌어지지 않았다. 스트립 거리 쪽에서도 공격조를 올려 보내려는 시도 따위는 하지 않는 듯했다. 스타이너와 맬러부 원정대 대장도 그들이 라스베이거스에 갇혀 버렸음을, 로봇 헬리콥터가 속도가 느린 트럭이나 반궤도 차량 정도는 손쉽게 파괴할 수 있음을 깨달은 것이 분명했다. 도보로 도시를 떠나려 시도하면 절대 시간 내에 타이탄 미사일의 방사능 치사 영역을 벗어나지 못하리라. 폭발과 함께 방출되는 중성자는 말랑말랑한 정글을 뚫고 반경 10킬로미터를 초토화시킬 테니까. 그들은 하늘에 떠 있는 사이코패스, 맨슨의 수호신의 레이저 영상 아래에서 미친 군벌의 비밀 지휘소가 어디인지 짐작도 하지 못한 채 갇혀 버린 것이다.

집행 부대

"파코—!" 맨슨은 갑자기 번득 정신을 차리며 몸을 세웠다. 그리고 의심 가득한 눈으로 화면을 주시하면서 멕시코인 젊은이를 자기 곁으로 불렀다. "놈들이 지금 뭘 하고 있는 거냐, 파코? 마지막으로 자기들 식으로 게임을 걸어올 모양인데……"

그의 손이 무장 헬리콥터 조종 장치로 움직였다. 목구멍을 긁는 것 같은 배기음이 울렸다. 프로펠러가 회전하더니 두 대의 로봇 헬리콥터가 공중으로 떠올랐다.

스트립 거리를 따라서 40명 남짓한 병력이 3열 횡대로 행진해 오고 있었다. 어깨에 소총을 메고 적당히 군장을 갖추긴 했어도, 얼핏 보기에는 관절이 삐걱거리고 걸음에도 힘이 들어가지 않는 장애인이나 노인의 무리 같았다. 뒷문 현관이나 발코니에서 징집해서 그대로 전선으로 보낸 자들처럼 보였다. 분가루를 뿌린 가발과 18세기풍 모닝코트를 걸친 남자가 박자에 맞춰 몸을 흔드는 병사들을 지휘하고 있었다. 바로 그 뒤를 따라오는 이들은 살짝 더 현재에 가까워 보이는, 높은 옷깃의 프록코트를 걸친 모습이었다. 수수한 핀스트라이프나 짙은 소모사 따위의 20세기풍 정장을 차려입은 것은 맨 후열에 있는 이들뿐이었다. 그들은 뻣뻣하게 행군하여 맨슨의 화면 안으로 들어왔다. 어떻게 보아도 상공에 도사리고 있는 맨슨의 헬리콥터와 싸우기에는 역부족인 듯한 노령의 민병대였다.

웨인은 즉시 그들을 알아보았다. 플레밍 박사의 로봇 대통령들이었다. 과학자 노인이 타이탄 미사일의 공격이 시작되기 전에 라스베이거스를 떠나라는 지령을 내렸는지, 그들은 도시에서 벗어나는 기나긴 고속도로를 따라 장중하게 행군하고 있었다. 중성자 폭발이 낡은 양복과 금속 등판을 덮은 플라스틱 피부를 그슬리기는 하겠지만, 아마 별 탈 없이 15번 주간 고속도로에 도착해서 그 길을 따라 할리우드 언덕까지 갈 수 있을 것이다.

헬리콥터들이 대통령들 뒤편 상공에 떠올랐다. 조종 장치를 잡은 맨슨의 손이 멈칫거렸다. 타이탄 감시 화면에는 '59분 59초'라는 시간 표시가 떠올랐다. ICBM이 마지막 카운트다운에 접어들면서 초 단위 시간이 후루룩 날아갔다. 맨슨은 워싱턴이 동지들을 이끌고 홀리데이인 앞을 행군해 지나가는 모습을 지켜보고 있었다. 그의 얼굴에 순간 거의 아이처럼 보이는 따스한 미소가 떠올랐다. 이 뻣뻣한 관절을 가진 인형들이 그 자신의 대통령 임기의 꿈에서 살아남을 마지막 존재들임을 깨달은 것처럼.

그러나 대통령들은 시저스팰리스 정문에 도달해서, 차례로 비척비척 걸어와 흙먼지를 피우며 제자리에 정지했다. 포드가 카터의 뒤통수에 부딪쳤다. 다음으로 대통령들은 함께 우향우를 해서 횡대로 정렬했다. 워싱턴은 미심쩍은 듯 허공을 맴도는 헬리콥터들을 알아채지 못한 채로 뒤쪽에 대통령들을 거느리고 호텔과 마주했다. 대통령들은 일제히 세 위총을 하며 차려 자세를 취했다.

"파코……" 맨슨은 눈앞에 펼쳐진 광경에 깜짝 놀란 듯 수줍게 고개를 숙였다. "최후의 경례야. 감동스럽지 않은가, 파코. 눈물이 날 것만 같군. 플레밍 박사가 나를 기억하고 있었던 모양이야. 저들을 이리 들여보내 줘야겠어……"

그는 자리에서 일어나서 파코에게 문 쪽으로 손짓을 했다. 하지만 대통령들은 다시 움직이고 있었다. 그들은 소총을 돌격 자세로 쥐고, 워싱턴의 지휘에 따라 비좁은 정글 진입로로, 호텔 입구로 달리기 시작했다. 가발과 넥타이를 휘날리며, 쿵쿵대는 발걸음으로 지면을 뒤덮으며 육중한 몸들이 움직였다. 그 뒤편으로 전차 한 대가 스트립 거리와 플라밍고로의 교차로에 모습을 드러냈다. 위장용 헬멧을 착용한 병사들이 사방의 도로를 뛰어다니고 있었다. 맨슨이 분노를 이기지 못하고 소리를 지르면서 헬리콥터 조종 장치 위로 몸을 숙이는 사이, 캐스터웨이 호텔 쪽에서 첫 원호 기관총 소리가 들려왔다.

횡대로 늘어선 대통령들은 혼란에 빠져 숲속을 짓밟고 다니다 마침내 시저스팰리스 입구에 도착했다. 요란한 소리와 함께 첫 번째 헬리콥터가 그들 뒤편 하늘로 솟아올랐다. 개틀링건이 덜걱거리며 프록코트를 걸친 병사들 사이로 사선을 그렸다. 매디슨과 태프트와 뷰캐넌은 계단 위로 쓰러지면서도 여전히 투지를 담아 다리를 까닥거렸다. 벌집이 된 제리 포드가 자이로가 고장 났는지 원을 그리면서 진입로를 빙글빙글 돌다가 잭슨과 밴 뷰런을 넘어트렸다. 카터가 판유리 창문으로 돌진하다 가로막히는 모습이 로비 카메라에 잡혔다. 깜짝 놀란 듯 보이는 얼굴이 환하고 명명한 미소 안에 영원히 사로잡혀 있었다. 그러나 두 번째 헬리콥터가 정글의 장막 위로 솟아올라 현관문에 개틀링건을 난사해서 유리 지그소 퍼즐로 만들어 버리자, 열 명가량의 대통령이 호텔로 진입하는 데 성공했다. 그들은 적대적인 마중에도 아랑곳하지 않고 활기 넘치는 전당대회장에 들어선 것처럼 서로를 밀치고 앞으로 나섰다. 그리고 주사위 놀이와 블랙잭 테이블 사이로 산개해서 대경기장을 향해 전진했다. 여전히 낡은 결투용 권총을 손에 든 워싱턴이 지휘를 맡고 있었다. 트루먼과 아이젠하워, 후버와 윌슨과 세 명의 케네디가 그 뒤를 따랐다.

"파코! 놈들을 멈춰! 전원을 꺼 버리라고!" 맨슨은 말을 듣지 않는 장난감 한 무리를 마주한 성난 어린아이처럼 헬리콥터 조종 장치를 마구 두들겼다. 하지만 멕시코인 젊은이는 무력한 시선으로 줄지어 늘어선 채 흔들리는 화면들을 지켜보고 있을 뿐이었다. 헬리콥터가 급선회하며 굉음이 울렸고, 자동조종 장치가 나무에 충돌하기 직전에 움직임을 멈췄다. 맨슨은 여전히 꿈쩍도 않고 서 있는 파코에게서 권

　　　　　　　　　　　　　　　　　　　　　집행 부대

총을 빼앗더니, 몸을 돌려 문 쪽으로, 쿵쿵거리며 다가오는 대통령들의 발소리가 들리는 방향으로 총을 쏘기 시작했다.

테니스 선수의 청동 다리에 왼손이 수갑으로 묶여 있는 웨인은 계단에 납작 엎드릴 뿐이었다. 호텔 안을 총성이 가득 채웠고, 맨슨의 머리 위에 걸려 있던 미국의 전자 지도는 기관총 탄환에 조각나 버렸다. 묵직한 발소리와 함께 문이 무너져 내렸으며, 웨인은 그대로 계단 건너편으로 굴러 갔다. 로봇 무리가, 소총을 번득이는 대통령 패거리가 대경기장으로 밀고 들어왔다. 그들은 정신을 가다듬으려는 중년 풋볼 선수들처럼 일제히 걸음을 멈추더니, 자이로 장치가 진정하는 동안 기억장치에 저장된 목표물의 이미지와 눈앞에서 벌거벗은 채 아무 말 없이 웅크리고 있는 남자의 모습을 맞추어 보았다.

맨슨은 자기 의자에 꿇어앉아, 그를 책망하는 장로회 사람들처럼 반원을 그리며 좁혀 들어오는 대통령들을 두려움을 숨기지 못하는 눈으로 바라보았다. 도도한 표정의 제퍼슨, 웃고 있지만 파리한 얼굴의 드와이트 아이젠하워, 모든 것을 얼른 끝내고 싶을 뿐인 사무적인 모습의 트루먼, 단정한 차림새의 윌슨, 심지어 눈앞의 목표물과 자신의 유사성에 당황해서 땀을 뻘뻘 흘리는 닉슨도 있었다.

맨슨은 권총을 들어 올리며 텔레비전 화면 사이로 물러섰다. 화면이 뿜어내는 빛을 몸으로 받아들이려 하는 듯이. 그의 시선이 핏자국이 점점이 남은 자신의 창백한 몸을 향했다. 노인의 육신에 갇힌 상황에 혼란한 청소년 같은, 망가진 장난감을 들고 치료실에 틀어박혀 있다가 발견되었으나 아직 사교적으로 미소를 머금을 만큼 교활한 어린아이 같은 얼굴로. 그는 자신을 버리고 대통령들의 대열 뒤로 서서, 차분하고 무심한 눈으로 내려다보는 파코에게 손짓했다.

"파코, 우리는 아직……" 맨슨은 자리에서 일어나다 헬리콥터 조종 장치 위로 넘어졌다. 조종실 영상이 불길하게 흔들렸고, 옥상 급습, 포위당한 호텔로 달려오는 사람들, 전차가 우왕좌왕하는 광경이 펼쳐졌다. 맨슨은 늘어선 텔레비전 화면과 총알에 벌집이 되어 버린 전쟁 상황실 세트장을 게임이 끝났음을 알아차린 어린아이처럼 슬픈 눈으로 응시했다. 이어 희망을 품은 표정으로 대통령들을 바라보다가, 순간 근엄하게 서 있는 워싱턴을 향해 분노가 서린 함성을 내지르면서 권총을 난사했다.

두 발의 탄환에 얼굴의 절반이 날아간 워싱턴은 움찔하며 뒤로 물러섰다. 이어 세 번째 탄환이 가슴에 명중했지만, 워싱턴은 여전히 근엄한 자세로 골동품 권총을 들어 올려서 차분하게 동료 대통령들에게 신호를 보냈다. 대통령들은 다함께 소총을 들어 올렸다.

주변을 짓밟고 지나가는 금속 발길에 차이고 상처를 입은 웨인은 연이은 총성을 거의 듣지도 못했다. 왼쪽 손목은 아직도 테니스 선수의 파편에 수갑으로 묶여 있었지만, 이제 문고리 자체가 문에서 떨어져 나온 상태였다. 그는 마지막으로 만면에 미소를 머금고 전쟁 상황실로 어정어정 들어오는 카터를 몸을 굴려 피했다. 한쪽 구석 바닥에 맨슨이 피투성이 웅덩이에 갇힌 물고기처럼 퍼덕거리고 있었다. 웨인은 자리에서 일어섰다. 무심한 표정의 파코가 지켜보는 가운데 대통령들이 다시 소총을 들어 올리는 사이, 웨인은 절룩거리며 계단을 올라 카지노 건물로 들어갔다.

완전군장을 한 군인들이 웨인의 머리에 총을 겨누고 블랙잭 테이블 사이로 다가왔다. 웨인은 목이 너무 아파서 쏘지 말라고 말하지도 못한 채 그대로 고꾸라졌다. 다음 순간 해군모를 쓴 남자 하나가 그의 앞에 서더니, 강인한 손으로 어깨를 붙들어 주었다.

"웨인? 플레밍 박사가 네가 여기 있을 거라더군." 스타이너는 전쟁 상황실에서 들려오는 최후의 총성에 잠시 귀를 기울이더니, 딱히 비우호적이라곤 할 수 없는 웃음을 지으며 웨인의 얼굴을 들여다보았다. "진정 좀 해라, 넌 이제 괜찮으니까. 엄밀하게 말하자면 방금 미합중국 대통령이 된 셈이기도 하지. 걸을 수 있겠나? 어떻게든 전원이 라스베이거스를 빠져나갈 방법을 찾아야 한다. 이제 한 시간도 안 남았어."

31 / 탈출

그들은 골든너깃의 황량한 현관 입구 아래 서 있었다. 고요해진 거리에는 불탄 지프와 반궤도 차량 사이로 작은 불길이 이리저리 일렁였다. 라스베이거스에는 이제 그들 일행과 맨슨의 미사일을 제외하면 아무것도 남지 않았다. 군인과 용병들은 아직 움직이는 차량에 부상자를 싣고 떠나 버렸다.

GM이 옥상으로 소총을 겨누고 하늘을 확인하는 동안, 앤 서머스와 펩소던트는 절뚝거리는 맥네어를 민트 호텔의 로비에서 데리고 나왔다. 스타이너는 프리몬트가 한복판에서 이동할 준비를 마치고 묵직한 엔진을 거칠게 헐떡이는 자신의 지휘 전차로 그들을 인도했다. 조종석에는 하인스가 앉아 있었다. 제록스는 훌륭한 모피 코트를 걸치고 포탑에 걸 터앉아서, 흑담비 모피에 감싼 아기를 열린 해치에 기대 놓 고 있었다.

스타이너는 텅 빈 거리에 다리를 떡 벌리고 서서, 불탄 숯 덩이가 된 자신의 정찰기를 우울한 얼굴로 살폈다. 방탄조 끼에 위장용 재킷을 걸쳤음에도, 그렇게 서 있는 모습은 다 시 한번 폭풍에 맞서는 선장처럼 보였다. 뱃사람의 모자 아 래 얼굴은 햇볕에 그을린 빛깔이 이미 전부 빠져 버렸는데, 도리어 예전보다 젊고 생생해진 듯했다. 그는 리오그란데강 을 건너는 멕시코 용병들에게 구조되어 지난 몇 달을 애리 조나의 열대우림 속 그림자에 잠긴 세계에서 보냈다. 몸을 치료하고, 아폴로 탐사대를 이끄는 임무에 실패했다는 사실 을 받아들이고, 자신이 탐사대의 운명을 그다지 염두에 두 지 않았음을 인정하면서. 도지시티의 하늘에 떠오른 레이저 영상을 보았기 때문에, 스타이너는 탈진한 탐사대 사람들이 맨슨의 정글 제국의 전기 거미줄에 끌려가 사로잡혔을 것 이라는 올바른 추측을 했다. 위험을 무릅쓰고 앤이나 웨인 을 구출하고 싶지 않았던 그는 맥네어와 증기자동차가 도착 하는 모습을 지켜본 다음 애머릴로로 이동했다. 로봇 카메 라를 피하기 위해 밤중에만 움직이면서. 텍사스 서부의 끝 없는 백색 사막 어디선가 그의 운도 바닥나고 말았지만, 맨 슨의 엘도라도의 소문을 듣고 수렵 채집을 하면서 북쪽으로 이동하던 멕시코인 무리가 그를 구해 주었다.

피닉스에서 기력을 회복하는 동안, 마이애미 원정 선단의 대리인이 그에게 접근해서 무기와 차량과 정찰기를 제공할 테니 콜로라도강을 건너는 두 번째 원정대를 이끌어 달라는 제안을 해 왔다. 스타이너는 그 직무를 받아들였다. 자신의 고독을 즐기는 성미가 리치와 오를롭스키의 죽음에 부분적으로는 책임이 있음을 인정하고, 텅 빈 대륙을 여행한다는 목적 또한 맨슨의 허황된 꿈만큼이나 허상에 지나지 않는다는 것을 깨달았기 때문이었다. 그러나 열대우림을 뚫는 긴긴 여정의 끝자락에서 그는 자신의 것보다 훨씬 극단적인 광기의 환상 속에 사로잡힌 신세가 되고 말았다.

스타이너는 전차 앞에서 초조하게 기다리고 있는 앤 서머스에게 다가가서, 격려하듯 어깨에 손을 올렸다.

"30분 남았소. 이제 갈 때요, 앤. 다들 떠나지 않았소. 이미 여기서 25킬로미터는 떨어져 있을 거요. 운이 좋으면 우리도 어딘가 몸을 완전히 숨길 곳을 찾을 수 있겠지……"

앤은 안도하는 얼굴로 웨인을 끌어안으면서 멍 든 손목을 쓰다듬었다. "웨인, 너도 맨슨하고 한패가 된 줄로만 알았어! 플레밍 박사님은 어디 계셔? 저 한심한 꼬맹이들을 불러모으기로 하셨는데. 타이탄 발사 장소가 어딘지는 모르지?"

아직도 입을 열기에는 너무나 탈진한 상태인 웨인은 고개만 저을 뿐이었다. 앤이 그의 손을 붙드는 것을 느끼면서, 웨인은 한때 맨슨과 함께 다스렸던 거리를 둘러보았다. 그리고 문득 낡은 전축에서 흘러나오는 최후의 음악처럼, 라스베이거스에서도 시간이 새어 나가고 있음을 깨달았다. 아메리카를 횡단한다는 놀라운 모험에 자신을 얽매고 있던 꿈과 환상이 전부 사라지자, 그는 다시 젊은 밀항자로 돌아가고 있었다. 한때 자신의 영부인으로 삼으려 생각했던 이 유능한 여교수의 보살핌을 받는 아이로. 그러나 스타이너를 다시 만나고, 이 민활한 항해자의 부관 역할을 수행하게 된 것은 마음에 들었다. 선장도 일행을 안전한 곳까지 데려갈 수 있으리라고는 생각하지 않는 듯 보이기는 했지만. 동시에 그는 맨슨을 향한 기묘한 충성심을 느끼고 있었다. 타이탄 미사일이 정글 어디선가 발사 시간을 향해 카운트다운을 올리고 있는 지금 이 상황에서도.

멀리서 총성이 울렸다. 라스베이거스의 북쪽 외곽을 따라 1.5킬로미터는 떨어진 곳에서, **사랑**과 **증오**가 텅 빈 거리를 목적 없이 날아다니고 있었다. 신경증에 걸린 장난감처럼 허공을 빙빙 돌다 강하하더니, 급선회해서 서로를 향해 총알을 퍼부어 댔다. 오래전에 목숨을 잃은 사이코패스, 찰스 맨슨의 얼굴이 여전히 밝은 하늘 위에서 그들을 굽어보았다. 하지만 이미 허공의 영상은 삭아 들어가기 시작했고, 턱 아래에서 잡음처럼 일렁이는 선은 옥죄어 들어오는 교수대 밧줄 같았다. 협대역 간섭 신호가 눈 위를 덮었고, 증오가

섞인 눈빛은 이내 겁에 질려 좌우를 두리번거리는 시선으로 바뀌었다. 마치 이제야 멸망한 도시 상공에 홀로 남았다는 사실을 알아차린 참수당한 머리처럼.

웨인은 마지막으로 데저트인을, 라디오와 텔레비전 안테나로 꽉 차 있는 텅 빈 휴스 스위트룸을 바라보았다. 두 대의 무장 헬리콥터 역시 그 버려진 호텔을 비추었고, 레이다가 접시 안테나의 모습을 확인했는지 잔뜩 성난 모습으로 달려들었다. 개틀링건이 펜트하우스의 창문을 뒤흔들었고, 흔들리던 안테나들은 사정없이 부서져 나갔다. 헬리콥터들은 만족하지 못한 듯 실망하며 방향을 틀었다. 그리고 숲의 장막 위로 높이 솟아 녹색을 띤 남쪽 지평선에서, 말다툼을 벌이는 쌍둥이처럼 서로에게 소리를 지르며 미국 국경 쪽으로 날아가 버렸다.

"웨인, 25분 남았다……" 스타이너는 전차의 포탑 위에 서서, 앤 서머스가 해치 아래로 들어가는 것을 돕고 있었다. 하인스는 고글을 쓴 채로 조종석에 앉아 묵직한 스로틀을 조작해 보는 중이었다. 배기구가 검은 연기를 뿜었다.

스타이너는 도로로 뛰어 내려와서 웨인의 어깨에 손을 둘렀다. "얼른 가자, 웨인. 머지않아 좇을 만한 다른 꿈을 찾을 수 있을 거다."

그러나 웨인은 컨벤션센터 쪽을 가리켰다. 아침 공기를 뚫고 투명한 날개를 가진 잠자리들이 거대한 구름을 이루며 둥실 떠오르고 있었다. 가녀린 피막이 마치 처음으로 눈부신 햇살을 받아들이는 것처럼 반짝이며 떨렸다. 잠자리들은 호위 편대를 이루어 스트립 거리를 따라 그들 쪽으로 다가오고 있었다. 태양의 손길이 슬쩍 스치기만 해도 하늘 높이 떠오르는 유리 비행기의 편대였다. 수십 대나 되는 선라이트 플라이어들이 컨벤션센터의 문을 통해 모든 위협이 떠난 하늘로 솟아오른 것이었다. 햇살을 품은 편대가 반짝이는 수정으로 만든 거대한 상들리에처럼, 태양의 손바닥에 올라탄 눈부신 유리 궁전처럼 그들에게 다가왔다. 선두 비행기에는 거미줄처럼 얽힌 은빛 철사 사이에 안장이 위태롭게 매달린 모양의 약해 보이는 조종석에 즐거운 얼굴의 노인 한 명이 앉아 있었다. 노인은 자유롭게 공중에서 다리를 흔들면서, 가끔씩 장난치듯 페달 밟는 시늉을 했다. 이내 웨인을 알아보았는지 그를 향해 경쾌하게 소리쳤지만, 노인의 목소리는 날개를 이루는 100만 개의 수정이 부딪치며 속삭이는 소리에 묻혀 사라져 버렸다.

웨인은 플레밍 박사를, 자신의 태양 광선을 타고 서핑을 즐기는 늙은 과학자를 애초에 알아보았다. 좋이 50대는 되어 보이는 다양한 형태의 선라이트 플라이어 편대가 그 뒤를 따랐다. 2인승도, 3인승도, 6인승도 있었다. 조종사는 전부 아이들이었다. 아침 햇살에 얼굴이 환히 달아오른, 한때 맨슨의 민병대 일원이었던 아이들이었다. 커다란 수정 복엽기의 조종석에는 엔리코가 앉아 있었고, 속이 비치는 버스처럼 커다란 6인승 삼엽기는 차베스와 테레사가 몰고 있었다. 12세에서 13세 정도의 아이들은 작은 유리 쾌속선을 능숙하게 조작하며 선단의 후미에서 오락가락했다.

그들은 시저스팰리스 상공을 통과했고, 엔리코는 홀로 편대에서 떨어져 나와 입구 쪽으로 방향을 틀었다. 그가 입구 근처를 맴도는 동안 호텔 입구에서 파코가 튀어나왔다. 그는 이제 아이젠하워가 이끌게 된 대통령들을 3열 횡대로 정렬시켜 놓고 있었다. 파코가 명령을 내리자 그들은 뻣뻣하게 진입로로 걸어 나갔다. 일부는 다리를 절거나 외다리로 경중경중 뛰었고, 포드는 아직도 자이로가 말을 안 듣는지 휘청거리고 있었다. 그들은 함께 스트립 거리로 나와서 주간 고속도로 방향으로 행군하기 시작했다. 파코는 그들을 향해 경례를 붙인 다음, 노란 헬멧을 벗어 던지고 기다리던 선라이트 플라이어에 올라탔다. 그가 철사 구조물을 타고 올라 엔리코 뒤편의 조수석에 자리를 잡자, 거대한 잠자리는 허공으로 솟구쳤다.

"우리를 데리러 오는 거다! 앤, 웨인…… 전차에서들 나와!" 스타이너는 하인스를 향해 엔진을 끄라고 소리쳤다. "전원 퇴거! 펩소던트, 맥네어를 부축하게! 제록스, 그 외투는 버리시오. 이제부터는 태양을 즐겨야 하니까!"

골든너깃 위를 수정의 구름처럼 뒤덮으며 편대가 다가왔

다. 모두가 힘을 합쳐 맥네어를 포탑에서 끌어냈다. 그들은 전차 옆에 모여 서서, 머리 위를 선회하는 열 대가량의 선라이트 플라이어를 향해 힘껏 소리쳤다. 생명을 잃은 옛 카지노의 외관에 반사된 날개들의 일렁임이 거리를 가득 메웠다. 반짝이는 대관람차가 빛의 물결 속에서 회전하는 탑승석을 천천히 아래로 내렸다. 어린 조종사들은 불타는 지프와 반궤도 차량들 사이로 연약한 비행기를 움직이면서, 달러 은화나 탄약상자 위로 내려앉지 않도록 조심스레 몰았다. 플레밍 박사는 실험복의 옷깃을 수신호용 깃발처럼 펄럭이며 이 행복한 서커스단의 선두에 서 있었다. 아이들에 둘러싸인 모습이 한층 젊어진 듯했다. 마치 새장에서 풀려나 상쾌한 하늘로 날아오른 늙은 울새처럼 보였다.

앤은 플레밍 박사의 뒷자리에 올라타서 나이 든 과학자의 허리를 붙들고는, 그가 장난치듯 비행기를 승강기처럼 수직으로 상승시키자 놀라서 작게 비명을 질렀다. 다른 사람들도 공중을 지나가는 비행기의 철사를 붙들고 올라탔다. 펩소딘트는 맥네어를 끌어안아 올려서 조수석에 앉혔다. 맥네어는 깁스한 다리를 달랑거리며 은빛 철사에 매달려 있다가, 이윽고 흥겹게 손을 흔들면서 하늘로 솟구쳐 사라졌다. GM과 제록스와 아기는 6인승 삼엽기를 타고, 태양으로 떠나는 가족 여행객처럼 날아올랐다. 펩소딘트와 하인스는 총 비행시간이 1분 정도인 열두 살짜리 에이스가 모는 비행기에 타고 겁먹은 얼굴로 하늘로 떠났다. 스타이너는 엔리코의 비행기의 고물, 파코의 뒤편에서 얼기설기 얽힌 철사를 딛고 섰다. 그리고 뜨거운 공기가 그의 해군모를 벗겨 아래편 거리로 날려 보내자 환호성을 올렸다.

마지막 남은 웨인은 자기 차례를 기다렸다. 그는 머리 위를 날아가는 유리 비행기 편대를 피하려 고개를 숙이면서, 이제 자신이 라스베이거스에 남은 마지막 사람이 되었음을 깨달았다.

"저기요, 거기 당신. 혹시 대통령 못 보셨어요? 웨인이라는 이름의 젊은이인데?"

허공에서 웃음소리가 들렸다. 그의 위쪽에서 우르술라의 단엽기가 손이 닿을락 말락 한 거리에서 약 올리듯 날개 끝을 흔들며 선회하고 있었다. 아름다운 민병대 소녀는 웨인을 놀라게 하는 데 성공해서 즐거운지 키득거리며 웃고 있었다. 그녀는 프리몬트가를 날아가며, 우측 날개로 골든너깃 건물 정면의 네온 튜브를 건드려 경쾌한 화음의 물결을 엮어 냈다. 웨인은 숨을 헐떡이면서 그 뒤를 따라 달리다가, 철사 구조물을 붙들고 힘껏 몸을 끌어 올려 조수석에 올라탔다. 우르술라는 즐거운 듯 웃음을 머금고 날개를 기울였다. 따끈한 공기가 밀려와 선라이트 플라이어를 하늘로 날려 보냈다. 프리몬트가를 따라 늘어선 호텔과 카지노의 옥상들이 순식간에 멀어졌다. 편대는 눈부신 햇살 속에서 태양의 자애로운 어깻죽지를 타고 300미터 상공으로 솟아올라, 70노트의 속도로 안전한 캘리포니아 땅으로, 서쪽의 아침 정원으로 떠나는 항해의 돛을 올렸다.

32 / 캘리포니아 타임

그들은 20분 후에 상쾌한 산 공기를 뚫고 솟구쳐 네바다 주 경계를 넘었다. 라스베이거스를 떠난 직후 산개했고, 이제는 각기 수백 미터씩 거리를 벌리고 오로지 자신이 만들어 낸 따스한 공기만을 이용해 서핑을 즐기고 있었다. 편대의 모든 비행기가 태양 아래에서 아메리카를 횡단한 것을 축하하는 크리스털 활주로를 그리는 듯 보였다.

여전히 플레밍 박사가 선두에서 날고 있었다. 앤 서머스는 즐거운 얼굴로 조종석에 앉은 노인의 실험복 한쪽 자락을 붙들고 있었다. 그 뒤편 비행기에서는 스타이너가 엔리코 옆으로 나와 서서 얇은 날개를 섬세하게 구부리며 비행기의 방향을 바꾸는 법을 익히는 중이었다. 똑같은 이름을 가졌던, 키티호크에서 처음 하늘에 오른 비행기가 그러했듯이.[*] 웨인에게서 한참 떨어진 오른쪽으로는 맥네어의 깁스가 태양에서 떨어져 녹아내리는 고드름처럼 허공에 덜렁 걸려 있었다.

라스베이거스를 나오니 15번 주간 고속도로를 따라 꾸준히 행군하는 대통령들의 행렬이 보였다. 트루먼과 아이젠하워가 선두에 있었다. 포드와 닉슨은 포기했는지 길가에 주저앉아 버렸고, 카터는 자신의 내면과 대화를 나누려고 숲으로 들어가 버린 모양이었다. 하지만 다른 이들은 여전히 굳건하게, 자이로를 이용해 태평양 쪽으로 방향을 잡고 당당하게 행진하고 있었다. 잠시 후 상공의 편대는 맬러부와 피닉스 원정대의 군인과 용병들을 태운 지프차 행렬마저도 따라잡았다. 아래쪽 사람들도 이미 타이탄의 폭발 반경에서는 한참 벗어나 있었다. 데블스 피크를 건널 즈음이 되자, 플레밍 박사는 다른 비행기들에게 하강하라는 신호를 보냈고, 고개를 돌린 웨인은 라스베이거스 남쪽으로 15킬로미터 떨어진 숲에서 연필처럼 가느다란 구름이 솟아오르는 광경을 목격했다. 타이탄 미사일은 배기운을 내뿜으며 하늘로 솟구쳐 성층권으로 사라졌고, 이후에 지구로 돌아올 것이었다.

---

* 1903년 미국의 라이트 형제는 키티호크 해안에서 '플라이어 1호'로 세계 최초로 비행에 성공했다.

스스로의 불빛에 몸을 데우는 반딧불처럼 한데 뭉쳐서, 선라이트 플라이어 편대는 산맥을 방벽 삼아 숲의 장막 위에 옹송그린 채 허공을 맴돌았다. 웨인은 갑자기 공황에 빠진 우르술라를 달래려고 어깨를 끌어안았다. 벌써 그는 자신감을 회복하고 있었다. 맨슨 제국의 종말을 알리는 섬광을 기다리면서, 웨인은 짧게 끝난 자신의 대통령 임기를 애도하는 시간을 가졌다. 그러나 꿈은 여전히 살아남아 있었다. 언젠가 백악관에 당당히 입성해서, 자신을 예비한 행동이라는 것도 모르고 열심히 청소했던 그 집무실에 앉으리라. 수정으로 빚어낸 비행기를 타고 취임식 자리에 도착해서, 최초로 비행기 위에서 취임 선서를 한 대통령이 되리라. 옛 꿈은 죽었다. 맨슨과 미키 마우스와 메릴린 먼로는 모두 과거의 아메리카에, 100킬로미터 떨어진 곳에서 증발해 버릴 예정인 고대 도박꾼들의 도시에 속한 존재일 뿐이다. 새로운 꿈을, 진짜 미래에 어울리는 꿈을 꿀 때가 되었다. 선라이트 플라이어 편대의 초대 대통령이 되는 꿈을.

HELLO
AMERICA
1 9 8 1

JAMES
GRAHAM
BALLARD

미합중국은 이 세기에 열매를 맺은 대부분의 꿈과 상당수의 악몽이 태어난 땅이다. 이 정도로 자신에 대해 선명한 환상을 구축하고 성공적으로 전 세계에 수출한 나라는 달리 유례가 없을 것이다. 마천루와 고속도로, 뷰익과 청바지, 영화배우와 갱단, 디즈니랜드와 라스베이거스가 한데 어우러져 우리 상상력의 지도에 미국이란 국가의 모습을 단단히 각인해 버렸다.

강력 범죄와 쇠락해 가는 대도시라는 잔혹한 현실이 드러난 요즘은 아메리칸드림도 살짝 빛이 바랜 느낌이다. 그러나 미국식 삶의 방식의 핵심적인 매력은 미국 바깥의 세계에서 그 어느 때보다 강력하다. 다른 무엇보다 우리의 엔터테인먼트 산업을 여전히 지배하고 있는 할리우드가 현실보다 훨씬 영향력이 강한 가상의 미국의 이미지를 널리 퍼트리고 있기 때문이다.

나는 미국을 방문할 때마다 진짜 '아메리카'는 맨해튼이나 시카고의 거리나 중서부의 농업도시가 아니라 할리우드와 대중매체가 빚어낸 가상의 공간에 존재한다는 느낌을 받는다. 대도시의 보도블록이나 주유소나 관청 지구는 아무리 봐도 현실이 아니라 수많은 영화와 텔레비전 광고를 통해 익숙해진 모습을 어설프게 모사한 것만 같다는 생각이 든다. 심지어 호텔 로비나 백화점에서 만나는 미국인들조차 거대한 텔레비전 시트콤 속의 배우처럼 보인다. '미합중국'은 어쩌면 24시간 내내 방영되는 가상현실 채널의 이름일지도 모른다. 곳곳의 거리며 쇼핑몰이며, 아마 백악관에서도 틀어 놓고 있는 그런 방송인 것이다. 적어도 『헬로 아메리카』의 초판이 출간되었을 때 임기 첫해를 맞이한 로널드 레이건의 재임 기간에는 그러했으리라.

캐딜락과 코카콜라와 코카인, 대통령과 사이코패스, 노먼 로크웰*과 마피아…… 미국의 꿈은 이데올로기의 DNA처럼 끊임없이 나선을 풀어놓는다. 하지만 우리가 그 미국의 표면적인 모습을 받아들이기로 결정하고, 그 모든 환상으로부터 가상의 미국을 구축한다면 어떻게 될까? 이 복제품이야말로 아메리칸드림의 매력적인 껍질 아래 도사린 비밀을 밝혀내는 실마리가 될지도 모른다.

미국의 흥미로운 점은 과학과 기술이 세계 최고로 발전한 이 나라가, 달에 사람을 보내고 언젠가 우리를 대체할 슈퍼컴퓨터를 개발한 나라가, 따분해하고 폭력적인 10대 청소년을 겨냥한 만화 문화를 국가 규모의 오락으로 삼는다는 것이다.『헬로 아메리카』에서 나는 아메리칸드림에 숨겨진 논리를 따라가면 결국 라스베이거스에서 핵 룰렛을 즐기는 맨슨 대통령으로 이어질 것이라 제안했다. 1980년대가 흘러가는 내내 백악관을 점거하고 있던 할리우드 배우를 생각해보면, 그리고 그의 머릿속에 옛날 영화의 파편들이, 레이저를 장비한 미사일이 등장하는 〈스타워즈〉의 환상이 들어차 있었다는 사실을 고려하면 그리 허황된 가정은 아니리라.

어쨌든 독자들은 결국『헬로 아메리카』가 미합중국을 격렬하게 옹호하고 있으며, 우리 유럽인들에게는 부족한 미덕인 낙관론과 자신감을 예찬하는 소설이라는 사실을 깨닫게 될 것이다. 맨슨 대통령의 등장은 물론 두려운 일이겠지만, 이 이야기는 19세기 양키의 미덕을 온몸으로 체현하는 존재인 유리 비행기를 발명한 노인의 승리로 끝난다. 아무리 저항하더라도, 결국 우리의 꿈에서 'MADE IN USA'라는 전설을 몰아내기에는 아직 조금 이른 셈이다.

1994년
J.G. 밸러드

- 1894~1978 미국의 화가이자 삽화가. 《새터데이 이브닝 포스트》에 47년간 표지화를 그렸고, 《룩》에 삽화를 기고하는 등 20세기 변화하는 미국 사회와 미국인들의 일상을 그림으로 표현했다.

『헬로 아메리카』는 **굿바이 아메리카**라고 불러도 좋을 법한 작품이다. 잘 있어라, 다시 볼 일 없기를, 자원을 빨아들이는 괴수 같은 나라여. 토양과 대기를 능욕하고, 위선적인 정책과 만화 속 가치관을 세계만방에 전파하며, 천박한 엔터테인먼트로 세계의 총체적 지성 수준을 낮추는 일에 기여한 나라여. 자, 이제 전부 끝났으니 그 시체 위를 여행할 때가 왔다. 모두가 기꺼이 혐오하는 나라를 추도하는 J. G. 밸러드의 잔혹한 필치는 그의 다른 어떤 작품에서보다 빛을 발한다. 우리 모두 알다시피, 미국은 오랫동안 이런 형벌을 받을 만한 죄업을 쌓아 왔다. 어쩌면 번성하기 시작한 이후로 내내 그랬을지도 모른다. 『헬로 아메리카』에서 이 나라는 가혹한 응분의 대가를 치른다. 한때 약속의 땅이었던 곳은 이제 공허한 황무지일 뿐이다. 종말의 땅에 잘 오셨습니다. 아니면 혹시 밸러드는 이 거대한 국가를 통째로 쓸어버리고, 선량한 유럽인 탐험가 한 무리로부터 새로 시작해야 한다고 주장하는 것일까? 어쩌면 '헬로' 쪽이 제대로 사용한 단어일지도 모르겠다.

소설의 도입부에서 우리는 죽은 미국을, 그리고 자기 발밑 항구에 가라앉아 버린 자유의 여신상을 발견한다. 우려되는 방사능 준위를 확인하기 위해 탐사대가 대양을 건너온 것이다. 우리의 탐사대가 처음 마주하는 뉴욕의 땅은 얼핏 보기에는 황금에 파묻혀 있는 듯하다. 건물에서 쏟아진 금가루가 바다로 흘러들고 있다. 부자가 된 것이다! 소소한 횡재가 아니라 막대한 부가, 미국의 약속이 그들을 기다리고 있고, 탐사대는 아이들처럼 환희한다. 작가가 밸러드인 이상, 당연히 등장인물들에게 벌써부터 이런 보상을 제공할 리는 없다. 탐사대의 운명은 그렇게 쉽게 풀리지 않는다. 가까이 다가가자 반짝이는 가루가 금이 아니라 모래일 뿐이라는 사실이 드러난다. 전 세계의 자원을 낭비한 끝에, 미국은 사람이 살 수 없는 땅이 된 것이다. 미국이 1973년과 1979년의 석유파동에서 회생하던 시기인 1981년에 출간된 『헬로 아메리카』는 오히려 현대의 미국과 더 연관이 깊거나, 또는 무서울 정도로 정확히 들어맞아 보인다. 이런 전제가 필연적이라는 느낌을 받기 시작하면, 이 소설은 순식간에 공포스러운 과학소설에서 평범한 리얼리즘 소설로 전락해 버린다. 물론 후반부에 아주 끔찍한 클론 기술과 끝내주게 관능적인 투명 비행기가 첨가되기는 하지만. 그다지 상상 속 세계라고는 할 수 없는 이 대륙의 기후는 베링 해협에 댐을 쌓은 다음 극적으로 변해 버렸다. 탐사대는 미국인들이 상당히 다급하게 도망쳤다는 사실을 깨닫는다. 대도시는 사막이 되어 있다. 우리는 그저 끔찍한 날씨 때문에 사람들이 타 죽기 싫어서 고향을 버렸으리라는 정도만 추측할 수 있다. 미국의 대지는 그대로 그 나라가 잠든 묘지가 되어 버렸다. 어쩌면 이 작품은 현실에서는 돌이킬 수 없는 파국으로 나아가지 말라는 경고일 뿐인 것은 아닐까? 다들 머리가 굳어서 과학의 말에 귀를 기울이지 않는 상황이니, 이제 소설이 나서서 교묘하고 섬뜩한 선동을 해야 하는 것은 아닐까?

밸러드가 이 작품에서 묘사하는 미래 세상에는 다른 무엇보다 그런 부류의 지혜는 조금도 깃들어 있지 않다. 우리의 주인공들의 머릿속에는 이 대륙이 몰락했다는 명확한 사실이 아니라, 검증되지 않고 부풀려진 환상 속 미국이 가득 들어차 있기 때문이다. 최초의 과학 임무는 순식간에 보다 내밀하고 신화에 가까운 갈망에 함몰되어 버린다. 국민이 존재하지 않는 국가에서라면 인간은 자신이 원하는 모습이, 심지어 대통령까지도 될 수 있다. 문제는 정확히 무엇을 다스리는 대통령이 되는지는 단 한 번도 명확하게 밝히지 않는다는 것이다. 순수한 형태의 리더십이란 권위를 증류한 원액과도 같아서, 누구나 즉각 탐내기 마련이다. 밸러드가 등장인물에게 대통령을 평생의 꿈으로 부여했다면, 이는 세상에서 제일 큰 야망을 주는 것이나 다름없는 셈이다.

우리는 탐사대 구성원들의 배경에 대해 거의 알 수가 없다. 그저 유럽은 남은 자원을 절제해 사용하면서 미국적인 탐욕과 자살에 가까운 환경 재해를 피했다는 것을 알고 있을 뿐이다. 그런데 간신히 살아남아 수세에 몰린 채 명맥만 유지하는 듯 보이는 유럽은, 이 소설의 중심이 되지 못한다. 미국에 머무는 동안 탐사대원들이 고향 생각은 단 한 번도 하지 않으며, 차라리 다른 곳에 있었기를 바라지도 않고, 애초에 과거를 입에 담지도 않는다는 점은 제법 흥미롭다. 이 괴상한 땅에 이르러 그들은 아예 새로운 삶을 시작한 것이다. 이 역시 미국의 현실보다 오래 살아남은 아메리칸드림의 힘일까? 이 신세계가 얼마나 몰락했든, 과잉으로 인해 스스로 참사를 불러왔든 간에 새로 찾아온 탐사대는 죽음으로 가득한 땅이 이 행성의 다른 어떤 곳보다도 마음에 드는 것처럼 보인다. 독자들은 뻔하고 야단스러운 경멸 속에서 밸러드가 미국이 우리에게 어떤 존재가 되었는지 말하고 있음을, 아무리 오염되었더라도 교묘하게 숨겨진 낭만이, 그곳을 향한 갈망이 존재한다고 말하고 있음을 깨닫게 된다. 그러나 밸러드에게 있어 낭만과 죽음은 거의 불가분의 개념이다. 그는 죽음의 유혹을 아무런 어려움 없이 묘사할 수 있는 작가이다. 그의 세계에서는 아무리 위험한 임무라도 광기에 빠진 몽상가들과 한편에 서는 쪽이, 보다 사소하고 현실적인 꿈을 품고 이성적으로 행동하는 것보다 낫다.

하지만 밸러드는 도상圖像을 해체하는 일을 즐기는 사람이고, 이곳에서도 그런 해체 작업은 언제나처럼 감미롭고 퇴폐적으로 이루어진다. 인간이 없어진 텅 빈 미국이야말로 그에게는 완벽한 놀이터나 마찬가지이다. 사라진 온갖 것들을 불러오는 목록을 제공할 수 있는 이상, 등장인물들을 가지고 장난칠 필요가 딱히 없을뿐더러, 이 소설의 주된 흐름 중 하나는 더 이상 존재하지 않거나 더 이상 작동하지 않는 미국의 여러 모습들에 대한 끝없는 설명이다. 이 책은 몰락을 노래하는 광시곡이나 다름없다. 생명이 사라진 도시. 모든 것을 뒤덮는 모래. 물 빠진 수영장, 꺼져 버린 조명, 뒤틀리거나 소실된 건물의 유리창. 자신의 이야기 세계를 부존재로 가득 메우고 이토록 즐겁게 노래하는 작가는 찾아보기 힘들다. 내가 생각해 낼 수 있는 다른 어떤 책과도 비교할 수 없는 죽음의 무도이다.

이 책은 고전적인 방식으로 인물을 정립하는 대신, 미국의 죽음을 책장마다 빼곡히 채우며 흥청망청 즐긴다. 밸러드는 오랫동안 미국에 취해 있었다. 아니, 보다 정확하게 말하자면 미국의 문화 인공물과 과장된 약속에, 수출품을 통해 자신을 선전하는 방식에 취해 있었다. 『크래시』를 영화화하는 계획이 발표되었을 때, 밸러드는 영화를 토론토에서 촬영하겠다는 데이비드 크로넌버그 감독의 결정에 찬사를 보냈다. 자동차가 고약하고 충동적인 집착으로 여겨지는 땅에 가까운 곳으로 무대를 옮겼기 때문이었다. 그러나 『크래시』가 부분적으로 자동차에 **의한** 죽음을 다룬다면, 『헬로 아메리카』는 자동차의 죽음을, 나아가 아메리칸드림의 죽음을 다룬다.

이 책의 어디를 펴도 미국이 얼마나 끝장났는지를 생생하게 그리지 않는 부분이 없다. 우리는 흔히 소설가가 하나의 세계를 창조한다고 생각하지만, 여기서 밸러드는 자신의 재난 소설에서 명확하게 보여 준 방식 그대로 하나의 세계를 파괴했다고 말하는 편이 보다 적합할지도 모르겠다. 덕분에 독자들은 목을 길게 빼고 책 안을 들여다보게 된다. 적어도 우리 시대에는 너무 치명적으로 다른 모든 것을 압도해서, 조금 짓눌러 줄 필요가 있다고 여겨지는 나라와 문화가 파괴되는 모습에 매료되지 않을 사람이 있을까? 미국인 독자에게는 자기 자신의 장례식에 참석하는 일에 가장 근접한 경험이 될 것이다. 우리는 이 책에서 매혹, 공포, 죄책감, 환희에 이르는 온갖 감정을 접하게 된다. 그리고 우리 탐험가들이 서쪽으로 떠나면서 우리는 밸러드의 진짜 업적을 마주하게 된다. 그는 미래를 다루는 역사소설을 써냈다. 『헬로 아메리카』는 미국을 두 번째로 발견하는 과정을 묘사하며, 이번에 위업을 이룩하는 이는 정신 나간 광인들이다. 파괴적이며 텅 비고 무가치한 땅을, 오로지 자신의 꿈을 충족시키기 위해서 정복하려는 환상에 사로잡혀 있는 사람들이다. 버려진 미국이야말로 그의 열정적이고 폭력적인 인물들을 위한 완벽한 배경이라는 사실이 드러난다. 미국이 위대한 가공의 땅일 뿐이라면, 밸러드의 인물들은 상상의 삶을 드러내는 완벽한 횃불잡이라 할 수 있다. 밸러드는 미국이라는 국가 자체가 사라지더라도 환상 속에서는 그 존재를 유지할 수 있음을, 어쩌면 현실에서보다 더욱 중요한 존재가 될 수 있음을 보여 준다.

2014년 뉴욕에서
벤 마커스

현실을 그려 내는 환상에는 유효기간이 존재하게 마련이다. 그 점을 고려해 볼 때 밸러드가 그린 20세기 중반 미합중국의 환상이 오늘날까지도 어느 정도 새롭게 느껴진다는 사실은 조금 놀랍기도 하다.

밸러드가 그리는 근미래 미국의 모습은 두 가지 측면에서 거울에 비친 환상처럼 이중적이다. 작품 속에서 우리는 근미래의 디스토피아가 된 미국과 그를 바라보는 주인공의 왜곡된 시선을 동시에 목격한다. 소형 증기자동차와 구릿빛 가루만 존재하는 작중의 미국에, 웨인과 탐사대는 육중한 캐딜락과 사금의 환상을 덧씌운다. 미국 땅의 새로운 주민들을 마주한 웨인은 그들을 처음에는 개척 시대 미국 원주민으로, 다음에는 20세기의 미국인으로 간주하려 애쓴다. 탐사대가 마침내 라스베이거스에 도착한 순간 현실과 환상이 하나로 합쳐지지만, 그곳 또한 (밸러드답게) 그저 다른 종류의 환상일 뿐이라는 사실이 이내 드러난다.

작품 밖으로 시선을 옮기면, 1970년대와 2010년대, 영국과 한국이라는 밸러드와 우리 사이의 시공간적 거리 때문에 또 다른 이중적인 환상이 생겨난다. 밸러드의 뉴욕 항만은 폐허가 되어 버렸지만 세계무역센터는 아직 꼿꼿이 서 있다. 그러나 높이가 200층에 달하는 가상의 OPEC 타워 때문에 미국 금융의 상징은 다른 식으로 빛이 바랜다. 도지시티의 서부극 테마파크나 1970년대의 서부극 영화들은 이제 우리가 생각하는 미국 환상의 지형에서 밀려난, 빛바랜 골동품이 되었다. 아울러 밸러드가 심혈을 기울여 그려 낸, 다른 작품들 속의 플로리다를 떠오르게 하는 정글에 파묻힌 라스베이거스도 이제는 모습이 변했다. 1970년대의 위풍당당했던 호텔 겸 카지노의 많은 수가 자취를 감추었고, 거대한 메가-리조트들이 신시대의 기수처럼 그 자리를 차지했다. 광인의 전쟁 상황실이 들어서 있던 시저스팰리스의 대경기장 쇼룸은 키르쿠스 막시무스보다 훨씬 인지도 높고 화려한 건물인 콜로세움으로 바뀌었다. 그리고 역사의 저편으로 물러난 프랭크 시나트라와 딘 마틴과 앤디 윌리엄스의 자리에는 셀린 디옹과 엘턴 존과 머라이어 캐리가 새로운 '상주 연예인'으로 등극했다.

게다가 다른 무엇보다, 휴스의 스위트룸 또한 더 이상 존재하지 않는다. 사막의 오아시스처럼 자라나서 1970년대에는 야경을 조망하기에 최적의 장소였던, 라스베이거스의 상징과도 같은 데저트인도 새로운 밀레니엄을 맞이하며 문을 닫았다. 쌍둥이 빌딩이 무너졌던 9·11 테러에서 고작 한 달 후, 폭발시켜 무너트린 것이다. 휴스의 스위트룸과 시나트라의 데뷔 무대가 있던 자리에는 이제 초대형 복합 리조트가 들어섰다. 어떻게 보면 1970년대의 미국 또한 밸러드가 그려 낸 미국만큼이나 우리와 멀리 떨어져 있는, 상징으로 가득한 세계일지도 모른다. 그리고 바로 그 점이 이 독특한 작품에 이채를 부여한다.

이런 거울에 비친 환상 속에서, 독자들은 밸러드가 반복하여 사용해 온 수많은 소재들이 사탕 세공 껍데기 안의 내용물처럼 들어차 있는 모습을 발견하게 된다. 사막. 정글. 협곡. 자동차. 대통령. 유리 비행기. 추락한 조종사. 우주 비행의 꿈. 과거의 미국을 구성하던 요소들은 제각기 뒤틀리고 파괴되어 껍데기만 남은 다음, 밸러드의 손에 의해 새로운 알맹이를 부여받는다. 밸러드가 그리는 미국은 단순한 폐허가 아니라, 과거의 환상이 새로운 집착을 부여받는 장소이다. 익숙한 옷을 입은 새로운 집착은, 아울러 마지막까지 그 기묘한 집합체를 굳이 외면하려 애쓰는 주인공의 모습은 이미 유효기간이 지난 환상임에도 불구하고 여전히 신선하게 다가온다.

신체적 특성과 연설이라는 '상징'으로 좁아들어 버린 마흔네 명의 미국 대통령 로봇의 모습에서 그 집착은 기묘하게 두드러진다. 밸러드의 집착의 대상이었던, 자동차 위에서 목숨을 잃은 J. F. 케네디는 가문에서 두 명의 대통령을 더 배출하여 트리오를 구성한다. 심지어 존 존이라는 별명마저도 동생에게 빼앗겨 버릴 정도이다. 그보다 더한 집착의 대상이었던 로널드 레이건은 본문에는 등장하지 않지만, 웨인에게 '미국을 다시 위대하게' 만들어 주리라는 기대를 받는 편집증 환자에서 그 편린을 찾아볼 수 있다. 현실의 45대 미국 대통령 역시 레이건의 표어를 재사용했다는 점을 생각하면 묘한 우연이라 할 수 있겠다.

세계 최강대국의 몰락이라는 누구에게나 쾌감을 불러오는 소재를 차용한 소설이지만, 끝까지 읽은 독자들이라면 이 작품이 미국에 바치는 찬가라는 밸러드의 설명에 고개를 끄덕일 수 있을 것이다. 물론 그 미국은 실제 미국보다는 환상 속 미국에 조금 더 가깝겠지만. 작가와 우리 사이에 존재하는 시공간의 거리 덕분에, 우리는 그 매력적인 미국에 한 겹의 장막을 덧씌운다는 특권을 누릴 수 있게 되었다.

같은 맥락에서, 홑겹조차 씌울 수 없는 이들에게 이 작품이 인기가 없었다는 사실도 이해할 만하다. 1960년대에 뉴웨이브 SF의 기수로 칭송받던 것에 비해, 1970년대 중반에 접어들며 미국에서 밸러드의 인기는 급격하게 떨어졌다. 1981년 작인 『헬로 아메리카』가 미국에 처음 출판된 것은 『태양의 제국』이 폭발적인 흥행을 거둔 후인 1988년이 되어

서였고, 당연하지만 독자와 평론가 양쪽에서 그리 좋은 평을 듣지 못했다. '현실을 이차원의 만화처럼 왜곡한 단편적인 작품'이라는 평가가 대부분이었고, 호평조차도 '20세기 미국의 무분별한 소비 만능 주의에 대한 비판'으로서의 해석에 가까웠다. 물론 미국인들의 잘못은 아니다. 자신의 밀랍 인형을 향해 구애하는 사람을 맞닥뜨리면 움찔하는 반응을 보이는 게 당연하지 않겠는가. 어쩌면 작가와 같은 언어를 사용하는 미국의 독자들보다도, 미국이라는 거대한 문화 제국의 변방에 살고 있는 한국의 독자들 쪽이 이 작품의 매력을 훨씬 수월하게 음미할 수 있지 않을까 싶다.

그리고 밸러드의 미국에 이입하기 힘든 독자들 또한, 작품을 가득 채우고 있는, 머릿속의 환상을 그대로 옮겨 놓은 듯한 섬세하면서도 강렬한 장면들에서는 매력을 느낄 수 있을지도 모른다. 혹평을 늘어놓은 《뉴욕 타임스》의 평론가조차도 '훌륭한 연기자에 의해 현실로 옮겨지기를 기다리는 대본처럼 보인다'라는 평가를 덧붙일 정도였다. 그렇기에 넷플릭스에서 또 다른 영국 출신의 거장인 리들리 스콧 감독의 손에 이 작품의 영상화를 맡겼다는 사실은 상당히 고무적이다. SF의 영상화가 흔히 그렇듯이 완전히 다른 작품이 될 가능성도 배제할 수는 없겠지만, 설령 그렇더라도 별 상관 없을지도 모른다. 밸러드와 같은 세대인 스콧 감독이 미국에 대해 어떤 환상을 품고 있는지, 아울러 그 환상을 어떤 식으로 화면에 옮기는지를 볼 수 있다는 것만으로도 충분히 기대가 되니까.

조호근

셰퍼턴의 현자

어마어마한 창의력의 작가이자, 삭막한 건축물과 황량한 고층 빌딩과 죽음의 고속도로와 얼굴 없는 기술이 현대인의 의식에 만들어 낸 균열을 탐구하는 구도자. 그는…… 현대의 삶의 공허하고 박탈당한 공간을 상상의 보이지 않는 도시와 경이로운 세계로 채우는 놀라운 재능을 가졌다.

_1979년 맬컴 브래드버리가 평가한 J. G. 밸러드

제임스 그레이엄 밸러드는 1930년 11월 15일 상하이 종합병원에서 상하이 직물 회사 경영자의 아들로 태어났다. 1941년 일본의 진주만 공습과 중국 침공 이후, 밸러드와 가족은 3년 동안 수용소에 억류되었다. 상하이와 수용소에서 보낸 성격 형성기의 경험은 평단의 찬사를 받은 자전적 소설 『태양의 제국』(1984)의 근간이 되었으며, 밸러드의 상상력의 결과물에 깊은 영향을 끼쳤다. 그의 첫 주요 작품인 『물에 잠긴 세계』(1962)는 범람하여 태고의 늪지대로 변한

런던을 무대로 삼는데, 이는 임박한 환경 파괴로 인한 대재
앙을 설득력 있게 그리는 작품인 동시에 양쯔강에 대한 어
린 시절의 기억을 몰아내려는 시도라고 할 수 있다. 마찬가
지로 그의 작품에 반복적으로 등장하는 물 빠진 수영장, 폐
건물, 황량한 풍경, 부서진 자동차 등의 소재들의 근원도 상
하이까지 거슬러 올라간다. 밸러드는 이렇게 말했다. "전쟁
동안의 경험에서 한 가지 배운 게 있다면, 현실은 무대장치
에 지나지 않는다는 것이다⋯⋯ 안락한 일상생활, 학교, 삶
을 영위하는 가정이나 다른 모든 것들이⋯⋯ 하루아침에 해
체될 수 있다." 그리고 순식간에 파국을 불러오고 문명이라
는 겉치레를 손쉽게 벗어던질 수 있는 인간의 역량이야말로
밸러드가 작가로서 골몰한 주제였다.『물에 잠긴 세계』에 이
어, 밸러드는 연속성은 없지만 '파국 3부작'으로 엮이는 『불
타 버린 세계』(1964)와 『크리스털 세계』(1966)를 집필했다.

어떻게 보면 밸러드가 장편소설의 세계로 뛰어든 시기는
상당히 늦었다고 할 수 있다. 처음에 그는 《사이언스 판타
지》와 《뉴 월즈》 같은 과학소설 잡지에서 단편소설 작가로
명성을 얻었다. 그의 장편에 등장하는 주제와 강박, 심지어
인물들조차도 이런 단편에서 먼저 모습을 드러냈거나 유사
점을 가진다. 그는 2001년에 이렇게 썼다. "내가 쓴 모든 장
편소설은 단편소설에서 시작되었다."•

밸러드는 케임브리지 대학교에서 의학을 공부하던 시절

전기적 약력

처음으로 소설을 쓰기 시작했다. 그의 초기 단편 중 하나는, 그의 말을 빌리자면 "「한낮의 참극」이라는 제목의 헤밍웨이 풍 노력의 성과"로서 1951년에 대학의 연례 문학상 소설 부문에서 공동 수상했다. 덕분에 그는 의학을 버리고 문학으로 옮아가겠다고 결심했으나, 여기서 공부한 해부학은 훗날 밸러드의 창작물 속에서 빼놓을 수 없는 요소가 된다. (그는 "생각건대 소설가는 과학자처럼 시체를 해부할 수 있어야 한다"라고 주장하기도 했다.) 케임브리지를 떠난 밸러드는 런던의 퀸 메리 칼리지에 다니고 광고 기획사의 카피라이터와 백과사전 방문판매원으로 일했으며, 잠시 영국 공군에 입대하기도 했다. 짧은 군 생활 동안 그의 작가로서의 방향성에 중대한 전기가 찾아왔는데, 캐나다 서스캐처원주의 무스조 NATO 비행 훈련 기지에 배속되어 읽을거리를 찾아 헤매다가 기지의 카페테리아에 비치된 과학소설 잡지를 꺼내 들게 된 것이다. 당시 장르를 지배하던 장황한 우주여행 이야기가 지겹기는 했지만, 그는 곧바로 과학소설이 품은 역동성과 가능성에 주목했다. 2006년 《옵서버》의 로버트 매크럼과 진행한 인터뷰에서 밝혔듯이, 그는 과학소설이 "과거의 전례를 조금도 따르지 않는 현재에 관한 소설…… 광고와 대중매체

•   현대문학 세계문학 단편선 『제임스 그레이엄 밸러드』 중 「제임스 그레이엄 밸러드 후기」 691쪽.

와 텔레비전과 핵전쟁의 위협을 다루는 소설"이라고 생각했다.

그가 처음 시도한 SF 단편인 「프리마 벨라돈나」와 「도주」는 각각 《사이언스 판타지》와 《뉴 월즈》의 1956년 12월 호에 수록되었다. 그리고 그의 말에 따르면, "이후로는 전진할 뿐이었다." 그의 초기 단편 중 많은 수는 전통적인 과학소설의 범주에 들어가지만, 밸러드가 시도한 독특한 장르 형식은 이내 많은 과학소설 추종자들의 저항에 직면했다. 그는 다음과 같이 주장했다. "대부분의 작가들은 나를 침입자로, 과학소설이라는 세포에 침투한 일종의 바이러스로 치부했다." 항상 과학소설을 "진정한 20세기의 문학"이라 칭송하면서도, 밸러드는 스푸트니크 발사 이후 시대의 과학소설은 외우주가 아니라 '내면의' 우주를 다루어야 한다고 주장했다. 그가 이야기하는 무의식의 우주는 현재 또는 근미래의 인간의 존재 조건을 다루기 때문에 훨씬 공포스러워질 수 있는 것이다. "근미래의 가장 큰 발전은 달이나 화성이 아니라 바로 이곳 지구상에서 일어날 것이다." 그는 1962년에 이렇게 주장하고는, 뒤이어 "진정한 외계 행성은 오직 지구뿐이다"라고 덧붙였다.

그 주장으로부터 얼마 전에 밸러드는 첫 장편소설인 『근원 모를 바람』(1961)을 집필했다. 훗날 밸러드 본인은 300파운드의 원고료를 받고 열흘 만에 쓴 이 작품을 부인하며, "돈

전기적 약력

벌이로 쓴 잡문일 뿐"이라는 평가를 내렸다. 그러나 이 작품에도 그 나름의 애호가가 존재한다. 소설가 토비 릿은 2007년 《옵서버》의 잊힌 보물 같은 소설 목록에 이것을 포함시켰다. 창작자의 눈에 어떤 면이 부족해 보였는지는 몰라도, 이 소설은 도입부의 배경(A4 국도)과 주인공의 이름(메이틀랜드) 등 『콘크리트의 섬』(1974)에서 재등장하는 요소들이 포함되어 있다는 점만으로도 대단히 흥미롭다.

밸러드의 친구이자 동시대 작가인 마이클 무어콕은 이 소설을 평하면서 그를 초현실주의 화가에 비유했다. 무어콕은 밸러드의 작품에 대해 "다양한 문학적 의도를 표현해 내기 위해 반복적으로 재사용하고 변용하는 방대한 이미지의 어휘들로써, 인지할 수 있는 도덕성의 문제를 추구한다"라고 말했다. 여기서 밸러드의 도덕성을 강조한 것은 단순한 우연이 아니다. 무어콕은 『크래시』의 여파가 한창일 때 이 서평을 썼는데, 『크래시』에서 밸러드는 자동차를 몰고 엘리자베스 테일러와 정면충돌하는 일을 궁극의 자동차 에로티시즘으로 여기는 등장인물을 그려 냈고, 이는 오늘날까지 논란을 불러일으키고 있다. 그러나 1956년 《뉴 월즈》의 작가 약력에도 시각예술과 특별히 초현실주의가 언급되어 있었다는 점은 아무리 강조해도 지나치지 않을 것이다. 밸러드와 오랜 우정을 나눈 사람들 중에는 예술가인 에두아르도 파올로치도 있었다. 아울러 밸러드 본인은 『크래시』에 대해

"하나의 시각적 경험으로서, 시각적인 구조물로 간주해야 이해할 수 있도록 책 속의 여러 요소들을 결합시켰다"라고 이야기한 바 있다.

『크래시』의 전조라 할 수 있는 일군의 단편소설, 또는 '압축된 장편소설'들을 모은 『잔혹 전시회』(1971)가 뒤이어 출간되었다. 1960년대 후반에 집필하여 주로 문예 계간지 《앰빗》이나 당시 무어콕의 관리하에 있던 《뉴 월즈》에 수록된 이 작품들에서는, 밸러드의 방향성이 눈에 띄게 바뀌고 분위기도 극적으로 어두워졌음을 알아볼 수 있다. 이제 밸러드는 섹스와 폭력과 유명 인사에 집착하기 시작하며, 윌리엄 버로스의 실험적인 '컷-업'● 소설에서 영감을 찾았다. (그런 단편 중 하나인 「내가 로널드 레이건을 강간하고 싶은 이유」는 당시 주지사였던 로널드 레이건이 미합중국 대통령이 될 것이라 정확히 예언했으며, 동시에 너무 자극적이라 미국에서 출간된 『잔혹 전시회』 초판을 전량 폐기하는 결과로 이어졌다.)

하지만 이런 관심사의 변화를 직접적으로 촉발한 것은 1964년 아내 메리의 죽음이라는 개인적인 비극과 당대의 요동치는 사회상이었다. 밸러드는 이렇게 말했다. "내 관점에서 보면 1960년대는 1963년에 케네디 대통령이 암살당하면서 시작된 것이다. 그의 죽음과 베트남전이 1960년대 내내 군림하고 있었다. 텔레비전과 대중 통신을 통해 중계된 이 두 사건은 하나의 10년기 전체에 암운을 드리웠다. 마치 제도로 지정된 재난 지역처럼."

『태양의 제국』의 자전적 후속작인 『여인의 친절함』(1991)에서, 그가 내세운 주인공인 짐은 밸러드 본인의 의견을 그대로 입에 담는다. "1960년대의 방송 매체 전체가 내 모든 강박을 치료하기 위해 특별히 고안된 실험실이나 다름없었다. 폭력과 포르노그래피가 미리엄의 죽음과 중국에서의 전쟁에서 목숨을 잃은 무수한 희생양들에 의미를 부여할 가능성이 있는 최후의 수단으로 등장했다." (미리엄은 밸러드의 아내를 여러 면에서 본뜬 인물이다.)

『크래시』만큼 극단적인 책은 찾아보기 힘들지만, 그 뒤를 이은 『콘크리트의 섬』과 『하이-라이즈』(1975)도 그와 비슷하게 당대의 도시 모습을 정신적으로 해부하려는 대담한 시도를 이어 간다.

밸러드는 나중에 마틴 에이미스가 '콘크리트와 강철 시대'라고 명명한 이 시기도 벗어나지만, 이후로도 인간 정신의 보다 어두운 내면을 탐구하는 일을 멈추지 않았다. 런던의 교외 지역인 셰퍼턴의 자택에서, 그는 도발적인 문화 분석과 충격적이지만 선견지명이 있는 예측을 융합한 소설을 창작해 냈다. 『코카인의 밤』(1996)에서 겉보기로는 목가적

• 텍스트를 무작위로 잘게 잘라 새로운 텍스트로 다시 만드는, 우연성의 문학 기법 또는 장르.

인 상류층 리조트에서 벌어지는 야만 행위를 기록하기도 하고, 『밀레니엄 피플』(2003)에서 신랄한 위트를 담아 중산층 혁명을 그려 내기도 하면서, 현대 세계에 내재하는 공포와 부조리에 대해 끊임없이 경종을 울렸다. 밸러드는 진정한 선각자이자, 제2차 세계대전 이후 시대의 가장 위대한 작가 중 한 명이라 할 수 있을 것이다.

트래비스 엘버러

작품 목록

■ 장편소설 단행본

1961   근원 모를 바람 *The Wind from Nowhere*

1962   물에 잠긴 세계 *The Drowned World* [1]

1964   불타 버린 세계 *The Burning World*(한발 *The Drought*) [2]

1966   크리스털 세계 *The Crystal World*

1973   크래시 *Crash*

1974   콘크리트의 섬 *Concrete Island*

1975   하이-라이즈 *High Rise*

1979   무한한 꿈의 회사 *The Unlimited Dream Company*

1981   헬로 아메리카 *Hello America*

1984   태양의 제국 *Empire of the Sun*

1987   창조의 날 *The Day of Creation*

1988   러닝 와일드 *Running Wild*

1991   여인의 친절함 *The Kindness of Women*

1994   낙원으로 돌진 *Rushing to Paradise*

1996   코카인의 밤 *Cocaine Nights*

2000   슈퍼칸 *Super-Cannes*

2003   밀레니엄 피플 *Millennium People*

2006   나라가 임하시오며 *Kingdom Come*

■ 단편집

1962   시간의 목소리 *The Voices of Time and Other Stories*
        빌레니엄 *Billennium*

1963	사차원 악몽*The 4-Dimensional Nightmare*
	영원행 여권*Passport to Eternity*
1964	종막의 해안*The Terminal Beach*[3]
1966	불가능 인간*The Impossible Man*
1967	재난지역*The Disaster Area*
	과부하 인간*The Overloaded Man*
	영원의 날*The Day of Forever*
1970	잔혹 전시회*The Atrocity Exhibition*(미국의 수출품, 사랑과 네이팜*Love and Napalm: Export USA*)[4]
1971	버밀리언샌즈*Vermilion Sands*
	크로노폴리스*Chronopolis and Other Stories*
1976	저공비행*Low-Flying Aircraft and Other Stories*
1977	J. G. 밸러드 걸작 과학소설*The Best Science Fiction of J. G. Ballard*
1978	J. G. 밸러드 걸작 단편선*The Best Short Stories of J. G. Ballard*
1980	금성인 사냥꾼*The Venus Hunters*
1982	근미래의 전설*Myths of the Near Future*
1988	우주 시대의 기억*Memories of the Space Age*
1990	전쟁 열병*War Fever*
2001	J. G. 밸러드 단편소설 전집*The Complete Short Stories of J. G. Ballard*
2006	J. G. 밸러드 단편소설 전집(전 2권)*The Complete Short Stories of J. G. Ballard 1·2*
2009	J. G. 밸러드 전집*The Complete Stories of J. G. Ballard*

■ 단편소설[5]

한낮의 참극 The Violent Noon《바시티》[6] 1951년 5월 26일 자
프리마 벨라돈나 Prima Belladonna
　　《사이언스 판타지》1956년 12월 호(제7권 통권 20호)
도주Escapement《뉴 월즈》1956년 12월 호(제18권 통권 54호)
빌드업Build-Up(**수용소 도시**The Concentration City)[7]
　　《뉴 월즈》1957년 1월 호(제19권 통권 55호)

움직이는 동상Mobile(비너스의 미소Venus Smiles)[8]
　《사이언스 판타지》 1957년 6월 호(제8권 통권 23호)

맨홀 69Manhole 69 《뉴 월즈》 1957년 11월 호(제22권 통권 65호)

12번 트랙Track 12 《뉴 월즈》 1958년 4월 호(제24권 통권 70호)

기다림의 장소The Waiting Grounds
　《뉴 월즈》 1959년 11월 호(제30권 통권 88호)

마지막 카운트다운Now: Zero
　《사이언스 판타지》 1959년 12월 호(제13권 통권 38호)

소리 청소부The Sound-Sweep
　《사이언스 판타지》 1960년 2월 호(제13권 통권 39호)

공포의 영역Zone of Terror 《뉴 월즈》 1960년 3월 호(제31권 통권 92호)

크로노폴리스Chronopolis 《뉴 월즈》 1960년 6월 호(제32권 통권 95호)

시간의 목소리The Voices of Time 《뉴 월즈》 1960년 10월 호(제33권 통권 99호)

고더드 씨의 마지막 세계The Last World of Mr Goddard
　《사이언스 판타지》 1960년 10월 호(제15권 통권 43호)

스타스가, 5번 스튜디오Studio 5, the Stars
　《사이언스 판타지》 1961년 2월 호(제15권 통권 45호)

마지막 심해Deep End 《뉴 월즈》 1961년 5월 호(제36권 통권 106호)

과부하 인간The Overloaded Man 《뉴 월즈》 1961년 7월 호(제36권 통권 108호)

F 씨는 F 씨Mr. F is Mr. F 《사이언스 판타지》 1961년 8월 호(제16권 통권 48호)

폭풍을 몰고 오는 바람Storm-Wind[9]
　《뉴 월즈》 1961년 9·10월 호(제37권 통권 110·111호)

빌레니엄Billennium 《뉴 월즈》 1961년 11월 호(제36권 통권 112호)

상냥한 암살자The Gentle Assassin
　《뉴 월즈》 1961년 12월 호(제38권 통권 113호)

물에 잠긴 세계The Drowned World[10]
　《사이언스픽션 어드벤처스》 1962년 1월 호(제4권 통권 24호)

광인들The Insane Ones[11] 《어메이징 스토리즈》 1962년 1월 호(제36권 제1호)

시간의 정원The Garden of Time
　《판타지 앤드 사이언스픽션》 1962년 2월 호(제22권 제2호)

스텔라비스타의 천 가지 꿈The Thousand Dreams of Stellavista
　《어메이징 스토리즈》 1962년 3월 호(제36권 제3호)

켄타우루스자리행 열세 명Thirteen to Centaurus
　《어메이징 스토리즈》 1962년 4월 호(제36권 제4호)

영원행 여권 Passport to Eternity

《어메이징 스토리즈》 1962년 6월 호(제36권 제6호)

모래 우리 The Cage of Sand 《뉴 월즈》 1962년 6월 호(제40권 통권 119호)

감시탑The Watch Towers 《사이언스 판타지》 1962년 6월 호(제18권 통권 53호)

노래하는 조각상 The Singing Statues 《판타스틱》 1962년 7월 호(제11권 제7호)

99층에 선 남자 The Man on the 99th Floor

《뉴 월즈》 1962년 7월 호(제40권 통권 120호)

잠재의식 인간 The Subliminal Man 《뉴 월즈》 1963년 1월 호(제42권 통권 126호)

셰링턴 이론 The Sherrington Theory(**파충류 사육장**The Reptile Enclosure)[12]

《어메이징 스토리즈》 1963년 3월 호(제37권 제3호)

재진입의 문제A Question of Re-Entry 《판타스틱》 1963년 3월 호(제12권 제3호)

시간 무덤 The Time Tombs 《월즈 오브 이프》 1963년 3월 호(제13권 제1호)

바다가 깨어나는 시간 Now Wakes the Sea

《판타지 앤드 사이언스픽션》 1963년 5월 호(제24권 제5호)

조우The Encounter(**금성인 사냥꾼**The Venus Hunters)[13]

《어메이징 스토리즈》 1963년 6월 호(제37권 제6호)

최후의 한 수 End-Game 《뉴 월즈》 1963년 6월 호(제44권 통권 131호)

한 명 부족 Minus One 《사이언스 판타지》 1963년 6월 호(제20권 통권 59호)

갑작스러운 오후 The Sudden Afternoon 《판타스틱》 1963년 9월 호(제12권 제9호)

스크린 게임 The Screen Game 《판타스틱》 1963년 10월 호(제12권 제10호)

시간의 흐름 Time of Passage

《사이언스 판타지》 1964년 2월 호(제21권 통권 63호)

산호바다의 죄수 Prisoner of the Coral Deep

《아거시》 1964년 3월 호(제XXV권 제3호)

사라진 레오나르도 The Lost Leonardo

《판타지 앤드 사이언스픽션》 1964년 3월 호(제26권 제3호)

종막의 해안 The Terminal Beach 《뉴 월즈》 1964년 3월 호(제47권 통권 140호)

빛살 속의 남자 The Illuminated Man

《판타지 앤드 사이언스픽션》 1964년 5월 호(제26권 제5호)

평분시Equinox[14]

《뉴 월즈》 1964년 5~6·7~8월 호(제47·48권 통권 142·143호)

해 질 녘 삼각주 The Delta at Sunset

단편집 『종막의 해안』 영국판(빅터골랜츠),[15] 1964년 6월

거인의 익사체 The Drowned Giant (기념품 The Souvenir)[16]

    단편집『종말의 해안』영국판(빅터골랜츠), 1964년 6월

황혼 한낮의 조콘다 The Gioconda of the Twilight Noon

    단편집『종말의 해안』영국판(빅터골랜츠),[17] 1964년 6월

화산이 춤추니 The Volcano Dances

    단편집『종말의 해안』영국판(빅터골랜츠)[18], 1964년 6월

컨페티 로열 Confetti Royale (해변의 살인 The Beach Murders)[19]

    《로그》1966년 2~3월 호(제11권 제1호)

너와 나, 그리고 연속체 You and Me and the Continuum

    《임펄스》[20] 1966년 3월 호(제1권 통권1호)

너 : 혼수상태 : 메릴린 먼로 You: Coma: Marilyn Monroe 《앰빗》27호 1966년

암살 무기 The Assassination Weapon 《뉴 월즈》1966년 4월 호(제50권 통권 161호)

영원의 날 The Day of Forever 단편집『불가능 인간』미국판(버클리), 1966년 4월

불가능 인간 The Impossible Man

    단편집『불가능 인간』미국판(버클리),[21] 1966년 4월

폭풍의 새, 폭풍의 꿈 Storm Bird, Storm Dreamer

    단편집『불가능 인간』미국판(버클리), 1966년 4월

잔혹 전시회 The Atrocity Exhibition 《뉴 월즈》1966년 9월 호(제50권 통권 166호)

내일은 백만 년 Tomorrow is a Million Years

    《아거시》1966년 10월 호(제XXVII권 제10호)

다운힐 자동차 경주로 살펴본 존 피츠제럴드 케네디 암살 사건 The Assassination of

    J. F. Kennedy Considered as a Downhill Motor Race 《앰빗》29호 1966년

재클린 케네디 암살 계획 Plan for the Assassination of Jacqueline Kennedy

    《앰빗》31호 1967~1968년

죽음 구성 요소 The Death Module (신경쇠약을 향한 기록 Notes towards a Mental

    Breakdown)[22] 《뉴 월즈》1967년 7월 호(제51권 통권 173호)

희망을 외쳐라, 분노를 외쳐라! Cry Hope, Cry Fury!

    《판타지 앤드 사이언스픽션》1967년 10월 호(제33권 제4호)

산호 D의 구름 조각가들 The Cloud Sculptors of Coral D

    《판타지 앤드 사이언스픽션》1967년 12월 호(제33권 제6호)

서커스 The Recognition 앤솔러지『위험한 상상력』[23] 1967년

내가 로널드 레이건을 강간하고 싶은 이유 Why I Want to Fuck Ronald Reagan

    1968년 유니콘서점 발행(소책자)

죽은 우주 비행사 The Dead Astronaut

《플레이보이》1968년 5월 호(제15권 제5호)

미국의 수출품, 사랑과 네이팜 Love and Napalm: Export USA

《서킷》6호 1968년 6월 호

죽음의 종합대학 The University of Death

《트랜저틀랜틱 리뷰》29호 1968년 여름 호

위대한 미국 누드 The Great American Nude 《앰빗》36호 1968년

미국의 계보 The Generations of America 《뉴 월즈》1968년 10월 호(통권 183호)

통신위성의 가호 아래 The Comsat Angels

《월즈 오브 이프》1968년 12월 호(제18권 제12호)

여름의 식인종들 The Summer Cannibals 《뉴 월즈》1969년 1월 호(통권 186호)

크래시!Crash![24] 《ICA 이벤트시트》1969년 2월 호

처형장The Killing Ground 《뉴 월즈》1969년 3월 호(통권 188호)

인간 안면의 충격 내성 Tolerances of the Human Face

《인카운터》1969년 9월 호(제33권 제3호)

지금 여기서 목숨을 바친다A Place and a Time to Die

《뉴 월즈》1969년 9~10월 호(통권 194호)

성교 80 : 1980년식 성행위에 대한 세부 묘사 Coitus 80: A Description of the Sexual Act in 1980 《뉴 월즈》1970년 1월 호(통권 197호)

분화구 횡단 여행 Journey across a Crater 《뉴 월즈》1970년 2월 호(통권 198호)

마거릿 공주의 주름 제거 수술 : 허구와 현실의 교차점 Princess Margaret's Facelift: An Intersection of Fiction and Reality 《뉴 월즈》1970년 3월 호(통권 199호)

메이 웨스트의 유방 축소 수술 Mae West's Reduction Mammoplasty

《앰빗》44호 1970년

바람이여 안녕 Say Goodbye to the Wind

《판타스틱》1970년 8월 호(제19권 제6호)

오쏘노빈 G의 부작용 The Side Effects of Orthonovin G 《앰빗》50호 1972년

지상 최대의 텔레비전 쇼 The Greatest Television Show on Earth

《앰빗》53호 1972~1973년

웨이크 섬으로 날아가는 꿈 My Dream of Flying to Wake Island 《앰빗》60호 1974년

항공기 참사 The Air Disaster 《버내너즈》1호 1975년 1~2월 호

어느 절대자의 탄생과 죽음 The Life and Death of God 《앰빗》66호 1976년

60분짜리 줌 The 60-Minute Zoom 《버내너즈》5호 1976년 여름 호

미소The Smile 《버내너즈》6호 1976년 가을·겨울 호

궁극의 도시The Ultimate City 단편집 『저공비행』 영국판(조너선케이프), 1976년

엘리자베스 여왕의 코 성형술Queen Elizabeth's Rhinoplasty

《트리쿼털리》 35호 1976년 겨울 호

불감시간The Dead Time 《버내너즈》 7호 1977년 봄 호

색인The Index 《버내너즈》 8호 1977년 여름 호

집중 치료실The Intensive Care Unit 《앰빗》 71호 1977년

전장의 대본Theatre of War 《버내너즈》 9호 1977년 겨울 호

근사한 시간을 보내며Having a Wonderful Time 《버내너즈》 10호 1978년 봄 호

유타 해변의 어느 오후One Afternoon at Utah Beach 앤솔러지 『예측들』[25] 1978년

조디악 2000 Zodiac 2000 《앰빗》 75호 1978년

모텔 건축Motel Architecture 《버내너즈》 12호 1978년 가을 호

격렬한 환상의 숙주A Host of Furious Fancies 《타임아웃》 1980년 12월 19일 자

태양에서 온 소식News From the Sun 《앰빗》 87호 1981년

J. G. B******의 비밀 자서전The Secret Autobiography of J. G. B****** (J. G. B.의 자서전 The Autobiography of J. G. B.)[26] 《에투알 메카니크》[27] 1~3호 합본 1981년 7월~1982년 3월 호

우주 시대의 기억Memories of the Space Age 《인터존》 2호 1982년

근미래의 전설Myths of the Near Future

단편집 『근미래의 전설』 영국판(조너선케이프), 1982년 9월

미확인 우주정거장 조사 보고서Report on an Unidentified Space Station

《시티 리미츠》 1982년 12월 10~16일 자(통권 62호)

공격 대상The Object of the Attack 《인터존》 9호 1984년

설문지 답변Answers to a Questionnaire 《앰빗》 100호 1985년

달 위를 걸었던 남자The Man who Walked on the Moon 《인터존》 13호 1985년

제3차 세계대전 비사The Secret History of World War 3 《앰빗》 114호 1988년

혹독한 시대의 사랑Love in a Colder Climate

《인터뷰》 1989년 1월 호(제XIX권 제1호)

세상에서 가장 큰 테마파크The Largest Theme Park in the World

《가디언》 1989년 7월 7일 자

거대한 공간The Enormous Space 《인터존》 30호 1989년 7~8월 호

전쟁 열병War Fever

《판타지 앤드 사이언스픽션》 1989년 10월 호(제77권 제4호)

제인 폰다의 유방 확대 수술Jane Fonda's Augmentation Mammoplasty

앤솔러지 『세미오텍스트 SF』[28] 1989년

꿈 화물Dream Cargoes 《신초》[29] 1990년 9월 호

닐 암스트롱은 기억한다……Neil Armstrong Remembers…
《인터존》 53호 1991년 11월 호

절멸 재구성 안내서A Guide to Virtual Death 《인터존》 56호 1992년 2월 호

화성에서 온 메시지The Message from Mars 《인터존》 58호 1992년 4월 호

어떤 행성에서 온 보고서Report from an Obscure Planet
《레오나르도》[30] 1992년 4월 호

20세기 용어 사전 프로젝트Project for a Glossary of the 20th Century
《인터존》 72호 1993년 6월 호

붕괴의 단말마The Dying Fall 《인터존》 106호 1996년 4월 호

하둔의 미궁The Hardoon Labyrinth 단편집 『버밀리언샌즈』 프랑스판, 2013년[31]

■ 소설 앤솔러지

■ 비소설 단행본[32]

1 1963년 빅터골랜츠판이 밸러드 최초의 하드커버 단행본이다.

2 1965년 조너선케이프판 하드커버가 출간될 때 제목을 변경했다.

3 영국판(빅터골랜츠)과 미국판(버클리)의 수록 작품이 다르다.

4 미국의 경우, 1970년 출간된 더블데이판은 초판본을 전량 폐기했고, 이후 제목을 변경하여 1972년 그로브프레스에서 다시 출간되었다. 사실 영미 판본들보다 앞선 진정한 초판은 1969년의 덴마크판이다. 또한 '미국의 수출품, 사랑과 네이팜'을 제목으로 사용한 것은 1970년의 독일판이 먼저이다.

5 우선적으로 발표된 지면을 기준으로 삼았다. 소설의 일부를 발췌, 수록한 경우는 따로 넣지 않았다.

6 케임브리지 대학교 잡지.

7 단편집 『재난지역』에 재수록될 때 제목을 변경했다.

8 단편집 『버밀리언샌즈』에 재수록될 때 원고를 다시 쓰고 제목을 변경했다. 개고 전에는 등장인물의 이름과 소재 묘사 등이 상당히 달랐다.

9 장편소설 『근원 모를 바람』의 초기 원고. 『근원 모를 바람』에서는 빠진 짧은 후일담이 실려 있다.

10 장편소설 『물에 잠긴 세계』의 단편소설 버전.

11 미국 잡지에 실린 첫 작품이다.

12 단편집 『불가능 인간』에 재수록될 때 제목을 변경했다.

13 단편집 『종말의 해안』 미국판에 재수록될 때 제목을 변경했다.

14 단편 「빛살 속의 남자」를 발전시켜 「평분시」를 썼고, 이를 다시 써서 장편소설 『크리스털 세계』로 출간했다.

15 잡지에는 실린 적이 없음.

16 《플레이보이》 1965년 5월 호(제12권 제5호)에 재수록될 때 제목을 변경했다가 이후 단편집들에는 원제목으로 실렸다.

17 잡지에는 실린 적이 없음.

18 잡지에는 실린 적이 없음.

19 《뉴 월즈》 1969년 4월 호(통권 189호)에 재수록될 때 제목을 변경했다.

20 《사이언스 판타지》에서 제호를 변경했다.

21 잡지에는 실린 적이 없음.

22 단편집 『잔혹 전시회』에 재수록될 때 제목을 변경했다.

23 잡지에는 실린 적이 없음.

24 장편소설 『크래시』와는 다른 작품이다.

25 잡지에는 실린 적이 없음.

26 2009년 4월 19일 밸러드 타계 후 추모의 뜻으로 《뉴요커》2009년 5월 11
    일 자에 실렸는데, 이때 제목을 바꾸어 게재했다. 내용 소개는 현대문학
    세계문학 단편선 『제임스 그레이엄 밸러드』 중 「옮긴이의 말」 710~711
    쪽 참고.

27 프랑스 잡지에 먼저 발표되었고, 이후 1984년 《앰빗》96호에 재수록되었
    다.

28 잡지에는 실린 적이 없음.

29 일본 잡지에 먼저 발표되었고, 이후 《옴니》1991년 2월 호(제13권 제5호)
    에 재수록되었다.

30 1992년 세비야 엑스포 때 배포된 일회성 잡지.

31 버밀리언샌즈 연작의 하나로, 1950년대 중반에 쓰인 것으로 추정된다. 영
    국국립도서관의 밸러드 자료에서 발견되었고, 2013년 프랑스판 『버밀리
    언샌즈』에 수록되었으나 저작권 문제로 2014년 판본에서는 삭제되었다.
    영어로는 정식으로 발표 및 출간된 적이 없다.

32 시, 수필, 평론, 논문 등 잡지에 실린 비소설 원고는 따로 정리하지 않았다.

옮긴이 조호근

서울대학교 생명과학부를 졸업했다. SF/판타지 단편과 어린이용 과학 도서 번역을 주로 하였고, 현대 해외 문학을 국내에 소개하는 일도 하고 있다. 옮긴 책으로 『제임스 그레이엄 밸러드』『레이 브래드버리』『시월의 저택』『도매가로 기억을 팝니다』『마이너리티 리포트』『진흙발의 오르페우스』『더블 스타』『하인라인 판타지』『아마겟돈』『컴퓨터 커넥션』『타임십』『소용돌이에 다가가지 말 것』『SF 세계에서 안전하게 살아가는 방법』 등이 있다.

헬로 아메리카

초판 1쇄 펴낸날 2019년 3월 29일

지은이 J. G. 밸러드
옮긴이 조호근
펴낸이 김영정

펴낸곳 (주)현대문학
등록번호 제1-452호
주소 06532 서울시 서초구 신반포로 321(잠원동, 미래엔)
전화 02-2017-0280
팩스 02-516-5433
홈페이지 www.hdmh.co.kr

© 2019, 현대문학

ISBN 978-89-7275-941-6 03840

* 책값은 뒤표지에 있습니다.
* 이 도서의 국립중앙도서관 출판예정도서목록(CIP)은 서지정보유통지원시스템 홈페이지(http://seoji.nl.go.kr)와 국가자료공동목록시스템(http://www/nl/go/kr/kolisnet)에서 이용하실 수 있습니다. (CIP제어번호: CIP2019010170)

표층을 꿰뚫는 밸러드의 필치는 외과적으로 정밀하고 냉정하지만, 바로 그 점이 현대 세계의 트라우마에 극도로 근접케 한다. 『헬로 아메리카』는 작품이 지닌 온갖 유토피아성/디스토피아성에도 불구하고 이에 대한 최고의 증거다. _프로젝트 북 데이터베이스(체코)

밸러드의 환상 세계는 광인의 논리와 예술가의 감성으로 탐구된다. 『헬로 아메리카』는 웃음기 없이 상연되는 초현실주의 희극이다. 《뉴스테이츠먼》

밸러드의 우화적인 문체는 그의 작품을 SF로 읽히게 한다. 『멋진 신세계』를, 혹은 『1984』를 SF라고 부르는 것과 동일한 의미로. _로버트 와일(리버라이트출판사 편집장)

『헬로 아메리카』는 명쾌하고 역설적으로 아메리칸드림을 해부했다. _움베르토 로시(이탈리아 문예평론가)

밸러드에 대해 무언가를 예상하려 했다면 헛수고한 것이다. 밸러드는 반드시 그 예상들을 전복시킨다. 우리가 아는 것이라고는 그가 쓸 소설들을 어느 누구도 쓸 수 없고, 감히 추측조차 할 수 없다는 점이다. 《옵서버》

밸러드의 세계에 발을 들여놓았다면, 당신은 이제 빠져나오기 어려운 교령회에 붙들린 것이나 다름없다. 그의 수법이 그렇게 강력하다. 《타임스》

영국이 배출한 진정한 초현실주의 작가. 섬뜩하면서도 짜릿한 상상력의 소유자이자, 국보國寶다. 《가디언》

J. G. 밸러드에 대해 우선 하고 싶은 말은 그가 최고의 SF 작가가 아니라는 것이다. 그는 말할 것도 없이 당대 최고의 작가다. _앤서니 버지스

문체와 내용의 선지자. 가히 문학에서의 살바도르 달리나 막스 에른스트라 할 만하다. 《워싱턴 포스트》